CIUDAD DE HUESOS

Michael Connelly

EDICIONES B
GRUPO ZETA

Barcelona • Bogotá • Buenos Aires • Caracas • Madrid • México D.F. • Montevideo • Quito • Santiago de Chile

CIUDAD DE HUESOS

Michael Connelly

Traducción de Javier Guerrero

Título original: *City of Bones*

Traducción: Javier Guerrero

1.ª edición: noviembre 2003

© 2002 by Hieronymus, Inc.
© Ediciones B, S.A., 2003
    Bailén, 84 - 08009 Barcelona (España)
    www.edicionesb.com
    www.edicionesb-america.com

Publicado por acuerdo con Little, Brown and Company (Inc.),
New York, N.Y., U.S.A.

ISBN: 84-666-1346-3

Impreso en los talleres de Quebecor World

Dedicado a John Houghton,
por la ayuda, la amistad y las historias

1

La anciana se había pensado mejor lo de morirse, pero ya era demasiado tarde. Había hundido los dedos en la pintura y el yeso de la pared y se había roto casi todas las uñas. Después había intentado meter los dedos ensangrentados bajo la soga. Se había fracturado cuatro dedos de los pies al cocear las paredes. Harry Bosch se preguntó qué había ocurrido antes para que la anciana se debatiera de tal modo, para que mostrara un deseo de vivir tan desesperado. ¿Dónde guardaba la determinación y la voluntad y por qué la había abandonado hasta que se había colocado la soga de cable eléctrico alrededor del cuello y le había pegado una patada a la silla? ¿Por qué se le había ocultado?

No eran éstas preguntas oficiales que se plantearían en el informe de la defunción, sin embargo, eran cosas que Bosch no podía evitar pensar mientras permanecía sentado en su coche, frente a la residencia de ancianos La Edad Dorada, en Sunset Boulevard, al este de la autovía de Hollywood. Eran las cuatro y veinte de la tarde del primer día del año, y Bosch estaba de guardia telefónica.

Había transcurrido más de la mitad de la jornada y

hasta el momento se habían producido dos suicidios: uno por disparo y el otro el de la ahorcada. Ambas víctimas eran mujeres y en ambos casos había señales de depresión y desesperación. Soledad. El día de Año Nuevo siempre era una buen fecha para los suicidios. Mientras la mayoría de la gente recibía el año con un sentimiento de esperanza y renovación, había otros que lo veían como un buen día para morir, y algunos —como la anciana— no se daban cuenta de su error hasta que era demasiado tarde.

Bosch miró por el parabrisas y vio que introducían en la ambulancia azul del forense el cadáver de la última víctima, en una camilla con ruedas y cubierto con una manta. Advirtió que había otra camilla ocupada en la furgoneta. Sabía que se trataba de la primera suicida, una actriz de treinta y cuatro años que se había pegado un tiro en su coche, estacionado en un mirador de Mulholland Drive. Bosch y el equipo del forense habían ido de un caso al otro.

El móvil del detective sonó y él agradeció la intrusión en sus pensamientos sobre muertes menores. Era Mankiewicz, el sargento de guardia de la División de Hollywood del Departamento de Policía de Los Ángeles.

—¿Ya has acabado con eso?

—Estoy a punto.

—¿Algo?

—Una suicida que se arrepintió. ¿Tienes algo más?

—Sí. Y he creído que más valía no sacarlo por radio. Debe de ser un día tranquilo para la prensa, estoy recibiendo más llamadas de los periodistas para ver si hay algo que peticiones de servicio de los ciudadanos. Todos van detrás del primer suicidio, la actriz de Mulholland. Ya sabes, la muerte de un sueño de Hollywood. Y probablemente también querrían saltar sobre esta última llamada.

—Sí, ¿qué es?

—Un ciudadano de Laurel Canyon, en Wonderland. Acaba de llamar para decir que su perro ha vuelto del bosque con un hueso entre los dientes. El tipo dice que es humano, del brazo de un niño.

Bosch casi gruñó. Había cuatro o cinco llamadas como ésa al año. Una explicación simple seguía siempre a la histeria: huesos de animales. A través del parabrisas, Bosch saludó a los dos camilleros del forense que se encaminaban hacia las puertas delanteras de la furgoneta.

—Ya sé lo que estás pensando, Harry. Que otra vez no, que lo has hecho cientos de veces y que siempre es lo mismo. Coyotes, ciervos, lo que sea. Pero, escucha, el dueño del perro es médico. Y dice que sin lugar a dudas es un húmero, el hueso de la parte superior del brazo. Dice que es de un niño, Harry. Y además, escucha esto. Dice que...

Se hizo un silencio mientras Mankiewicz aparentemente consultaba sus notas. Bosch siguió con la mirada la furgoneta azul del forense hasta que se perdió entre el tráfico. Cuando Mankiewicz volvió a hablar resultó obvio que estaba leyendo.

—El hueso tenía una fractura claramente visible justo encima del epicóndilo medio, lo que demonios sea eso.

La mandíbula de Bosch se tensó. Sintió una pequeña descarga eléctrica bajándole por la nuca.

—Esto es lo que he anotado, no sé si lo he dicho bien. La cuestión es que el médico dice que era sólo un niño, Harry. Así que ¿quieres apuntarte el número para investigar el húmero?

Bosch no respondió.

—Perdona, era una tontería.

—Sí, tiene gracia, Mank. ¿Cuál es la dirección?

Mankiewicz le dio las señas y explicó a Bosch que ya había mandado un coche patrulla.

—Has hecho bien en no pasarlo por radio. Intentemos mantenerlo así.

Mankiewicz dijo que lo haría. Bosch cerró el móvil y arrancó el coche. Echó una mirada a la entrada de la residencia de ancianos antes de alejarse del bordillo. No había nada que le pareciera dorado. La mujer que se había colgado en el retrete de su minúscula habitación no tenía ningún pariente, según el director de la residencia. En su muerte, sería tratada como en vida, la dejarían sola y olvidada.

Bosch puso rumbo a Laurel Canyon.

2

Bosch iba escuchando el partido de los Lakers en la radio del coche mientras se dirigía hacia el cañón y luego ascendía por Lookout Mountain y Wonderland Avenue. No era un gran seguidor del baloncesto, pero quería saber cómo estaban las cosas por si tenía que llamar a su compañero, Jerry Edgar. Bosch estaba trabajando solo porque Edgar había tenido la fortuna de conseguir un par de entradas para el partido. Había aceptado ocuparse de las llamadas y no molestar a Edgar a no ser que surgiera un homicidio o algo que no pudiera solucionar sin ayuda. Además, Bosch estaba solo porque el tercer miembro de su equipo, Kizmin Rider, había sido ascendida a la División de Robos y Homicidios casi un año antes y todavía no había sido sustituida.

Acababa de iniciarse el tercer cuarto y el partido con los Trail Blazers estaba igualado. Aunque Bosch no era ningún fanático, sabía por lo que Edgar había comentado del partido y por su insistencia en disponer del día libre que era un encuentro importante con uno de los principales rivales del equipo de Los Ángeles. Decidió no llamar al busca de Edgar hasta después de llegar a la escena y haber evaluado la situación. Apagó la radio cuando empezó a perder la señal de la emisora de AM en el cañón.

El ascenso era empinado. Laurel Canyon abría una brecha en las montañas de Santa Mónica. Las carreteras secundarias subían hasta la cresta de las montañas. Wonderland Avenue era una vía sin salida que acababa en un lugar remoto, donde las casas de medio millón de dólares estaban rodeadas de un espeso bosque y terreno desnivelado. Bosch sabía por instinto que buscar huesos en esa zona se convertiría en una pesadilla logística. Se detuvo detrás de un coche patrulla en la dirección que Mankiewicz le había proporcionado y consultó el reloj. Eran la cuatro y treinta y ocho, y lo anotó en una página en blanco de su bloc. Calculó que quedaba menos de una hora de luz diurna.

Una agente a la que no conocía contestó a su llamada a la puerta. Según la placa identificativa se llamaba Brasher. La mujer lo condujo hasta un despacho donde su compañero, al que Bosch sí conocía y que se llamaba Edgewood, estaba hablando con un hombre de pelo blanco que se hallaba sentado tras un escritorio repleto. Había una caja de zapatos destapada sobre la mesa.

Bosch dio un paso adelante y se presentó. El hombre del pelo blanco dijo que era el doctor Paul Guyot, un médico de cabecera. Al inclinarse, Bosch vio que la caja de zapatos contenía el hueso que los había reunido. Era marrón oscuro y parecía uno de esos troncos retorcidos que arrastra el mar.

Bosch también vio un perro acostado junto a la silla de escritorio del doctor. Era un perro grande de pelaje amarillo.

—Así que es esto —dijo Bosch, volviendo a mirar en la caja.

—Sí, detective, es su hueso —dijo Guyot—. Y como verá...

El doctor se estiró hasta un estante situado tras el escritorio y extrajo un pesado volumen de la *Anatomía* de Gray. Lo abrió por un lugar previamente señalado. Bosch advirtió que el médico llevaba unos guantes de látex.

En la página se veía la ilustración de un hueso, en vistas anterior y posterior. En la esquina de la hoja había un pequeño diagrama de un esqueleto en el que aparecían resaltados los húmeros de ambos brazos.

—El húmero —dijo Guyot, dando un golpecito en el libro—. Y ahora tenemos el ejemplar recuperado.

Buscó en la caja de zapatos y levantó cuidadosamente el hueso. Sosteniéndolo encima de la ilustración del libro inició una comparación punto por punto.

—El epicóndilo medio, la tróclea, las dos tuberosidades —dijo—. Exacto. Y ahora mismo estaba explicando a estos dos agentes que conozco mis huesos sin necesidad del libro. Este hueso es humano, detective. Sin ninguna duda.

Bosch observó el rostro de Guyot. Había un ligero temblor, quizá la primera insinuación del Parkinson.

—¿Está usted jubilado, doctor?

—Sí, pero eso no significa que no reconozca un hueso cuando lo veo...

—No lo pongo en duda, doctor Guyot. —Bosch trató de sonreír—. Usted dice que es humano y yo le creo, ¿de acuerdo? Sólo trato de formarme una idea del terreno que piso. Ya puede dejarlo otra vez en la caja si lo desea.

Guyot volvió a colocar el hueso en la caja de zapatos.

—¿Cómo se llama su perro?

—Es hembra. Se llama *Calamidad*.

Bosch miró a la perra, que parecía dormida.

—De cachorro era una fuente de problemas.

Bosch asintió.

—Bueno, si no le importa explicarlo de nuevo, cuénteme qué ha sucedido.

Guyot se agachó y alborotó el pelo del pescuezo a la perra. El animal levantó la mirada hacia su dueño un instante y luego volvió a bajar la cabeza y cerró los ojos.

—Llevé a *Calamidad* a dar su paseo de la tarde. Normalmente cuando llego a la rotonda le suelto la correa y la dejo que corra por el bosque. Le gusta.

—¿De qué raza es? —preguntó Bosch.

—Labrador —respondió Brasher desde detrás.

Bosch se volvió y la miró. La policía se dio cuenta de que había cometido un error al entrometerse, asintió con la cabeza y retrocedió hasta la puerta del despacho, donde estaba su compañero.

—Marchaos si tenéis otras llamadas —dijo Bosch—. Puedo seguir solo.

Edgewood asintió e hizo una señal a su compañera.

—Gracias doctor —dijo el policía al salir.

—De nada.

Bosch pensó en algo.

—Eh, chicos.

Edgewood y Brasher se volvieron.

—Nada de esto por radio, ¿de acuerdo?

—Claro —dijo Brasher, manteniendo los ojos en Bosch hasta que él desvió la mirada.

Después de que los agentes se marcharon, Bosch volvió a mirar al médico y advirtió que el temblor facial era ligeramente más pronunciado.

—Ellos tampoco me creyeron al principio —dijo.

—Verá, recibimos muchas llamadas como la suya. Pero le creo, doctor, ¿por qué no continúa con su relato?

Guyot asintió.

—Bueno, estaba en la rotonda y le solté la correa. Ella se metió en el bosque, como le gusta. Está bien adiestrada. Cuando silbo, vuelve. El problema es que ya no puedo silbar muy fuerte. Así que si se aleja hasta donde no puedo oírla tengo que esperar.

—¿Y eso es lo que ocurrió cuando encontró el hueso?

—Silbé y ella no regresó.

—O sea que estaba bastante lejos.

—Sí, exactamente. Esperé. Silbé unas cuantas veces más, y al final salió de entre los árboles que hay al lado de la casa del señor Ulrich. Llevaba el hueso en la boca. Al principio pensé que era un palo, y que quería que jugara a lanzárselo. Pero cuando se acercó reconocí la forma. Se lo quité (me costó bastante) y entonces llamé a su gente después de que me hube asegurado.

«Su gente», pensó Bosch. Siempre lo decían así, como si los policías fueran de otra especie. La especie azul, que llevaba una armadura que los horrores del mundo no podía perforar.

—Cuando llamó le dijo al sargento que el hueso tenía una fractura.

—Sin duda.

Guyot volvió a coger el húmero, sosteniéndolo con suavidad. Lo giró y pasó el dedo por una estriación vertical que recorría su superficie.

—Observe la línea de desgarro, detective. Es una fractura curada.

—Entiendo.

Bosch señaló la caja y el médico volvió a guardar el hueso.

—Doctor, le importaría ponerle la correa a su perra y acompañarme hasta la rotonda.

—Encantado. Sólo tengo que cambiarme los zapatos.

—Yo también he de cambiarme. ¿Qué le parece si nos encontramos en la puerta?

—Ahora mismo.

—Me llevaré esto. —Bosch tapó la caja de zapatos y luego la cogió con las dos manos, con cuidado de no dar la vuelta a la caja ni golpear su contenido.

Fuera de la casa, Bosch vio que el coche patrulla todavía no había partido. Los dos agentes estaban sentados en el interior, aparentemente escribiendo sus informes. Bosch fue a su coche y puso la caja de zapatos en el asiento del pasajero.

Como estaba en casa, no se había puesto traje. Llevaba una cazadora, vaqueros y una camisa Oxford. Se quitó la cazadora, la dobló del revés y la dejó en el asiento trasero. Se fijó en que el gatillo del arma que llevaba en la cadera había hecho un agujero en el forro de la prenda, y eso que todavía no tenía ni un año. Pronto le agujerearía el bolsillo. Casi siempre gastaba las cazadoras de dentro afuera.

También se quitó la camisa, revelando una camiseta blanca. Entonces abrió el maletero para sacar un par de botas de su caja de material para las escenas de crímenes. Cuando se apoyó en el parachoques y se cambió el calzado vio que Brasher salía del coche patrulla y se le acercaba.

—Parece que tiene razón, ¿no?

—Eso creo, aunque lo tendrá que confirmar alguien de la oficina del forense.

—¿Vas a echar un vistazo?

—Voy a intentarlo. Aunque no queda mucha luz. Probablemente volveré mañana por la mañana.

—Por cierto, soy Julia Brasher. Soy nueva en la división.

—Harry Bosch.

—Ya lo sé. He oído hablar de ti.

—Lo niego todo.

Ella le rió la broma y le tendió la mano, pero Bosch estaba atándose una de las botas. Se detuvo y le estrechó la mano.

—Lo siento —dijo ella—. Hoy voy a contratiempo.

—No te preocupes.

Bosch terminó de atarse la bota.

—Cuando solté la respuesta sobre el perro allí dentro, me di cuenta enseguida de que estabas tratando de establecer una relación con el doctor. Me equivoqué, lo siento.

Bosch la observó un momento. Tendría unos treinta y cinco años, pelo oscuro recogido en una trenza que dejaba una corta cola en la nuca. Tenía los ojos de color marrón oscuro. Bosch supuso que le gustaba estar fuera, porque lucía un buen bronceado.

—Ya te he dicho que no te preocupes.

—¿Estás solo?

Bosch vaciló.

—Mi compañero está trabajando en otro caso mientras yo me ocupo de esto.

Vio que el médico salía por la puerta principal de la casa con la perra sujeta a la correa. Decidió no ponerse el mono que utilizaba en las escenas del crimen. Miró a Julia Brasher, que estaba observando el perro que se aproximaba.

—¿No tenéis llamadas?

—No, está tranquilo.

Bosch miró la MagLite de su caja de material. Miró a

Brasher y luego cubrió la linterna con un trapo. Sacó un rollo de cinta amarilla y la Polaroid, luego cerró el maletero y se volvió hacia Brasher.

—Entonces, ¿te importa prestarme tu Mag? Yo, eh..., he olvidado la mía.

—No hay problema.

Brasher sacó su linterna MagLite del cinturón y se la entregó a Bosch.

El médico y la perra se les acercaron.

—Preparado.

—De acuerdo, doctor. Quiero que nos lleve hasta el lugar donde dejó a *Calamidad* y veremos adónde va.

—No estoy seguro de que pueda seguirla.

—Ya me preocuparé luego, doctor.

—Entonces, por aquí.

Subieron por la rampa hasta la rotonda que servía para dar la vuelta donde Wonderland llegaba a su final. Brasher hizo una señal a su compañero del coche y caminó con ellos.

—¿Sabe?, tuvimos un poco de emoción aquí hace unos años —dijo Guyot—. Siguieron a un hombre hasta aquí desde el Hollywood Bowl y lo mataron en un asalto.

—Lo recuerdo —dijo Bosch.

Sabía que la investigación seguía abierta, pero no lo mencionó. No era su caso.

El doctor Guyot caminaba con paso firme que no se ajustaba con su edad y su estado aparente. Dejó que la perra marcara el ritmo y pronto estuvo varios metros por delante de Bosch y Brasher.

—¿Dónde estabas antes? —preguntó Bosch a Brasher.

—¿Qué quieres decir?

—¿Has dicho que eras nueva en la División de Hollywood? ¿Y antes?

—Oh, la academia.

Bosch se sorprendió. Volvió a mirarla, pensando que tal vez había calculado mal su edad.

Ella asintió y dijo:

—Soy vieja, ya lo sé.

Bosch se sintió avergonzado.

—No, no estaba diciendo eso. Sólo pensé que habías estado en algún sitio más. No pareces una novata.

—No ingresé hasta los treinta y cuatro.

—¿En serio? Vaya.

—Sí. Me entró el gusanillo un poco tarde.

—¿Qué hacías antes?

—Varias cosas. Viajar, sobre todo. Me costó bastante darme cuenta de lo que quería hacer. ¿Y sabes qué es lo que más me gusta?

Bosch la miró.

—¿Qué?

—Lo que haces tú. Homicidios.

Bosch no sabía qué decir, si animarla o disuadirla.

—Bueno, buena suerte —dijo.

—No sé, ¿no te parece el oficio más gratificante que has hecho? Mira lo que haces, quitas de la fórmula a la gente más malvada.

—¿La fórmula?

—La sociedad.

—Sí, supongo. Cuando tenemos suerte.

Alcanzaron al doctor Guyot, que se había detenido con la perra en la rotonda.

—¿Éste es el sitio?

—Sí. La solté y subió hacia allí.

El médico señaló una parcela vacía y llena de maleza que empezaba al nivel de la calle, pero que rápidamente se elevaba hacia la cima de la colina. Había una gran tubería de hormigón que explicaba por qué nunca se había edificado en la parcela. Era propiedad municipal, utilizada para canalizar el agua de tormenta que caía de las casas a las calles. Muchas de las calles del cañón eran antiguos lechos fluviales. Cuando llovía volverían a su propósito original de no ser por la red de alcantarillado.

—¿Va a subir por ahí? —preguntó el doctor.

—Voy a intentarlo.

—Te acompaño —dijo Brasher.

Bosch la miró y luego se volvió al oír un coche. Era el coche patrulla. Se detuvo y Edgewood bajó la ventanilla.

—Tenemos una pelea, compañera, doble de.

Hizo un ademán hacia el asiento vacío del pasajero. Brasher torció el gesto y miró a Bosch.

—Odio las disputas domésticas.

Bosch sonrió. Él también las detestaba, especialmente cuando acababan en homicidio.

—Lo siento.

—Bueno, tal vez la próxima vez.

Ella se dirigió hacia la puerta del coche.

—Toma —dijo Bosch, sosteniendo la MagLite.

—Tengo otra en el coche —dijo ella—. Ya me la devolverás.

—¿Estás segura? —Estuvo a punto de pedirle el teléfono.

—Sí. Buena suerte.

—Lo mismo digo. Ten cuidado.

Ella le sonrió y se apresuró a entrar en el coche. El vehículo arrancó y Bosch volvió a centrarse en Guyot y la perra.

—Una mujer atractiva —dijo Guyot.

Bosch no contestó, aunque se preguntó si el médico había hecho el comentario basándose en su reacción con Brasher. Esperaba no haber resultado tan transparente.

—Bueno, doctor —dijo—, suelte la perra y yo intentaré seguirla.

Guyot soltó la correa y acarició el pecho del animal.

—Ve a buscar el hueso, pequeña. Trae un hueso. ¡Vamos!

La perra salió como una exhalación hacia la parcela y se perdió de vista antes de que Bosch hubiera dado un paso. Estuvo a punto de echarse a reír.

—Supongo que tenía razón, doctor.

Miró por encima del hombro para asegurarse de que el coche patrulla se había ido y Brasher no había visto a la perra salir disparada.

—¿Quiere que silbe?

—No. Me meteré y echaré un vistazo, a ver si la atrapo.

Encendió la linterna.

3

La arboleda estaba oscura mucho antes de que el sol se escondiera. El dosel creado por los pinos de Monterrey bloqueaba la mayor parte de la luz antes de que llegara al suelo. Bosch se valió de la linterna para abrirse camino y empezó a trepar en la dirección en la que había oído que la perra se movía entre los arbustos. Avanzaba despacio y no era tarea fácil. Había una capa de pinaza de al menos un palmo de grosor sobre la cual las botas de Bosch resbalaban. Pronto tuvo las manos pegajosas de resina de agarrarse a las ramas para mantenerse en pie.

Tardó casi diez minutos en recorrer treinta metros por la colina. Entonces el suelo empezó a nivelarse y la luz aumentó al tiempo que raleaban los árboles. Bosch buscó a la perra con la mirada, pero no la vio. La llamó en dirección a la calle, aunque ya no veía al animal ni al doctor Guyot.

—Doctor Guyot, ¿me oye?

—Sí, le oigo.

—Silbe a su perra.

Bosch oyó entonces un silbido en tres partes. Se distinguía con claridad, aunque muy bajo, porque el sonido tenía el mismo problema en pasar entre los árboles y el matorral que la luz del sol. Bosch trató de repetirlo y al cabo de unos cuantos intentos pensó que ya lo tenía. Pero la perra no acudió.

Bosch insistió, quedándose en el terreno nivelado, porque creía que si alguien iba a enterrar o abandonar un cadáver lo haría en terreno llano y no en una pendiente pronunciada. Siguiendo un camino más fácil, llegó a una zona de acacias e inmediatamente a otra donde la tierra había sido removida recientemente, como si una herramienta o un animal hubieran escarbado al azar en el suelo. Bosch estaba apartando la suciedad y las ramitas con el pie cuando se dio cuenta de que no eran ramitas.

Se dejó caer de rodillas y estudió a la luz de la linterna los huesecitos marrones esparcidos en un palmo cuadrado de polvo. Creía que estaba mirando a los dedos despiezados de una mano. Una manita. La mano de un niño.

Bosch se levantó y se dio cuenta de que su interés en Julia Brasher lo había distraído. No había llevado consigo nada para recoger los huesos. Cogerlos y cargarlos colina abajo violaría todos los principios de recopilación de pruebas.

Llevaba la cámara Polaroid al cuello, colgada de un cordón. La levantó y sacó un primer plano de los huesos. Luego retrocedió y tomó una imagen más amplia del emplazamiento, bajo las acacias.

Bosch oyó débilmente el silbido del doctor Guyot en la distancia. Se puso manos a la obra con la cinta para delimitar la escena del crimen. Ató un tramo corto al tronco de una de las acacias y procedió a trazar un perímetro alrededor de los árboles. Pensando en cómo abordaría el caso a la mañana siguiente, salió de debajo de las acacias y buscó algo que pudiera utilizar como señal aérea. Encontró unos brotes de artemisa. Envolvió la parte superior del matorral con cinta amarilla.

Cuando hubo terminado, ya casi había oscurecido. Echó otro vistazo rápido por la zona, a pesar de que sabía que una búsqueda con la linterna resultaría inútil y que sería preciso llevar a cabo una batida exhaustiva por la mañana. Empezó a cortar trozos de un metro de cinta amarilla valiéndose de una navajita enganchada a su llavero.

Al bajar de nuevo por la colina fue atando la cinta en ramas y arbustos. Oyó voces al aproximarse más a la calle y las utilizó de guía para mantener la dirección. En un punto de la pendiente el suelo blando cedió y Bosch cayó y se golpeó con fuerza en la base de un pino. El árbol impactó en su diafragma, rasgándole la camisa y arañándole el costado.

Bosch se quedó quieto durante unos segundos. Pensó que tal vez se había roto alguna costilla del lado derecho. Respiraba con dificultad y le dolía. Gimió sonoramente y se incorporó con apuros apoyándose en el tronco, de manera que pudo continuar siguiendo las voces.

Pronto regresó a la calle donde el doctor Guyot lo esperaba en compañía de su perra y otro hombre. Los dos hombres parecieron conmocionados al ver sangre en la camisa de Bosch.

—Oh, Dios mío, ¿qué ha ocurrido? —gritó Guyot.

—Nada, me he caído.

—Su camisa... ¡Tiene sangre!

—Son gajes del oficio.

—Déjeme que le mire el pecho.

El doctor se acercó para examinarlo, pero Bosch levantó las manos.

—Estoy bien. ¿Quién es él?

El otro hombre respondió.

—Soy Victor Ulrich. Vivo aquí.

Señaló la casa vecina a la parcela. Bosch asintió.

—Acabo de salir para ver qué estaba pasando.

—Bueno, ahora no está pasando nada. Pero hay una escena del crimen allí arriba. O la habrá. Probablemente no volveremos a trabajar hasta mañana por la mañana. Pero les necesito para que no se acerque nadie. Y no cuenten nada a nadie. ¿De acuerdo?

Los dos vecinos hicieron un ademán de conformidad.

—Y, doctor, no le suelte la correa a la perra durante unos días. Tengo que volver al coche para hacer una llamada. Señor Ulrich, estoy seguro de que querremos hablar con usted mañana. ¿Estará por aquí?

—Sí, cuando quiera. Trabajo en casa.

—¿Haciendo qué?

—Escribo.

—Muy bien, le veremos mañana.

Bosch se encaminó de nuevo calle abajo acompañado de Guyot y la perra.

—Tengo que echarle un vistazo a esa herida —insistió Guyot.

—Estoy bien.

Bosch miró a su izquierda y le pareció ver que una cortina se cerraba rápidamente en la casa que acababan de pasar.

—Por la manera como se sujeta al caminar, se ha lastimado una costilla —dijo Guyot—. Tal vez se la haya roto. Puede que más de una.

Bosch pensó en los huesos pequeños y delgados que acababa de ver bajo las acacias.

—No hay nada que pueda hacer por una costilla, esté rota o no.

—Puedo ponerle un vendaje. Respirará mucho mejor. También le limpiaré esa herida.

Bosch cedió.

—De acuerdo, doctor, saque su maletín, yo voy a buscar mi otra camisa.

Unos minutos más tarde, en la casa de Guyot, el doctor limpió el profundo arañazo del costado de Bosch y le vendó las costillas. El detective se sentía mejor, pero seguía doliéndole. Guyot dijo que ya no podía extenderle una receta, pero de todos modos recomendó a Bosch que no tomara nada más fuerte que una aspirina.

Bosch recordó que tenía un frasco con algunas pastillas de Vicodin que le habían sobrado de cuando le quitaron la muela del juicio unos meses antes. Si quería, le quitarían el dolor.

—Estaré bien —dijo—. Gracias por curarme.

—No hay de qué.

Bosch se puso la camisa limpia y observó a Guyot mientras éste cerraba su botiquín. Se preguntó cuánto tiempo hacía que el médico no utilizaba sus aptitudes con un paciente.

—¿Cuánto hace que se jubiló?

—Hará doce años el mes que viene.

—¿Lo echa de menos?

Guyot se volvió para mirarlo. El temblor había desaparecido.

—Todos los días. Mire, no es que eche de menos el trabajo en sí, los casos. Pero era una profesión que marcaba una diferencia. Echo de menos eso.

Bosch pensó en cómo Julia Brasher había descrito antes el trabajo en homicidios. Asintió para mostrar a Guyot que entendía lo que estaba diciendo.

—¿Ha dicho que hay una escena del crimen allí arriba? —preguntó el médico.

—Sí, he encontrado más huesos. Voy a hacer una llamada para ver qué tenemos que hacer. ¿Puedo usar su teléfono? No creo que mi móvil funcione aquí.

—No, nunca funcionan en el cañón. Use el teléfono del despacho, así tendrá un poco más de intimidad.

El médico salió, llevándose el botiquín de primeros auxilios. Bosch rodeó el escritorio y se sentó. La perra estaba en el suelo, al lado de la silla. El animal levantó la mirada y pareció sorprendido al ver a Bosch en la silla de su amo.

—*Calamidad* —dijo Bosch—. Creo que hoy has hecho honor a tu nombre.

Bosch se agachó y frotó el pescuezo de la perra. *Calamidad* gruñó y él rápidamente apartó la mano, preguntándose si la perra reaccionaba así por su adiestramiento o bien algo de él había provocado esa respuesta hostil.

Levantó el auricular y llamó a la casa de su supervisora, la teniente Grace Billets. Explicó lo que había ocurrido en Wonderland Avenue y su descubrimiento de la colina.

—Harry, ¿cómo de viejos te parecen esos huesos? —preguntó Billets.

Bosch miró la *polaroid* que había sacado de los pequeños huesos que había hallado en el polvo. Era una foto mala y el fogonazo del flash la había sobreexpuesto porque estaba demasiado cerca.

—No lo sé, me parecen viejos. Creo que estamos hablando de años.

—Muy bien, o sea que lo que haya en la escena del crimen no es reciente.

—Puede que recién descubierto, pero no, ya estaba allí.

—Eso es lo que estoy diciendo. Así que creo que deberíamos marcarlo y ponernos en marcha por la mañana. Lo que esté en esa colina no va a irse a ninguna parte esta noche.

—Sí —dijo Bosch—. Yo estaba pensando lo mismo.

Ella se quedó un momento en silencio antes de hablar.

—Esta clase de casos, Harry...

—¿Qué?

—Agotan el presupuesto, agotan al personal... y son los más difíciles de cerrar, si es que se cierran.

—Muy bien, volveré a subir, cubriré los huesos y le diré al doctor que no suelte a la perra de la correa.

—Vamos, Harry, ya sabes lo que quiero decir. —Billets suspiró sonoramente—. Es el primer día del año y vamos a empezar en el pozo.

Bosch se quedó en silencio, dejando que Billets elaborara sus frustraciones administrativas. No tardó mucho. Era una de las cosas que a Bosch le gustaban de ella.

—Vale, ¿ha pasado algo más hoy?

—No demasiado. Una par de suicidios, por el momento.

—Muy bien, ¿cuándo vas a empezar mañana?

—Me gustaría llegar allí temprano. Haré algunas llamadas para ver qué puedo preparar. Y llevaré el hueso que encontró la perra del doctor para que lo confirmen antes de empezar.

—Muy bien, tenme informada.

Bosch le dijo que así lo haría y colgó. A continuación llamó a Teresa Corazon, la forense del condado, a su casa. Aunque la relación extralaboral entre ambos había concluido hacía varios años y ella se había mudado al menos dos veces desde entonces, conservaba el mismo número y Bosch lo conocía de memoria. Le vino bien esta vez. Explicó a la forense lo que tenía entre manos y le dijo que necesitaba una confirmación oficial de que el hueso era humano antes de poner en marcha el proceso. También le dijo que si se confirmaba necesitaría un equipo arqueológico para trabajar en la escena del crimen lo antes posible.

Corazon puso la llamada en espera durante casi cinco minutos.

—Bueno —dijo cuando regresó a la línea—. No localizo a Kathy Kohl, no está en casa.

Bosch sabía que Kohl era la arqueóloga del equipo. Su especialidad y la razón de su inclusión como empleada a tiempo completo era recuperar huesos de los cadáveres que arrojaban en el desierto del norte del condado, algo que sucedía cada semana. Bosch sabía que la llamarían para que buscara huesos en Wonderland Avenue.

—Entonces, ¿qué hago? Quiero confirmar esto esta noche.

—Cálmate, Harry. Siempre eres muy impaciente. Eres como un perro con un hueso, y perdona por el chiste.

—Es un niño, Teresa. ¿No puedes ser seria?

—Ven aquí. Miraré ese hueso.

—¿Y qué me dices de mañana?

—Pondré todo en marcha. Le he dejado un mensaje a Kathy y en cuanto cuelgue la llamaré a la oficina y al busca. Dirigirá la excavación en cuanto salga el sol y podamos llegar allí. Cuando recuperemos los huesos llamaremos a un antropólogo forense de la UCLA con el que tenemos contacto. Y yo misma estaré allí. ¿Satisfecho?

Esta última parte dio que pensar a Bosch.

—Teresa —dijo al fin—, quiero llevar esto con la

máxima discreción posible durante el máximo tiempo posible.

—¿Y qué insinúas?

—Que no estoy seguro de que la forense del condado de Los Ángeles tenga que estar allí. Y que no te he visto en la escena de un crimen sin un cámara detrás desde hace mucho tiempo.

—Harry, es un videógrafo privado, ¿de acuerdo? Lo que graba es para mi exclusivo uso posterior y está controlado únicamente por mí. No va a acabar en las noticias de las seis.

—Ya. Sólo pensaba que necesitábamos evitar las complicaciones en este caso. Es un niño. Y ya sabes cómo se ponen.

—Tú ven aquí con el hueso. Tengo que salir dentro de una hora.

Corazon colgó abruptamente.

Bosch lamentó no haber sido un poco más diplomático con Corazon, pero estaba satisfecho de haber dicho lo que tenía que decir. Corazon era una personalidad, que aparecía con regularidad en Court TV y en las cadenas de noticias en calidad de experta forense. También había adoptado la costumbre de llevar un cámara consigo por si podía transformar los casos en documentales para su emisión en alguno de los shows legales y policiales del amplio espectro que ofrecían el cable y el satélite. Bosch no podía y no iba a permitir que los objetivos de ella como forense célebre interfirieran con sus objetivos como investigador de lo que podía ser el homicidio de un niño.

Bosch decidió que llamaría a los servicios especiales del departamento y a las unidades con perros después de obtener la confirmación del hueso. Se levantó y fue a la sala en busca de Guyot.

El médico estaba en la cocina, sentado ante una mesita y escribiendo en un cuaderno de espiral. Levantó la mirada hacia Bosch.

—Estaba escribiendo unas notas sobre su tratamiento. He llevado el historial de todos los pacientes que he tratado.

Bosch se limitó a asentir, aunque le pareció extraño que Guyot escribiera sobre él.

—Tengo que irme, doctor. Volveremos mañana. Con un equipo, espero. Puede que necesitemos otra vez a su perra. ¿Estará usted aquí?

—Estaré aquí y encantado de ayudar. ¿Cómo van las costillas?

—Duele.

—Sólo cuando respira, ¿verdad? Le durará una semana.

—Gracias por cuidarme. No necesita que le devuelva la caja de zapatos, ¿no?

—No, ya no la quiero.

Bosch se volvió para dirigirse hacia la puerta, pero se detuvo y miró de nuevo a Guyot.

—Doctor, ¿vive usted solo aquí?

—Ahora sí. Mi esposa murió hace dos años. Un mes antes de nuestras bodas de oro.

—Lo siento.

Guyot asintió y dijo:

—Mi hija tiene su familia en Seattle. Los veo en ocasiones especiales.

Bosch estuvo tentado de preguntarle que por qué sólo en ocasiones especiales, pero no lo hizo. Le dio las gracias al hombre de nuevo y se marchó.

Al conducir por el cañón hacia la casa de Teresa Corazon en Hancock Park, Bosch mantuvo la mano en la caja de zapatos para que no saltara ni se resbalara del asiento. En su interior, la sensación de terror iba en aumento. Sabía que era porque el destino ciertamente no le había sonreído ese día. Le había tocado el peor caso que le podía tocar. El caso de un niño.

Los casos infantiles siempre acechaban. Dejaban cicatriz y lo vaciaban a uno por dentro. No existía chaleco antibalas lo bastante grueso para evitar que te perforara. Los casos infantiles te hacían saber que el mundo estaba lleno de luz perdida.

4

Teresa Corazon vivía en una mansión de estilo mediterráneo con un espacio circular de piedra para dar la vuelta y un estanque de carpas japonesas enfrente. Ocho años antes, cuando Bosch había mantenido una breve relación con ella, Corazon vivía en un apartamento de una habitación. Los beneficios de la televisión y la celebridad habían costeado la mansión y el estilo de vida consecuente. No era ni remotamente la mujer que solía presentarse en la casa de Bosch a medianoche sin avisar, con una botella de vino barato de Trader Joe's y un vídeo de su película favorita. La mujer que no ocultaba su ambición, pero que todavía no atesoraba la suficiente habilidad para usar su posición para enriquecerse.

Bosch sabía que él le servía de recordatorio de lo que había sido y lo que había perdido para ganar todo lo que poseía. No era de extrañar que sus encuentros fueran escasos y alejados en el tiempo, y tan tensos como una visita al dentista cuando resultaban inevitables.

El detective aparcó en la rotonda y salió con la caja de zapatos y las *polaroids*. Miró en el estanque al rodear el coche y vio las siluetas oscuras de los peces moviéndose bajo la superficie. Sonrió, pensando en la película *China-town* y en cuántas veces la habían visto durante el año que estuvieron juntos. Recordó lo mucho que le gustaba a ella el personaje del forense que llevaba un delantal de carnicero y se comía un bocadillo mientras examinaba el cadáver. Bosch no estaba seguro de que ella mantuviera el mismo sentido del humor.

La luz que colgaba por encima de la puerta de madera maciza se encendió y Corazon la abrió antes de que Bosch llegara. La forense vestía unos pantalones negros y una blusa de color crema. Probablemente estaba a punto de salir hacia una fiesta de Año Nuevo. Corazon miró por encima de Bosch al coche en el que éste había llegado.

—Será mejor que nos demos prisa, antes de que ese trasto empiece a gotear aceite en mis piedras.

—Hola, Teresa.

—¿Es eso? —Corazon señaló la caja de zapatos.

—Esto es.

Bosch le pasó las *polaroids* y empezó a levantar la tapa de la caja. Estaba claro que ella no iba a invitarle a una copa de champaña para celebrar el Año Nuevo.

—¿Quieres verlo aquí mismo?

—No tengo mucho tiempo, pensaba que llegarías antes. ¿Quién es el imbécil que ha hecho estas fotos?

—Vendría a ser yo.

—No puedo decir nada a partir de estas fotos. ¿Tienes un guante?

Bosch sacó un guante de látex del bolsillo de la cazadora y se lo dio a Corazon antes de volver a guardarse las fotos en el bolsillo interior. Ella se puso el guante con pericia, se inclinó sobre la caja de zapatos, levantó el hueso y lo giró bajo la luz. Bosch permaneció en silencio. Olía su perfume. Era intenso, un vestigio de los días en que pasaba la mayor parte de su tiempo en las salas de autopsias.

Después de un examen de cinco segundos, ella volvió a dejar el hueso en la caja.

—Es humano.

—¿Estás segura?

Corazon miró a Bosch con cara de pocos amigos mientras se quitaba el guante.

—Es el húmero, el hueso superior del brazo. Diría que es de un niño de unos diez años. Puede que ya no respetes mis conocimientos, Harry, pero todavía los tengo.

Ella dejó el guante en la caja, encima del hueso. A Bosch le daba igual la invectiva, pero le molestó que dejara caer el guante de ese modo sobre el hueso del niño.

Cogió el guante, pero entonces recordó algo y se lo devolvió a la forense.

—El dueño del perro que encontró el hueso dijo que había una fractura, una fractura curada. ¿Quieres echar un vistazo y ver si...?

—No. Llego tarde a una cita. Lo único que necesitas saber ahora es que es humano. Ya tienes la confirmación. Los exámenes posteriores se harán después en las condiciones adecuadas de la oficina del forense. Ahora, he de irme. Estaré allí mañana por la mañana.

Bosch le sostuvo la mirada unos segundos.

—Claro, Teresa, que vaya bien esta noche.

Ella desvió la mirada y plegó los brazos. Bosch volvió a cerrar cuidadosamente la caja de zapatos, saludó con la cabeza y se dirigió a su coche. Oyó que la puerta maciza se cerraba tras él.

Al pasar el estanque de los peces japoneses, pensó

otra vez en la película y dijo para sus adentros la última frase del guión.

«Olvídalo, Jake, es Chinatown.»

Bosch subió al coche y se dirigió a su casa, sujetando con la mano la caja de zapatos en el asiento contiguo.

5

A las nueve de la mañana del día siguiente, el final de Wonderland Avenue se había convertido en un campamento de las fuerzas del orden. Y en el centro estaba Harry Bosch, dirigiendo los equipos de patrullas, unidades con perros, investigaciones científicas, la oficina del forense y una unidad de los servicios especiales. Un helicóptero del departamento sobrevolaba la zona en círculos y una docena de cadetes de la academia de policía se arremolinaba en espera de órdenes.

Antes, la unidad aérea se había reunido junto a la artemisa que Bosch había envuelto con cinta amarilla de la escena del crimen y habían usado el lugar como centro de operaciones para determinar que Wonderland ofrecía el acceso más cercano al sitio donde Bosch había descubierto los huesos. La unidad de servicios especiales entró entonces en acción. Siguiendo la cinta de la escena del crimen colina arriba, los seis hombres del equipo clavaron y unieron una serie de rampas de madera y escalones con pasamanos de cuerda que ascendían por la colina hasta los huesos. Acceder y salir del lugar sería mucho más sencillo de lo que había sido para Bosch la tarde anterior.

Resultaba imposible mantener en secreto semejante despliegue policial, de modo que, también a eso de las nueve de la mañana, el barrio se había convertido en campamento de los medios de comunicación. Los camiones de los medios estaban aparcados detrás de las vallas instaladas a media manzana de la rotonda. Los periodistas se agrupaban en grupos del tamaño de una conferencia de prensa y al menos cinco helicópteros sobrevolaban la zona en círculos, a una altura superior a la del aparato del departamento. Todo ello creaba un murmullo de fondo que ya había resultado en numerosas quejas de los vecinos a la administración policial del Parker Center.

Bosch se estaba preparando para conducir el primer grupo hasta la escena del crimen. Primero departió en privado con Jerry Edgar, que había sido informado del caso la noche anterior.

—Muy bien, vamos a subir con el equipo del forense y el de criminalística —dijo—. Luego llevaremos a los cadetes y los perros. Quiero que tú supervises esa parte.

—Claro. ¿Has visto que tu colega la forense se ha traído a su puto cámara?

—No podemos hacer nada por el momento. Con un poco de suerte se aburrirá y volverá al centro, que es su sitio.

—Bueno, por lo que sabemos hasta ahora, esto podrían ser huesos de un indio o algo por el estilo.

Bosch negó con la cabeza.

—No creo, estaban a muy poca profundidad.

Bosch se acercó al primer grupo: Teresa Corazon, su videógrafo y su equipo de excavación de cuatro personas, formado por la arqueóloga Kathy Kohl y tres investigadores que realizarían el trabajo preparatorio. Los miembros del equipo de excavación estaban vestidos con monos blancos. Corazon llevaba un conjunto similar al de la noche anterior, incluidos unos zapatos con tacón de cinco centímetros. En el grupo había también dos criminalistas de la División de Investigaciones Científicas.

Bosch reunió al grupo en un estrecho círculo para poder hablar con ellos sin que lo oyeran todos los que revoloteaban por la zona.

—Muy bien, vamos a subir y empezaremos con la documentación y recuperación. En cuanto os tengamos a todos en vuestro lugar, subiremos a los perros y los cadetes para buscar en las zonas adyacentes, y si es necesario ampliaremos la escena del crimen. Vosotros... —Se detuvo para levantar la mano hacia el cámara de Corazon—. Apaga eso. Puedes grabarla a ella, pero a mí no.

El hombre bajó la cámara y Bosch clavó la mirada en Corazon antes de continuar.

—Todos sabéis lo que estáis haciendo aquí. Lo único que quiero deciros es que es difícil subir allí arriba, incluso con las rampas y las escaleras. Así que tened cuidado. Agarraos a las cuerdas y fijaos en dónde pisáis. No queremos que nadie se haga daño. Si tenéis material pesado, dividirlo y haced dos o tres viajes. Si necesitáis ayuda, pediré a los cadetes que lo suban. No os preocupéis por el tiempo, preocupaos por la seguridad. Muy bien, ¿estáis listos?

Todos asintieron. Bosch llamó a Corazon a un aparte.

—No te has vestido bien —dijo.

—Mira, no empieces a decirme...

—¿Quieres que me quite la camisa para que me veas las costillas? Tengo este lado que parece un pastel de arándanos porque me caí allí anoche. Esos zapatos que llevas no te van a servir. Puede que den bien en pantalla, pero...

—Estoy bien. Correré el riesgo, ¿algo más?

Bosch negó con la cabeza.

—Yo ya te he avisado —dijo—. Vámonos.

Se encaminó hacia la rampa, y los demás lo siguieron. Los de servicios especiales habían construido un portalón de madera para utilizarlo como control de acceso. Un oficial de patrulla estaba allí con una tablilla y anotaba los nombres de todo el mundo y las secciones a las que pertenecían antes de dejarlos pasar.

Bosch abrió el camino. La escalada era más sencilla que el día anterior, pero el pecho le dolía cada vez que se impulsaba en las cuerdas y subía por las rampas y los escalones. No dijo nada y trató de que no se le notara.

Cuando Bosch llegó a las acacias, indicó a los otros que aguardaran mientras él pasaba por debajo de la cinta de la escena del crimen. Encontró la zona de tierra removida y los huesos pequeños y marrones que había visto la noche anterior. Al parecer nadie los había tocado.

—Bueno, vamos a echar un vistazo.

Los miembros del grupo pasaron por debajo de la cinta y se quedaron de pie formando un semicírculo en torno a los huesos. El cámara empezó a grabar y Corazon se hizo cargo de la situación.

—Muy bien —dijo—, lo primero que vamos a hacer es retroceder y sacar fotos. Después montaremos una cuadrícula y la doctora Kohl supervisará la excavación y recogida. Si encontráis algo, fotografiadlo de todas las formas posibles antes de cogerlo.

Se volvió hacia uno de los investigadores.

—Finch, quiero que te encargues de los dibujos. Una cuadrícula estándar. Documéntalo todo. No confíes en que podremos fiarnos de las fotos.

Finch asintió. Corazon se volvió hacia Bosch.

—Detective, creo que está claro. Cuanta menos gente haya aquí, mejor.

Bosch asintió y le pasó un *walkie-talkie*.

—Estaré por aquí. Si me necesitas usa la radio. Los teléfonos móviles no funcionan aquí arriba. Pero ten cuidado con lo que dices.

Señaló al cielo, donde los helicópteros de los medios de comunicación volaban en círculos.

—Hablando de eso —dijo Kohl—. Creo que vamos a poner un toldo encima de esos árboles para tener un poco de intimidad, y de paso nos protegerá del sol. ¿Te parece bien?

—Ahora es tu escena del crimen —dijo Bosch—. Adelante.

Bosch retrocedió hasta la rampa y Edgar lo siguió.

—Harry, esto puede llevarnos días —dijo Edgar.

—Y más.

—Bueno, no van a darnos días. Lo sabes, ¿no?

—Sí.

—Me refiero a que estos casos... Tendremos suerte si conseguimos hacer una identificación.

—Sí.

Bosch no se detuvo. Cuando llegó a la calle vio que la teniente Billets estaba en la escena junto con su supervisora, la capitana LeValley.

—Jerry, ¿por qué no preparas a los cadetes? —dijo Bosch—. Dales el discursito de la escena del crimen. Iré enseguida.

Bosch se reunió con Billets y LeValley y las puso al corriente de lo que estaba ocurriendo, detallando las actividades de la mañana y sin olvidar las quejas de los vecinos por el ruido de los martillos, las sierras y los helicópteros.

—Vamos a tener que darle algo a la prensa —dijo Le-Valley—. Relaciones con los Medios pregunta si quiere que lo centralicen en el Parker Center o prefiere manejarlo desde aquí.

—Yo no quiero ocuparme. ¿Qué saben los de Relaciones con los Medios?

—Casi nada. Así que puede llamarlos y ellos montarán la rueda de prensa.

—Capitana, estoy muy ocupado aquí. ¿Podría...?

—Encuentre el momento, detective. Sáquenoslos de encima.

Cuando Bosch desvió la mirada de la capitana a los periodistas reunidos a media manzana del control de carretera, vio que Julia Brasher mostraba su placa a un oficial de patrulla y le permitían entrar. No iba de uniforme.

—Muy bien —dijo Bosch—. Haré esa llamada.

Se encaminó hacia la casa del doctor Guyot. Iba en dirección a Brasher, que le sonrió cuando se aproximaba.

—Tengo tu Mag en el coche. De todos modos he de ir a la casa del doctor Guyot.

—Ah, no te preocupes. No he venido por eso.

Ella cambió de dirección y continuó con Bosch. Él miró su atuendo: vaqueros gastados y una camiseta de una organización benéfica.

—No estás de servicio, ¿verdad?

—No, trabajo en el turno de tres a once. Pensé que a lo mejor necesitabas una voluntaria. He oído lo del llamamiento a la academia.

—Quieres subir ahí arriba a buscar huesos, ¿eh?

—Quiero aprender.

Bosch aceptó el ofrecimiento. Subieron por el camino hasta la puerta de la casa de Guyot. Ésta se abrió antes de que llegaran y el doctor los invitó a entrar. Bosch preguntó otra vez si podía usar el teléfono de su oficina y Guyot volvió a indicarle el camino, pese a que ya lo conocía. El detective se sentó al escritorio.

—¿Cómo van esas costillas? —preguntó el doctor.

—Bien.

Brasher levantó las cejas y Bosch se dio cuenta.

—Tuve un pequeño accidente cuando subí allí anoche.

—¿Qué ocurrió?

—Oh, estaba pensando en mis cosas cuando de repente el tronco de un árbol me atacó sin ningún motivo.

Ella hizo un gesto de dolor y de algún modo se las arregló para sonreír al mismo tiempo.

Bosch marcó de memoria el número de la oficina de prensa y explicó el caso en términos muy generales a un oficial. En un momento dado, puso la mano sobre el auricular y preguntó a Guyot si quería que su nombre se mencionara en el comunicado oficial. El doctor declinó la oferta. Al cabo de unos minutos, Bosch había concluido y colgó. Miró a Guyot.

—Cuando limpiemos la escena del crimen dentro de unos días, es probable que los periodistas se queden por aquí. Supongo que buscarán al perro que encontró el hueso. Así que si quiere permanecer al margen, mantenga a *Calamidad* fuera de la calle, o atarán cabos.

—Buen consejo —dijo Guyot.

—Y podría llamar a su vecino, el señor Ulrich, y decirle que no lo mencione tampoco él a los periodistas.

Al salir de la casa, Bosch le preguntó a Brasher si quería su linterna y ella le dijo que prefería no tener que cargar con ella mientras ayudaba en la batida de la colina.

—Dámela cuando puedas —dijo.

A Bosch le gustó la respuesta, porque significaba que tendría al menos otra oportunidad de verla.

De nuevo en la rotonda, Bosch se encontró a Edgar dándoles el discursito a los cadetes de la academia.

—La regla de oro de la escena del crimen, chicos, es no tocar nada hasta que haya sido estudiado, fotografiado y registrado en el plano.

Bosch se metió en la rotonda.

—Muy bien, ¿listos?

—Están listos —dijo Edgar. Señaló con la cabeza a dos de los cadetes que llevaban detectores de metales—. Se los he pedido prestados a los de criminalística.

Bosch asintió y les dio a los cadetes y a Brasher el mismo discurso sobre la seguridad que le había dado al equipo de la forense. Entonces se dirigieron a la escena del crimen. Bosch presentó a Brasher a Edgar y dejó que su compañero abriera el camino hasta el control. Él se quedó en la parte de atrás, hablando con Brasher.

—Al final del día ya veremos si quieres ser detective de homicidios —dijo Bosch.

—Cualquier cosa es mejor que estar pendiente de la radio y limpiar el vómito de la parte de atrás del coche después de cada turno.

—Recuerdo esos tiempos.

Bosch y Edgar distribuyeron a los doce cadetes y Brasher por las áreas adyacentes a la zona de las acacias y los pusieron a buscar por parejas. Bosch bajó entonces y trajo a los dos equipos con perros para complementar la búsqueda.

Cuando las cosas estuvieron en marcha, dejó a Edgar con los cadetes y volvió a las acacias para ver qué progresos se habían hecho. Encontró a Kohl sentada sobre un cajón de material y supervisando la colocación de estacas de madera en el suelo para poder tender cuerdas y establecer la cuadrícula de la excavación.

Bosch había trabajado con Kohl en otra ocasión y sabía que era muy concienzuda y buena profesional. Estaba a punto de cumplir los cuarenta y tenía el cuerpo y el bronceado de una jugadora de tenis. Bosch se la había encontrado una vez en un parque de la ciudad jugando a tenis con una hermana gemela. Habían atraído a una multitud. Parecía que alguien estaba golpeando la pelota contra su reflejo.

El cabello liso y rubio de Kohl caía hacia adelante y le ocultaba los ojos cuando miraba el enorme portapapeles que tenía en el regazo. Estaba haciendo anotaciones en un papel en el que ya había una cuadrícula impresa. Bosch miró el gráfico por encima del hombro de ella. Kohl estaba escribiendo en cada uno de los cuadrados una letra del alfabeto a medida que se clavaban en el suelo las estacas correspondientes. En la parte superior de la página había escrito «Ciudad de Huesos».

Bosch se estiró y tocó la parte del gráfico donde había escrito el título.

—¿Por qué lo llamas así?

Ella se encogió de hombros.

—Porque estamos trazando las calles y las manzanas de lo que será una ciudad para nosotros —dijo ella, pasando los dedos por encima de algunas de las líneas del gráfico—. Al menos mientras trabajemos aquí nos parecerá que esto es nuestra pequeña ciudad.

—En cada asesinato está la historia de una ciudad —dijo Bosch.

Kohl levantó la cabeza para mirarlo.

—¿Quién dijo eso?

—No lo sé, alguien.

Bosch se fijó en Corazon, que estaba agachada sobre los huesecitos del suelo, estudiándolos mientras la lente de la videocámara la estudiaba a ella. Bosch estaba pensando en decirle alguna cosa cuando sonó su radio y se la sacó del cinturón.

—Aquí Bosch.

—Edgar. Será mejor que vuelvas, Harry. Ya tenemos algo.

—Voy.

Edgar estaba de pie en un lugar casi llano, en los matorrales que había a unos cuarenta metros de las acacias. Media docena de cadetes y Brasher habían formado un círculo y estaban mirando algo en el matorral de casi medio metro de alto. El helicóptero de la policía sobrevolaba el lugar en un círculo más cerrado.

Bosch llegó junto a Edgar y miró al suelo. Vio un cráneo infantil, parcialmente enterrado, con las cuencas de los ojos mirándole.

—Nadie lo ha tocado —dijo Edgar—. Lo ha encontrado Brasher.

Bosch miró a la agente y vio que el humor que parecía llevar impreso en los ojos y la boca habían desaparecido. Volvió a observar la calavera y se sacó la radio del cinturón.

—¿Doctora Corazon? —dijo.

Transcurrieron varios segundos antes de que regresara la voz de ella.

—Sí, estoy aquí, ¿qué pasa?

—Vamos a tener que ampliar la escena del crimen.

6

El día resultó fructífero, con Bosch en funciones de general que supervisaba el pequeño ejército que trabajaba en la escena del crimen ampliada. Los huesos surgieron con facilidad del suelo y los matorrales de la colina, como si hubieran estado aguardando con impaciencia durante mucho tiempo. A mediodía, el equipo de Kathy Kohl había excavado tres manzanas de la cuadrícula y del suelo oscuro habían emergido decenas de huesos. Como los arqueólogos que desenterraban los útiles de los hombres prehistóricos, el equipo de excavación utilizaba pequeñas herramientas y pinceles para sacar cuidadosamente los huesos a la luz. También utilizaban detectores de metales y sondas de vapor. A pesar de que el proceso era meticuloso, avanzaba con más rapidez de la que Bosch había previsto.

El descubrimiento del cráneo había marcado el ritmo y conferido una sensación de urgencia a toda la operación. La calavera fue examinada sobre el terreno, y ante la cámara, por Teresa Corazon, quien halló líneas de fracturas y cicatrices quirúrgicas. Las huellas de la cirugía aseguraban que se hallaban ante huesos relativamente contemporáneos. Las fracturas no eran por sí solas prueba de que se trataba de un homicidio, pero si se añadían al hecho de que el cadáver había sido enterrado, daban una sensación clara de que se estaba desvelando la historia de un asesinato.

A las dos en punto, cuando los equipos de la colina hicieron un alto para comer, se había recuperado casi la mitad del esqueleto. Los cadetes habían encontrado algunos otros huesos dispersos fuera de la cuadrícula. Además, el equipo de Kohl había desenterrado fragmentos de ropa deteriorada y una mochila de lona del tamaño de las que utilizan los niños.

Bajaron los huesos en cajas de madera cuadradas a las que añadieron unas asas de cuerda en los laterales. A la hora del almuerzo, un antropólogo forense estaba examinando tres cajas de huesos en el laboratorio. La ropa, en su mayor parte podrida e irreconocible, así como la mochila, que habían abandonado sin abrirla, fueron transportadas al laboratorio de la División de Investigaciones Científicas del Departamento de Policía de Los Ángeles para ser sometida a un escrutinio similar.

Un examen con detector de metales llevado a cabo en la cuadrícula de búsqueda halló una única moneda —un cuarto de dólar acuñado en 1975— a la misma profundidad que los huesos y aproximadamente a cinco centímetros de la parte izquierda de la pelvis. Se dio por hecho que la moneda había estado en el bolsillo delantero izquierdo de los pantalones, que se habían descompuesto junto con el tejido corporal. A juicio de Bosch, la moneda proporcionaba una clave para establecer el momento de la muerte: si la suposición de que la moneda había sido enterrada junto con el cadáver era correcta, la muerte no podía haberse producido antes de 1975.

Los patrulleros habían dispuesto que dos vehículos con comida llegaran a la rotonda para alimentar al pequeño ejército de la escena del crimen. Era tarde para almorzar y la gente tenía hambre. Un camión servía la comida caliente mientras que el otro repartía los sándwiches. Bosch esperaba en la cola del camión de los sándwiches con Julia Brasher. La cola avanzaba con lentitud, pero a él no le importaba. Hablaron sobre todo de la investigación en la colina y cotillearon acerca de los mandamases del departamento. Era una conversación para entrar en contacto. Bosch se sentía atraído por ella, y cuanto más la oía hablar de sus experiencias de novata y mujer en el departamento, más le intrigaba. Ella tenía una mezcla de nerviosismo y respeto reverencial por el trabajo que Bosch recordaba con claridad de sus primeros días en el departamento.

Cuando sólo le quedaban seis personas delante para pedir la comida, Bosch oyó que alguien del camión hacía preguntas acerca de la investigación a uno de los cadetes.

—¿Son huesos de personas diferentes?

—No lo sé, tío. Nosotros sólo los buscamos.

Bosch se fijó en el hombre que había hecho la pregunta. Salió del lugar que ocupaba con Brasher y caminó hasta la parte posterior del camión. Miró a través de la puerta abierta hacia la parte de atrás y vio a tres hombres con delantales trabajando en el camión. O haciéndolo ver. No advirtieron que Bosch estaba mirando. Dos de los hombres estaban preparando sándwiches y apuntando pedidos. El hombre del centro, el que había hecho preguntas al cadete, estaba moviendo los brazos sobre el mostrador, por debajo de la ventanilla. No estaba haciendo nada, pero desde fuera del camión parecería que estaba preparando un sándwich. Cuando Bosch miró, vio que el hombre de la derecha partía un sándwich por la mitad, lo colocaba en una bandeja de papel y se lo pasaba al hombre de en medio. Éste lo pasó entonces por la ventana al cadete que lo había pedido.

Bosch se fijó en que mientras que los dos auténticos trabajadores llevaban tejanos y camisetas debajo del delantal, el tercero llevaba pantalones de pinzas y un polo. Del bolsillo trasero de los pantalones sobresalía una libreta, de esas largas y delgadas que usaban los periodistas.

Bosch metió la cabeza por la puerta y echó un vistazo. En un estante que había junto a la puerta vio una americana de *sport* arrugada. La agarró y se alejó con ella. Revisó los bolsillos de la americana y encontró un pase de prensa emitido por el Departamento de Policía de Los Ángeles. El pase tenía la foto del hombre de en medio. Se llamaba Victor Frizbe y trabajaba para el *New Times*.

Bosch golpeó con los nudillos en la parte exterior del camión y cuando los tres hombres se volvieron para mirar, hizo una señal a Frizbe. El periodista se señaló el pecho como si preguntara «¿quién, yo?» y Bosch asintió. Frizbe se acercó a la puerta y se inclinó.

—¿Sí?

Bosch estiró el brazo, agarró al periodista por la parte superior del delantal y lo sacó del camión. Frizbe aterrizó de pie, pero tuvo que dar varios pasos para no caer de bruces. Cuando se dio la vuelta para protestar, Bosch le golpeó en el pecho con la americana arrugada.

Dos agentes de patrulla —que siempre comían los primeros— estaban vaciando las bandejas en un cubo de basura próximo. Bosch los llamó.

—Llevadlo al perímetro. Si lo veis cruzando otra vez, arrestadlo.

Cada agente agarró a Frizbe por un brazo y empezaron a llevarlo calle abajo hasta las vallas. Frizbe protestó y la cara se le puso roja como una lata de Coca-Cola, pero los agentes sólo se preocuparon por sujetarle los brazos y lo condujeron hacia su humillación ante los demás periodistas. Bosch observó un momento y luego sacó la tarjeta de prensa del bolsillo de atrás de sus pantalones y la tiró en el cubo de basura.

Volvió a reunirse con Brasher en la fila. Ya sólo tenían dos cadetes delante.

—¿De qué ha ido eso? —preguntó Brasher.

—Infracción de las normas sanitarias. No se había lavado las manos.

Brasher se echó a reír.

—Hablo en serio. Por lo que a mí respecta, la ley es la ley.

—Dios, espero que me den el sándwich antes de que veas una cucaracha y les cierres el chiringuito.

—No te preocupes, creo que acabo de deshacerme de la cucaracha.

Transcurridos diez minutos, y después de que Bosch sermoneara al dueño del camión por colar a los medios de comunicación en la escena del crimen, Bosch y Brasher se llevaron los sándwiches y las bebidas a una de las mesas de pícnic que los servicios especiales habían instalado en la rotonda. Era una mesa que habían reservado para el equipo de investigación, pero a Bosch no le importó permitir que Brasher se sentara. Edgar estaba allí con Kohl y uno de los miembros del equipo de excavación. Bosch presentó a Brasher a quienes no la conocían y mencionó que ella había atendido la llamada inicial del caso y que le había ayudado la noche anterior.

—Bueno, ¿dónde está la jefa? —preguntó Bosch a Kohl.

—Ah, ella ya ha comido. Creo que ha salido para grabarse y entrevistarse a sí misma.

Bosch sonrió y asintió.

—Creo que voy a repetir —dijo Edgar mientras salía del banco y se alejaba con su bandeja.

Bosch mordió su sándwich de beicon, lechuga y tomate y lo saboreó. Estaba famélico. No pensaba hacer otra cosa que comer y descansar durante el rato que tenía libre, sin embargo, Kohl le preguntó si quería que le presentara sus conclusiones iniciales sobre la excavación.

Bosch tenía la boca llena. Después de que hubo tragado, le pidió que aguardara hasta que regresara su compañero. Hablaron en líneas generales sobre el estado de los huesos y cómo Kohl creía que la naturaleza poco profunda de la tumba había permitido que los animales desenterraran los restos y desperdigaran los huesos; posiblemente durante años.

—No vamos a encontrarlos todos —dijo ella—. Ni mucho menos. Pronto alcanzaremos un punto en que los gastos y los esfuerzos no se verán compensados con resultados.

Edgar regresó con otra bandeja de pollo frito. Bosch hizo una señal a Kohl, que miró la libreta que tenía en la mesa de su izquierda. Revisó algunas de sus anotaciones y empezó a hablar.

—Lo que quiero que tengáis en cuenta es la profundidad de la tumba y la localización del terreno. Creo que son los aspectos clave. Van a tener algo que ver en quién era ese chico y qué le ocurrió.

—¿Chico? —preguntó Bosch.

—Por el espacio de la cadera y la cinturilla de la ropa interior.

Kohl explicó que entre la ropa podrida y en descomposición estaba la goma de la cinturilla, que era lo único que quedaba de la ropa interior que llevaba la víctima cuando fue enterrada. Los fluidos de descomposición del cuerpo habían contribuido al deterioro de la ropa, pero la goma de la cinturilla se había conservado casi intacta y parecía proceder de un calzoncillo.

—De acuerdo —dijo Bosch—. ¿Estabas hablando de profundidad de la tumba?

—Sí, bueno, creemos que la cadera y la región lumbar de la columna vertebral estaban en la misma posición que cuando las descubrimos. Sobre esta base, estamos hablando de una sepultura que no tenía más de quince centímetros de profundidad. Una sepultura tan poco profunda implica prisa, pánico, una serie de factores indicativos de una escasa planificación. Pero... —Kohl levantó un dedo—, de igual modo, la localización (muy remota y dificultosa) refleja lo contrario. Muestra una planificación cuidadosa. Así que aquí tenéis una contradicción. La localización parece haber sido elegida porque es muy difícil llegar hasta ahí, en cambio, la tumba parece haber sido cavada de forma rápida y furiosa. Este chico estaba literalmente cubierto únicamente con tierra suelta y hojas de pino. Sé que señalar todo esto no necesariamente va a ayudaros a detener al culpable, pero quiero que veáis lo que estoy viendo yo. Esta contradicción.

Bosch asintió.

—Es bueno saberlo. Lo tendremos en cuenta.

—La otra contradicción, la menor, es la mochila. Enterrarla con el cadáver fue un error. El cuerpo se descompone mucho más deprisa que la lona. Así que si encontráis en la mochila algo que sirva para identificar a la víctima será un error del culpable. Otra vez pobre planificación en medio de un buen plan. Sois buenos detectives, estoy segura de que lo entenderéis.

Kohl sonrió a Bosch y luego volvió a estudiar su bloc, levantando la tapa para mirar debajo.

—Creo que es todo. Lo demás lo comentaremos in situ. Diría que el trabajo está yendo muy bien allí arriba. Al final del día, habremos terminado con la tumba principal. Mañana tomaremos muestras en otras cuadrículas. Pero probablemente terminaremos mañana. Como he dicho, no vamos a conseguirlo todo, pero obtendremos lo suficiente para hacer lo que tenemos que hacer,

De pronto Bosch pensó en la pregunta de Victor Frizbe al cadete en el camión del cátering y se dio cuenta de que el periodista podía llevarle la delantera.

—¿Muestras? ¿Creéis que hay más de un cadáver enterrado aquí?

Kohl negó con la cabeza.

—No tengo nada que lo indique. Pero hemos de asegurarnos. Tomaremos algunas muestras y hundiremos algunas sondas de gas. Es rutina. Lo más probable (sobre todo vista la escasa profundidad de la sepultura) es que se trate de un único caso, pero hemos de estar seguros. Todo lo posible.

Bosch asintió. Se alegró de haberse comido casi todo el sándwich, porque de repente había perdido el apetito. La expectativa de montar una investigación con múltiples víctimas era sobrecogedora. Miró al resto de los presentes.

—Esto no ha de salir de esta mesa. Ya he pescado a un periodista husmeando en busca de un asesino en serie, no queremos la histeria de los medios. Aunque les digáis que lo que estamos haciendo es rutina y sólo para asegurarse, será el titular. ¿De acuerdo?

Todos asintieron, incluida Brasher. Bosch estaba a punto de decir algo cuando se oyó un estrépito procedente de la fila de urinarios portátiles situados en el tráiler de servicios especiales al otro lado del círculo. Alguien se había quedado encerrado en uno de los retretes del tamaño de una cabina telefónica y estaba golpeando en la chapa de aluminio. Después de un momento, Bosch oyó la voz de una mujer detrás del fuerte golpeteo. Reconoció la voz y se levantó de un salto.

Bosch corrió por la rotonda y subió los escalones que conducían a la plataforma del camión. Enseguida determinó el retrete del que procedía el sonido y se acercó a la puerta. El cerrojo exterior, utilizado para asegurar el urinario durante el transporte, había sido cerrado y asegurado con un hueso de pollo.

—Ya va, ya va —gritó Bosch.

Trató de sacar el hueso de pollo, pero estaba grasiento y se le resbalaba. Los porrazos y los gritos continuaron. Bosch miró en torno en busca de una herramienta de algún tipo, pero no vio nada. Al final, sacó la pistola de la cartuchera, comprobó el seguro y usó la culata del arma a modo de martillo para pasar el hueso por el aro, siempre con cuidado de que el cañón del arma apuntara al suelo.

Cuando el hueso saltó por fin, apartó la pistola y abrió el cerrojo. La puerta se abrió de golpe y Teresa Corazon casi se lo llevó por delante. Bosch la sujetó para mantener el equilibrio, pero ella lo apartó sin contemplaciones.

—¡Has sido tú!

—¿Qué? ¡No! Yo estaba allí...

—¡Quiero saber quién ha sido!

Bosch bajó la voz. Sabía que probablemente todas las

miradas del campamento estaban fijas en ellos. Y las de los periodistas del otro lado de la calle también.

—Oye, Teresa, cálmate. Era una broma, ¿vale? El que haya sido lo ha hecho en broma. Sé que te agobian los espacios cerrados, pero ellos no. Alguien quería rebajar la tensión un poco, y resultó que...

—Es porque tienen envidia, por eso.

—¿Qué?

—Tienen envidia de quién soy y de lo que he hecho.

Bosch se quedó de piedra.

—Lo que tú digas.

Ella se dirigió hacia las escaleras, pero entonces se volvió de repente y regresó hacia él.

—Me voy, ¿estás contento?

Bosch negó con la cabeza.

—¿Contento? Aquí no hay ningún motivo para estar contento. Trato de dirigir una investigación, y si quieres que te diga la verdad, ahorrarnos la distracción de que estés tú y tu cameraman por aquí puede ayudar.

—Entonces lo has conseguido. ¿Y sabes el teléfono al que me llamaste anoche?

Bosch asintió.

—¿Qué pasa con el teléfono?

—Bórralo.

Ella bajó los escalones, hizo una señal con el dedo al cámara con gesto enfadado y se encaminó hacia su coche oficial. Bosch la miró marchar.

Cuando volvió a la mesa de pícnic, sólo quedaban allí Edgar y Brasher. Su compañero había reducido su segunda ración de pollo frito a huesos. Estaba sentado con una mueca de satisfacción en el rostro.

Bosch tiró el hueso que había sacado del aro en la bandeja de Edgar.

—Se había encajado bien —dijo.

Miró a Edgar con una mirada que decía que sabía que había sido él. Pero Edgar no se delató.

—Cuanto más grande es el ego, más dura es la caída —dijo Edgar—. Me pregunto si su cameraman lo habrá grabado en vídeo.

—Sabes, habría estado bien mantenerla de aliada —dijo Bosch—. Valía la pena soportarla para que estuviera de nuestro lado si la necesitábamos.

Edgar recogió su bandeja y se afanó para deslizar su largo cuerpo por la mesa de pícnic.

—Te veo en la colina —dijo.

Bosch miró a Brasher. Ella alzó las cejas.

—¿Quieres decir que ha sido él?

Bosch no respondió.

7

El trabajo en la ciudad de huesos sólo duró dos días. Como había previsto Kohl, la mayoría de las piezas del esqueleto habían sido localizadas y extraídas del área situada bajo las acacias al final del primer día. Se habían encontrado otros huesos en los matorrales cercanos desperdigados de forma que sugería el desenterramiento por parte de animales. El viernes regresó el equipo de búsqueda y excavación, pero no se encontraron más huesos en toda una jornada de búsqueda por parte de un nuevo grupo de cadetes y tras la excavación de los principales cuadrados de la retícula. Las sondas de vapor y las excavaciones de muestra en todos los cuadrados restantes no dieron como resultado ningún hueso ni indicación alguna de que otros cuerpos hubieran sido sepultados bajo las acacias.

Kohl calculó que se había recuperado el sesenta por ciento del esqueleto. A recomendación suya y con la aprobación de Teresa Corazon, la excavación y la búsqueda se suspendió al anochecer del viernes en espera de nuevos acontecimientos.

Bosch no protestó. Sabía que obtendrían resultados

muy limitados a cambio de un gran esfuerzo y confió en los expertos. Además, se sentía ansioso por empezar con la investigación e identificación de los huesos, tareas que estaban muy atascadas puesto que él y Edgar habían trabajado exclusivamente en Wonderland Avenue durante los dos días, supervisando la recogida de pruebas, haciendo una batida de entrevistas en el barrio y escribiendo los informes iniciales del caso. Todo ello formaba parte de una labor necesaria, pero Bosch quería seguir adelante.

El sábado por la mañana él y Edgar se encontraron en el vestíbulo de la oficina del forense y le dijeron al recepcionista que tenían una cita con el doctor William Golliher, el antropólogo forense de la UCLA que colaboraba con la policía de Los Ángeles.

—Los está esperando en la suite A —dijo el recepcionista después de confirmarlo mediante una llamada—. ¿Conocen el camino?

Bosch asintió y les abrieron la puerta. Tomaron un ascensor al sótano y en cuanto éste se abrió los recibió el olor de la planta de autopsias. Era una mezcla de productos químicos y podredumbre única en el mundo. Edgar se puso de inmediato una mascarilla descartable. Bosch no se molestó.

—Deberías ponértela, Harry —dijo Edgar mientras recorrían el pasillo—. ¿Sabes que los olores son partículas?

Bosch lo miró.

—Gracias, Jerry.

Tuvieron que detenerse en el pasillo cuando sacaron una camilla de la sala de autopsias. La camilla llevaba un cadáver envuelto en plástico.

—Harry, ¿te has fijado en que los envuelven igual que los burritos de Taco Bell?

Bosch levantó el mentón hacia el hombre que empujaba la camilla.

—Por eso no como burritos.

—¿En serio?

Bosch siguió caminando sin contestar.

La suite A era una sala de autopsias que Teresa Corazon se reservaba para las contadas ocasiones en que abandonaba las tareas administrativas propias de su cargo de forense jefe y llevaba a cabo una autopsia. Puesto que inicialmente el caso había cosechado su atención, al parecer había autorizado a Golliher a utilizar su suite. Corazon no había vuelto a la escena del crimen de Wonderland Avenue después del incidente con el retrete portátil.

Edgar y Bosch empujaron las puertas dobles de la suite y los recibió un hombre vestido con vaqueros y camisa hawaiana.

—Por favor, llámenme Bill —dijo Golliher—. Supongo que han sido dos días muy largos.

—Ni que lo diga —comentó Edgar.

Golliher asintió de manera amistosa. Rondaba la cincuentena, tenía el cabello y los ojos oscuros y actitud amable. Los invitó a pasar a la mesa de autopsias que estaba situada en el centro de la sala. Los huesos que habían sido recogidos de debajo de las acacias estaban distribuidos por la superficie de acero inoxidable.

—Bueno, permítanme que les explique lo que tenemos aquí —dijo Golliher—. Mientras el equipo de campo ha ido recopilando pruebas, yo he estado aquí examinando las piezas, haciendo radiografías y en general tratando de montar este puzle.

Bosch se acercó a la mesa de acero inoxidable. Los huesos estaban colocados en su lugar correspondiente, formando un esqueleto parcial. Las piezas faltantes más evidentes eran los huesos del brazo y pierna izquierdos y la mandíbula inferior. Se supuso que éstas eran las piezas que habían sido desenterradas antes y llevadas a un lugar más distante por parte de los animales que habían hurgado en la sepultura poco profunda.

Todos los huesos estaban etiquetados, los más grandes con adhesivos y los más pequeños mediante etiquetas con cuerda. Bosch sabía que las anotaciones de esas etiquetas eran códigos que indicaban la localización de cada hueso en la cuadrícula que Kohl había trazado el primer día de la excavación.

—Los huesos pueden decirnos mucho de cómo una persona vivió y murió —dijo Golliher con gravedad—. En casos de maltrato a menores, los huesos no mienten y se convierten en nuestra prueba final.

Bosch miró a Golliher y observó que sus ojos no eran oscuros. En realidad eran azules, pero estaban hundidos y le daban cierta expresión de angustia. El antropólogo estaba mirando más allá de Bosch, a los huesos dispuestos sobre la mesa. Al cabo de un momento salió de su ensueño y se fijó en Bosch.

—Déjenme que les cuente que aprendemos mucho de los huesos y objetos recuperados —dijo—. Pero tengo que decirles que me han consultado en muchos casos, y éste me deja anonadado. Estaba mirando esos huesos y tomando notas y al mirar mi libreta vi que estaba manchada. Estaba llorando. Estaba llorando y ni siquiera me había dado cuenta.

Golliher miró los huesos esparcidos con una mirada de ternura y compasión. Bosch sabía que el antropólogo estaba viendo a la persona que alguna vez estuvo allí.

—Éste es un mal caso, chicos. Muy malo.

—Entonces díganos lo que ha averiguado para que podamos empezar con nuestro trabajo. —Bosch lo dijo en una voz que sonó como un susurro reverencial.

Golliher asintió y se estiró hacia un mostrador que tenía detrás para coger una libreta de espiral.

—De acuerdo —dijo Golliher—. Empecemos con lo básico. Algunas cosas puede que ya las conozcan, pero voy a desvelarles todos mis descubrimientos, si no les importa.

—No nos importa —dijo Bosch.

—Bien. Vamos allá. Lo que tenemos aquí son los restos de un varón joven caucasoide. Las comparaciones con los índices de crecimiento de Maresh indican que tiene unos diez años. Sin embargo, como enseguida veremos, este niño fue víctima de maltrato físico severo y prolongado. Histológicamente, las víctimas de abuso crónico suelen sufrir lo que se conoce como disrupción del crecimiento. Esta atrofia relacionada con el maltrato sesga la estimación de edad. Lo que normalmente encontramos es un esqueleto que parece más joven de lo que es. Lo que quiero decirles es que este niño aparenta diez años, pero probablemente tenía doce o trece,

Bosch miró a Edgar. Estaba de pie con los brazos plegados fuertemente sobre el pecho, como si se estuviera abrazando a sí mismo ante lo que sabía que le esperaba. Bosch sacó una libreta del bolsillo de la americana y empezó a tomar notas en taquigrafía.

—La fecha de la muerte —dijo Golliher—. Es una cuestión difícil. Las pruebas radiológicas distan mucho de ser precisas en este sentido. Tenemos la moneda, que nos da la fecha aproximada de mil novecientos setenta y cinco. Eso nos ayuda. Calculo que este chico ha permanecido enterrado entre veinte y veinticinco años. Este lapso me cuadra y además existen pruebas quirúrgicas de las que hablaremos enseguida que apoyan esta estimación.

—Así que tenemos a un niño de entre diez y trece años asesinado hace veinte o veinticinco años —resumió Edgar, con una nota de frustración en su voz.

—Sé que le estoy dando un amplio conjunto de parámetros, detective —dijo Golliher—. Pero por el momento es lo mejor que la ciencia puede hacer por ustedes.

—No es culpa suya, doctor.

Bosch lo anotó todo. A pesar de la amplitud de la estimación, seguía siendo de importancia vital para la investigación establecer un marco temporal. El cálculo de Golliher situaba el momento de la muerte a finales de los setenta o principios de los ochenta. Bosch pensó por un momento en cómo era Laurel Canyon en esa época: un enclave rústico y de moda, en parte bohemio y en parte de clase alta, con traficantes y consumidores de cocaína, proveedores de pornografía y hedonistas quemados del rock and roll en casi todas las calles. ¿La muerte de un niño podía formar parte de ese cóctel?

—La causa de la muerte —dijo Golliher—. Miren, mejor dejemos la causa de la muerte para el final. Quiero empezar con las extremidades y el torso, para que se formen una idea de lo que este niño tuvo que soportar en su corta vida.

La mirada del antropólogo se clavó en Bosch por un momento antes de regresar a los huesos. Bosch respiró hondo, lo que le provocó un dolor agudo en las costillas. Sabía que el miedo que había sentido desde el momento en que miró los pequeños huesos en la colina iba a concretarse. Por instinto había sabido desde el principio que todo acabaría así, que un historia de horror emergería del suelo removido.

Bosch empezó a garabatear en la libreta, clavando el boli con fuerza en el papel mientras Golliher continuaba.

—En primer lugar, sólo tenemos un sesenta por ciento de los huesos —dijo—. Pero aun así tenemos pruebas incontrovertibles de un tremendo trauma esquelético y maltrato crónico. Desconozco cuál es su grado de experiencia antropológica, pero supondré que la mayoría de esto es nuevo para ustedes. Empezaré por lo básico. Los huesos se curan a sí mismos, caballeros. Y es a través del estudio de la regeneración del hueso que podemos establecer la historia del maltrato. En estos huesos hay múltiples lesiones en distintos estados de curación. Hay fracturas viejas y nuevas. Sólo tenemos dos de las cuatro extremidades, pero ambas muestran múltiples ejemplos de traumatismo. En resumen, este chico pasó la mayor parte de su vida curándose o resultando herido.

Bosch miró la libreta y vio que sostenía el bolígrafo con tanta fuerza que los nudillos se le estaban poniendo blancos.

—Tendrán un informe escrito el lunes, pero por ahora, si quieren una cifra, les diré que he encontrado cuarenta y cuatro localizaciones distintas que indican traumatismos en varios estados de curación. Y esto eran sólo los huesos, detectives. No sabemos los daños que se infligieron a los órganos vitales y los tejidos. Pero sin duda este niño vivió probablemente casi todos los días de su vida con mucho dolor.

Bosch anotó la cifra en la libreta. Parecía un gesto sin sentido.

—En primer lugar, las heridas que he catalogado pueden apreciarse en las resonancias por lesiones subperiósticas —dijo Golliher—. Estas lesiones son finas capas de hueso nuevo que crece bajo la superficie en el área del trauma o la hemorragia.

—Subperi... ¿Cómo se escribe eso? —preguntó Bosch.

—¿Y eso qué importa? Estará en el informe.

Bosch asintió.

—Eche una mirada a esto —dijo Golliher.

Golliher fue a la máquina de rayos X situada en la pared y encendió la luz. Ya había película en la máquina. Se veía la radiografía de un hueso largo y delgado. El antropólogo pasó el dedo por la cabeza del hueso, señalando una ligera demarcación de color.

—Éste es el único fémur que recogimos —dijo—. El hueso del muslo. Esta línea de aquí, donde cambia el color, es una de las lesiones. Esto significa que esta área (el muslo del chico) había sufrido un fuerte golpe en las semanas previas a su muerte. Un golpe por aplastamiento. No le rompió el hueso, pero lo dañó. Este tipo de herida sin duda habría causado un hematoma y creo que afectaría al niño al caminar. Lo que estoy diciendo es que no pudo pasar desapercibido.

Bosch se adelantó para estudiar la radiografía. Edgar permaneció en su lugar. Cuando Bosch terminó de mirar, Golliher sacó la radiografía y puso otras tres, cubriendo todo el aparato.

—También tenemos esquirlas periósticas en las dos extremidades recuperadas. Se trata del desgarro de la superficie del hueso, que se aprecia sobre todo en casos de maltrato infantil, cuando la mano del adulto u otro instrumento golpea el miembro violentamente. Los patrones de recuperación de estos huesos muestran que este trauma en concreto ocurrió repetidamente y durante años a este niño.

Golliher hizo una pausa para revisar sus notas, luego

centró la atención en los huesos de la mesa. Cogió el hueso de la parte superior del brazo y lo sostuvo mientras consultaba sus notas y hablaba. Bosch se fijó en que no llevaba guantes.

—Es el húmero —dijo Golliher—. El húmero derecho muestra dos fracturas separadas y curadas. Las roturas son longitudinales. Esto nos dice que las fracturas son el resultado de retorcer el brazo con gran fuerza. Le pasó una vez y luego otra.

Golliher dejó el húmero y cogió uno de los huesos del antebrazo.

—El cúbito muestra una fractura latitudinal curada. La rotura causó una leve desviación en la posición del hueso. Esto ocurrió porque se dejó que el hueso sanara en su lugar después de la fractura.

—¿Quiere decir que no lo enyesaron? —preguntó Edgar—. ¿No lo llevaron a un médico o a una sala de urgencias?

—Exactamente. Este tipo de lesiones, aunque suelen ser accidentales y se tratan a diario en todas las salas de urgencias, también pueden ser lesiones defensivas. Levantas el brazo para protegerte de una agresión y recibes el golpe en el antebrazo. Puede haber fractura. En vista de la falta de indicación de atención médica a esta lesión, supongo que no fue una lesión accidental, sino que formó parte del patrón de maltrato.

Golliher dejó el hueso en su lugar con suavidad y luego se inclinó sobre la mesa de exámenes para observar la caja torácica. Muchas de las costillas habían sido separadas y estaban sobre la mesa.

—Las costillas —dijo Golliher—. Hay casi dos docenas de fracturas en distintos estados de curación. Creo que una fractura curada en la costilla doce puede ser de cuando el niño sólo tenía dos o tres años. La costilla nueve muestra una callosidad indicativa de un traumatismo producido sólo unas pocas semanas antes de la muerte. Las fracturas se consolidan sobre todo cerca de los ángulos. En niños pequeños esto revela una sacudida violenta. En niños mayores suele ser muestra de golpes en la espalda.

Bosch pensó en el malestar que sentía en ese momento, en que no había podido dormir a consecuencia del dolor en sus costillas. Pensó en el niño viviendo con esa clase de suplicio un año sí otro también.

—Voy a lavarme la cara —dijo de repente—. Continúe.

Bosch caminó hasta la puerta, dejando la libreta y el bolígrafo a Edgar. En el pasillo dobló a la derecha. Conocía la distribución de la planta de autopsias y sabía que había cuartos de baño en la siguiente curva del pasillo.

Entró en el cuarto de baño y se metió directamente en una de las cabinas. Sentía náuseas y esperó, pero no ocurrió nada. Al cabo de un rato se le pasó.

Bosch salió de la cabina justo cuando la puerta se abría desde el pasillo y entraba el cameraman de Teresa Corazon. Ambos se miraron con cautela un momento.

—Sal de aquí —dijo Bosch—. Vuelve después.

El hombre se dio la vuelta en silencio y salió.

Bosch se acercó al lavabo y se miró en el espejo. Tenía la cara roja. Se inclinó y se echó agua en el rostro. Pensó en bautismos y segundas oportunidades. En renovación. Levantó el cuello hasta que volvió a verse a la cara.

«Voy a pillar a este tío.»

Casi lo dijo en voz alta.

Cuando Bosch volvió a la suite A, todas las miradas estaban puestas en él. Edgar le devolvió su libreta y bolígrafo y Golliher le preguntó si estaba bien.

—Sí, estoy bien —dijo.

—Si le sirve de ayuda —dijo Golliher—, he sido asesor en casos de todo el mundo. En Chile, Kosovo, incluso en el World Trade Center. Y este caso... —Sacudió la cabeza—. Es duro de asimilar —añadió—. Es uno de esos en los que tienes que pensar que tal vez fue mejor para el niño dejar este mundo. Si uno cree en Dios y en que existe un lugar mejor.

Bosch se acercó a un mostrador y sacó una toalla de papel de un dispensador. Empezó a frotarse la cara otra vez.

—¿Y si no cree?

Golliher se le acercó.

—Bueno, mire, es por esto que tiene que creer —dijo—. Si este chico no salió de este mundo para ir a un plano superior, a algo mejor, entonces..., entonces creo que estamos todos perdidos.

—¿Eso le sirvió cuando estuvo clasificando huesos en el World Trade Center?

Bosch se arrepintió de inmediato de haber hecho un comentario tan duro, pero Golliher no pareció inmutarse. Habló antes de que Bosch tuviera tiempo de disculparse.

—Sí, me ayudó —dijo—. El horror de la injusticia de tantas muertes no sacudió mi fe. En muchos sentidos la fortaleció. Me ayudó a superarlo.

Bosch asintió y arrojó la toalla en un cubo que se abría con un pedal. Cuando levantó el pie del pedal el cubo retumbó al cerrarse.

—¿Y la causa de la muerte? —preguntó, volviendo al caso.

—Podemos dar un salto adelante, detective —dijo Golliher—. Todas las heridas, tanto las que he comentado como las que no, estarán señaladas en mi informe.

El antropólogo forense volvió a la mesa y cogió el cráneo. Se lo llevó a donde estaba Bosch, sosteniéndolo cerca de su pecho con una mano.

—En el cráneo tenemos lo peor... y posiblemente lo mejor —dijo Golliher—. El cráneo muestra tres fracturas distintas en distintos estados de consolidación. Ésta es la primera. —Señaló la región occipital—. Esta fractura es pequeña y está curada. Verán que las lesiones se han soldado por completo. Luego tenemos esta lesión más traumática en el parietal derecho, que se extiende hasta el frontal. Esta herida requirió cirugía, probablemente a causa de un hematoma subdural.

Golliher señaló el área de la lesión con el dedo, trazando un círculo en la parte superior y anterior del cráneo. Luego señaló cinco orificios pequeños y regulares que trazaban un círculo en el hueso.

—Es la marca de un trépano. Un trépano es una sierra quirúrgica que se utiliza para abrir el cráneo antes de la cirugía o para aliviar la presión de un cerebro hinchado. En el caso que nos ocupa probablemente se trató de una hinchazón debida a un hematoma. Ahora bien, la fractura en sí y la cicatriz quirúrgica muestran el inicio de puentes en las lesiones. Hueso nuevo. Diría que la lesión y la cirugía consecuente ocurrieron aproximadamente seis meses antes del fallecimiento del niño.

—¿No es la lesión que causó la muerte? —preguntó Bosch.

—No, la que la causó es ésta.

Golliher giró el cráneo de nuevo y mostró otra fractura. Ésta en la parte posterior inferior izquierda del cráneo.

—Una fractura en forma de cerrada telaraña sin ningún puente, sin consolidación. Esta lesión ocurrió en el momento de la muerte. El patrón cerrado de la fractura indica un golpe con una fuerza tremenda infligido con un objeto muy duro, quizá un bate de béisbol. Algo así.

Bosch miró el cráneo. Golliher lo había girado de forma que las cuencas de los ojos habían quedado orientadas hacia Bosch.

—Hay otras lesiones en el cráneo, pero no de naturaleza fatal. Los huesos de la nariz y el arco zigomático muestran formación de hueso nuevo posterior al trauma.

Golliher volvió a la mesa de autopsias y dejó el cráneo con delicadeza.

—No creo que tenga que hacerles un resumen, detectives, pero, en breve, alguien apalizó a este chico de manera regular. Al final, fueron demasiado lejos. Estará todo en el informe. —Se volvió de la mesa de autopsias y los miró—. Hay un brillo de luz en todo esto, ¿saben? Algo que podría ayudarles.

—La cirugía —apuntó Bosch.

—Exacto. Abrir un cráneo es una operación muy importante. En algún sitio tiene que haber quedado registrado. Tiene que haber un seguimiento. El disco óseo se mantiene en su lugar con clips metálicos después de la operación. Y no se encontró ninguno en el cráneo. Yo supongo que fueron retirados en una operación posterior. Una vez más tiene que haber registros. La cicatriz quirúrgica también nos ayuda a datar el caso. Los agujeros de la trepanación son muy grandes para los estándares actuales. A mediados de los ochenta las herramientas eran más avanzadas. Más pulcras. Las perforaciones eran más pequeñas. Espero que esto les ayude.

Bosch asintió y dijo:

—¿Qué hay de la dentadura? ¿Algo?

—Nos falta la mandíbula inferior —dijo Golliher—.

En los dientes superiores presentes no hay ningún indicio de trabajo dental, a pesar de las indicaciones de caries ante mórtem. Esto en sí mismo es una pista. Creo que sitúa al chico en los niveles más bajos de la escala social. No iba al dentista.

Edgar se había bajado la mascarilla hasta el cuello. Tenía una expresión de dolor.

—Cuando este chico estuvo en el hospital con el hematoma, ¿por qué no le dijo a los médicos lo que le estaba pasando? ¿Y qué hay de sus maestros y sus amigos?

—Conoce las respuestas tan bien como yo, detective —dijo Golliher—. Los niños dependen de sus padres. Les tienen miedo, pero también los quieren y temen perderlos. En ocasiones no hay explicación de por qué no piden auxilio.

—¿Qué hay de las fracturas? ¿Por qué los médicos no las vieron e hicieron algo?

—Eso es lo irónico de mi trabajo. Yo veo con claridad la historia y la tragedia, pero con un paciente vivo podría no ser tan evidente. Si los padres llegan con una explicación plausible de la lesión del niño, ¿qué razón tendría un médico para hacer una radiografía de un brazo, una pierna o el pecho? Ninguna. Y así la pesadilla seguía pasando inadvertida.

Edgar, insatisfecho con la explicación, sacudió la cabeza y caminó hasta la esquina de la sala.

—¿Algo más, doctor? —preguntó Bosch.

Golliher consultó sus notas y luego cruzó los brazos.

—Es todo desde el punto de vista científico, les haré llegar el informe. A un nivel puramente personal, espero que encuentren a la persona que lo hizo. Se merece lo que le caiga, y más.

Bosch asintió.

—Lo encontraremos —dijo Edgar—. No se preocupe por eso.

Los detectives salieron del edificio y se metieron en el coche de Bosch. Bosch se quedó un momento sentado antes de arrancar. Finalmente metió la primera con un golpe seco de la palma de la mano, que le causó una sacudida en la parte herida de su pecho.

—¿Sabes?, a mí no me hace que crea en Dios como él —dijo Edgar—. Me hace creer en alienígenas, en hombrecillos verdes del espacio exterior.

Bosch miró a su compañero. Edgar tenía la cabeza apoyada contra la ventana, mirando al suelo del coche.

—¿Cómo es eso?

—Porque un humano no podría haberle hecho esto a su hijo. Una nave espacial tiene que haber bajado y abducido al niño. Es la única explicación.

—Sí, me gustaría que estuviera en la lista, Jerry. Así nos podríamos ir a casa.

Bosch arrancó el coche.

—Necesito una copa. —Empezó a salir del aparcamiento.

—Yo no, tío —dijo Edgar—. Yo sólo quiero ver a mi hijo y darle un abrazo hasta que me sienta mejor.

No volvieron a hablar hasta que llegaron al Parker Center.

8

Bosch y Edgar subieron en ascensor hasta la quinta planta y entraron en el laboratorio de la División de Investigaciones Científicas, donde tenían una reunión concertada con Antoine Jesper, el criminalista jefe asignado al caso de los huesos. Jesper los recibió en la verja de seguridad y los hizo pasar. Era un joven negro con ojos grises y piel suave. Llevaba una bata blanca de laboratorio que oscilaba y se sacudía con sus largas zancadas y sus brazos en permanente movimiento.

—Por aquí, chicos —dijo—. No tengo mucho, pero lo que tengo es vuestro.

Los condujo al laboratorio principal, donde solamente había un puñado de criminalistas trabajando, y a la sala de secado, un amplio espacio de clima controlado donde la ropa y otro material de los casos se esparcía en las mesas de secado de acero inoxidable y se examinaba. Era el único lugar que podía rivalizar con la planta de autopsias de la oficina del forense en cuanto a fetidez.

Jesper los condujo a dos mesas donde Bosch vio la mochila abierta y varias piezas de ropa oscurecidas por el humus y los hongos. Había también una bolsa de plástico llena de un irreconocible bulto de podredumbre negra.

—El agua y el barro se metieron en la mochila —explicó Jesper—. Supongo que fueron filtrándose al interior con el tiempo.

Jesper sacó un boli del bolsillo de su bata de laboratorio y lo extendió para convertirlo en un puntero. Lo utilizó para ilustrar sus comentarios.

—Tenemos que la mochila contenía tres conjuntos de ropa y lo que probablemente era un sándwich o alguna clase de alimento. Más concretamente eran tres camisetas, tres calzoncillos y tres pares de calcetines. Y la pieza de comida. También había un sobre, o lo que quedaba de un sobre. No lo veis porque se lo hemos pasado a los de Documentos. Pero no os entusiasméis, chicos. Estaba en peor estado que el sándwich, si es que era un sándwich.

Bosch asintió. Hizo una lista del contenido de la mochila en su libreta.

—¿Algún identificador? —preguntó.

Jesper negó con la cabeza.

—Ningún identificador personal en la ropa ni en la bolsa —dijo—. Pero hay dos cosas a señalar. En primer lugar había una marca: Solid Surf. Lo pone en el pecho. Aquí no lo veis, pero lo leí con la luz negra. Podría ayudar, o tal vez no. Si no os resulta conocida la marca, os diré que es una referencia de *skaters*.

—Entendido —dijo Bosch.

—Lo siguiente es la solapa exterior de la mochila. —Jesper usó el puntero para levantar la solapa—. Lo he limpiado un poco y ha salido esto.

Bosch se inclinó sobre la mesa para mirar. La bolsa era de lona azul. En la solapa había una clara decoloración que formaba una gran letra B en el centro.

—Parece que hubo alguna clase de adhesivo en la mochila —dijo Jesper—. Ya no está y no sé si eso ocurrió antes o después de que la enterraran. Yo apuesto a que fue antes. Parece que lo hubieran arrancado.

Bosch dio un paso atrás y escribió unas líneas en su libreta. Después miró a Jesper.

—De acuerdo, Antoine. Buen trabajo, ¿algo más?

—Nada más de la mochila.

—Entonces, vamos a Documentos.

Jesper los guió de nuevo por el laboratorio central y luego por un laboratorio más pequeño donde tuvo que introducir una contraseña en la puerta para entrar.

El laboratorio de Documentos contenía dos filas de escritorios que estaban todos vacíos. Cada escritorio tenía una mesa de luz con una lupa montada en un pivote. Jesper fue al escritorio central de la segunda fila, que tenía una placa con el nombre de Bernadette Fornier. Bosch la conocía. Habían trabajado juntos en un caso en el que se había falsificado una nota de suicidio. Sabía que trabajaba bien.

Jesper cogió una bolsa de pruebas de plástico que estaba en medio del escritorio. La abrió y sacó dos fundas para observación. Una contenía un sobre desdoblado que era marrón y estaba manchado con hongos negros. La otra contenía una pieza rectangular de papel rota en tres partes a lo largo de los dobleces y que también estaba extremadamente decolorada por la descomposición y los hongos.

—Esto es lo que pasa cuando las cosas se humedecen, tío —dijo Jesper—. Bernie se tiró todo un día sólo para desdoblar el sobre y separar la carta. Como ves, se rompió en los dobleces. Y por lo que respecta a si seremos capaces de determinar lo que ponía en la carta, pinta mal.

Bosch encendió la mesa de luz y puso las fundas en ella. Situó la lupa encima y examinó el sobre y la carta que había contenido. No había nada ni remotamente legible en ninguno de los dos documentos. Una cosa que notó fue que parecía que no había sello en el sobre.

—Mierda —dijo.

Dio la vuelta a las fundas y siguió mirando. Edgar se acercó a él como para confirmar lo obvio.

—Habría estado bien —dijo.

—¿Qué va a hacer ella ahora? —preguntó Bosch a Jesper.

—Bueno, probablemente probará con algunos tintes, luces distintas. Tratará de encontrar algo que reaccione con la tinta y lo muestre. Pero ayer no era muy optimista. Así que como he dicho, no me haría muchas ilusiones.

Bosch asintió y apagó la luz.

9

Cerca de la entrada trasera de la comisaría de Hollywood había un banco con grandes ceniceros llenos de arena a ambos lados. Lo llamaban Código 7, como el código que se utilizaba en la radio para indicar que uno quedaba fuera de servicio. A las once y cuarto de la noche del sábado, Bosch era el único ocupante del banco del Código 7. No estaba fumando, aunque no le faltaban ganas. Estaba esperando. El banco estaba tenuemente iluminado por las luces situadas sobre la puerta trasera de la comisaría y tenía vistas al aparcamiento que la comisaría y la estación de bomberos compartían en el extremo del complejo municipal.

Bosch observó mientras regresaban las patrullas del turno de tres a once y los agentes se metían en comisaría para quitarse los uniformes, ducharse y olvidarse hasta el día siguiente, si podían. Bosch miró la MagLite que sostenía y al pasar el pulgar por el extremo de la linterna notó que Julia Brasher había grabado su número de placa.

Sopesó la linterna y la lanzó al aire, sintiendo el peso. Recordó lo que Golliher había dicho acerca del arma con la que habían matado al chico. Podía añadir una linterna a la lista.

Bosch vio que un coche patrulla entraba en el aparcamiento y estacionaba en el garaje de la flota de automóviles. Un agente —que Bosch reconoció como Edgewood, el compañero de Brasher— salió del asiento del pasajero y se encaminó a la comisaría con la escopeta del coche patrulla en la mano. Bosch aguardó y observó, repentinamente inseguro de su plan y preguntándose si no debería abandonarlo y meterse en la comisaría antes de que lo vieran.

Antes de que pudiera decidirse, Brasher salió del lado del conductor y se dirigió hacia la puerta de la comisaría. Caminaba cabizbaja, con el gesto de alguien cansado y derrotado por un día muy largo. Bosch conocía la sensación. También pensaba que las cosas no le habían ido bien. Era algo sutil, pero la forma en que Edgewood había entrado dejándola atrás le decía a Bosch que algo fallaba. Puesto que Julia Brasher era una novata, Edgewood era su oficial de capacitación, aunque tuviera al menos cinco años menos que ella. Quizá se trataba sólo de una situación extraña causada por la diferencia de edad y sexo. O tal vez fuera otra cosa.

Brasher no vio a Bosch en el banco. Ella ya estaba casi en la puerta de la comisaría cuando Bosch habló.

—Eh, te has olvidado de limpiar el vómito del asiento trasero.

Brasher miró por encima del hombro, sin dejar de caminar hasta que vio que era Bosch. Entonces se detuvo y se acercó al banco.

—Te he traído algo —dijo Bosch, al tiempo que le ofrecía la linterna.

Ella sonrió cansadamente mientras la cogía.

—Gracias, Harry. No hacía falta que me esperaras aquí para...

—Quería hacerlo.

Se produjo un extraño silencio.

—¿Has estado trabajando en el caso esta noche? —preguntó ella.

—Más o menos. He empezado con el papeleo. Y tuvimos una especie de autopsia a primera hora. Si es que se puede llamar autopsia.

—Por tu cara veo que fue mal.

Bosch asintió. Se sentía extraño. Seguía sentado y ella continuaba de pie.

—Por tu cara veo que tú también has tenido un día duro.

—¿No lo son todos?

Antes de que Bosch pudiera decir algo, dos polis, recién duchados y con ropa de calle, salieron de comisaría y se dirigieron a sus coches particulares.

—Anímate, Julia —dijo uno de ellos—. Te vemos allí.

—Vale, Kiko —dijo ella.

Brasher volvió a mirar a Bosch. Sonrió.

—Alguna gente del turno se va a reunir en Boardner's —dijo—. ¿Quieres venir?

—Eh...

—No pasa nada. Había pensado que a lo mejor te apetecía tomar algo.

—Sí, lo necesito. De hecho, por eso te estaba esperando. Es sólo que no sé si tengo ganas de estar con un grupo en un bar.

—Bueno, ¿qué habías pensado?

Bosch miró el reloj. Eran las once y media.

—Según lo que tardes en el vestuario, podríamos tomar el último martini en Musso's.

Ella sonrió de oreja a oreja.

—Me encanta Musso's. Dame quince minutos.

Brasher echó a andar hacia la puerta sin aguardar una respuesta.

—Aquí estaré —dijo Bosch a su espalda.

10

Musso and Frank's era una institución que había estado sirviendo martinis a los ciudadanos de Hollywood —famosos e infames— durante un siglo. El salón delantero formado por reservados de cuero rojo era un feudo de conversación tranquila, donde camareros antiguos ataviados con chaquetillas rojas se movían con lentitud. En la sala de atrás estaba la barra, donde la mayoría de las noches los clientes tenían que competir por la atención de bármanes con edad suficiente para ser los padres de los camareros. Cuando Bosch y Brasher entraron en el bar, dos clientes bajaron de sus taburetes para salir. Bosch y Brasher se apresuraron y ganaron el lugar a dos tipos de cuero negro de la industria del cine. Un barman que reconoció a Bosch se acercó y ambos pidieron martinis de vodka, un poco cargados.

Bosch ya se sentía cómodo con Brasher. Habían comido juntos en las mesas de pícnic de la escena del crimen los últimos dos días y ella nunca había estado lejos de su campo visual durante las búsquedas por la colina. Habían ido a Musso's juntos en el coche de Bosch y daba la sensación de que era una tercera o cuarta cita. Charlaron de la comisaría y de los detalles del caso que Bosch quería compartir. Cuando el barman les puso los vasos de martini junto con las botellas de boca ancha, Bosch estaba preparado para olvidarse de huesos, sangre y bates de béisbol durante un rato.

Brindaron y Brasher dijo:

—Por la vida.

—Sí —dijo Bosch—. Por haber superado otro día.

—Más o menos.

Bosch sabía que era el momento de preguntarle a ella qué le preocupaba. Si ella no quería hablar, no insistiría.

—Ese tipo al que has llamado Kiko en el aparcamiento, ¿por qué te dijo que te animaras?

Ella bajó los hombros y al principio no respondió.

—Si no quieres hablar...

—No, no es eso. Más bien es que no quiero pensar en eso.

—Conozco la sensación. Olvida la pregunta.

—No, está bien. Mi compañero va a redactar un informe, y como estoy a prueba, puede costarme caro.

—Un informe ¿por qué?

—Por cruzar el tubo.

«Cruzar el tubo» era una expresión táctica que significaba pasar por delante del cañón de la escopeta o de otra arma empuñada por un compañero.

—¿Qué ocurrió? Bueno, si quieres contármelo.

Ella se encogió de hombros y ambos tomaron sendos largos tragos.

—Oh, era un doméstico (odio los domésticos) y el tío se encerró en el dormitorio con un arma. No sabíamos si iba a usarla contra sí mismo, contra su esposa o contra nosotros. Esperamos refuerzos y luego nos dispusimos a entrar.

Brasher tomó otro trago. Bosch la observó. La tormenta interior se reflejaba claramente en sus ojos.

—Edgewood llevaba una escopeta. A Kiko le tocaba la patada. Fennel, el compañero de Kiko, y yo teníamos la puerta. Así que lo hicimos. Kiko es grande y abrió la puerta de una sola patada. Fennel y yo entramos. El tío estaba desmayado en la cama. No parecía que hubiera ningún problema, pero Edgewood la tomó conmigo. Dijo que había cruzado el tubo.

—¿Lo hiciste?

—Creo que no. Pero si lo hice, también lo hizo Fennel, y a él no le dijo ni mu.

—La novata eres tú. Tú eres la que está a prueba.

—Sí, y te aseguro de que ya me estoy cansando. ¿Cómo lo conseguiste, Harry? Ahora haces un trabajo que marca la diferencia. Lo que hago yo, día y noche pendiente de la radio, yendo de saco de mierda en saco de mierda, es como escupir a un incendio. No hacemos progresos en la calle y encima tengo a este neuras machito diciéndome cada dos minutos cómo la he cagado.

Bosch sabía cómo se sentía. Todos los polis de uniforme pasaban por eso. Uno recorre la cloaca cada día y pronto se convence de que es lo único que existe. Un abismo. Por eso él nunca podría volver al trabajo de patrulla. Patrullar era ir poniendo tiritas en agujeros de bala.

—¿Creías que sería distinto? Me refiero a cuando estabas en la academia.

—No sé lo que pensaba. Lo que creo ahora es que no sé si lograré avanzar hasta un punto en que piense que estoy haciendo algo que sirva.

—Creo que podrás. Los dos primeros años son duros. Pero si insistes acabas viendo a largo plazo. Tú eliges tus batallas y eliges tu camino. Lo harás bien.

No sé sentía seguro para darle ánimos con la típica charla. Bosch también había pasado por largos periodos de indecisión sobre él mismo y sus elecciones. Decirle que aguantara le hizo sentirse un poco falso.

—Hablemos de otra cosa —dijo ella.

—Por mí vale —dijo Bosch.

Bosch tomó un largo trago, tratando de pensar en cómo desviar la conversación en otra dirección. Dejó el vaso, se volvió y sonrió a Brasher.

—Así que tú estabas escalando en los Andes y te dijiste: «Sí, voy a ser poli.»

Brasher se rió, sacudiéndose al parecer la tristeza de sus comentarios anteriores.

—No fue exactamente así. Y nunca he estado en los Andes.

—Bueno, ¿qué hay de esa vida rica y completa que vivías antes de tener placa? ¿Me dijiste que habías viajado por el mundo?

—Nunca fui a Suramérica.

—¿Los Andes están en Suramérica? Siempre había pensado que estaban en Florida.

Ella volvió a reírse y Bosch se sintió bien por haber cambiado de tema con éxito. Le gustaba mirarle la dentadura a Brasher cuando ella se reía. Tenía los dientes levemente doblados, de una forma que hacía que parecieran perfectos.

—Bueno, en serio, ¿qué hacías?

Ella giró en el taburete, de forma que quedaron hombro con hombro, mirándose en el espejo situado detrás de las botellas de colores alineadas en la pared.

—Fui abogada durante un tiempo; no abogada defensora, no te pongas nervioso. Derecho civil. Entonces me di cuenta de que eso era una farsa y lo dejé y empecé a viajar. Trabajé por el camino. Hice cerámica en Venecia, fui guía ecuestre en los Alpes suizos. Fui cocinera en un barco que hacía cruceros de un día en Hawai. Hice otras cosas y vi casi todo el mundo... menos los Andes. Entonces volví a casa.

—¿A Los Ángeles?

—Nací y me crié aquí. ¿Tú?

—Lo mismo. En el Queen of Angels.

—Cedars.

Ella alzó el vaso y brindaron.

—Por los elegidos, los orgullosos, los valientes —dijo Brasher.

Bosch se terminó el vaso y vertió en él el contenido de la jarra. Le llevaba bastante ventaja a Brasher, pero no le importó. Se notaba relajado. Le sentaba bien olvidarse de problemas durante un rato. Era un alivio estar con alguien que no se hallaba directamente vinculado con el caso.

—Naciste en Cedars, ¿eh? —preguntó—. ¿Dónde creciste?

—No te rías. En Bel Air.

—¿Bel Air? Intuyo que hay un papá que no está contento con que su hija haya entrado en la poli.

—Sobre todo porque era suyo el bufete del que se marchó un día y no volvió a dar señales de vida en dos años.

Bosch sonrió y levantó su vaso. Ella brindo otra vez.

—Buena chica.

Después de dejar los vasos, ella dijo:

—Basta de preguntas.

—Vale —dijo Bosch—. ¿Y qué hacemos?

—Llévame a tu casa, Harry.

Él se detuvo un momento, mirando los ojos azules y

brillantes de Brasher. Las cosas avanzaban muy deprisa, sobre los rieles bien engrasados del alcohol. Pero ésa era muchas veces la forma en que sucedía entre los polis, entre gente que sentía que era parte de una sociedad cerrada, que se guiaba por sus instintos y que iba a trabajar cada día sabiendo que el modo en que se ganaban la vida podía matarlos.

—Sí —dijo al fin Bosch—. Yo estaba pensando en lo mismo.

Se inclinó y la besó en la boca.

11

Julia Brasher estaba de pie en la sala de estar de la casa de Bosch y miró los cedés guardados junto al equipo de música.

—Me encanta el jazz.

En la cocina, Bosch sonrió al escuchar a Julia. Acabó de servir los dos martinis y entró en la sala de estar para pasarle un vaso.

—¿Quién te gusta?

—Umm, últimamente Bill Evans.

Bosch asintió, fue al mueble portadiscos y volvió con *Kind of Blue*. Lo puso en el equipo.

—Bill y Miles —dijo—. Por no mencionar a Coltrane y a algunos más. Insuperable.

Cuando la música empezó a sonar, Bosch levantó su martini y ella se acercó y brindó. En lugar de beber, se besaron. Ella empezó a reír en medio del beso.

—¿Qué pasa? —preguntó él.

—Nada. Me siento imprudente. Y feliz.

—Sí, yo también.

—Creo que fue cuando me diste la linterna.

Bosch estaba desconcertado.

—¿Qué quieres decir?

—Bueno, fue tan fálico.

La expresión de Bosch la hizo reír de nuevo y derramó un poco del martini en el suelo.

Después, cuando ella estaba tumbada boca abajo en la cama, Bosch trazaba la silueta del sol en llamas que Julia tenía tatuado en la parte inferior de la espalda y pensaba en lo cómodo y al mismo tiempo extraño que se sentía con ella. Apenas sabía nada de Julia Brasher. Cada nuevo punto de vista sobre ella le reportaba una sorpresa, como el tatuaje.

—¿En qué estás pensando? —preguntó ella.

—En nada. Sólo en el que hizo que te pusieras esto en la espalda. Supongo que me gustaría que hubiera sido yo.

—¿Por qué?

—Porque siempre habrá una parte de él en ti.

Ella se dio la vuelta, revelando sus pechos y su sonrisa. Se había soltado la trenza y el pelo le caía sobre los hombros. Eso también le gustó a Bosch. Julia se estiró y lo hizo bajar con un largo beso.

—Es lo más bonito que me han dicho en mucho tiempo.

Bosch apoyó la cabeza en la almohada de ella y aspiró el suave perfume y el olor a sudor y sexo.

—No tienes fotos en las paredes —comentó Brasher.

Bosch se encogió de hombros.

Julia se giró y le dio la espalda. Bosch pasó una mano bajo el brazo de ella, le cogió uno de los pechos y la atrajo de nuevo hacia sí.

—¿Puedes quedarte a dormir? —preguntó.

—Bueno... mi marido probablemente se preguntará dónde estoy, pero supongo que puedo llamarlo.

Bosch se quedó de piedra. Entonces ella se echó a reír.

—No me asustes de esa manera.

—Bueno, no me has preguntado si estaba comprometida.

—Tú tampoco.

—Tú eres obvio. El detective solitario. —Y con profunda voz masculina agregó—: Sólo los hechos, señora. No hay tiempo para damas. El asesinato es mi oficio. Tengo trabajo que hacer y...

Bosch pasó el pulgar por el costado de Julia, por encima de las costillas. Ella interrumpió sus palabras con una carcajada.

—Me prestaste la linterna —dijo Bosch—. Una mujer «comprometida» no habría hecho eso.

—Y yo tengo que darte noticias, tipo duro. Vi la Mag-Lite en tu maletero. Antes de que taparas la caja. No estabas engañando a nadie.

Bosch rodó hasta la otra almohada, avergonzado. Sentía cómo se estaba poniendo colorado. Se llevó las manos a la cara para esconderse.

—Oh, Dios... el señor Obvio.

Julia le quitó las manos de la cara y lo besó en la barbilla.

—Me pareció bonito. Me alegró el día y me dio algo que esperar.

Ella le dio la vuelta a las manos de Bosch y miró las cicatrices de los nudillos. Eran viejas marcas, apenas perceptibles.

—Eh, ¿qué es esto?

—Cicatrices.

—Eso ya lo sé. ¿De qué?

—Tenía tatuajes y me los quité. Fue hace mucho tiempo.

—¿Cómo?

—Me los hicieron quitar cuando entré en el ejército.

Ella se echó a reír.

—¿Por qué? ¿Qué ponía, puta mili o algo así?

—No, nada parecido.

—¿Entonces qué? Vamos, quiero saberlo.

—Ponía «agárrate fuerte».*

—¿Agárrate fuerte?

—Bueno, es una historia bastante larga...

—Tengo tiempo, a mi marido no le importa. —Sonrió—. Vamos, quiero saberlo.

—No es gran cosa. Cuando era niño, una de las veces que me escapé terminé en San Pedro. Cerca de los muelles de pesca. Y allí muchos de los hombres que veía, los pescadores de atún, llevaban ese tatuaje. Agárrate fuerte. Le pregunté a uno y me dijo que era como su lema, su filosofía. Salían en esos barcos y pasaban semanas fuera de casa. Cuando las olas eran enormes y la cosa se ponía fea, sólo tenías que agarrarte fuerte.

Bosch cerró ambos puños y los levantó.

—Agárrate fuerte a la vida, a todo lo que tienes.

—Así que te hiciste el tatuaje. ¿Qué edad tenías?

—No lo sé. Dieciséis o algo así. —Bosch asintió y sonrió—. Lo que no sabía era que esos pescadores de atún lo copiaron de los soldados de la Marina. Así que al cabo de un año yo entré en el ejército con mi tatuaje y lo primero que me dijo el sargento fue que me lo quitara. No iba a tener ningún tatuaje de marinero en las manos de sus chicos.

Julia le tomó las manos y las observó de cerca.

—No parece hecho con láser.

Bosch negó con la cabeza.

* En inglés *Hold Fast*. Se tatúa una letra en cada dedo. *(N. del T.)*

—Entonces no había láser.

—¿Qué hiciste?

—Mi sargento, se llamaba Rosser, me sacó de los barracones y me llevó al edificio de administración. Allí había un muro de ladrillos. Me hizo que lo golpeara hasta que me destrocé todos los nudillos. Después cuando se hizo una costra, al cabo de una semana, me lo hizo repetir.

—Joder, eso es una barbaridad.

—No, es el ejército.

Bosch sonrió al recordarlo. No había sido para tanto. Se miró las manos. Se acabó la música y él se levantó y caminó desnudo por la casa para cambiar el disco. Cuando volvió a la habitación, Julia reconoció el disco.

—¿Clifford Brown?

Bosch asintió y fue hacia la cama. No recordaba ninguna otra mujer capaz de reconocer el jazz de ese modo.

—Quédate ahí.

—¿Qué?

—Deja que te mire. Háblame de esas otras cicatrices.

La habitación estaba escasamente iluminada por una luz procedente del cuarto de baño, pero Bosch tomó conciencia de su desnudez. Estaba en buena forma, pero tenía más de quince años más que ella. Se preguntó si Julia había estado alguna vez con un hombre tan mayor.

—Harry, estás muy bien. Me pones un montón, ¿vale? ¿Qué me cuentas de las otras cicatrices?

Bosch se tocó la gruesa soga de piel situada sobre su cadera izquierda.

—¿Esto? Esto fue un cuchillo.

—¿Dónde te pasó?

—En un túnel.

—¿Y tu hombro?

—Una bala.

—¿Dónde?

Bosch sonrió.

—En un túnel.

—Uf, aléjate de los túneles.

—Lo intento.

Bosch se metió en la cama y subió la sábana. Ella le tocó el hombro, pasando el pulgar por la gruesa piel de la cicatriz.

—Justo en el hueso —dijo Julia.

—Sí, tuve suerte. No hubo daño permanente. Duele en invierno y cuando llueve. Eso es todo.

—¿Qué se siente? Me refiero a cuando te disparan.

Bosch se encogió de hombros.

—Duele muchísimo y luego todo se entumece.

—¿Cuánto tiempo estuviste de baja?

—Unos tres meses.

—¿No te dieron una baja por incapacidad?

—Me la ofrecieron, pero la rechacé.

—¿Por qué?

—No lo sé. Supongo que me gusta el trabajo. Y pensé que si seguía adelante algún día me encontraría con esta preciosa poli jovencita que quedaría impresionada por mis cicatrices.

Ella le pegó en las costillas y el dolor le arrancó una mueca.

—Oh, pobrecito —dijo ella en tono de burla.

—Eso duele.

Ella le tocó el tatuaje que Bosch llevaba en el hombro.

—¿Qué se supone que es eso? ¿Mickey Mouse de ácido?

—Algo así. Una rata de los túneles.

La cara de Julia perdió toda nota de humor.

—¿Qué pasa?

—Estuviste en Vietnam —dijo ella, atando cabos—. Yo he estado en esos túneles.

—¿Qué quieres decir?

—Cuando estuve de viaje. Pasé seis semanas en Vietnam. Ahora los túneles son una atracción turística. Si pagas puedes meterte. Tuvo que ser... Lo que tuviste que hacer debió de ser terrorífico.

—Era peor después. Pensar en ello.

—Ahora han puesto cuerdas para que nadie se pierda. Pero en realidad nadie te vigila. Así que yo pasé por debajo de la cuerda y me metí más adentro. Estaba muy oscuro, Harry.

Bosch examinó sus ojos.

—¿Y la viste? —preguntó con calma—. La luz perdida.

Ella sostuvo la mirada de Bosch un instante y asintió con la cabeza.

—La vi. Mis ojos se adaptaron y allí estaba la luz. Casi como un susurro. Pero fue suficiente para que encontrara el camino.

—Luz perdida. La llamábamos luz perdida. Nunca sabíamos de dónde venía. Pero allí estaba. Como humo colgando en la oscuridad. Alguna gente decía que no era luz, que era el fantasma de todos los que murieron en aquellos sitios. De ambos lados.

No hablaron más después de eso. Ambos se abrazaron y Julia no tardó en dormirse.

Bosch se dio cuenta de que no había pensado en el caso durante más de tres horas. Al principio eso le hizo sentirse culpable, pero luego lo dejó estar y no tardó en quedarse dormido él también. Soñó que avanzaba por un túnel. Pero no estaba arrastrándose. Era como si estuviera bajo el agua, moviéndose como una anguila en el laberinto. Llegó a un camino sin salida y allí había un niño sentado en la curva, contra la pared del túnel. Tenía las rodillas levantadas y la cabeza enterrada entre los brazos plegados.

—Ven conmigo —dijo Bosch.

El chico miró a Bosch a hurtadillas por debajo de un brazo. Una única burbuja de aire se levantó de su boca. Luego miró más allá de Bosch como si hubiera aparecido algo tras él. Bosch se volvió pero tras él sólo estaba la oscuridad del túnel.

Cuando volvió a mirar al niño, éste se había ido.

12

El domingo por la mañana, tarde, Bosch llevó a Brasher a la comisaría de Hollywood para que pudiera coger su coche y él continuar con el trabajo del caso. Brasher estaba fuera de servicio los domingos y los lunes. Quedaron para cenar en la casa de ella en Venice esa noche. Había otros agentes en el aparcamiento cuando Bosch dejó a Brasher al lado de su coche. Bosch sabía que no tardaría en correr la voz de que habían pasado la noche juntos.

—Lo siento —dijo—. Tendría que haberlo pensado mejor anoche.

—No me importa, Harry. Te veré esta noche.

—Oye, mira, ten cuidado. Los polis pueden ser brutales.

Ella hizo una mueca.

—Ah, brutalidad policial, sí, he oído hablar.

—Hablo en serio. Y también va contra el reglamento. Por mi parte. Soy un detective de grado tres, nivel supervisor.

Ella lo miró un momento.

—Bueno, entonces es cosa tuya. Te veré esta noche, espero.

Ella salió y cerró la puerta. Bosch condujo hasta el lugar que tenía reservado en el aparcamiento y se metió en la oficina de los detectives, tratando de no pensar en las complicaciones que acababa de invitar a su vida.

La sala de la brigada estaba desierta, tal y como él deseaba. Quería pasar tiempo a solas con el caso. Todavía había un montón de trabajo burocrático que hacer, pero también quería dar un paso atrás y pensar en todas las pruebas e información acumuladas desde el descubrimiento de los huesos.

Lo primero era elaborar una lista de tareas. Había que completar el expediente, la carpeta azul que contenía todos los informes escritos relacionados con el caso. Quería escribir órdenes de búsqueda de registros médicos relacionados con cirugía cerebral en los hospitales locales. Quería llevar a cabo comprobaciones informáticas de rutina sobre todos los residentes que vivían en las cercanías de la escena del crimen en Wonderland. También tenía que repasar las llamadas generadas por la cobertura del caso que había hecho la prensa y empezar a recopilar informes de personas desaparecidas y fugadas que pudieran coincidir con la víctima.

Sabía que le supondría más de un día de trabajo si lo hacía solo, pero mantuvo su decisión de dejarle el día libre a Edgar. Su compañero, padre de un chico de trece años, había quedado muy impresionado por el informe de Golliher del día anterior y Bosch quería darle un descanso. Los días por venir probablemente serían igual de largos y emocionalmente perturbadores.

Una vez que acabó con la lista, Bosch sacó una taza del cajón y volvió a la oficina de guardia a buscar café. El billete más pequeño que llevaba era de cinco dólares, pero lo dejó en la cesta para pagar el café sin coger cambio. Supuso que iba a beber más que su parte a lo largo del día.

—¿Sabes lo que dicen? —preguntó alguien tras él mientras llenaba la taza.

Bosch se volvió. Era Mankiewicz, el sargento de guardia.

—¿Sobre qué?

—De pescar en el coto de la empresa.

—No lo sé. ¿Qué dicen?

—Yo tampoco lo sé. Por eso te lo preguntaba.

Mankiewicz sonrió y se acercó a la máquina para calentarse su taza.

De manera que ya se ha corrido la voz, pensó Bosch. El chismorreo —sobre todo cuando tenía un tono sexual— y las indirectas corrían por una comisaría como un incendio por una colina en agosto.

—Bueno, dímelo cuando lo averigües —dijo Bosch mientras ponía rumbo a la puerta de la oficina de guardia—. Será útil saberlo.

—Lo haré. Ah, y otra cosa, Harry.

Bosch se volvió, preparado para otra puya de Mankiewicz.

—¿Qué?

—Deja de hacer el tonto y cierra el caso. Mis chicos están cansados de recibir llamadas.

Había un tono guasón en su voz, pero en su humor y sarcasmo había también una queja legítima de que sus agentes estaban cansados de las llamadas de colaboración.

—Sí, lo sé. ¿Algo útil hoy?

—No que yo pueda decirte, pero tendrás que currarte los informes y usar tus artimañas detectivescas para decidirlo.

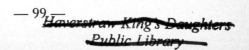

—¿Artimañas?

—Sí, artimañas. Ah, y en la CNN deben de haber tenido una mañana tranquila, porque han pasado la historia: un buen vídeo, vosotros los chicos valientes en la colina con las escaleras improvisadas y las cajitas de huesos. Así que ahora hemos empezado con las llamadas de larga distancia. Esta mañana de Topeka y Providence, por el momento. No va a acabar hasta que lo aclares, Harry. Todos apostamos por ti.

Otra vez hubo una sonrisa —y un mensaje— detrás de lo que estaba diciendo.

—Muy bien. Usaré todas mis artimañas, te lo prometo, Mank.

—Por eso apostábamos.

De regreso en la mesa, Bosch se tomó el café y repasó los detalles del caso. Había anomalías, contradicciones. Estaban los conflictos entre la elección de la localización y el método de enterramiento que había señalado Kathy Kohl. Pero las conclusiones expuestas por Golliher aún añadían más interrogantes. Golliher lo veía como un caso de maltrato infantil. En cambio, la mochila llena de ropa era un indicador de que la víctima, el chico, era probablemente un fugado.

Bosch había hablado con Edgar acerca de eso el día anterior, cuando regresaron a la comisaría desde el laboratorio. Su compañero no estaba tan seguro del conflicto como Bosch, pero propuso la teoría de que tal vez el chico fue víctima de maltrato tanto a manos de sus padres como después de un asesino sin ninguna relación. Edgar apuntó con razón que muchas víctimas de abusos huyen sólo para caer en otra forma de relación abusiva. Bosch sabía que la teoría era sensata, pero trató de no dejarse arrastrar por ese camino porque sabía que llevaba a un escenario aún más deprimente que el descrito por Golliher.

Su línea directa sonó y Bosch contestó de inmediato, esperando que fuera Edgar o la teniente Billets. Era un periodista del *L. A. Times* llamado Josh Meyer. Bosch apenas lo conocía y estaba seguro de que nunca le había dado el número de su línea directa. De todos modos no dejó entrever que estaba enfadado. Aunque estuvo tentado de decirle al periodista que la policía seguía pistas que procedían de lugares tan lejanos como Topeka y Providence, se limitó a comentar que no había ninguna actualización en la investigación desde el informe de la oficina de Relaciones con los Medios del viernes.

Después de colgar, Bosch se terminó su primera taza de café y se puso manos a la obra. La parte de la investigación que menos le gustaba era el trabajo con el ordenador. Siempre que podía lo dejaba en manos de sus compañeros, de manera que dejó para el final las búsquedas informáticas y empezó con un rápido vistazo a las hojas de posibles pistas acumuladas por la oficina de guardia.

Había unas tres docenas más de hojas desde la última vez que había revisado la pila el viernes. Ninguna contenía la suficiente información para resultar útil o para que mereciera la pena hacer un seguimiento. Cada una era de un padre, hermano o amigo de alguien que había desaparecido. Todos ellos desamparados permanentemente y buscando algún tipo de cierre a los misterios más agobiantes de sus vidas.

Bosch pensó en algo y se empujó en la silla con ruedas hasta una de las máquinas de escribir electrónicas IBM Selectrics. Puso una hoja de papel y escribió cuatro preguntas.

¿Sabe si su ser querido se sometió a algún tipo de procedimiento quirúrgico en los meses previos a su desaparición?

En caso afirmativo, ¿en qué hospital fue tratado?

¿Cuál era la lesión?

¿Cuál era el nombre del médico?

Sacó la hoja y la llevó a la oficina de guardia. Se la dio a Mankiewicz para que la usara como formulario para los que llamaran por el caso de los huesos.

—¿Es una artimaña lo bastante buena para ti? —preguntó Bosch.

—No, pero por algo se empieza.

Mientras estuvo allí, Bosch cogió un vaso de plástico y lo llenó de café, luego volvió al escritorio y lo vació en su taza. Tomó una nota para pedirle a Billets que el lunes consiguiera más personal para contactar con aquellos que habían llamado en los últimos días y formularles las mismas preguntas médicas. Entonces pensó en Julia Brasher. Sabía que tenía el lunes libre y que se presentaría voluntaria si se la necesitaba. Pero enseguida descartó la idea, porque sabía que el lunes toda la comisaría estaría al tanto de lo que había entre ellos y meterla en el caso sólo complicaría las cosas.

A continuación empezó con las búsquedas. En el trabajo de homicidios frecuentemente se requerían registros médicos en el curso de una investigación. Generalmente esos registros los proporcionaban médicos y dentistas, pero los hospitales tampoco eran una fuente inusual. Bosch mantenía un fichero con formularios de solicitudes de búsqueda para los hospitales, así como una lista de los veintinueve hospitales de la zona de Los Ángeles y los abogados que manejaban los archivos en cada lugar. Tener todo eso a mano le permitió preparar veintinueve solicitudes de búsqueda en poco más de una hora. El objetivo eran todos los pacientes varones de menos de dieciséis años que habían sido sometidos a cirugía cerebral que había conllevado el uso de un trépano entre 1975 y 1985.

Después de imprimir las órdenes, las puso en su maletín. A pesar de que se consideraba apropiado enviar por fax a la casa de un juez una orden de registro para que la aprobara y la firmara, ciertamente no era aceptable enviar veintinueve solicitudes a un juez un domingo por la tarde. Además, los abogados de los hospitales no estarían localizables en domingo. El plan de Bosch consistía en llevar las órdenes a un magistrado el lunes a primera hora y luego dividírselas con Edgar y entregarlas en mano en los hospitales, logrando de este modo hacer hincapié en la urgencia de la cuestión con los abogados en persona. Incluso si las cosas salían de acuerdo con su plan, Bosch no esperaba empezar a recibir respuestas antes de mediados de semana.

Bosch escribió a continuación el resumen diario del caso, así como una recapitulación de la información antropológica proporcionada por Golliher. Lo guardó todo en el expediente y luego redactó un informe de pruebas en el que se detallaban los descubrimientos preliminares de la División de Investigaciones Científicas sobre la mochila.

Cuando hubo concluido, Bosch se recostó y pensó en la carta ilegible que se había hallado en la mochila. No esperaba que la sección de Documentos hubiera tenido algún éxito con ella. Siempre sería el misterio envuelto en el misterio del caso. Tragó lo que le quedaba de su segunda taza de café y abrió el expediente por la página que contenía una copia del esbozo de la escena del crimen y la cuadrícula. Examinó la cuadrícula y advirtió que la mochila había sido hallada justo al lado del lugar que Kohl había marcado como la probable localización original del cadáver.

Bosch no estaba seguro de qué significaba todo ello, pero sabía instintivamente que debía tener en mente las preguntas que en ese momento le planteaba el caso para cuando se recopilaran más pruebas y detalles. Sus interrogantes serían el tamiz por el que todo debería colarse.

Bosch archivó el informe en el expediente y terminó con la actualización del trabajo burocrático poniendo al día el registro del investigador, una agenda horaria. Entonces guardó el expediente en su maletín.

Bosch se llevó el café al cuarto de baño y enjuagó la taza de café en el lavabo. Luego volvió a su cajón, cogió el maletín y salió por la puerta de atrás hacia su coche.

13

El sótano del Parker Center, la sede central del Departamento de Policía de Los Ángeles, albergaba el
archivo de todos los casos de los que el departamento
había redactado informes en la era moderna. Hasta mediados de los noventa, los registros se mantenían en
papel durante un periodo de ocho años y luego se trans-
ferían a microfichas para su almacenamiento permanente. Los documentos actuales se guardaban en soporte
informático y el departamento también estaba colocan-
do viejos archivos en bancos de almacenamiento digita-
les. Pero el proceso era lento y no se había remontado
más allá de finales de los ochenta.

Bosch llegó al mostrador de archivos a la una en
punto. Llevaba dos cafés y dos sándwiches de rosbif
de Philippe's en una bolsa de papel. Miró al conserje y
sonrió.

—Lo crea o no tengo que ver las fichas de personas
desaparecidas entre mil novecientos setenta y cinco y mil
novecientos ochenta y cinco.

El conserje, un hombre mayor con palidez de sótano,
silbó y dijo:

—Cuidado, Christine, que vienen.

Bosch asintió y sonrió, aunque no tenía idea de lo que significaba el comentario del hombre. No parecía que hubiera nadie más detrás del mostrador.

—Lo bueno es que los han dividido —dijo el conserje—. Creo que eso es bueno. ¿Busca adultos o menores?

—Menores.

—Eso lo recorta un poco.

—Gracias.

—No hay de qué.

El conserje desapareció y Bosch aguardó. Al cabo de cuatro minutos el hombre volvió con diez pequeños sobres que contenían las microfichas solicitadas por Bosch. En total la pila era de unos diez centímetros de alto.

Bosch se acercó a un lector y copiador de microfichas, sacó un sándwich y los dos cafés y llevó el segundo sándwich al mostrador. El conserje lo rechazó en un primer momento, pero lo aceptó cuando Bosch le dijo que era de Philippe's.

Bosch volvió a la máquina y se metió en faena, comenzando por el año 1985. Estaba buscando informes de personas desaparecidas y fugadas correspondientes a jóvenes varones en el rango de edad de la víctima. En cuanto le pilló el truco a la máquina pudo avanzar deprisa a través de los informes. En primer lugar buscaba el sello de cerrado que indicaba que la persona desaparecida había regresado a su domicilio o sido localizada. Si no había sello, comprobaba las casillas de sexo y edad del formulario. Si coincidían con el perfil de la víctima, leía el resumen y pulsaba el botón de fotocopiar de la máquina para obtener una copia impresa.

Las microfichas también contenían registros de informes de personas desaparecidas enviados al departamento por agencias externas que buscaban gente de la que sospechaban que se había trasladado a Los Ángeles.

A pesar de su velocidad, Bosch tardó más de tres horas en revisar los informes de los diez años solicitados. Cuando concluyó tenía copias en papel de más de trescientos informes en la bandeja situada al lado de la máquina, y no tenía ni idea de si su esfuerzo había merecido la pena o no.

Bosch se frotó los ojos y se pellizcó el puente de la nariz. Le dolía la cabeza de mirar la pantalla y leer historia tras historia de agonía paterna y angustia juvenil. Se dio cuenta de que no se había comido el sándwich.

Devolvió la pila de sobres con las microfichas al conserje y decidió llevar a cabo la búsqueda informática en el Parker Center en lugar de conducir de nuevo hasta Hollywood. Desde el Parker Center podía tomar la autovía 10 y llegar enseguida a Venice para cenar en casa de Julia Brasher. Sería más fácil.

La sala de la brigada de la División de Robos y Homicidios estaba vacía a excepción de los detectives de guardia que se hallaban sentados delante de un televisor, viendo un partido de fútbol americano. Uno de ellos era la antigua compañera de Bosch, Kizmin Rider. Al otro no lo reconoció. Rider se levantó sonriendo cuando vio que era Bosch.

—Harry, ¿qué estás haciendo aquí? —preguntó.

—Trabajando en un caso. Quiero usar un ordenador, ¿puedo?

—¿El caso de los huesos?

Bosch asintió.

—He oído las noticias. Harry, éste es Rick Thornton, mi compañero.

Bosch le tendió la mano y se presentó.

—Espero que te haga quedar tan bien como a mí.

Thornton se limitó a asentir y sonreír, y Rider se mostró avergonzada.

—Vamos a mi mesa —dijo—. Puedes usar mi ordenador.

Rider le mostró el camino y le cedió su silla.

—No tenemos nada que hacer aquí. No pasa nada. Ni siquiera me gusta el fútbol.

—No te quejes de los días flojos. ¿Nunca te lo había dicho nadie?

—Sí, mi antiguo compañero. Es lo único que dijo que tenía sentido.

—Apuesto a que sí.

—¿Puedo hacer algo para ayudar?

—Sólo estoy comprobando los nombres. Lo habitual.

Bosch abrió el maletín y sacó el expediente del asesinato. Lo abrió por una página donde había elaborado una lista de los nombres, direcciones y fechas de nacimiento de los residentes en Wonderland Avenue que habían sido entrevistados. Era una cuestión de rutina comprobar los nombres de todas las personas que surgían en una investigación.

—¿Quieres un café o algo? —preguntó Rider.

—No, gracias, Kiz. —Hizo un ademán en dirección a Thornton, que les daba la espalda y estaba en el otro extremo de la sala—. ¿Cómo van las cosas?

Rider se encogió de hombros.

—De cuando en cuando me deja hacer un poco de trabajo de detective —contestó en un susurro.

—Bueno, siempre puedes volver a Hollywood —comentó Bosch también susurrando y con una sonrisa.

Bosch empezó a teclear para entrar en el ordenador

del Índice Nacional de Delitos. Inmediatamente Rider hizo un sonido de escarnio.

—Harry, ¿todavía escribes con dos dedos?

—No sé más, Kiz. Llevo casi treinta años escribiendo así. ¿Esperas que de repente aprenda a escribir con todos los dedos? Todavía no hablo bien castellano ni tampoco sé bailar. Hace sólo un año que te fuiste.

—Anda, dinosaurio, levántate. Déjame a mí. No quiero que te pases aquí toda la noche.

Bosch alzó las manos en ademán de rendición y se levantó. Kizmin Rider se sentó y se puso a trabajar. Bosch sonrió en secreto a su espalda.

—Como en los viejos tiempos —dijo.

—No me lo recuerdes. Siempre me tocaba lo peor. Y borra esa sonrisa.

Ella no había levantado la vista. Sus dedos se desdibujaban sobre el teclado. Bosch la observó admirado.

—Oye, no lo había planeado. No sabía que ibas a estar aquí.

—Sí, y Tom Sawyer tampoco sabía que tenía que pintar una valla.

—¿Qué?

—No importa. Cuéntame de tu ligue.

Bosch se quedó de piedra.

—¿Qué?

—¿Es lo único que puedes decir? Ya me has oído. De la novata que, eh..., estás viendo.

—¿Cómo coño lo sabes ya?

—Soy una experta en recabar información. Y todavía tengo fuentes en Hollywood.

Bosch salió del cubículo y sacudió la cabeza.

—Bueno, ¿es guapa? Es lo único que quiero saber. No tengo intención de entrometerme.

Bosch volvió a entrar.

—Sí, es guapa. Apenas la conozco. Parece que tú estás más informada que yo.

—¿Vas a cenar con ella esta noche?

—Sí, voy a cenar con ella.

—Eh, ¿Harry?

La voz de Rider había perdido todo asomo de humor.

—¿Qué?

—Aquí hay algo.

Bosch se inclinó y miró la pantalla. Después de digerir la información dijo:

—No creo que llegue a tiempo a cenar esta noche.

14

Bosch aparcó enfrente de la casa y estudió las ventanas en penumbra y el porche.

—Lo suponía —dijo Edgar—. El tipo ni siquiera va a estar. Probablemente ya se ha largado.

Edgar estaba enfadado con Bosch, quien le había llamado antes desde su casa. A juicio de Edgar, si los huesos habían permanecido enterrados veinte años, ¿qué mal iba a hacer esperar hasta el lunes por la mañana para hablar con el hombre? Pero Bosch le dijo que si no se presentaba iría él solo.

Edgar se presentó.

—No, está en casa —dijo Bosch.

—¿Cómo lo sabes?

—Lo sé y punto.

Miró el reloj y anotó la hora y la dirección en la libretita que llevaba. Se le ocurrió que la casa en la que se hallaban era la misma en la que había visto cerrarse la cortina en la tarde en que empezó todo.

—Vamos allá —dijo—. Tú hablaste con él la primera vez, así que lo llevas tú. Yo intervendré si hace falta.

Los dos detectives salieron y caminaron por el sendero de entrada. El hombre al que iban a visitar se llamaba Nicholas Trent. Vivía solo en la casa, situada al otro lado de la calle y dos casas más abajo del acceso a la colina donde se habían hallado los huesos. Trent tenía cincuenta y siete años. Le había dicho a Edgar en la entrevista llevada a cabo en el peinado del barrio que era decorador de escenarios para un estudio de Burbank. Estaba soltero y no tenía hijos. No sabía nada de los huesos en la colina y no pudo ofrecer pistas o sugerencias que resultaran útiles.

Edgar golpeó con fuerza en la puerta principal y ambos esperaron.

—Señor Trent, es la policía —dijo en voz alta—. El detective Edgar. Abra la puerta, por favor.

Edgar había levantado el puño para volver a llamar cuando se encendió la bombilla del porche. La puerta se abrió entonces y la luz iluminó el rostro de un hombre blanco, con la cabeza rapada.

—¿Señor Trent? Soy el detective Edgar. Él es mi compañero, el detective Bosch. Tenemos algunas preguntas de rutina que hacerle, si no le importa.

Bosch asintió, pero no extendió la mano. Trent no dijo nada y Edgar forzó la situación apoyando la mano en la puerta para abrirla.

—¿Le importa que pasemos? —preguntó, ya en el umbral.

—Sí, sí me importa —dijo Trent con rapidez.

Edgar se detuvo y puso cara de desconcierto.

—Señor, sólo queremos hacerle algunas preguntas más.

—¡Eso es mentira!

—¿Perdón?

—Todos sabemos lo que está pasando aquí. Ya he hablado con mi abogado. Su actuación es sólo eso, una actuación. Y muy mala.

Bosch se dio cuenta de que no iban a llegar a ninguna parte con esa estrategia. Subió el escalón y cogió a Edgar del brazo para que retrocediera. En cuanto su compañero dejó el umbral despejado, Bosch miró a Trent.

—Señor Trent, si sabía que íbamos a volver, entonces sabía que descubriríamos su pasado. ¿Por qué no se lo contó antes al detective Edgar? Supongo que entiende que su actitud resulta sospechosa.

—No se lo conté porque el pasado es el pasado. Yo nunca lo saco a relucir. Enterré el pasado, déjenlo así.

—No cuando hay huesos enterrados con él —dijo Edgar en tono acusatorio.

Bosch miró a Edgar con una expresión que pedía que usara más diplomacia.

—¿Lo ve? —dijo Trent—. Por eso les estoy diciendo que se vayan. No tengo nada que contarles. Nada. No sé nada de ese asunto.

—Señor Trent, usted abusó de un niño de ocho años —dijo Bosch.

—Eso fue en el año mil novecientos sesenta y seis y me castigaron por ello. Severamente. Es el pasado. He sido un ciudadano ejemplar desde entonces. No tengo nada que ver con esos huesos de allí arriba.

Bosch aguardó un momento y luego habló en un tono más calmado.

—Si eso es verdad, entonces déjenos entrar y hacerle unas preguntas. Cuanto antes lo exoneremos antes podremos pasar a otras posibilidades. Pero tiene que entender algo. Los huesos de un chico fueron encontrados a cien metros de la casa de un hombre que abusó de un niño en el sesenta y seis. No me importa qué clase de ciudadano ha sido desde entonces, hemos de hacerle unas preguntas. Y vamos a hacérselas. No tenemos elección. Depende de usted que lo hagamos ahora mismo en su casa o que lo hagamos más tarde con su abogado en la comisaría y con todas las cámaras de las noticias esperando fuera.

Bosch hizo una pausa. Trent lo miró con ojos asustados.

—Así que usted puede entender nuestra situación, señor Trent, y nosotros claramente entendemos la suya. Queremos movernos con rapidez y discreción, pero no podremos hacerlo si no coopera.

Trent negó con la cabeza como si supiera que no importaba lo que hiciera, que su vida tal y como la conocía estaba en peligro y probablemente quedaría permanentemente alterada. Al final dio un paso atrás e invitó a entrar a Bosch y a Edgar.

Trent iba descalzo y llevaba unos *shorts* negros anchos que dejaban a la vista unas piernas muy blancas y sin vello alguno. Encima llevaba una camisa de seda suelta sobre su torso delgado. Tenía la misma constitución que una escalera, todo ángulos marcados. Condujo a los detectives a una sala de estar repleta de antigüedades y tomó asiento en el centro de un sofá. Bosch y Edgar se acomodaron en los dos sillones de cuero que había enfrente. Bosch decidió mantener el control, porque no le gustaba la actitud que Edgar había adoptado en la puerta.

—Para ser cautos y cuidadosos, voy a leerle sus derechos constitucionales —dijo—. Después le pediré que firme el documento. Esto nos protege tanto a usted como a nosotros. También voy a grabar esta conversación para que nadie termine poniendo palabras en boca de otro. Si desea una copia de la cinta se la proporcionaré.

Trent se encogió de hombros y Bosch lo tomó como un consentimiento a regañadientes. Cuando Bosch tuvo el formulario firmado, lo guardó en el maletín y sacó una minigrabadora. Después de ponerla en marcha, identificó a los presentes, dijo la fecha y la hora e hizo una señal a Edgar para que se hiciera cargo del interrogatorio. Bosch tomó esta decisión porque pensó que la observación de Trent y su ambiente iban a ser más importantes que las respuestas que pudiera dar en ese momento.

—Señor Trent, ¿cuánto tiempo hace que vive en esta casa?

—Desde mil novecientos ochenta y cuatro. —Se echó a reír.

—¿Cuál es la gracia? —preguntó Edgar.

—Mil novecientos ochenta y cuatro. ¿No se da cuenta? George Orwell. El Gran Hermano.

Hizo un gesto hacia Bosch y Edgar como si ellos fueran los testaferros del Gran Hermano. Edgar aparentemente no lo entendió y continuó con las preguntas.

—¿Alquiler o compra?

—Compra. Bueno, al principio la alquilé, luego compré la casa en el ochenta y siete.

—De acuerdo, y es usted diseñador de escenarios en la industria del entretenimiento.

—Decorador de escenarios. Es diferente.

—¿Cuál es la diferencia?

—El diseñador planifica y supervisa la construcción del escenario. El decorador es el que pone los detalles, las últimas pinceladas. Los utensilios, las pertenencias de los personajes, esas cosas.

—¿Desde cuándo trabaja en esto?

—Desde hace veintiséis años.

—¿Enterró a ese chico en la colina?

Trent se levantó indignado.

—Rotundamente no. Ni siquiera he puesto nunca un pie en esa colina. Y ustedes están cometiendo un gran error si pierden el tiempo conmigo cuando el verdadero asesino de esa pobre alma sigue libre en alguna parte.

Bosch se inclinó hacia adelante en su sillón.

—Siéntese, señor Trent —dijo.

La fervorosa forma en que Trent negó su implicación hizo que Bosch pensara que o bien era inocente o uno de los mejores actores con los que se había encontrado en el ejercicio de su profesión. Trent volvió a sentarse lentamente en el sofá.

—Usted es una persona inteligente —dijo Bosch, decidiendo intervenir—. Sabe exactamente lo que estamos haciendo aquí. Tenemos que acusarlo o exonerarlo. Es así de simple. Así que ¿por qué no nos ayuda? En lugar de bailar con nosotros, por qué no nos dice cómo exculparlo.

Trent levantó las manos.

—¡No sé cómo! ¡No sé nada del caso! ¿Cómo puedo ayudarles si no sé nada?

—Muy bien, para empezar, puede dejarnos echar un vistazo. Si puedo empezar a sentirme cómodo con usted, señor Trent, entonces tal vez pueda empezar a ver las cosas desde su punto de vista. Pero ahora mismo..., como he dicho, lo tengo a usted con sus antecedentes y tengo los huesos al otro lado de la calle. —Bosch alzó las dos manos como si estuviera sosteniendo ambas cosas—. No tiene muy buena pinta desde donde lo veo yo.

Trent se levantó e hizo un gesto con la mano hacia el interior de la casa.

—¡Muy bien! Faltaría más. Miren a su antojo. No encontrarán nada, porque yo no tengo nada que ver con eso. ¡Nada!

Bosch miró a Edgar y le hizo una señal con la cabeza para que mantuviera a Trent ocupado mientras él echaba un vistazo.

—Gracias, señor Trent —dijo Bosch al tiempo que se levantaba.

Mientras se dirigía al pasillo que conducía a la parte de atrás de la casa, escuchó a Edgar preguntando si Trent había visto alguna actividad inusual en la colina donde se habían hallado los huesos. Bosch miró por encima del hombro para asegurarse de que la luz roja de la grabadora continuaba encendida.

—¿Le gustaba ver a los niños jugando en la arboleda, señor Trent? —preguntó Edgar.

Bosch se quedó en el pasillo, fuera del campo visual de Trent, pero escuchando su respuesta.

—No, no podía verlos si estaban en la arboleda. En ocasiones iba conduciendo o paseando a mi perro (cuando aún vivía) y veía a los chicos subiendo allí. La niña de enfrente. Los Fosters de la casa de al lado. Todos los chicos de por aquí. Es un sendero municipal, la única parcela sin edificar del barrio. Así que subían a jugar. Algunos vecinos pensaban que los mayores subían a fumar cigarrillos y la preocupación era que se prendiera fuego en la colina.

—¿De qué año estamos hablando?

—Cuando me mudé aquí. Yo no me impliqué. Se ocuparon los vecinos que llevaban más tiempo.

Bosch recorrió el pasillo. Era una casa pequeña, no mucho mayor que la suya. Al final del pasillo había tres puertas. Había habitaciones a izquierda y derecha y un armario de ropa blanca en el fondo. Revisó el armario en primer lugar. No encontró nada inusual y pasó al dormitorio de la derecha. Era el dormitorio de Trent. Estaba muy ordenado, pero encima de las dos cómodas idénticas y de las mesillas de noche había todo tipo de pequeños objetos. Bosch supuso que Trent los usaba en su trabajo para que los escenarios se convirtieran en lugares reales para la cámara.

Bosch miró en el armario. Había varias cajas de zapatos en el estante superior. Bosch empezó a abrirlas y descubrió que contenían zapatos usados. Al parecer Trent tenía el hábito de comprarse zapatos nuevos y guardar los viejos en sus cajas en las estanterías. Bosch supuso que también formaban parte de su almacén de trabajo. Abrió una caja y encontró un par de botas de faena. Se fijó en que se había secado barro en los cordones. Pensó en el suelo oscuro donde había descubierto los huesos. Se habían recogido muestras de ese suelo.

Volvió a dejar las botas y mentalmente tomó nota para la orden de registro. Su presente búsqueda era simplemente un vistazo superficial. Si pasaban a la siguiente fase con Trent y éste se convertía en un sospechoso sólido, entonces volverían con una orden de registro y literalmente desmontarían la casa en busca de pruebas que lo vincularan con los huesos. Las botas de faena podían ser un buen punto de partida. Ya lo tenían en cinta diciendo que nunca había estado en aquella colina. Si el barro de los cordones coincidía con las muestras del suelo tomadas en la excavación, tendrían a Trent pillado en una mentira. Lo principal de lidiar con los sospechosos era cerrar una historia. A partir de ahí, el investigador buscaba las incongruencias.

No había nada más en el armario que justificara la atención de Bosch. Lo mismo ocurrió en el dormitorio y en el baño en suite. Bosch, por supuesto, sabía que si Trent era el asesino había tenido muchos años para cubrir sus huellas. También había tenido los últimos tres días —desde el primer interrogatorio de Edgar— para prepararse.

Trent utilizaba el otro dormitorio como despacho y almacén. En las paredes había carteles enmarcados de películas en las que, según supuso Bosch, había trabajado Trent. Aunque rara vez iba al cine, Bosch había visto algunas en televisión. Reparó en que uno de los marcos contenía el cartel de una película titulada *El arte de la capa*. Años atrás, Bosch había investigado el asesinato del productor de esa película. Había oído que después de eso los carteles se habían convertido en artículos de colección en el Hollywood *underground*.

Cuando hubo concluido de mirar en la parte de atrás de la casa, Bosch pasó al garaje desde la puerta de la cocina. Había dos espacios, en uno de los cuales estaba aparcado el monovolumen de Trent. El otro lugar estaba lleno de cajas etiquetadas con los nombres de las habitaciones de una casa. Al principio Bosch se quedó desconcertado ante la idea de que Trent todavía no hubiera concluido con su mudanza al cabo de casi veinte años, pero pronto se dio cuenta de que el contenido de las cajas era material que utilizaba en el proceso de decorar un escenario.

Al volverse, Bosch se vio ante una pared llena de cabezas de piezas de caza, con sus ojos de mármol negro mirándolo. Bosch sintió que un escalofrío le recorría la espalda. Desde pequeño había sentido repulsión por las cabezas disecadas. No estaba seguro de la razón.

Bosch pasó unos minutos más en el garaje, la mayor parte del tiempo revisando una caja de la pila en la que ponía «habitación de niño de 9 a 12». La caja contenía juguetes, aviones de aeromodelismo, una tabla de *skate* y una pelota de fútbol. Sacó la tabla y la examinó sin dejar de pensar en la camiseta de Solid Surf hallada en la mochila. Al cabo de un momento volvió a dejar el monopatín en la caja y cerró ésta.

Había una puerta lateral en el garaje que daba a un sendero. Éste llevaba al patio de atrás, donde una piscina ocupaba la mayor parte del terreno nivelado. Más allá, el patio iniciaba una pronunciada pendiente hacia la colina arbolada. Estaba demasiado oscuro para ver y Bosch decidió que tendría que examinar la parte exterior durante las horas de luz.

Veinte minutos después de iniciada su búsqueda, Bosch volvió a la sala con las manos vacías. Trent lo miró con expectación.

—¿Satisfecho?

—Estoy satisfecho por ahora, señor Trent. Aprecio su...

—¿Lo ve? Nunca termina. «¿Satisfecho por ahora?» Ustedes nunca se rinden, ¿verdad? Si hubiera sido traficante de drogas o hubiera atracado un banco, mi deuda estaría saldada y me dejarían en paz, pero como toqué a un niño hace casi cuarenta años soy culpable para siempre.

—Creo que hizo algo más que tocarlo —dijo Edgar—, pero conseguiremos el expediente del caso, no se preocupe.

Trent hundió la cara en sus manos y murmuró que había sido un error cooperar. Bosch miró a Edgar, quien hizo una señal para indicarle que había terminado. Bosch se acercó y recogió la grabadora. Se la guardó en el bolsillo de la chaqueta, pero no la apagó. Había aprendido una valiosa lección en un caso del año anterior: algunas veces las cosas más importantes y reveladoras se dicen después de que la entrevista supuestamente haya acabado.

Bosch abrió la billetera, le dio una tarjeta de las que llevaban impreso el número general de la comisaría y le dio de nuevo las buenas noches.

—Mire, si hay algo que pueda decirme *off the record*, le protegeré —dijo Surtain—. Ya sabe, sin cámara, como ahora, lo que quiera.

—No, no hay nada —dijo Bosch mientras abría la puerta—. Buenas noches.

Edgar maldijo en el momento en que se cerraron las puertas del coche.

—¿Cómo coño sabía que estábamos aquí?

—Probablemente por algún vecino —dijo Bosch—. Estuvo aquí los dos días de la excavación. Es famosa. Cae bien a los residentes. Hizo amigos. Además, llevamos un puto Shamu. Es como convocar una conferencia de prensa.

Bosch pensó en la inanidad de tratar de hacer trabajo de detective en un coche pintado de blanco y negro. El departamento, en un programa concebido para hacer que la policía fuera más visible en la calle, había asignado a los detectives de las divisiones a coches blancos y negros que no llevaban las luces de emergencia encima, pero resultaban igual de visibles.

Ambos miraron mientras la periodista y su cámara se dirigían a la puerta de la casa de Trent.

—Va a intentar hablar con él —dijo Edgar.

Bosch buscó rápidamente en su maletín y sacó su teléfono. Estaba a punto de marcar el número de Trent para decirle que no abriera cuando se dio cuenta de que no había señal.

—Maldición —dijo.

—Demasiado tarde de todos modos —dijo Edgar—. Esperemos que sea listo.

Bosch vio a Trent en el portal, completamente bañado en la luz de la cámara. Dijo unas palabras y luego hizo un gesto con la mano y cerró la puerta.

—Bien —dijo Edgar.

Bosch arrancó el coche, dio la vuelta y se dirigió por el cañón hacia la comisaría.

—¿Y ahora qué? —preguntó Edgar.

—Hemos de obtener el expediente de su condena y ver de qué se trataba.

—Será lo primero que haga.

—No, primero quiero entregar las órdenes de búsqueda en los hospitales. Tanto si Trent encaja como si no, necesitamos identificar al chico para conectarlo con él. Encontrémonos en el juzgado de Van Nuys a las ocho. Que nos las firmen y luego nos las repartimos.

Bosch eligió el juzgado de Van Nuys porque Edgar vivía cerca y desde allí podían separarse por la mañana, después de que el juez aprobara las órdenes.

—¿Y qué me dices de una orden de registro para la casa de Trent? —dijo Edgar—. ¿Has visto algo?

—No mucho. Tiene un *skate* en una caja en el garaje. Con las cosas de trabajo para los decorados. Estaba pensando en la camiseta de nuestra víctima cuando lo vi. Y había unas botas de faena con barro en los cordones. Podría coincidir con las muestras de la colina. Pero no confío en que un registro nos ayude. El tipo ha tenido veinte años para asegurarse de que está a salvo. Si es que es el asesino.

—¿No lo crees?

Bosch negó con la cabeza.

—Las fechas no cuadran. El ochenta y cuatro está en el extremo, es el límite de nuestra horquilla.

—Pensaba que estábamos buscando entre el setenta y cinco y el ochenta y cinco.

—Así es. En general. Pero has oído a Golliher, de veinte a veinticinco años. Eso es principios de los ochenta en la parte alta. No creo que el ochenta y cuatro sea principios de los ochenta.

—Bueno, quizá se mudó aquí por el cadáver. Enterró al chico allí antes y quería estar cerca y por eso se mudó al vecindario. Joder, Harry, estos tíos están enfermos.

Bosch asintió.

—Sí, pero es una cuestión de vibraciones. Yo le creí.

—Harry, tu instinto ha fallado antes.

—Ah, sí...

—Yo creo que es él. Es el asesino. Escucha cómo dijo «porque toqué a un niño». Probablemente para él, sodomizar a un niño de nueve años es estirar la mano y tocar a alguien.

Edgar estaba siendo reaccionario, pero Bosch no le llamó la atención. Él era padre, Bosch no.

—Bueno, buscaremos el expediente y veremos. También tenemos que ir al ayuntamiento para comprobar los callejeros y ver quién vivía entonces en la calle.

En el archivo municipal se conservaba una colección de los listines telefónicos ordenados por nombre y también por calles de todos los años. Éstos permitirían que los detectives determinaran quién residía en Wonderland Avenue entre 1975 y 1985, el periodo en el que se situaba la fecha de la muerte del chico.

—Va a ser muy divertido —dijo Edgar.

—Desde luego —dijo Bosch—. No puedo esperar.

Condujeron en silencio durante el resto del camino. Bosch se deprimió. Estaba descontento por la forma en que había llevado la investigación hasta entonces. Descubrieron los huesos el miércoles y la investigación completa se puso en marcha el jueves. Sabía que tendría que haber comprobado los nombres —una parte básica de la investigación— antes del domingo. Al retrasarlo le había dado ventaja a Trent. Había tenido tres días para esperar y prepararse para el interrogatorio. Le había asesorado un abogado e incluso podía haber estado practicando sus respuestas ante un espejo. Bosch sabía lo que decía su detector de mentiras interno, sin embargo, también sabía que un buen actor podía superarlo.

15

Bosch se estaba tomando una cerveza en el porche de atrás, con la puerta corredera abierta para poder oír el disco de Clifford Brown. Casi cincuenta años antes, el trompetista hizo un puñado de grabaciones y luego perdió la vida en un accidente de coche. Bosch pensó en toda la música que se había perdido. Pensó en los huesos jóvenes en el suelo y en lo que se había perdido. Y pensó en sí mismo y en lo que había perdido. El jazz, la cerveza y la melancolía se habían combinado de algún modo en su mente. Estaba nervioso, como si se le estuviera pasando algo que tuviera justo delante. Para un detective era la peor sensación del mundo.

A las once de la noche entró y bajó la música para poder escuchar las noticias de Channel Four. El informe de Judy Surtain fue el tercer reportaje después de la primera pausa. El presentador dijo: «Nuevos acontecimientos en el caso de los huesos de Laurel Canyon. Vamos con Judy Surtain en la escena.»

—Mierda —dijo Bosch, porque no le gustó cómo sonaba la presentación.

El programa pasó a una toma en vivo de Surtain en

Wonderland Avenue, de pie en la calle, enfrente de la casa de Trent.

«Estoy aquí, en Wonderland Avenue, en la zona de Laurel Canyon, donde hace cuatro días un perro volvió a casa con un hueso del que las autoridades afirman que es humano. El descubrimiento del perro condujo al de más huesos pertenecientes a un menor que los investigadores creen que fue asesinado y después enterrado hace más de veinte años.»

El teléfono de Bosch empezó a sonar. El detective lo levantó del brazo de la silla del televisor y contestó.

—Un momento —dijo, y dejó el teléfono a su lado mientras miraba el informe de las noticias.

Surtain dijo: «Esta noche los investigadores encargados del caso han vuelto al barrio para hablar con un residente que vive a menos de cien metros del lugar donde fue enterrado el chico. Ese residente es Nicholas Trent, un decorador de escenarios de Hollywood de cincuenta y siete años.»

El programa saltó a una cinta en la que se veía la conversación de Surtain con Bosch. Pero era utilizada como complemento visual mientras Surtain continuaba hablando en *off*.

«Los investigadores se negaron a hacer comentarios sobre Trent, pero Channel Four ha sabido que...»

Bosch se sentó pesadamente en la silla y se abrazó a sí mismo.

«... Trent fue condenado por abusar de un menor.»

En ese momento se subió el volumen de la entrevista de la calle cuando Bosch decía: «Es lo único que puedo decirle.»

El siguiente salto fue al vídeo de Trent de pie en su umbral, echando al cámara y cerrando la puerta.

«Trent declinó hacer comentarios sobre su estatus en el caso, pero los vecinos del habitualmente tranquilo barrio expresaron desconcierto al conocer el historial de Trent.»

Cuando el informe pasó a una entrevista grabada de un residente que Bosch reconoció como Victor Ulrich, Bosch quitó el volumen con el control remoto de la tele y levantó el teléfono. Era Edgar.

—¿Estás viendo esta mierda? —preguntó.

—Sí.

—Quedamos como la mierda. Parece que se lo hayamos dicho. Usaron tu cita fuera de contexto, Harry. Nos van a joder.

—Bueno, tú no se lo dijiste, ¿no?

—Harry, tú crees que yo le dije a una...

—No, no lo creo. Lo estaba confirmando. No se lo dijiste, ¿verdad?

—Verdad.

—Y yo tampoco. Así que va a ser jodido, pero estamos a salvo.

—Bueno, ¿quién más lo sabía? Dudo que Trent se lo dijera. Ahora un millón de personas saben que es un pederasta.

Bosch se dio cuenta de que las únicas personas que lo sabían eran Kiz, que había conocido el historial en la búsqueda informática, y Julia Brasher, a quien Bosch se lo había contado mientras se excusaba por no haber ido a cenar. De repente tuvo una visión de Surtain en el control policial de Wonderland. Brasher se había prestado voluntaria para ayudar en los dos días que duró la búsqueda y excavación en la colina. Era perfectamente posible que hubiera contactado con Surtain de algún modo. ¿Era ella la fuente de la periodista, de la filtración?

—No tiene que haber habido una filtración —le dijo Bosch a Edgar—. Lo único que necesitaba era el nombre de Trent. Pudo haber pedido a cualquier poli que conozca que buscara sus antecedentes para ella. O pudo haberlo buscado en el cedé de agresores sexuales. Es un registro público. Espera.

Había oído un bip de llamada en espera. Era la teniente Billets. Le dijo que esperara mientras acababa con la otra llamada. Volvió a pulsar.

—Jerry, es Balas. Te vuelvo a llamar.

—Sigo siendo yo —dijo Billets.

—Oh, lo siento. Espera.

Lo intentó otra vez y en esta ocasión cambió de llamada. Le dijo a Edgar que lo llamaría otra vez si Billets decía algo que necesitara saber de inmediato.

—Si no, seguimos con el plan —agregó—. Te veo en Van Nuys a las ocho.

Volvió a cambiar a la llamada de Billets.

—¿Balas? —dijo—. ¿Es así como me llamáis?

—¿Qué?

—Has dicho Balas. Cuando creías que yo era Edgar me has llamado Balas.

—¿Se refiere a ahora mismo?

—Sí, ahora mismo.

—No sé. No sé de qué está hablando. Se refiere a cuando estaba cambiando de llamada para...

—Da igual, no importa. Supongo que has visto Channel Four.

—Sí, lo he visto. Y lo único que puedo decirle es que no he sido yo ni tampoco Edgar. Esa mujer recibió un soplo de que estábamos ahí y nosotros nos fuimos sin hacer comentarios. Cómo ha averiguado esto es...

—Harry, no te fuiste sin hacer comentarios. Te tienen

en vídeo, tu boca se mueve y luego dices «es lo único que puedo decir». Si dices «es lo único» significa que les has dicho algo.

Bosch sacudió la cabeza, aunque estaba hablando por teléfono.

—Yo no le di esa mierda. Sólo me enrollé para irme. Le dije que estábamos acabando nuestro peinado de rutina del barrio y que no había hablado antes con Trent.

—¿Era verdad eso?

—En realidad no, pero no iba a decirle que estábamos allí porque abusaba de menores. Mire, ella no sabía nada de Trent cuando estábamos allí. Si lo hubiera sabido, me lo habría preguntado. Lo descubrió después, y no sé cómo. Jerry y yo estábamos hablando de eso ahora.

Hubo un momento de silencio antes de que Billets continuara.

—Bueno, será mejor que lo tengas muy claro mañana porque quiero una explicación por escrito que pueda mandar para arriba. Antes de que emitieran ese reportaje en Channel Four me llamó la capitana LeValley y me dijo que ya había recibido una llamada del subdirector Irving.

—Sí, sí, típico. Bajando por la cadena trófica.

—Mira, sabes que filtrar el historial delictivo de un ciudadano va contra la política del departamento, tanto si ese ciudadano es objeto de una investigación como si no. Espero que tengas una explicación sólida. No hace falta que te diga que hay gente en el departamento que está esperando que cometas un error para clavar sus dientes.

—Uf, no voy a defender la filtración. Fue equivocada y estuvo mal. Pero estoy tratando de resolver un asesinato, teniente, y ahora tengo otro nuevo obstáculo que superar. Y eso es lo que es típico. Siempre hay piedras en el camino.

—Entonces deberías ser más cauto la próxima vez.

—¿Cauto con qué? ¿Qué es lo que he hecho mal? Sigo las pistas allí donde me llevan.

Bosch lamentó de inmediato la explosión de ira y frustración. Billets ciertamente no estaba en la lista de las personas del departamento que esperaban que Bosch se autodestruyera. Ella sólo era el mensajero. En el mismo momento se dio cuenta de que su ira estaba dirigida contra sí mismo porque sabía que Billets tenía razón. Tendría que haberse manejado de otra forma con Surtain.

—Mire, lo siento —dijo en tono bajo y calmado—. Es sólo el caso. Te agarra, ¿sabe?

—Creo que sí —contestó Billets con la misma tranquilidad—. Y hablando del caso, ¿adónde nos lleva? Todo esto con Trent me ha pillado de sorpresa. Pensaba que ibas a mantenerme al corriente.

—Todo ha surgido hoy. Tarde. Iba a informarle por la mañana. No sabía que Channel Four lo haría por mí. Y que también informaría a LeValley y a Irving.

—Olvídate de ellos por el momento. Háblame de Trent.

16

Bosch llegó a Venice bien pasada la medianoche. Aparcar en las callejuelas cercanas a los canales era imposible. Dio unas vueltas en busca de un lugar durante diez minutos y terminó en el aparcamiento de la biblioteca, en Venice Boulevard. Desde allí volvió caminando.

No todos los soñadores atraídos por Los Ángeles llegaron para hacer películas. Venice era el sueño centenario de un hombre llamado Abbot Kinney. Antes de que Hollywood y la industria del cine dieran sus primeros latidos, Kinney llegó a las marismas situadas junto al Pacífico. Imaginó un lugar construido en una red de canales, con puentes en arco y un casco urbano de arquitectura italiana. Sería un lugar que haría hincapié en la enseñanza artística y cultural. Y lo llamaría la Venecia de América.

Pero como la mayoría de los soñadores que habían llegado a Los Ángeles su visión no fue uniformemente compartida o realizada. La mayoría de los financieros e investigadores eran cínicos y renunciaron a la oportunidad de construir Venice, poniendo su dinero en proyectos de diseño menos elevado. La Venecia de América fue llamada el «capricho de Kinney».

Pero un siglo después muchos de los canales y los puentes en arco reflejados en sus aguas permanecían, mientras que hacía mucho que los financieros y los oráculos habían sido barridos por el tiempo junto con sus proyectos. A Bosch le complacía la idea de que el capricho de Kinney los hubiera sobrevivido a todos.

Bosch no había estado en los canales desde hacía muchos años, aunque durante un breve periodo de su vida, después de regresar de Vietnam, había vivido en un bungaló con otros tres hombres que conocía del ejército. En los años transcurridos, muchos de los bungalós habían sido borrados y reemplazados por modernas casas de dos y tres pisos valoradas en un millón de dólares o más.

Julia Brasher vivía en una casa situada en el extremo de los canales Eastern y Howland. Bosch esperaba que fuera una de las edificaciones nuevas. Suponía que ella habría usado el dinero del bufete para comprarla o incluso para construirla, pero cuando llegó a la dirección vio que se había equivocado. La casa era un pequeño bungaló de tablones blancos con un porche abierto en el frente que se asomaba a la intersección de los dos canales.

Bosch vio luces encendidas tras las ventanas de la casa. Era tarde, pero no tanto. Si ella trabajaba en el turno de tres a once, era poco probable que estuviera acostumbrada a acostarse antes de las dos.

Bosch entró en el porche, pero dudó antes de llamar a la puerta. Hasta que se habían entrometido las dudas de las últimas horas, sólo había tenido buenos sentimientos hacia Brasher y acerca de su incipiente relación. Sabía que era el momento de ser cuidadoso. Probablemente todo iba bien, y sin embargo podía echarlo a perder si daba un paso en falso.

Finalmente, levantó la mano y llamó. Brasher abrió de inmediato.

—Me estaba preguntando si ibas a llamar o pensabas quedarte ahí toda la noche.

—¿Sabías que estaba aquí?

—El porche es viejo. Cruje. Lo he oído.

—Bueno, llegué aquí y pensé que era muy tarde. Tendría que haber llamado antes.

—Entra. ¿Pasa algo malo?

Bosch entró y echó un vistazo sin responder a la pregunta de Brasher.

La sala de estar tenía un inconfundible sabor a playa, desde los muebles de bambú y rota hasta la tabla de surf apoyada en una esquina. La única desviación era el cinturón y la cartuchera colgados junto a la puerta. Era un error de novata dejarlos a la vista de esa forma, pero Bosch supuso que estaba orgullosa de la nueva profesión que había elegido y quería recordárselo a sus amigos que no pertenecían al mundo policial.

—Siéntate —dijo ella—. Tengo una botella de vino abierta. ¿Quieres una copa?

Bosch pensó un momento si mezclar vino con la cerveza que se había tomado una hora antes le produciría dolor de cabeza al día siguiente, que necesitaba estar concentrado.

—Es tinto.

—Uh, sólo un poquito.

—Hay que estar fresco mañana, ¿eh?

—Supongo.

Ella fue a la cocina mientras Bosch se sentaba en el sofá. Bosch observó la sala y se fijó en un pez con una espada larga y blanca colgado sobre la chimenea de ladrillo blanco. El pez era de un azul brillante que viraba a negro y con la parte inferior blanca y amarilla. Los peces disecados no le molestaban del mismo modo que las cabezas de caza, pero tampoco le hacía gracia la mirada permanente de los ojos del pez.

—¿Lo pescaste tú? —preguntó en voz alta.

—Sí. En El Cabo. Me costó tres horas y media subirlo. —Julia apareció con dos copas de vino—. Veintidós kilos. Es un buen ejercicio.

—¿Qué es?

—Un marlín negro.

Brasher brindó con el pez con su copa y luego con Bosch.

—Agárrate fuerte.

Bosch la miró.

—Es mi nuevo brindis —dijo ella—. Agárrate fuerte. Sirve para todo.

Brasher se sentó en la silla más próxima a Bosch. Tras ella estaba la tabla de surf. Era blanca, con un dibujo de arco iris en una orla que recorría los bordes. Era una tabla corta.

—Así que también haces surf.

Ella miró a la tabla y luego a Bosch y sonrió.

—Lo intento. La compré en Hawai.

—¿Conoces a John Burrows?

Ella negó con la cabeza.

—Hay muchos surfistas en Hawai. ¿A qué playa va?

—No, me refiero a aquí. Es poli. Trabaja en Homicidios, en la División del Pacífico. Vive aquí cerca, en una calle peatonal, al lado de la playa. Hace surf. En su tabla pone: «Para proteger y surfear.»

Ella se rió.

—Está muy bien. Me gusta. Pediré que me lo pongan en mi tabla.

Bosch asintió.

—John Burrows, ¿eh? Tendré que echarle un vistazo. —Brasher lo dijo con un toque de provocación.

Bosch sonrió. Le gustaban las bromas de ella. Se sentía a gusto, y eso le hacía sentirse aún peor por el motivo que le había llevado hasta allí. Miró su copa de vino.

—He estado pescando todo el día y no he pescado nada —dijo—. Sobre todo microfichas.

—Te he visto en las noticias esta noche —dijo ella—. ¿Vas a ir a por ese tipo, el pederasta?

Bosch tomó un sorbo de vino para darse tiempo a pensar. Ella había abierto la puerta. Sólo tenía que entrar con mucho cuidado.

—¿Qué quieres decir? —preguntó.

—Bueno, al darle a esa periodista su historial delictivo. Supongo que estabas preparando algo, presionándolo para que hable. Parece arriesgado.

—¿Por qué?

—Bueno, para empezar, fiarse de un periodista siempre es arriesgado. Eso lo sé de cuando era abogada y salí escaldada. Y en segundo lugar..., en segundo lugar, nunca sabes cómo va a reaccionar la gente cuando sus secretos dejan de ser secretos.

Bosch la observó un momento y negó con la cabeza.

—Yo no se lo dije —declaró—. Otra persona lo hizo.

Bosch observó la expresión de Brasher por si ésta la delataba. Nada.

—Va a haber problemas —agregó.

Ella alzó las cejas sorprendida. Nada que la delatara todavía.

—¿Por qué? Si tú no le diste la información, ¿por qué iba a haber...?

Se detuvo y esta vez Bosch se dio cuenta de que ella ataba cabos. Vio la decepción en los ojos de Brasher.

—Oh, Harry...

Bosch trató de dar marcha atrás.

—¿Qué? No te preocupes. No me pasará nada.

—No fui yo, Harry. ¿Por eso has venido? ¿Para ver si la filtración había salido de mí?

Ella dejó abruptamente la copa en la mesita de café y el vino salpicó en la mesa. No hizo nada para limpiarlo. Bosch sabía que no había forma de evitar la colisión. Había metido la pata.

—Mira, sólo cuatro personas sabían...

—Y yo era una de ellas, así que pensaste que podías venir aquí de incógnito y descubrir que era yo.

Ella esperó una respuesta. Al final, lo único que Bosch pudo hacer fue asentir.

—Bueno, pues no fui yo. Y creo que ahora deberías irte.

Bosch asintió y dejó la copa. Se levantó.

—Mira, lo siento. La he cagado. Pensé que la mejor forma de no embarrarlo todo entre tú y yo era...

Hizo un ademán de impotencia con los brazos mientras se encaminaba a la puerta.

—Era venir de incógnito —continuó—. No quería estropearlo, eso es todo. Pero tenía que saberlo. Creo que a ti en mi lugar te habría pasado lo mismo.

Bosch abrió la puerta y volvió a mirar a Brasher.

—Lo siento, Julia. Gracias por el vino.

Se dio la vuelta para salir.

—Harry.

Se volvió. Ella se le acercó y le agarró con ambas manos las solapas de la americana. Lentamente tiró de él hacia adelante y después hacia atrás, como si le estuviera dando una paliza a cámara lenta. La mirada de ella se fijó en el pecho de Bosch mientras su mente trabajaba y tomó una decisión.

Brasher dejó de zarandearlo, pero no le soltó la americana.

—Supongo que podré superarlo —dijo.

Ella lo miró a los ojos y tiró de él para besarle en la boca durante un largo instante antes de empujarlo de nuevo. Lo soltó.

—Eso espero. Llámame mañana.

Bosch asintió y salió. Cerró la puerta.

Bosch recorrió el porche hasta la acera que discurría junto al canal. Observó el reflejo de las luces de todas las casas en el agua. Una pasarela en forma de arco, iluminada únicamente por la luna, cruzaba el canal veinte metros más abajo, con su reflejo perfecto en el agua. Se volvió y desanduvo sus pasos hasta el porche. Volvió a dudar en la puerta, pero Brasher no tardó en abrirla.

—El porche cruje, ¿recuerdas?

Bosch asintió y ella aguardó. No estaba seguro de cómo decir lo que tenía que decir. Finalmente, empezó:

—Una vez, cuando estaba en uno de esos túneles de los que hablamos anoche, me encontré de cara con un tipo. Era un vietcong. Mono negro, cara engrasada. Nos miramos el uno al otro una fracción de segundo y supongo que los instintos tomaron el mando. Los dos levantamos el arma y disparamos al mismo tiempo. Fue simultáneo. Y entonces nos alejamos a toda prisa en direcciones opuestas. Los dos estábamos muertos de miedo, gritando en la oscuridad.

Hizo una pausa mientras pensaba en la historia, viéndola más que recordándola.

—Es igual, pensé que tenía que haberme dado. Estaba casi a quemarropa, demasiado cerca para fallar. Yo pensé que mi pistola se había encasquillado. El retroceso fue raro. Cuando pude levantarme lo primero que hice fue comprobar que no estaba herido. No había sangre ni dolor. Me desnudé y me revisé. Nada. Había fallado. A quemarropa y de alguna forma el tío había fallado.

Ella salió al umbral y se apoyó contra la pared frontal, bajo la luz del porche. No dijo nada y Bosch continuó:

—Es igual, entonces revisé mi cuarenta y cuatro para ver si se había encasquillado y descubrí por qué no me había dado. La bala del tipo estaba en el cañón de mi arma. Con la mía. Nos habíamos apuntado el uno al otro y su disparo entró justo por el cañón de mi arma. ¿Cuáles son las posibilidades de eso? ¿Una entre un millón? ¿Una entre mil millones?

Mientras hablaba, Bosch mantenía su mano vacía como si fuera una pistola, apuntándola a ella. Tenía la mano extendida enfrente del pecho. La bala de ese día en el túnel buscaba el corazón de Bosch.

—Supongo que sólo quería que supieras que sé lo afortunado que he sido contigo esta noche.

Asintió con la cabeza y luego se volvió y bajó los escalones.

17

La investigación de una muerte es la persecución de innumerables callejones sin salida, está sembrada de obstáculos e implica montañas de tiempo y esfuerzo perdidos. Bosch lo sabía cada uno de los días de su existencia como policía, pero se lo recordaron una vez más cuando llegó a la mesa de homicidios poco antes del mediodía del lunes y se encontró con que su tiempo y esfuerzo matinales habían sido malgastados porque le esperaba un nuevo obstáculo.

La brigada de homicidios ocupaba la parte posterior de la oficina de detectives y estaba compuesta por tres equipos de tres personas. Cada equipo tenía una mesa formada por los tres escritorios unidos, dos de ellos enfrentados y un tercero en el costado. Sentado en la mesa de Bosch, en el lugar que había dejado vacante la partida de Kiz Rider, había una mujer joven con traje de chaqueta. Tenía cabello oscuro y ojos más oscuros todavía. Eran ojos lo bastante agudos para atravesar una cáscara de nuez y permanecieron clavados en Bosch mientras él se acercaba desde el otro extremo de la sala de la brigada.

—¿Puedo ayudarla? —preguntó Bosch cuando llegó a la mesa.

—¿Harry Bosch?

—El mismo.

—Soy la detective Carol Bradley de Asuntos Internos. Necesito tomarle declaración.

Bosch miró en torno. Había varias personas en la sala de la brigada, tratando de aparentar que estaban ocupadas mientras miraban subrepticiamente.

—¿Una declaración sobre qué?

—El subdirector Irving solicitó a nuestra división que determinara si los antecedentes penales de Nicholas Trent fueron indebidamente divulgados a la prensa.

Bosch todavía no se había sentado. Puso las manos en el respaldo de su silla y se quedó de pie tras ella. Negó con la cabeza.

—Supongo que es sensato asumir que fue indebidamente divulgado.

—Entonces necesito descubrir quién lo hizo.

Bosch asintió.

—Intento llevar a cabo una investigación y lo único que les importa a todos es...

—Mire, yo sé que cree que es una calumnia. Y yo podría pensar que es una calumnia. Pero he recibido una orden, así que por qué no vamos a una de las salas y grabamos su declaración. No tardaremos mucho. Y entonces puede volver a su investigación,

Bosch dejó su maletín en la mesa y lo abrió. Sacó la grabadora. Se había acordado de ella en el coche mientras llevaba las órdenes de búsqueda a los hospitales locales.

—Hablando de cinta, ¿por qué no se lleva ésta a una de las salas y la escucha? Tenía la grabadora encendida anoche. Esto debería terminar muy pronto con mi implicación en este asunto.

Bradley cogió vacilantemente la grabadora y Bosch le señaló el pasillo que conducía a las tres salas de interrogatorios.

—Todavía voy a necesitar...

—Muy bien. Escuche la cinta y luego hablaremos.

—También con su compañero.

—Debe de estar a punto de llegar.

Bradley recorrió el pasillo con la grabadora. Bosch finalmente se sentó y no se molestó en mirar a ninguno de sus compañeros detectives.

Aún no era ni siquiera mediodía, pero se sentía exhausto. Se había pasado la mañana esperando a que un juez firmara las órdenes de búsqueda de historiales médicos en Van Nuys y luego había conducido por toda la ciudad para entregarlos a las oficinas legales de diecinueve hospitales diferentes. Edgar se había llevado diez órdenes y había salido por su cuenta. Tenía menos órdenes que entregar porque luego iba a ir al centro para buscar el expediente de antecedentes penales de Nicholas Trent y comprobar los callejeros y los registros de propiedad de Wonderland Avenue.

Bosch se fijó en que tenía una pila de mensajes telefónicos esperándole y la última tanda de llamadas de ciudadanos de la oficina de guardia. Empezó por los mensajes. Nueve de los doce eran de periodistas, todos ellos sin duda interesados en un seguimiento del reportaje de Channel Four sobre Trent la noche anterior, que había vuelto a ser emitido en las noticias de la mañana. Los otros tres eran del abogado de Trent, Edward Morton. Había llamado tres veces entre las ocho y las nueve y media.

Aunque Bosch no conocía a Morton, suponía que estaba llamando para quejarse por la divulgación de los antecedentes de Trent a la prensa. Normalmente no se daba prisa en contestar las llamadas de los abogados, pero sabía que lo mejor era acabar cuanto antes y asegurar a Morton que la filtración no procedía de los investigadores del caso. Si bien dudaba que Morton creyera una palabra de lo que dijera, levantó el teléfono y lo llamó. Una secretaria le comunicó que Morton había ido a una vista judicial, pero que esperaba que volviera en cualquier momento. Bosch le dijo que aguardaría a que el abogado lo llamara de nuevo.

Después de colgar, Bosch tiró los Post-it rosa con los números de los periodistas a la papelera que tenía junto al escritorio. Empezó a revisar las hojas de llamada y enseguida advirtió que los agentes estaban formulando las preguntas que él había redactado la noche anterior y le había dado a Mankiewicz.

En el undécimo informe de la pila se encontró con una pista sólida. Una mujer llamada Sheila Delacroix había telefoneado a las ocho cuarenta y uno y había dicho que había visto el reportaje de Channel Four de esa mañana. Dijo que su hermano menor, Arthur Delacroix había desaparecido en 1980 en Los Ángeles. Tenía entonces doce años y nunca más había oído hablar de él.

En respuesta a las cuestiones médicas, la mujer respondió que su hermano había resultado herido al caer de un monopatín unos meses antes de su desaparición. Sufrió una lesión cerebral que requirió hospitalización y neurocirugía. La mujer no recordaba con exactitud los detalles médicos, pero estaba segura de que el hospital era el Queen of Angels. No podía recordar el nombre de ninguno de los doctores que trataron a su hermano. El informe no contenía más datos, aparte de una dirección y un número de teléfono de Sheila Delacroix.

Bosch rodeó la palabra «monopatín» en el formulario. Abrió el maletín y sacó la tarjeta que le había dado Bill Golliher. Llamó al primer número y le salió el contestador de la oficina de antropología de la UCLA. Llamó al segundo número y encontró a Golliher, que estaba comiendo en Westwood Village.

—Una pregunta rápida. La lesión que requirió cirugía en el cerebro.

—El hematoma.

—Sí. ¿Podría haberlo causado una caída de un monopatín?

Se hizo un silencio y Bosch dejó que Golliher pensara. El conserje que respondía las llamadas en las líneas generales de la sala de la brigada se acercó a la mesa de homicidios y le hizo a Bosch la señal de la paz. Bosch cubrió el auricular.

—¿Quién es?

—Kiz Rider.

—Dile que espere.

Bosch descubrió el auricular.

—Doctor, ¿sigue ahí?

—Sí, estaba pensando. Podría ser, dependiendo de con qué se golpeara. Pero diría que una caída al suelo es poco probable. El patrón de la fractura es cerrado, y eso indica una pequeña área de contacto superficie con superficie. Además, la herida está en la parte alta del cráneo. No en la nuca, que es la parte con la que normalmente se asocian las lesiones por caída.

Bosch sintió que parte del viento escapaba de sus velas. Había pensado que tal vez podría identificar a la víctima.

—¿Está hablando de una persona en concreto? —preguntó Golliher.

—Sí, acabamos de recibir una pista.

—¿Hay rayos X, registros quirúrgicos?

—Estoy trabajando en ello.

—Bueno, me gustaría verlos para hacer una comparación.

—En cuanto los consiga. ¿Qué hay de las otras lesiones? ¿Podrían ser de hacer *skate*?

—Por supuesto, algunas podrían serlo —dijo Golliher—, pero creo que no todas. Las costillas, las fracturas gemelas; además algunas de las lesiones son de la primera infancia, detective. No hay muchos niños de tres años con monopatín, diría.

Bosch asintió y trató de pensar si había algo más que preguntar.

—Detective, ¿sabe usted que en casos de maltrato la causa de las lesiones aducida y la verdadera no suelen coincidir?

—Entiendo. Quien llevara al chico a urgencias no diría que le había golpeado con una linterna o con lo que fuera.

—Eso es. Habría una explicación y el chico la confirmaría.

—Accidente de monopatín.

—Es posible.

—De acuerdo, doctor. Tengo que irme. Le llevaré los rayos X en cuanto los consiga. Gracias.

Pulsó el botón de la línea dos.

—¿Kiz?

—Harry, hola, ¿cómo te va?

—Ocupado. ¿Qué pasa?

—Me siento fatal, Harry. Creo que la he jodido.

Bosch se recostó en su silla. Nunca habría sospechado de ella.

—¿Channel Four?

—Sí, Yo, eh..., ayer, después de que te fueras del Parker y mi compañero dejara de ver el partido de fútbol, me preguntó que a qué habías venido. Así que se lo conté. Harry, todavía estoy tratando de establecer la relación, ¿sabes? Le dije que había comprobado los nombres para ti y que uno de los vecinos tenía una condena por abuso. Es todo cuanto le dije, Harry. Lo juro.

Bosch respiró pesadamente. De hecho se sentía mejor. Su instinto no le había fallado con Rider. La filtración no era cosa suya. Ella simplemente había confiado en alguien en quien debería haber podido confiar.

—Kiz, tengo aquí a Asuntos Internos esperando para hablar conmigo de esto. ¿Cómo sabes que Thornton se lo pasó a Channel Four?

—Vi el reportaje en la tele esta mañana cuando me preparaba para salir. Sé que Thornton conoce a esa periodista. Surtain. Thornton y yo trabajamos juntos en un caso hace unos meses, un asesinato por el seguro en el Westside. Salió en los medios y él pasaba información *off the record*. Los vi juntos. Entonces ayer, después de que le contara lo que había descubierto, me dijo que tenía que ir al lavabo. Se llevó la página de deportes y se fue por el pasillo. Pero no fue al lavabo. Recibimos una llamada para salir y cuando fui a golpear la puerta del lavabo para decirle que nos íbamos no contestó. No pensé nada hasta que he visto las noticias hoy. Creo que no fue al lavabo porque fue a otro despacho o al fondo del vestíbulo para llamar a la periodista.

—Bueno, eso explica muchas cosas.

—Lo siento mucho, Harry. Ese reportaje de la tele no

te ha hecho quedar nada bien. Voy a hablar con Asuntos Internos.

—Espera un poco, Kiz. Te avisaré si necesito que hables con Asuntos Internos. Pero ¿tú qué vas a hacer?

—Conseguiré otro compañero. No puedo trabajar con este tío.

—Ten cuidado. Si empiezas a cambiar de compañero pronto terminarás sola.

—Prefiero trabajar sola que con un capullo en quien no puedo confiar.

—Eso es verdad.

—¿Y tú? ¿La oferta sigue en pie?

—¿Qué? ¿Yo soy un capullo en quien puedes confiar?

—Ya sabes a qué me refiero.

—La oferta sigue en pie. Lo único que tienes que hacer es...

—Eh, Harry, tengo que dejarte. Aquí viene.

—Vale, adiós.

Bosch colgó y se frotó la boca con la mano mientras pensaba en qué hacer con Thornton. Podía contarle la historia de Kiz a Carol Bradley. Pero todavía había mucho margen para el error. No se sentía a gusto yendo a Asuntos Internos sin estar completamente seguro. La misma idea de acudir a Asuntos Internos con lo que fuera le repugnaba, sin embargo, en esta ocasión alguien estaba poniendo en peligro su investigación. Y eso era algo que no iba a dejar pasar.

Al cabo de unos minutos se le ocurrió un plan y miró el reloj. Eran las doce menos diez. Volvió a llamar a Kiz Rider.

—Soy Harry. ¿Está ahí?

—Sí, ¿por qué?

—Repite conmigo con voz excitada: «¿En serio, Harry? ¡Genial! ¿Quién era?»

—¿En serio, Harry? ¡Genial! ¿Quién era?

—Vale, ahora estás escuchando, escuchando, escuchando. Ahora di: «¿Cómo llegó aquí desde Nueva Orleans un niño de diez años?»

—¿Cómo llegó aquí desde Nueva Orleans un niño de diez años?

—Perfecto. Ahora cuelga y no digas nada. Si Thornton te pregunta, dile que identificamos al chico a través de los registros dentales. Era un fugado de Nueva Orleans al que se vio por última vez en mil novecientos setenta y cinco. Sus padres están volando hacia aquí ahora mismo. Y el jefe va a dar una conferencia de prensa hoy a las cuatro.

—Hasta luego, Harry. Buena suerte.

—Lo mismo digo.

Bosch colgó y levantó la cabeza. Edgar estaba de pie al otro lado de la mesa. Había oído la última parte de la conversación y tenía las cejas arqueadas.

—No. Es todo mentira —dijo Bosch—. Estoy tendiendo una trampa al soplón. Y a la periodista.

—¿El soplón? ¿Quién es el soplón?

—El nuevo compañero de Kiz. Eso creemos.

Edgar se deslizó en su silla y se limitó a asentir.

—Pero tenemos una posible identificación en los huesos —dijo Bosch.

Le habló a Edgar de la llamada sobre Arthur Delacroix y su posterior conversación con Bill Golliher.

—¿Mil novecientos ochenta? Eso no va a funcionar con Trent. He comprobado los callejeros y los registros de propiedad. No estuvo en Wonderland hasta el ochenta y cuatro. Como dijo anoche.

—Algo me dice que no es nuestro tipo.

Bosch pensó otra vez en el monopatín, pero no bastó para que cambiara su intuición.

—Díselo a Channel Four.

El teléfono de Bosch volvió a sonar. Era Rider.

—Acaba de ir al lavabo.

—¿Le has hablado de la conferencia de prensa?

—Se lo he dicho todo. No ha parado de hacer preguntas, el cabrón.

—Bueno, si le dice que todo el mundo lo va a saber a las cuatro, saldrá con la exclusiva en las noticias de las doce. Voy a verlas.

—Cuéntame.

Bosch colgó y consultó su reloj. Aún le quedaban unos minutos. Miró a Edgar.

—Por cierto, Asuntos Internos está en una de esas salas. Estamos bajo investigación.

Edgar se quedó con la boca abierta. Como la mayoría de polis, detestaba a los de Asuntos Internos porque aun cuando hicieras un trabajo bueno y honesto podían estar encima de ti por un montón de cosas. Recibir una llamada de Asuntos Internos era como ver el sello de Hacienda en la esquina de un sobre.

—Calma. Es por lo de Channel Four. Estaremos a salvo en unos minutos. Ven conmigo.

Entraron en el despacho de la teniente Billets, donde había instalada una pequeña televisión. Ella estaba trabajando y tenía el escritorio lleno de papeles.

—¿Le importa si miramos las noticias de las doce en Channel Four? —preguntó Bosch.

—Adelante. Estoy segura de que la capitana LeValley y el subdirector Irving también van a verlas.

El informativo se abrió con un reportaje sobre una

colisión múltiple de dieciséis vehículos en la autovía de Santa Mónica. No era un gran reportaje —no hubo víctimas—, pero tenía un buen vídeo, así que abrió el programa. El caso del «hueso del perro» había pasado al segundo lugar. El presentador dijo que iban a conectar con Judy Surtain, que tenía otro reportaje en exclusiva.

Surtain apareció sentada en su escritorio, en la sala de la redacción.

«Channel Four ha sabido que los huesos descubiertos en Laurel Canyon han sido identificados como pertenecientes a un niño de diez años que se escapó de casa en Nueva Orleans.»

Bosch miró a Edgar y luego a Billets, que se estaba levantando de su silla con una expresión de sorpresa en el rostro. Bosch levantó la mano para pedirle que esperara un momento.

«Los padres del chico, que denunciaron su desaparición hace más de veinticinco años, van camino de Los Ángeles para reunirse con la policía. Los restos fueron identificados gracias a los registros dentales. Se espera que el jefe de policía ofrezca más tarde una conferencia de prensa en la que identificará al chico y hará comentarios acerca de la investigación. Como informó Channel Four anoche, la policía se está centrando en...»

Bosch apagó la tele.

—Harry, Jerry, ¿qué está pasando? —preguntó Billets de inmediato.

—Todo eso es mentira. Estaba desenmascarando al soplón.

—¿Quién es?

—El nuevo compañero de Kiz. Un tipo llamado Rick Thornton.

Bosch explicó lo que Rider le había contado a él antes. Luego describió la trampa que acababa de tender.

—¿Dónde está la detective de Asuntos Internos? —preguntó Billets.

—En una de las salas de interrogatorios. Está escuchando una cinta que tenía de mi entrevista de anoche con la periodista.

—¿Una cinta? Porque no me hablaste de ella anoche.

—Anoche me olvidé.

—Muy bien, me ocuparé del asunto. ¿Crees que Kiz está limpia en esto?

Bosch asintió.

—Tiene que confiar en su compañero lo suficiente para contarle cualquier cosa. Él abusó de esa confianza y llamó a Channel Four. No sé lo que está obteniendo a cambio, pero no me importa. Me está jodiendo el caso.

—Muy bien, Harry, he dicho que me ocuparé de esto. Tú vuelve al caso. ¿Alguna novedad?

—Tenemos una posible identificación (ésta legítima) que comprobaremos hoy.

—¿Y qué pasa con Trent?

—Vamos a dejarlo aparcado hasta que averigüemos si éste es el niño. Si lo es, las fechas no encajan. El chico desapareció en el ochenta y Trent no se mudó a ese barrio hasta cuatro años más tarde.

—Genial. Mientras tanto, hemos desenterrado su secreto y lo hemos sacado por la tele. Lo último que he oído de la patrulla es que los medios están acampados delante de su casa.

Bosch asintió.

—Hable de eso con Thornton —dijo.

—Lo haremos, seguro.

La teniente se sentó y levantó el teléfono. Bosch

comprendió que era su ocasión para salir. De camino hacia la mesa, le preguntó a Edgar si había conseguido el expediente de la condena de Trent.

—Sí, lo tengo. Era un caso débil. Hoy la fiscalía probablemente no presentaría cargos.

Ambos fueron a ocupar sus respectivos lugares en la mesa y Bosch vio que se había perdido una llamada del abogado de Trent. Fue a buscar el teléfono, pero decidió esperar hasta que Edgar le explicara el contenido del expediente.

—El tío era maestro en una escuela primaria de Santa Mónica. Otro profesor lo encontró en uno de los lavabos sosteniendo el pene de un niño de ocho años mientras orinaba. Dijo que le estaba enseñando a apuntar, porque el niño no paraba de mearse en el suelo. Resultó que el niño había explicado a todo el mundo una versión que no respaldaba la de Trent. Y los padres dijeron que el chico ya sabía apuntar desde que tenía cuatro años. Trent fue condenado y le cayeron dos más uno. Pasó quince meses en Wayside.

Bosch pensó en los antecedentes de Trent. Todavía tenía la mano sobre el teléfono.

—De ahí a matar a un chico con un bate de béisbol va un largo trecho.

—Sí, Harry, estoy empezando a confiar más en tu intuición.

—Ojalá yo lo hiciera.

Levantó el teléfono y marcó el número del abogado de Trent, Edward Morton. Lo pasaron al móvil del abogado, que estaba de camino al restaurante para comer.

—¿Hola?

—Soy el detective Bosch.

—Sí, Bosch, quiero saber dónde está.

—¿Quién?

—No se haga el tonto, detective. He llamado a todos los calabozos del condado. Quiero poder hablar con mi cliente. Ahora mismo.

—Supongo que está hablando de Nicholas Trent. ¿Ha probado en su trabajo?

—En casa y en el trabajo. Sin respuesta. También lo he llamado al busca. Si lo han detenido, tiene derecho a ser representado. Y yo tengo derecho a saberlo. Le estoy diciendo que si me jode con esto, voy a ir directo al juez. Y a la prensa.

—No tenemos a su hombre, abogado. No lo he visto desde anoche.

—Sí, me llamó después de que usted se fuera. Y luego después de las noticias. Ustedes lo han jodido; debería avergonzarse.

La cara de Bosch se encendió con la reprimenda, pero no respondió. Aunque no fuera personalmente responsable, el departamento sí lo merecía. Por el momento daría la cara.

—¿Cree que se ha fugado, señor Morton?

—¿Por qué huir cuando uno es inocente?

—No lo sé. Pregúnteselo a O. J.

Una horrible intuición golpeó entonces las entrañas de Bosch. Se levantó, todavía con el teléfono en la oreja.

—¿Dónde está ahora, señor Morton?

—En Sunset, en dirección oeste. Cerca de Book Soup.

—Dé la vuelta. Nos encontraremos en casa de Trent.

—Tengo un almuerzo. No voy a...

—Nos vemos en casa de Trent. Yo salgo ahora.

Bosch colgó el teléfono y le dijo a Edgar que era hora de irse. Se lo explicaría por el camino.

18

En la calle, enfrente de la casa de Nicholas Trent, había una pequeña nube de reporteros de televisión. Bosch aparcó detrás de la furgoneta de Channel Two, y salió con Edgar. Bosch no conocía a Edward Morton, pero no vio en el grupo a nadie con aspecto de abogado. Después de más de veinticinco años en la profesión, tenía un instinto infalible que le permitía identificar a abogados y periodistas. Bosch habló con Edgar antes de que los periodistas pudieran oírles.

—Si hemos de entrar, lo haremos por detrás, sin público.

—Entendido.

Los detectives caminaron hacia el sendero de entrada y de inmediato los abordaron los equipos de la prensa, que encendieron las cámaras y plantearon preguntas que quedaron sin respuesta. Bosch se fijó en que Judy Surtain, de Channel Four, no estaba entre los periodistas.

—¿Ha venido a detener a Trent?

—¿Puede hablarnos del chico de Nueva Orleans?

—¿Qué ocurre con la conferencia de prensa? Relaciones con los Medios no sabe nada de una conferencia de prensa.

—¿Trent es sospechoso o no?

Una vez que Bosch atravesó la multitud y llegó al sendero de entrada de la casa de Trent, se volvió de repente y se encaró a las cámaras. Dudó un momento como si estuviera ordenando sus pensamientos. Lo que en realidad estaba haciendo era darles tiempo de enfocar y prepararse. No quería que nadie se perdiera lo que iba a decir.

—No hay ninguna conferencia de prensa programada —anunció Bosch—. Todavía no se han identificado los huesos. El hombre que vive en esta casa fue interrogado anoche como todos los residentes de este barrio. En ningún momento fue calificado de sospechoso por los investigadores de este caso. La información filtrada a los medios por alguien ajeno a la investigación y que luego fue divulgada sin confirmarla antes con los auténticos investigadores ha sido completamente errónea y ha dañado a la investigación en curso. Eso es todo. Es todo cuanto voy a decir. Cuando dispongamos de información real y precisa la ofreceremos a través de Relaciones con los Medios.

Bosch se volvió y caminó con Edgar por el sendero de entrada hasta la casa. Los periodistas lanzaron más preguntas, pero Bosch no hizo señal alguna de estar oyéndolos.

En la puerta de la calle, Edgar llamó con fuerza y gritó el nombre de Trent, diciéndole que era la policía. Al cabo de un momento llamó otra vez e hizo el mismo anuncio. Esperaron de nuevo, pero no sucedió nada.

—¿Por detrás? —preguntó Edgar.

—Sí, o por el garaje. Tiene una puerta en el lado.

Los dos cruzaron el sendero y empezaron a avanzar por el lateral de la casa. Los periodistas gritaron más preguntas. Bosch supuso que estaban tan acostumbrados a lanzar preguntas que no eran contestadas que se había convertido para ellos en algo natural formularlas, y también les parecía natural que nadie las contestara. Como un perro que sigue ladrando en el patio trasero mucho después de que su amo se haya ido a trabajar.

Pasaron la puerta lateral del garaje y Bosch advirtió que estaba en lo cierto al recordar que había una única cerradura. Continuaron hasta el patio de atrás. La puerta de la cocina tenía una cerradura en el tirador. Había también una puerta corredera, que sería fácil de abrir. Edgar se acercó, pero miró a través del cristal al carril de deslizamiento interior y vio que había una espiga de madera colocada para impedir que la puerta pudiera abrirse desde fuera.

—Esto no va a funcionar, Harry —dijo.

Bosch tenía en el bolsillo un pequeño estuche que contenía un juego de ganzúas. No quería tener que forzar la cerradura de la puerta de la cocina.

—Vamos por el garaje, a no ser que...

Se acercó a la puerta de la cocina y probó a abrirla. No estaba cerrada, de modo que abrió. En ese momento supo que encontrarían a Trent muerto en el interior. Trent iba a ser el suicida amable, el que deja la puerta abierta para que nadie tenga que romper nada.

—¡Mierda!

Edgar se acercó, sacando la pistola de la cartuchera.

—No vas a necesitarla —dijo Bosch.

Entró en la casa y ambos atravesaron la cocina.

—¿Señor Trent? —gritó Edgar—. ¡Policía! ¡Policía en la casa! ¿Está usted aquí, señor Trent?

—Tú mira en el salón —dijo Bosch.

Se separaron y Bosch recorrió el corto pasillo hasta las habitaciones del fondo. Encontró a Trent en la ducha a pie llano del cuarto de baño principal. Había cogido dos colgadores de alambre y había improvisado una soga que había atado a la cañería. Luego se había echado hacia atrás contra la pared alicatada y había dejado caer su peso hasta asfixiarse. Seguía vestido con la misma ropa que llevaba la noche anterior y sus pies descalzos estaban sobre el mosaico. No había ninguna indicación de que Trent se hubiera arrepentido de su decisión en ningún momento. Teniendo en cuenta que no se había colgado en suspensión, podía haber frenado su muerte en cualquier instante. Trent no lo hizo.

Bosch tendría que dejar eso para el equipo del forense, pero a juzgar por el oscurecimiento de la lengua del cadáver, que estaba hinchada, Trent llevaba al menos doce horas muerto. Eso situaría su fallecimiento a primeras horas del día, no mucho después de que Channel Four anunciara al mundo su pasado oculto y lo calificara de sospechoso en el caso de los huesos.

—¿Harry?

Bosch casi dio un salto. Se volvió y vio a Edgar.

—No me hagas esto, tío. ¿Qué?

Edgar estaba mirando el cadáver mientras hablaba.

—Ha dejado una nota de tres páginas en la mesita de café.

Bosch salió de la ducha y pasó junto a Edgar. Se encaminó hacia la sala de estar, sacando un par de guantes de látex del bolsillo y soplando para abrirlos antes de ponérselos.

—¿La has leído toda?

—Sí, dice que no mató al niño. Dice que se suicida

porque la policía y los periodistas le han destruido y ya no puede continuar. Algo así. Y también hay algo raro.

Bosch fue a la sala de estar. Edgar estaba situado unos pasos detrás de él. Bosch vio tres hojas manuscritas desparramadas en la mesita del café. Se sentó en el sofá delante de ellas.

—¿Es así como estaban?

—Sí, no las he tocado.

Bosch empezó a leer las páginas. Lo que presumía que eran las últimas palabras de Trent constituían una intrincada negación del asesinato del chico de la colina y una expiación de la ira por lo que le habían hecho a él.

¡Ahora TODOS lo sabrán! Vosotros me habéis arruinado, me habéis MATADO. ¡Vosotros estáis manchados de sangre, no yo! Yo no lo hice, no lo hice, no, no, ¡NO! Nunca hice daño a nadie. Nunca, nunca, nunca. Ni a un alma de esta tierra. Yo siento amor por los niños. ¡AMOR! No, fuisteis vosotros los que me heristeis. Vosotros. Pero soy yo el que no puede vivir con el dolor que despiadadamente me habéis causado. No puedo.

Era repetitivo, casi parecía la transcripción literal de una diatriba extemporánea más que el escrito de alguien que se había sentado con lápiz y bolígrafo a plasmar sus pensamientos. En la mitad de la segunda página había un recuadro en cuyo interior figuraban unos nombres bajo un encabezamiento que decía: «Los responsables.» La lista, que encabezaba Judy Surtain, incluía al presentador del telediario de las noticias de la noche de Channel Four, a

Bosch, Edgar y tres nombres que Bosch no reconoció: Calvin Stumbo, Max Rebner y Alicia Felzer.

—Stumbo era el poli y Rebner el fiscal del primer caso —dijo Edgar—. En los sesenta.

Bosch asintió.

—¿Y Felzer?

—A ésa no la conozco.

El bolígrafo con el que aparentemente se había escrito la larga nota estaba en la mesa, junto a la última hoja. Bosch no lo tocó porque quería que comprobaran si tenía huellas de Trent.

Mientras continuaba leyendo, Bosch se fijó en que cada una de las páginas estaba firmada en la parte inferior con la rúbrica de Trent. Al final de la última página, Trent hacía una extraña petición que Bosch no entendió de inmediato.

Sólo lo lamento por mis niños. ¿Quién cuidará de mis niños? Necesitan comida y ropa. Tengo algo de dinero. El dinero es para ellos. Todo lo que tenga. Ésta es mi última voluntad y mi testamento firmado. Dad el dinero a los niños. Que Morton les dé el dinero y no me acuséis de nada. Hacedlo por los niños.

—¿Sus niños? —preguntó Bosch.

—Sí, ya sé —dijo Edgar—. Es extraño.

—¿Qué están haciendo aquí? ¿Dónde está Nicholas?

Bosch y Edgar miraron al umbral que separaba la sala de la cocina. Un hombre bajito con traje, que Bosch supuso que era abogado y que no podía ser sino Morton estaba allí. Bosch se levantó.

—Está muerto. Parece un suicidio.

—¿Dónde?

—En el cuarto de baño principal, pero yo no...

Morton ya había salido en dirección al cuarto de baño. Bosch gritó tras él.

—No toque nada.

Hizo una señal a Edgar para que lo siguiera y se asegurara. Bosch se sentó y miró de nuevo las hojas. Se preguntó cuánto tiempo había tardado Trent en decidir que suicidarse era lo único que podía hacer y luego elaborar la nota de tres páginas. Era la nota de suicidio más larga que había encontrado en toda su carrera.

Morton volvió a la sala de estar, con Edgar pegado a sus talones. Estaba cabizbajo y tenía el rostro ceniciento.

—Traté de decirle que no fuera a verlo —dijo Bosch.

Los ojos del abogado se clavaron en Bosch. Estaban llenos de ira, y parecieron devolver algo de color a su rostro.

—¿Ahora están satisfechos? Lo han destruido por completo. Dieron el secreto de un hombre a los buitres, ellos lo hicieron público y esto es lo que han conseguido.

Hizo un gesto con la mano en dirección al cuarto de baño.

—Señor Morton, está equivocado, pero esencialmente parece que eso es lo que ha sucedido. De hecho, probablemente le sorprendería lo mucho que coincido con usted.

—Ahora que está muerto, es fácil para usted decirlo. ¿Eso es una nota? ¿Ha dejado una nota?

Bosch se levantó e hizo un gesto para que ocupara su lugar en el sofá enfrente de las tres páginas.

—No toque las hojas.

Morton se sentó, abrió una gafas de lectura y empezó a examinar las páginas.

Bosch se acercó a Edgar y le dijo en voz baja:

—Voy a usar el teléfono de la cocina para hacer las llamadas.

Edgar asintió.

—Será mejor avisar a Relaciones con los Medios. Esto va a salpicar.

—Sí.

Bosch levantó el teléfono de la cocina y vio que tenía un botón de rellamada. Lo pulsó y aguardó. Reconoció la voz que contestó como la de Morton. Era un contestador. Morton decía que no estaba en casa y que dejara el mensaje.

Bosch llamó a la línea directa de la teniente Billets. Ella contestó de inmediato y Bosch supo que estaba comiendo.

—Bueno, lamento decirle esto mientras está comiendo, pero estamos en la casa de Trent. Parece que se ha suicidado.

Hubo un silencio durante un largo momento y luego la teniente le preguntó a Bosch si estaba seguro.

—Estoy seguro de que está muerto y casi seguro de que lo ha hecho él mismo. Se ahorcó con un par de colgadores en la ducha. Hay una nota de tres páginas. Niega cualquier relación con los huesos. Culpa de su muerte a Channel Four y a la policía, a mí y a Edgar en particular. Es la primera a quien llamo.

—Bueno, todos sabemos que no fuiste tú quien...

—Está bien, teniente, no necesito la absolución. ¿Qué quiere que haga?

—Haz las llamadas de rutina. Yo llamaré al despacho de Irving y le diré lo que pasa. Esto se va a poner caliente.

—Sí, ¿qué hay de Relaciones con los Medios? Ya hay una bandada de periodistas en la calle.

—Yo los llamaré.

—¿Ha hecho algo con Thornton?

—Ya está en su canal. La mujer de Asuntos Internos, Bradley, lo está llevando. Con esta última noticia, apuesto a que Thornton no sólo ha perdido el empleo, sino que puede que lo acusen de algo.

Bosch asintió. Thornton se lo merecía. No se arrepintió de la trampa que había urdido.

—Muy bien, nos quedaremos aquí. Al menos un rato.

—Avísame si encuentras algo que lo conecte con los huesos.

Bosch pensó en las botas con el barro en los cordones y en el monopatín.

—Lo haré —dijo.

Bosch colgó e inmediatamente llamó a la oficina del forense y a la División de Investigaciones Científicas.

En la sala, Morton había terminado de leer la nota.

—Señor Morton, ¿cuándo fue la última vez que habló con el señor Trent? —preguntó Bosch.

—Anoche. Me llamó a casa después de las noticias de Channel Four. Su jefa las había visto y lo había llamado.

Bosch asintió. Eso explicaba la última llamada.

—¿Conoce el nombre de su jefa?

Morton señaló la página de en medio de las que estaban en la mesa.

—Está en la lista. Alicia Felzer. Le dijo que iba a pedir su despido. El estudio hace películas para niños. Ella no podía tenerlo en un escenario con niños. ¿Lo ve? La filtración de sus antecedentes a los medios, destruyó a este hombre. Usted despiadadamente cogió la vida de un hombre y...

—Deje que sea yo el que haga las preguntas, señor Morton. Puede guardarse su rabia para cuando salga y hable con los periodistas, y estoy seguro de que lo hará. ¿Qué me dice de la última página? Menciona a los niños. Sus niños. ¿Qué significa eso?

—No tengo ni idea. Obviamente estaba emocionalmente consternado cuando escribió la nota. Puede que no signifique nada.

Bosch se quedó de pie, observando al abogado.

—¿Por qué lo llamó anoche?

—¿Usted qué cree? Para decirme que habían estado aquí, que había salido todo en las noticias, que su jefa lo había visto y que quería despedirlo.

—¿Le dijo si había enterrado a ese chico en la colina?

Morton puso su mejor expresión de indignación.

—Ciertamente dijo que no tenía absolutamente nada que ver con eso. Creía que lo estaban persiguiendo por un error del pasado, un error de hacía mucho tiempo, y diría que estaba en lo cierto.

Bosch asintió.

—Muy bien, señor Morton, ahora puede irse.

—¿De qué está hablando? Yo no voy a...

—Ahora esta casa es la escena de un crimen. Estamos investigando la muerte de su cliente para confirmar o negar que haya sido obra suya. Ya no es usted bienvenido aquí. ¿Jerry?

Edgar se acercó al sofá e hizo una señal a Morton para que se levantara.

—Vamos. Es hora de salir y poner su cara en la tele. Será bueno para el negocio, ¿no?

Morton se levantó y salió enfurruñado. Bosch caminó hasta la ventana y descorrió unos centímetros la cortina.

El abogado recorrió el lateral de la casa hasta el sendero de entrada e inmediatamente caminó hasta el centro del nido de periodistas y empezó a hablar airadamente. Bosch no pudo oír lo que decía. No le hacía falta.

Cuando Edgar volvió a entrar en la sala, Bosch le dijo que llamara a la oficina de guardia y que enviaran un coche patrulla a Wonderland para controlar a la multitud. Tenía la sensación de que la turba de los medios de comunicación, como un virus que se replica, iba a empezar a crecer y a sentirse cada más insaciable.

19

Encontraron los niños de Nicholas Trent cuando registraron su casa después del levantamiento del cadáver. En la sala había un pequeño escritorio, que Bosch no había registrado la noche anterior, con dos cajones llenos de carpetas con fotografías y documentos financieros, entre ellos varios sobres de banco gruesos que contenían cheques emitidos. Trent había estado enviando mensualmente pequeñas cantidades a diversas organizaciones de caridad dedicadas a alimentar y vestir a niños. Desde los Apalaches a la selva amazónica o Kosovo, Trent había estado enviando cheques durante años. Bosch no vio ningún cheque por importe superior a doce dólares. Encontró decenas de fotografías de los niños a los que supuestamente ayudaba, así como pequeñas notas manuscritas de ellos.

Bosch había visto varios anuncios de interés público de organizaciones de caridad en la televisión nocturna. Él siempre había sido suspicaz. No acerca de si unos pocos dólares podían evitar que un niño pasara hambre o careciera de ropa, sino acerca de si esos pocos dólares llegaban realmente a los niños. Se preguntó si las fotos que Trent mantenía en los cajones eran las mismas fotos de catálogo que enviaban a todos aquellos que contribuían y si las notas de agradecimiento en caligrafía infantil eran falsas.

—Tío —dijo Edgar mientras revisaba el contenido del escritorio—, este tipo, creo que este tío estaba cumpliendo una penitencia, enviando dinero.

—Sí, penitencia ¿por qué?

—Puede que nunca lo sepamos.

Edgar volvió a buscar en el segundo dormitorio. Bosch examinó algunas de las fotos que había esparcido por encima del escritorio. Había niños y niñas. Ninguno parecía mayor de diez años, aunque resultaba difícil de determinar porque todos tenían los ojos vacíos y viejos característicos de niños que habían pasado por la guerra, el hambre y la indiferencia. Cogió la foto de un pequeño y le dio la vuelta. La información decía que el niño había quedado huérfano durante los combates de Kosovo. Había resultado herido por el fuego de mortero que había matado a sus padres. Se llamaba Milos Fidor y tenía diez años.

Bosch había quedado huérfano a los once años. Miró los ojos del niño y vio los suyos.

A las cuatro de la tarde cerraron la casa de Trent y se llevaron al coche tres cajas de material confiscado. Un reducido grupo de periodistas se quedó toda la tarde merodeando por el exterior de la casa, a pesar de que Relaciones con los Medios había anunciado que toda la información sobre los acontecimientos del día se distribuiría desde el Parker Center.

Los periodistas se aproximaron a ellos con preguntas, pero Bosch rápidamente dijo que no estaba autorizado a hacer comentarios sobre la investigación. Los detectives pusieron las cajas en el maletero y se alejaron en el coche en dirección al centro, donde el subdirector Irvin Irving los había convocado a una reunión.

Bosch se sentía incómodo consigo mismo mientras conducía. Estaba inquieto porque el suicidio de Trent —y no tenía dudas de que se trataba de un suicidio— había servido para desviar el avance en la investigación de la muerte del chico. Bosch había pasado la mitad del día revisando las pertenencias de Trent cuando lo que le habría gustado hacer era establecer con certeza la identidad del chico, siguiendo la pista que había recibido en las llamadas.

—¿Qué pasa, Harry? —preguntó Edgar en un momento del recorrido.

—¿Qué?

—No sé. Pareces taciturno. Ya sé que probablemente es tu disposición natural, pero normalmente lo disimulas un poco.

Edgar sonrió, pero no obtuvo una sonrisa de respuesta por parte de Bosch.

—Sólo estoy pensando en algunas cosas. Este tipo podría estar vivo hoy si hubiésemos manejado la situación de otro modo.

—Vamos, Harry. ¿Te refieres a si no lo hubiéramos investigado? Eso era imposible. Hacemos nuestro trabajo y las cosas siguen su curso. No podíamos hacer nada. Si hay alguien responsable es Thornton, y lo va a pagar. Pero si te interesa mi opinión, creo que el mundo está mejor sin alguien como Trent. Tengo la conciencia tranquila, tío. Muy tranquila.

—Me alegro por ti.

Bosch pensó en su decisión de darle a Edgar el día libre en domingo. Si no lo hubiera hecho, Edgar habría sido el encargado de comprobar los nombres en el ordenador. Kiz Rider habría quedado fuera del lazo y la información nunca habría llegado a Thornton.

Bosch suspiró. Todo parecía funcionar siempre en una teoría del dominó. Si, entonces, si, entonces, si, entonces.

—¿Qué te dice tu instinto? —preguntó a Edgar.

—¿Te refieres a si mató al chico de la colina?

Bosch asintió.

—No lo sé —dijo Edgar—. Habrá que ver lo que dicen en el laboratorio del barro y lo que dice la hermana del *skate*. Si es que es la hermana y conseguimos identificarlo.

Bosch no dijo nada, pero siempre le molestaba tener que confiar en informes de laboratorio para determinar qué camino seguir en una investigación.

—¿Y tú, Harry?

Bosch pensó en las fotos de todos los niños a los que Trent creía que estaba cuidando. Su acto de penitencia. Su oportunidad de redimirse.

—Creo que estamos acelerando en el barro —dijo—. No es el asesino.

20

El subdirector Irvin Irving se encontraba sentado a su escritorio en su espacioso despacho de la sexta planta del Parker Center. También sentados en la sala estaban la teniente Grace Billets, Bosch y Edgar, así como un agente de Relaciones con los Medios llamado Sergio Medina. La ayudante de Irving, una teniente llamada Simonton, permanecía en el umbral de la oficina por si la necesitaban.

Irving tenía una mesa con sobre de cristal. No había nada en ella salvo dos trozos de papel con texto impreso que Bosch no podía leer desde su posición al otro lado del escritorio de Irving y a la izquierda.

—Bueno —empezó Irving—. ¿Qué sabemos de Trent a ciencia cierta? Sabemos que era un pedófilo con antecedentes penales por haber abusado de un menor. Sabemos que vivía a tiro de piedra del lugar de enterramiento del niño asesinado. Y sabemos que se suicidó la noche en que fue interrogado por los detectives en relación con los dos primeros puntos mencionados.

Irving cogió una de las hojas que había en su escritorio y la examinó sin compartir el contenido de la misma con los presentes. Al final, habló.

—Tengo aquí una nota de prensa que afirma los tres hechos y continúa diciendo: «El señor Trent es objeto de una investigación en curso. La determinación de si fue responsable de la muerte de la víctima descubierta enterrada cerca de su casa está pendiente del trabajo de laboratorio y de la posterior investigación.»

Miró la hoja en silencio de nuevo y finalmente la dejó.

—Correcta y sucinta. Pero servirá de poco para aplacar la sed de los medios en esta historia. O para ayudarnos a evitar otra situación comprometida para este departamento.

Bosch se aclaró la garganta. Irving pareció no registrarlo al principio, pero entonces habló sin mirar al detective.

—¿Sí, detective Bosch?

—Bueno, parece que no está satisfecho con eso. El problema es que lo que hay en la nota de prensa es exactamente donde estamos. Me encantaría decir que creo que el tipo mató al chico de la colina. Me encantaría decirle que sé que lo hizo. Pero estamos muy lejos de eso y, si acaso, creo que vamos a terminar concluyendo lo contrario.

—¿Basándose en qué? —dijo bruscamente Irving.

A Bosch le estaba quedando claro cuál era el propósito de la reunión. Supuso que la segunda hoja que había en el escritorio de Irving era la nota de prensa que el subdirector quería hacer pública. Probablemente se acusaba de todo a Trent y explicaba su suicidio por el hecho de saberse descubierto. Esto permitiría al departamento manejar a Thornton, el responsable de la filtración, tranquilamente, lejos de la lupa de la prensa. Así, el departamento se ahorraría la humillación de reconocer que la filtración de información confidencial por parte de uno de sus agentes había llevado a que un hombre posiblemente inocente se suicidara. También permitiría al departamento cerrar el caso del chico de la colina.

Bosch comprendió que todos los que estaban sentados en la sala sabían que las posibilidades de cerrar un caso de esa naturaleza eran muy remotas. El caso había captado la atención de los medios y Trent, con su suicidio, les había presentado una vía de salida. Las sospechas podían achacarse al pedófilo muerto y el departamento podía zanjar la cuestión y pasar al siguiente caso, que con suerte sería uno con más opciones de ser resuelto.

Bosch podía entenderlo, pero no lo aceptaba. Él había visto los huesos. Había oído a Golliher relatando una letanía de lesiones. En esa sala de autopsias, Bosch se había prometido encontrar al asesino y cerrar el caso. Los intereses y la imagen del departamento eran algo secundario.

Buscó en el bolsillo de la chaqueta y sacó el bloc. Lo abrió por una hoja con una esquina doblada y la miró como si estuviera examinando una página llena de notas. Pero había una única anotación en la página, escrita el sábado, en la sala de autopsias.

44 indicaciones distintas de trauma

Sus ojos se clavaron en el número que había escrito hasta que Irving habló de nuevo.

—¿Detective Bosch? Le he preguntado: «¿Basándose en qué?»

Bosch alzó la mirada y cerró la libreta.

—En las fechas (creemos que Trent no se mudó al barrio hasta después de que el chico estuviera enterrado) y también basándonos en el análisis de los huesos. Este chico fue maltratado durante un largo periodo, desde que era muy pequeño. Eso no cuadra con Trent.

—La datación y el estudio de los huesos no serán concluyentes —dijo Irving—. No importa lo que nos digan, sigue habiendo una posibilidad (no importa lo pequeña que sea) de que Nicholas Trent fuera el perpetrador de este crimen.

—Una posibilidad muy remota.

—¿Qué me dice del registro de hoy en casa de Trent?

—Nos hemos llevado unas botas de faena viejas con barro en los cordones. Las compararemos con muestras tomadas del suelo donde se hallaron los huesos. Pero tampoco serán concluyentes. Aunque coincidieran, Trent podría haberse enganchado el barro escalando detrás de su casa. Es todo parte del mismo sedimento, geológicamente hablando.

—¿Qué más?

—Poco más. Tenemos un monopatín.

—¿Un monopatín?

Bosch explicó la llamada recibida, que no había tenido tiempo de seguir debido al suicidio. Mientras lo explicaba, vio que Irving se entusiasmaba ante la posibilidad de que un monopatín en posesión de Trent pudiera vincular al decorador con los huesos de la colina.

—Quiero que ésa sea su prioridad —dijo—. Quiero que asegure eso, y quiero saberlo en cuanto lo tenga.

Bosch se limitó a asentir con la cabeza.

—Sí, señor —intervino Billets.

Irving se quedó en silencio, examinando las dos hojas que había sobre su escritorio. Finalmente, cogió la que no había leído —la que Bosch suponía que era la nota de prensa— y le dio la vuelta. La deslizó en una trituradora de papel, que gimió con fuerza mientras destruía el documento. Se volvió entonces hacia su escritorio y cogió el documento que quedaba.

—Agente Medina, puede enviar esto a la prensa.

Le pasó el documento a Medina, quien se levantó para recibirlo. Irving miró su reloj.

—Justo a tiempo para las noticias de las seis —dijo.

—¿Señor? —dijo Medina.

—Sí.

—Eh, ha habido muchas preguntas sobre la información errónea de Channel Four. Deberíamos...

—Diga que va contra la política departamental comentar cualquier investigación interna. También puede añadir que el departamento no aprobará ni aceptará ninguna filtración a los medios. Esto es todo, agente Medina.

Dio la impresión de que Medina quería hacer otra pregunta, pero sabía que no le convenía hacerla. Asintió y salió de la oficina.

Irving hizo un ademán a su ayudante y ésta cerró la puerta del despacho, quedándose en la antesala. El subdirector paseó entonces la mirada de Billets a Edgar y a Bosch.

—Estamos en una situación delicada —dijo—. ¿Tenemos claro cómo estamos procediendo?

—Sí —dijeron Edgar y Billets al unísono.

Bosch no dijo nada. Irving lo miró.

—Detective, ¿tiene algo que decir?

Bosch se lo pensó un instante antes de responder.

—Sólo quería decir que voy a descubrir al que mató a ese chico y voy a meterlo en el agujero. Si es Trent, bien. Perfecto. Pero si no es él, no voy a detenerme.

Irving vio algo en su mesa, algo pequeño, como un pelo u otra partícula casi microscópica. Algo que Bosch no podía ver. Irving lo cogió con dos dedos y lo tiró a la papelera que tenía tras él. Mientras se sacudía los dedos encima de la trituradora, Bosch miró y se preguntó si la exhibición había sido algún tipo de amenaza dirigida contra él.

—No todos los casos se resuelven, detective, no todos los casos son resolubles —dijo—. En algún punto nuestra obligación puede requerir que nos movamos a asuntos más acuciantes.

—¿Me está poniendo una fecha tope?

—No, detective. Estoy diciendo que le entiendo. Y espero que usted me entienda a mí.

—¿Qué va a pasar con Thornton?

—Está bajo investigación interna. No puedo discutir eso con usted ahora.

Bosch sacudió la cabeza, frustrado.

—Tenga cuidado, detective Bosch —dijo Irving de manera cortante—. He mostrado mucha paciencia con usted. En este caso y en otros anteriormente.

—Lo que hizo Thornton jodió este caso. Debería...

—Si es responsable deberá asumir las consecuencias. Pero tenga en cuenta que no estaba operando en el vacío. Necesitaba conocer la información para filtrarla. La investigación está en marcha.

Bosch miró a Irving. El mensaje era claro. Kiz Rider podía caer con Thornton si Bosch no seguía el paso que marcaba Irving.

—¿Me ha entendido, detective?

—Perfectamente.

21

Antes de acompañar a Edgar a la División de Hollywood y dirigirse luego a Venice, Bosch sacó del maletero la caja de pruebas que contenía el monopatín y se lo llevó al laboratorio de investigaciones científicas, en el mismo Parker Center. En el mostrador preguntó por Antoine Jesper. Mientras esperaba, examinó el monopatín. El tablero tenía un acabado lacado al que se habían aplicado varias calcomanías, la más notable la de una calavera con unas tibias cruzadas en medio de la superficie superior de la tabla.

Cuando Jesper llegó al mostrador, Bosch se presentó con la caja de pruebas.

—Quiero saber quién hizo esto, dónde lo hicieron y cuándo lo vendieron —dijo—. Es la prioridad número uno. Tengo a la sexta planta encima en este caso.

—No hay problema. Puedo decirte la marca ahora mismo. Es una tabla Boney. Ya no las fabrican. La empresa cerró aquí y se trasladó. A Hawai, creo.

—¿Cómo sabes todo eso?

—Porque cuando era chico era *skater* y ésta era la tabla que quería, pero no me alcanzaba la pasta. ¿Es irónico no, la tabla de los huesos y el caso de los huesos?

Bosch asintió

—Quiero todo lo que puedas conseguirme para mañana.

—Um, puedo intentarlo. No puedo prome...

—Mañana, Antoine. La sexta planta, ¿recuerdas? Te llamaré.

Jesper asintió.

—Dame al menos la mañana.

—Está bien. ¿Alguna noticia de los documentos?

Jesper negó con la cabeza.

—Sin novedad. Bernie probó con tintes, pero no salió nada. No creo que debas confiar en eso, Harry.

—Muy bien, Antoine.

Bosch lo dejó allí, con la caja en la mano.

De regreso a Hollywood, cedió el volante a Edgar mientras él sacaba la hoja del informe de entrada y llamaba a Sheila Delacroix desde el móvil. Ella contestó enseguida y Bosch se presentó y le dijo que le habían pasado su llamada a él.

—¿Era Arthur? —preguntó ella con urgencia.

—No lo sabemos, señora. Por eso la llamo.

—Oh.

—¿Sería posible que mi compañero y yo fuéramos a verla mañana por la mañana para hablar de Arthur? Nos ayudaría a determinar si los restos son los de su hermano.

—Entiendo. Sí, pueden venir aquí si les parece.

—¿Dónde es, señora?

—Ah. En mi casa. Cerca de Wilshire, en Miracle Mile.

Bosch miró la dirección en la hoja de llamada.

—En Orange Grove.

—Sí, eso es.

—¿A las ocho y media es demasiado temprano?

—No hay problema. Me gustaría ayudar si es posible. Me angustia pensar que ese hombre vivió allí todos estos años, aunque la víctima no fuera mi hermano.

Bosch decidió que no valía la pena decirle que probablemente Trent era inocente en relación con el caso de los huesos. Había demasiada gente en el mundo que creía todo lo que veía en televisión.

En lugar de eso, Bosch le dio el número de su móvil y le dijo que llamara si surgía algo y resultaba que a las ocho y media de la mañana siguiente era una mala hora para ella.

—No será mala hora —dijo Sheila Delacroix—. Quiero ayudar. Si es Arthur, quiero saberlo. Parte de mí quiere que sea él para saber que todo ha terminado. Pero la otra parte quiere que sea otra persona. De ese modo, puedo seguir pensando que está en alguna parte. Quizá haya formado su propia familia.

—Entiendo —dijo Bosch—. Nos veremos por la mañana.

22

El trayecto hasta Venice fue brutal y Bosch llegó más de media hora tarde. Su tardanza se complicó luego con una infructuosa búsqueda de estacionamiento antes de terminar en el aparcamiento de la biblioteca, derrotado. Su retraso no molestó a Julia Brasher, que estaba en la situación crítica de ordenar la cocina. Le pidió a Bosch que pusiera música y que se sirviera él mismo vino de la botella que ya estaba abierta en la mesita de café. Brasher no hizo ningún movimiento para tocarlo o besarlo, pero su actitud era muy cálida. Bosch pensó que las cosas iban bien, que probablemente habían superado su metedura de pata de la noche anterior.

Eligió un cedé de grabaciones en directo del Bill Evans Trio en el Village Vanguard de Nueva York. Tenía el álbum en casa y sabía que era ideal para una cena tranquila. Se sirvió una copa de tinto y caminó por el salón, observando los objetos que ella tenía en exposición.

La repisa de la chimenea de ladrillos blancos estaba llena de fotos enmarcadas que Bosch no había tenido ocasión de mirar la noche anterior. Algunas estaban exhibidas de forma más prominente que otras. No todas eran de gente. Algunas instantáneas eran de lugares que Brasher había visitado en sus viajes. Había una foto desde el terreno de un volcán en erupción echando humo y vomitando desechos fundidos al aire. Una imagen submarina mostraba la boca abierta y los dientes afilados de un tiburón. El escualo asesino parecía lanzarse hacia la cámara, y hacia quien estuviera detrás. En el extremo de la foto Bosch vio uno de los barrotes de hierro de la jaula con la que el fotógrafo —que supuso que era Brasher— se había protegido.

Había una imagen de Brasher con dos aborígenes, uno a cada lado, en algún lugar del Outback australiano. Y había muchas otras instantáneas de ella con lo que parecían compañeros mochileros en otros lugares exóticos o terreno accidentado que Bosch no podía identificar de inmediato. Julia no estaba mirando a la cámara en ninguna de las fotos en las que era protagonista. Sus ojos siempre estaban perdidos en la lejanía o puestos en otro de los individuos que posaban con ella.

En la última posición de la repisa, como oculta tras las otras fotos, había una pequeña imagen enmarcada en oro de una Julia más joven con un hombre algo mayor. Bosch se estiró para sacarla y verla mejor. La pareja estaba sentada en un restaurante o quizá en la recepción de una boda. Julia llevaba un vestido beis con un generoso escote. El hombre llevaba esmoquin.

—¿Sabes?, este hombre es un dios en Japón —dijo Julia desde la cocina.

Bosch volvió a dejar la foto enmarcada en su lugar y volvió a la cocina. Ella llevaba el pelo suelto y Bosch no sabía cómo le gustaba más.

—¿Bill Evans?

—Sí. Parece que tienen canales de radio dedicados exclusivamente a poner su música.

—No me lo digas, también pasaste una temporada en Japón.

—Un par de meses. Es un lugar fascinante.

A Bosch le pareció que Julia estaba haciendo un *risotto* de pollo y espárragos.

—Huele bien.

—Gracias.

—Entonces ¿de qué crees que estabas huyendo?

Ella levantó la mirada desde su trabajo en los fogones. Tenía en la mano el cucharón de remover.

—¿Qué?

—Me refiero a todo el viaje. Dejar el bufete de papá para nadar con tiburones y subir a volcanes. ¿Fue por el viejo o por la firma del viejo?

—Alguna gente diría que estaba corriendo hacia algo.

—¿El tipo del esmoquin?

—Harry, quítate la pistola. Deja la placa en la puerta. Yo siempre lo hago.

—Perdón.

Julia volvió a su trabajo en la cocina y Bosch se puso detrás de ella. Puso las manos en sus hombros y movió los pulgares en las indentaciones de la parte superior de su columna. Ella no ofreció resistencia. Bosch enseguida sintió que los músculos de Julia empezaban a relajarse. Se fijó en la copa vacía de la encimera.

—Voy a buscar el vino.

Bosch volvió con su copa y la botella. Llenó la copa de Julia y ella la levantó.

—Tanto si es de algo como si es hacia algo. Por huir —brindó—. Simplemente huir.

—¿Qué ha pasado con «agárrate fuerte»?

—Eso también.

—Por el perdón y la reconciliación.

Entrechocaron las copas una vez más. Él volvió a ponerse detrás de ella y empezó a trabajar su cuello otra vez.

—¿Sabes?, me quedé pensando en tu historia toda la noche después de que te fuiste —dijo Julia.

—¿Mi historia?

—Sobre la bala y el túnel.

—¿Y?

Ella se encogió de hombros.

—Nada. Es asombrosa, eso es todo.

—¿Sabes?, desde ese día, ya no volví a tener miedo cuando estaba en la oscuridad. Simplemente sabía que iba a conseguirlo. No puedo explicarte por qué, simplemente lo sabía. Lo cual, por supuesto, era estúpido, porque no hay garantías de eso, ni entonces allí ni en ninguna otra parte. Me hizo temerario. —Dejó las manos quietas un momento—. No es bueno ser temerario. Si cruzas el fuego muy a menudo, al final te quemas.

—Um, ¿me estás aleccionando, Harry? Quieres ser mi agente de capacitación.

—No. He dejado la pistola y la placa en la puerta, ¿recuerdas?

—Muy bien.

Ella se volvió, con las manos de Bosch todavía en su cuello, y lo besó. Entonces ella se apartó.

—Mira, lo mejor de este *risotto* es que puede mantenerse en el horno tanto como queramos.

Bosch sonrió.

Después de haber hecho el amor, Bosch se levantó de la cama de Julia y fue a la sala de estar.

—¿Adónde vas? —lo llamó ella.

Cuando Bosch no contestó, ella le gritó que encendiera el horno. Bosch volvió al dormitorio con la foto enmarcada. Se metió en la cama y encendió la luz de la mesita. Era una bombilla de pocos vatios bajo una pantalla pesada. La habitación seguía sumida en la penumbra.

—Harry, ¿qué estás haciendo? —preguntó Julia en un tono que advertía que estaba pisando cerca de su corazón—. ¿Has encendido el horno?

—Sí, a ciento ochenta grados. Háblame de este tío.

—¿Por qué?

—Quiero saberlo.

—Es una historia íntima.

—Ya lo sé, pero puedes contármela.

Ella trató de apartar la foto, pero Bosch la sostuvo fuera de su alcance.

—¿Fue él? ¿Él te rompió el corazón y te empujó a huir?

—Harry, creía que habías dejado la placa.

—Lo hice. Y mi ropa. Todo.

Ella sonrió.

—Bueno, pues no voy a decirte nada.

Brasher estaba tendida boca arriba, con la cabeza recostada en una almohada. Bosch dejó la foto en la mesilla y se acercó a ella. Bajo las sábanas, pasó el brazo por su cuerpo y la atrajo hacia él.

—Mira, ¿quieres intercambiar cicatrices otra vez? A mí me rompió el corazón dos veces la misma mujer. ¿Y sabes qué? Mantuve su foto en un estante de la sala durante mucho tiempo. Entonces, el día de Año Nuevo, decidí que ya había pasado bastante tiempo. Saqué la foto. Entonces me llamaron a trabajar y me encontré contigo.

Brasher lo miró, paseando la vista por la cara de Bosch en busca de algo, quizá el más mínimo asomo de insinceridad.

—Sí —dijo ella finalmente—. Él me rompió el corazón, ¿vale?

—No, no vale. ¿Quién es ese imbécil?

Ella se echó a reír.

—Harry, eres mi caballero de la brillante armadura, ¿no?

Brasher se incorporó y la sábana al caer dejó al descubierto sus pechos. Plegó los brazos para cubrirse.

—Trabajaba en el bufete. Caí hasta el fondo. Y entonces él... Él decidió que se había terminado. Y decidió traicionarme y contarle secretos a mi padre.

—¿Qué secretos?

Ella sacudió la cabeza.

—Cosas que nunca volveré a contarle a un hombre.

—¿Dónde sacaron esa foto?

—Oh, en un *show* del bufete; probablemente en el banquete de Año Nuevo, no recuerdo. Hacían muchos.

Bosch había quedado en ángulo tras ella. Se inclinó y le besó la espalda. Justo encima del tatuaje.

—No podía continuar con él allí. Así que me fui. Dije que quería viajar. Mi padre pensó que era una crisis de la edad, porque acababa de cumplir treinta. Yo dejé que lo pensara, pero entonces tuve que hacer lo que dije que quería hacer... Viajar. Empecé yendo a Australia. Es el lugar más lejano que se me ocurrió.

Bosch se incorporó y se colocó dos almohadas debajo de los riñones. Entonces apoyó la espalda de ella sobre su pecho. La besó en la coronilla y dejó la nariz entre el cabello de Brasher.

—Tenía mucho dinero del bufete —dijo Brasher—. No tenía que preocuparme. Me limité a viajar, yendo a donde quería, dedicándome a trabajos extraños cuando me apetecía. No volví a casa en casi cuatro años. Y cuando lo hice, fue cuando ingresé en la academia. Estaba caminando por la plataforma cuando vi la pequeña oficina de servicios a la comunidad de Venice. Entré y pedí un folleto. Todo sucedió muy deprisa después de eso.

—Tu historia muestra procesos de toma de decisión impulsivos y potencialmente temerarios. ¿Cómo pasó eso por los filtros?

Ella le dio un suave codazo en el costado, causándole dolor en las costillas. Bosch se tensó.

—Oh, Harry, lo siento. Lo olvidé.

—Sí, claro.

Ella se rió.

—Supongo que los veteranos sabéis que el departamento ha estado buscando lo que ellos llaman mujeres «maduras» entre los cadetes en los últimos años. Para suavizar el exceso de testosterona del departamento.

Ella movió las caderas otra vez contra los genitales de Bosch para subrayar lo que estaba diciendo.

—Y hablando de testosterona —dijo—, aún no me has contado cómo te ha ido con el viejo bola de billar en persona.

Bosch gruñó, pero no contestó.

—¿Sabes? —dijo Brasher—, un día Irving vino a aleccionar a nuestra clase sobre las responsabilidades morales que acarrea llevar placa. Y todos los que estaban sentados allí sabían que probablemente ese tipo hace más pactos por detrás en la sexta planta que días tiene el año. Es el típico amañador. La ironía casi se podía cortar con un cuchillo en el auditorio.

El uso de la palabra ironía le recordó a Antoine Jesper y su comentario sobre la marca del *skate* y los huesos encontrados en la colina. Sintió que su cuerpo se tensaba al tiempo que el caso empezaba a invadir lo que había sido un oasis de tregua de la investigación.

Ella sintió la tensión de Bosch.

—¿Qué pasa?

—Nada.

—Te has puesto tenso de repente.

—El caso, supongo.

Brasher se quedó un momento en silencio.

—Yo creo que es algo fascinante —dijo entonces—. Esos huesos enterrados allí todos estos años emergiendo ahora del suelo como un fantasma.

—Es una ciudad de huesos. Y todos están esperando para aflorar. —Hizo una pausa—. No quiero hablar de Irving ni de los huesos, ni del caso ni de nada ahora mismo.

—Entonces ¿qué quieres hacer?

Bosch no respondió. Ella se volvió hacia él y empezó a empujarlo hasta que quedó con la espalda apoyada en la cama.

—¿Qué te parece una mujer madura para combatir otra vez el exceso de testosterona?

Bosch no pudo reprimir una sonrisa.

23

Antes de amanecer Bosch ya estaba en la carretera. Dejó a Julia Brasher durmiendo y se puso en camino a su casa, tras una parada en Abbot's Habit para llevarse un café. Los jirones de la niebla matinal se arrastraban por las calles de Venice, convirtiendo el barrio en una ciudad fantasma. Pero conforme fue acercándose a Hollywood, las luces de los coches se multiplicaron en las calles, recordándole a Bosch que la ciudad de huesos estaba en marcha las veinticuatro horas del día.

En casa, Bosch se duchó y se cambió de ropa. Luego subió a su coche otra vez y bajó la colina hasta la comisaría de Hollywood. Cuando llegó eran las siete y media. Sorprendentemente, ya había varios detectives en su puesto, trabajando en casos o poniéndose al día con el papeleo. Edgar no era uno de ellos. Bosch dejó el maletín en el suelo y caminó hasta la oficina de guardia para conseguir café y ver si algún ciudadano había llevado donuts. Casi cada día algún ciudadano anónimo que todavía conservaba la fe, llevaba donuts a la comisaría. Era una modesta forma de decir que aún había quienes conocían, o al menos comprendían, las dificultades del trabajo. Jornada tras jornada, en cada comisaría había polis que se ponían la placa y trataban de hacerlo lo mejor posible en un lugar donde la población no los entendía, no los apreciaba particularmente y en muchos casos directamente los despreciaba. Bosch siempre se maravillaba de lo mucho que una caja de donuts podía hacer para contrarrestar las adversidades.

Harry Bosch se sirvió una taza de café y dejó un dólar en la cesta. Cogió un donut de azúcar de una caja que había en el mostrador y que ya había quedado diezmada por los chicos de las patrullas. No le sorprendió, porque eran de Bob's. Mankiewicz estaba sentado en su escritorio, con sus oscuras cejas formando una profunda uve mientras estudiaba lo que parecía un mapa de despliegue.

—Eh, Mank, creo que hemos conseguido una pista de primera de las llamadas. He pensado que te gustaría saberlo.

Mankiewicz contestó sin levantar la cabeza.

—Bien. Avísame cuando pueda darles un descanso a mis chicos. Vamos a andar cortos de gente aquí en los próximos días.

Bosch sabía que eso significaba que Mankiewicz estaba haciendo malabarismos con el personal. Cuando no había suficientes uniformados para poner en los coches —debido a vacaciones, presencias en juicios y bajas por enfermedad—, el sargento de guardia siempre retiraba agentes que trabajaban en comisaría para enviarlos a los coches.

—Te avisaré.

Edgar aún no había llegado a la mesa cuando Bosch regresó a la sala de la brigada. Bosch dejó el café y el donut junto a una de las Selectrics y fue a un archivador a buscar un formulario de solicitud de orden de registro. Durante los quince minutos siguientes, escribió una adenda a la orden que ya había entregado en el Queen of Angels. Solicitaba todos los registros de Arthur Delacroix entre 1975 y 1985.

Cuando acabó, se llevó el documento al fax y lo envió al despacho del juez John A. Houghton, que había firmado todas las peticiones hospitalarias del día anterior. Agregó una nota solicitando al magistrado que revisara la adenda lo antes posible, porque podría conducir a la identificación positiva de los huesos y por tanto centrar la investigación.

Bosch volvió a la mesa y sacó de un cajón la pila de informes de personas desaparecidas que había recopilado de los microfilmes. Empezó a revisarlos rápidamente, mirando únicamente al cuadro reservado al nombre del individuo desaparecido. Al cabo de diez minutos había concluido. No había ningún informe de Arthur Delacroix. No sabía qué significaba eso, pero pensaba preguntárselo a la hermana del chico.

Eran las ocho en punto y Bosch estaba listo para salir a visitar a la hermana. Edgar seguía sin aparecer. Bosch se comió lo que le quedaba de donut y decidió concederle diez minutos a su compañero antes de irse solo. Llevaba más de una década trabajando con Edgar y todavía le molestaba la falta de puntualidad de su compañero. Una cosa era llegar tarde a cenar y otra llegar tarde a una investigación. Siempre había tomado la tardanza de Edgar como una falta de compromiso con su misión como detective de homicidios.

Sonó su línea directa y Bosch contestó con un bramido, esperando que fuese Edgar anunciando su retraso. Pero no era Edgar, sino Julia Brasher.

—¿Te parece bonito abandonar así a una mujer?

Bosch sonrió y su frustración con Edgar pronto se esfumó.

—Me espera un día complicado aquí —dijo—. Tenía que irme.

—Ya lo sé, pero podías haberte despedido.

Bosch vio que Edgar avanzaba por la sala de la brigada. Quería irse antes de que su compañero empezara con su ritual de café, donuts y sección de deportes.

—Bueno, me despido ahora, ¿vale? Estoy metido en algo aquí y he de irme.

—Harry...

—¿Qué?

—Pensaba que ibas a colgarme el teléfono.

—No te voy a colgar, pero tengo que irme. Oye, pásate antes de que empieces el turno, ¿vale? Probablemente ya habré vuelto.

—De acuerdo. Nos vemos.

Bosch colgó y se levantó justo cuando Edgar llegaba a la mesa de homicidios y dejaba la sección de deportes en su sitio.

—¿Estás listo?

—Sí, sólo iba a...

—Vamos. No quiero hacer esperar a la señora. Y probablemente nos invitará a café.

Camino de la salida, Bosch comprobó la bandeja de entrada de la máquina de fax. Su adenda ya había sido firmada y devuelta por el juez Houghton.

—Tenemos trabajo —dijo Bosch a Edgar, mostrándole la orden de registro mientras caminaban hacia el coche—. ¿Ves? Si llegas pronto, haces la faena.

—¿Qué se supone que significa eso? ¿Es una crítica?

—Significa lo que significa. Supongo.

—Sólo quiero un café.

24

Sheila Delacroix vivía en una parte de la ciudad llamada Miracle Mile. Era un barrio situado al sur de Wilshire que no alcanzaba el nivel del vecino Hancock Park, pero en el que se alineaban casas y adosadas con modestos ajustes estilísticos para promover la individualidad.

La casa de Delacroix era la segunda planta de un dúplex de estilo seudo Beaux Arts. Ella invitó a los detectives a pasar de un modo amable, pero cuando la primera pregunta que formuló Edgar fue acerca del café, la mujer le dijo que iba contra su religión. Les ofreció té, y Edgar aceptó a regañadientes. Bosch declinó la invitación y se preguntó qué religión prohibía el café.

Los dos hombres tomaron asiento en la sala de estar mientras la mujer preparaba el té de Edgar en la cocina. Los llamó en voz alta, diciéndoles que sólo tenía una hora antes de irse a trabajar.

—¿De qué trabaja? —preguntó Bosch, cuando ella salía con un tazón de té caliente, cuya marca quedaba tapada.

Delacroix dejó el té sobre un posavasos en una mesita

baja que había junto a Edgar. Era una mujer alta, con algo de sobrepeso y cabello rubio y corto. Bosch pensó que llevaba demasiado maquillaje.

—Soy agente de cástings —dijo ella, al tiempo que tomaba asiento en el sofá—. Sobre todo de películas independientes y algunos telefilmes por episodios. Esta semana estoy haciendo un cásting para una serie de polis.

Bosch vio que Edgar daba un sorbo al té y ponía mala cara. Jerry levantó la taza para poder leer la marca.

—Es una mezcla —dijo Delacroix—. Fresa y Darjeeling. ¿Le gusta?

Edgar dejó la taza en el posavasos.

—Está bien.

—¿Señora Delacroix? Usted que trabaja en la industria del entretenimiento, ¿no conocerá por casualidad a Nicholas Trent?

—Por favor, llámeme Sheila. Ese nombre, Nicholas Trent. Me suena, pero no puedo ubicarlo. ¿Es actor o trabaja en cástings?

—No. Era el hombre que vivía en Wonderland. Era diseñador de escenarios, quiero decir, decorador.

—Ah, el que salió en la tele, el hombre que se suicidó. Por eso me resultaba familiar.

—Entonces, no lo conocía del negocio.

—No, en absoluto.

—De acuerdo, bueno no debería haberle preguntado eso. Estamos fuera de lugar. Empecemos con su hermano. Háblenos de Arthur. ¿Tiene alguna foto?

—Sí —dijo ella, al tiempo que se levantaba y caminaba por detrás de la silla de Bosch—. Aquí está.

Ella se acercó a un armario de ochenta centímetros que Bosch no había visto antes. Allí había fotos enmarcadas, dispuestas de un modo similar a las que había visto en la repisa de la chimenea de Julia Brasher. Delacroix eligió una y se la tendió a Bosch.

La imagen mostraba a un niño y a una niña sentados en unas escaleras que Bosch reconoció como las mismas que había subido antes de llamar a la puerta. El niño era mucho más pequeño que la chica. Ambos sonreían a la cámara con la expresión de los niños a los que les pides que sonrían: muchos dientes a la vista, pero sin una legítima curvatura hacia arriba de los labios.

Bosch le pasó la foto a Edgar y miró a Delacroix, que había regresado al sofá.

—Esa escalera... ¿La sacaron aquí?

—Sí, ésta es la casa en la que crecimos.

—Cuando desapareció, ¿se fue de aquí?

—Sí.

—¿Quedan en la casa algunas de sus pertenencias?

Delacroix sonrió con tristeza y negó con la cabeza.

—No, no queda nada. Entregué sus cosas a una venta de caridad en la iglesia. Fue hace mucho tiempo.

—¿Qué iglesia es ésa?

—La Iglesia de la naturaleza de Wilshire.

Bosch se limitó a asentir.

—¿Ésos son los que no le dejan tomar café? —preguntó Edgar.

—Nada que contenga cafeína.

Edgar dejó la foto enmarcada junto a la taza de té.

—¿Tiene más fotos de él? —preguntó.

—Claro. Tengo una caja con fotos viejas.

—¿Podemos verlas? Mientras seguimos hablando.

Las cejas de Delacroix se juntaron en un gesto de desconcierto.

—Sheila —dijo Bosch—, encontramos algunas ropas con los restos. Nos gustaría mirar las fotos para ver si hay alguna prenda que coincida. Ayudaría en la investigación.

La mujer asintió.

—Ya veo. Bueno, ahora volveré. Están en el armario del pasillo.

—¿Necesita ayuda?

—No, gracias.

Después de que se hubo marchado, Edgar se inclinó hacia Bosch y susurró:

—Este té de la Iglesia de la naturaleza sabe a pis.

—¿Cómo sabes qué gusto tiene el pis? —respondió Bosch en otro susurro.

La piel de alrededor de los ojos de Edgar se tensó de vergüenza al darse cuenta de que había caído. Antes de que pudiera pergeñar una respuesta, Sheila Delacroix volvió a entrar con una vieja caja de zapatos. Dejó la caja en la mesita de café y quitó la tapa. La caja estaba llena de fotografías.

—Están desordenadas. Pero Arthur saldrá en muchas.

Bosch hizo una señal con la cabeza a Edgar y éste sacó un puñado de fotos de la caja.

—Mientras mi compañero mira las fotos, ¿por qué no me habla de su hermano y de cuándo desapareció?

Sheila asintió y ordenó sus ideas antes de empezar.

—El cuatro de mayo de mil novecientos ochenta. No volvió de la escuela. Eso es todo. Pensamos que se había fugado. Dice que encontró ropa con los restos. Bueno, mi padre miró en los cajones y dijo que Arthur se había llevado ropa. Eso fue lo que nos hizo pensar que se había fugado.

Bosch tomó unas pocas notas en un bloc que había sacado del bolsillo de la americana.

—Usted mencionó que había resultado herido unos meses antes, con el monopatín.

—Sí, se golpeó en la cabeza y tuvieron que operarlo.

—¿Se llevó el monopatín cuando desapareció?

Sheila se quedó unos segundos pensando.

—Hace tanto tiempo... Lo único que sé es que le encantaba ese monopatín. Así que probablemente se lo llevaría. Pero sólo me acuerdo de la ropa. Mi padre descubrió que faltaban prendas.

—¿Denunciaron su desaparición?

—Yo tenía dieciséis años entonces, así que no hice nada. Pero estoy segura de que mi padre habló con la policía.

—No encontré ningún registro de la desaparición de Arthur. ¿Está segura de que presentó la denuncia?

—Fui con él a la comisaría.

—¿La comisaría de Wilshire?

—Supongo, pero no lo recuerdo con exactitud.

—Sheila, ¿dónde está su padre? ¿Sigue vivo?

—Sí, vive en el valle de San Fernando. Pero no está bien.

—¿En qué parte del valle?

—En Van Nuys, en el parque de caravanas de Manchester.

Se hizo un silencio mientras Bosch tomaba nota de la información. Ya había estado en el parque de caravanas de Manchester en otras investigaciones. No era un lugar agradable.

—Bebe...

Bosch miró a Sheila.

—Desde lo de Arthur...

Bosch asintió en un gesto de comprensión. Edgar se inclinó y le pasó una foto a su compañero. Era una imagen amarillenta de 8 × 13 en la que se veía a un chico con los brazos levantados en un esfuerzo por mantener el equilibrio, deslizándose por la acera en un monopatín. El ángulo de la fotografía apenas dejaba ver la tabla, sólo el perfil. Bosch no logró discernir si llevaba el dibujo de un hueso.

—No se ve mucho —dijo mientras devolvía la foto a Edgar.

—No, la ropa. La camisa.

Bosch miró de nuevo la foto. Edgar tenía razón. El chico de la foto llevaba una camiseta gris con las palabras Solid Surf en el pecho.

Bosch le mostró la foto a Sheila.

—Es su hermano, ¿verdad?

Ella se inclinó para mirar la foto.

—Sí, sin duda.

—Esta camiseta que lleva, ¿recuerda si es una de las prendas que su padre echó en falta?

Delacroix negó con la cabeza.

—No me acuerdo. Ha pasado... Sólo recuerdo que esa camiseta le gustaba mucho.

Bosch asintió y devolvió la foto a Edgar. No era la confirmación contundente que darían los rayos X y la comparación de los huesos, pero era un paso más. Bosch estaba cada vez más convencido de que estaban muy cerca de identificar los huesos. Vio que Edgar colocaba la foto en un fina pila de imágenes que pensaba pedirle a Sheila.

Bosch miró el reloj y de nuevo a Sheila.

—¿Y su madre?

Sheila inmediatamente negó con la cabeza.

—No, ella se había ido mucho antes de que esto ocurriera.

—¿Quiere decir que murió?

—Quiero decir que cogió un autobús en el momento en que las cosas se pusieron feas. Verá, Arthur era un chico difícil. Desde el principio. Requería mucha atención y eso recaía en mi madre. Al cabo de un tiempo, no lo aguantó más. Una noche salió a comprar un medicamento a la farmacia y nunca volvió. Nos dejó unas notas debajo de las almohadas.

Bosch bajó la vista al bloc. Era duro escuchar la historia y seguir mirando a Sheila Delacroix a los ojos.

—¿Qué edad tenía usted? ¿Qué edad tenía su hermano?

—Yo tenía seis, así que Arthur tendría dos.

Bosch asintió.

—¿Conserva la nota que le dejó?

—No, no hacía falta. No me hacía falta un recordatorio de lo mucho que supuestamente nos quería, pero que no era lo suficiente para quedarse con nosotros.

—¿Y Arthur? ¿Guardaba la suya?

—Bueno, él sólo tenía dos años, así que mi padre se la guardó. Se la dio cuando fue más grande. Puede que la conservara, no lo sé. Como en realidad él no llegó a conocerla, siempre estuvo muy interesado en cómo era. Me hacía un montón de preguntas sobre ella. No había fotos de mi madre. Mi padre se deshizo de todas para no guardar ningún recuerdo.

—¿Sabe qué le ocurrió a ella o si todavía vive?

—No tengo la menor idea. Y si quiere que le diga la verdad, no me importa si está viva o no.

—¿Cómo se llama?

—Christine Dorsett Delacroix. Dorsett era su apellido de soltera.

—¿Conoce su fecha de nacimiento o su número de la Seguridad Social?

Sheila negó con la cabeza.

—¿Tiene a mano su propio certificado de nacimiento?

—Está guardado. Puedo ir a buscarlo. —Empezó a levantarse.

—No, espere, podemos ir a buscarlo al final. Me gustaría hacerle algunas preguntas más.

—Adelante.

—Eh..., después de que su madre se marchara, ¿su padre volvió a casarse?

—No, nunca volvió a casarse. Ahora vive solo.

—¿Alguna vez tuvo novia, alguien que se quedara en la casa?

Ella miró a Bosch con ojos que parecían no tener vida.

—No —dijo—. Nunca.

Bosch decidió pasar a un tema que fuera menos difícil para Sheila.

—¿A qué escuela iba su hermano?

—Al final iba a The Brethren?

Bosch no dijo nada. Escribió el nombre de la escuela en su bloc y luego una B mayúscula debajo. Rodeó la letra con un círculo, pensando en la mochila. Sheila continuó de motu proprio.

—Era una escuela privada para chicos con problemas. Papá pagaba para llevarlo allí. Está en Crescent Heights, cerca de Pico. Sigue abierta.

—¿Por qué iba allí? Me refiero a por qué se lo consideraba problemático.

—Porque lo echaron de las otras escuelas a las que fue. Sobre todo por pelearse.

—¿Pelearse? —dijo Edgar.

—Eso es.

Edgar cogió la fotografía de encima de las que había elegido para llevarse y la examinó un momento.

—Este chico parece ligero como el humo. ¿Era él quien iniciaba las peleas?

—La mayoría de las veces. Tenía problemas de relación. Lo único que quería era estar con su *skate*. Creo que con los criterios de hoy en día dirían que tenía un trastorno de déficit de atención o algo parecido. Le gustaba estar siempre solo.

—¿Le hacían daño en esas peleas? —preguntó Bosch.

—A veces. Moretones, sobre todo.

—¿Huesos rotos?

—No que yo recuerde. Eran peleas de patio de colegio.

Bosch se sintió agitado. La información que estaban recogiendo podía llevarlos en muchas direcciones distintas. Había contado con que de la entrevista surgiría un camino despejado.

—Ha dicho usted que su padre buscó en los cajones de su hermano y descubrió que faltaba ropa.

—Así es. No mucha. Sólo algunas prendas.

—¿Alguna idea de lo que faltaba específicamente?

Ella sacudió la cabeza.

—No me acuerdo.

—¿Dónde metió la ropa? ¿Una maleta o algo así?

—Creo que se llevó la mochila de la escuela. Sacó los libros y puso la ropa.

—¿Recuerda cómo era la mochila?

—No, sólo una mochila. Todos tenían que usar la misma mochila en The Brethren. Todavía veo niños que bajan de Pico con ella, con la B en la espalda.

Bosch miró a Edgar y luego de nuevo a Delacroix.

—Volvamos al monopatín. ¿Está segura de que se lo llevó?

Ella hizo una pausa para pensarlo, y entonces asintió lentamente.

—Sí, estoy casi segura de que se lo llevó.

Bosch decidió cortar la entrevista y concentrarse en completar la identificación. Una vez se confirmara que los huesos pertenecían a Arthur Delacroix, podrían volver a visitar a la hermana.

Pensó en lo que Golliher había dicho sobre las heridas en los huesos. Abuso crónico. ¿Podían haber sido todo heridas de peleas de patio y monopatín? Sabía que tenía que abordar la cuestión del maltrato, pero no le parecía que fuera el momento apropiado. Tampoco deseaba mostrar las cartas a la hija para que ella se diera la vuelta y fuese con el cuento al padre. Lo que Bosch quería era retroceder y volver más tarde, cuando sintiera que tenía un control mayor del caso y un plan de investigación sólido a seguir.

—Muy bien, ya terminamos, sólo un par de preguntas más. ¿Tenía amigos Arthur? ¿Quizá algún amigo especial al que confiarse?

Ella negó con la cabeza.

—De hecho, no. Por lo general iba solo.

Bosch asintió y estaba a punto de cerrar el bloc cuando ella continuó.

—Había un chico con el que salía con el *skate*. Se llamaba Johnny Stokes. Vivía cerca de Pico. Era más grande y un poco mayor que Arthur, pero iban a la misma clase en The Brethren. Mi padre estaba convencido de que fumaba maría. Por eso no nos gustaba que Arthur fuese amigo suyo.

—Se refiere a usted y a su padre.

—Sí, mi padre se enfurecía con eso.

—¿Alguno de ustedes dos habló con Johnny Stokes después de que Arthur desapareciera?

—Sí, esa noche, cuando Arthur no volvió a casa, mi

padre llamó a Johnny Stokes, pero él dijo que no había visto a Artie. Al día siguiente, cuando papá fue a preguntar por él en la escuela, me dijo que volvió a hablar con Johnny.

—¿Y qué dijo?

—Que no lo había visto.

Bosch anotó el nombre del amigo y lo subrayó.

—¿Se le ocurre algún otro amigo?

—No.

—¿Cómo se llama su padre?

—Samuel. ¿Van a hablar con él?

—Seguramente.

Los ojos de Sheila bajaron a las manos que tenía entrelazadas en el regazo.

—¿Le preocupa que hablemos con él?

—No. Es sólo que no está bien. Si resulta que los huesos son de Arthur... Pensaba que sería mejor que nunca lo supiera.

—Lo tendremos en cuenta cuando hablemos con él. Pero no lo haremos hasta que confirmemos la identificación.

—Pero si hablan con él, lo sabrá.

—Puede que sea inevitable, Sheila.

Edgar le pasó a Bosch otra foto. Se veía a Arthur de pie junto a un hombre rubio alto que a Bosch le resultaba vagamente familiar. Le mostró la foto a Sheila.

—¿Es su padre?

—Sí, es él.

—Me suena. Estuvo alguna vez...

—Es actor. En realidad lo era. Salía en una serie de televisión de los sesenta y después hizo algunas cosas, papeles de películas.

—¿No lo suficiente para ganarse la vida?

—No, siempre tuvo que tener otros empleos para mantenernos.

Bosch asintió y devolvió la foto a Edgar, sin embargo, Sheila estiró el brazo y la interceptó.

—No quiero que se lleve ésa, por favor. No tengo muchas fotos de mi padre.

—Bien —dijo Bosch—. ¿Podemos ir a buscar el certificado de nacimiento ahora?

—Iré por él. Pueden esperar aquí.

Sheila se levantó y salió otra vez de la sala. Edgar aprovechó la oportunidad para mostrarle a Bosch algunas de las otras fotografías que había elegido para llevarse.

—Es él, Harry —susurró—. No me cabe duda.

Edgar mostró una foto de Arthur Delacroix que aparentemente habían sacado en la escuela. Tenía el pelo cuidadosamente peinado y llevaba un blazer azul y corbata. Bosch estudió los ojos del muchacho. Le recordaron la foto del chico de Kosovo que había visto en la casa de Nicholas Trent. El chico con la mirada perdida.

—Lo encontré.

Sheila Delacroix entró en la sala con un sobre y desplegando un documento amarillento. Bosch lo miró un momento y luego copió los nombres, fechas de nacimiento y números de la Seguridad Social de los padres.

—Gracias —dijo—. Usted y Arthur tienen los mismos padres, ¿verdad?

—Por supuesto.

—Bien, Sheila, gracias. Vamos a irnos. La llamaremos en cuanto sepamos algo con seguridad.

Se levantó y Edgar hizo lo mismo.

—¿Le importa prestarnos estas fotos? —preguntó Edgar—. Me encargaré personalmente de que se las devuelvan.

—De acuerdo, si las necesitan.

Bosch y Edgar se dirigieron a la puerta y ella se la abrió. Cuando aún estaban en el umbral, Bosch formuló una última pregunta.

—Sheila, ¿siempre ha vivido aquí?

Ella asintió.

—Toda mi vida. Me he quedado por si él volvía, ¿sabe? Por si no sabía dónde empezar y venía aquí.

Sheila sonrió, pero no de una forma que transmitiera humor. Bosch asintió y salió detrás de Edgar.

25

Bosch se acercó a la taquilla del museo y le dijo a la mujer que la atendía su nombre y que tenía una cita en el laboratorio de antropología con el doctor William Golliher. Ella levantó un teléfono e hizo una llamada. Al cabo de unos minutos la mujer repiqueteó en el cristal con su anillo de casada hasta que captó la atención de un vigilante de seguridad. El guardia se acercó y la mujer le pidió que acompañara a Bosch al laboratorio.

El vigilante no dijo ni una palabra mientras recorrían el museo en penumbra, pasando junto al mamut y la pared de cráneos de lobos. Bosch nunca había estado en el museo, aunque había ido varias veces de excursión a los pozos de alquitrán de La Brea cuando era niño. El museo lo construyeron después, para albergar y exhibir todos los hallazgos que surgieron de los pozos.

Cuando Bosch había llamado al móvil de Golliher después de recibir el historial médico de Arthur Delacroix, el antropólogo le había explicado que ya estaba trabajando en otro caso y que no podía ir al centro, a la oficina del forense, hasta el día siguiente. Bosch le dijo que no podía esperar. Golliher tenía consigo copias de los rayos X y fotografías del caso de Wonderland, de manera que si Bosch se acercaba, él podría hacer las comparaciones y darle una respuesta no oficial.

Bosch aceptó el ofrecimiento y se dirigió hacia los pozos de alquitrán mientras Edgar se quedaba en la comisaría de Hollywood, trabajando con el ordenador para tratar de localizar a la madre de Arthur y Sheila Delacroix, así como para encontrar al amigo de Arthur, John Stokes.

Bosch sintió curiosidad por saber cuál era el nuevo caso en el que estaba trabajando Golliher. Los pozos de alquitrán eran un antiguo agujero donde los animales habían ido a morir durante siglos. En una lamentable reacción en cadena, los animales pillados en el miasma se convertían en presa de otros animales, que a su vez quedaban atrapados y lentamente se hundían en el lodo. En una extraña forma de equilibrio natural, los huesos afloraban de nuevo de la oscuridad y eran recogidos y estudiados por el hombre moderno. Todo esto sucedía al lado de una de las calles más transitadas de Los Ángeles: un constante recordatorio del apabullante paso del tiempo.

Bosch fue conducido a través de unas puertas dobles hasta un atestado laboratorio donde los huesos eran identificados, clasificados, fechados y limpiados. Parecía haber cajas de huesos en todas las superficies planas. Media docena de personas con batas blancas trabajaban limpiando y examinando los huesos.

Golliher era el único que no utilizaba bata. Llevaba otra camisa hawaiana, ésta con papagayos, y estaba trabajando en una mesa situada en la esquina más alejada de la puerta. Al acercarse, Bosch vio que había dos cajas de madera en la mesa de trabajo que tenía delante. En una de ellas había un cráneo.

—Detective Bosch, ¿cómo está?

—Bien, ¿qué es eso?

—Esto, como estoy seguro que usted sabrá, es un cráneo humano. Lo encontraron junto con algunos huesos hace dos días en el asfalto que excavaron hace treinta años para hacer sitio a este museo. Me han pedido mi opinión antes de hacerlo público.

—No entiendo. ¿Es... antiguo o... de hace treinta años?

—Oh, es bastante antiguo. Lo han fechado con carbono. Tiene unos nueve mil años, de hecho.

Bosch asintió. El cráneo y los huesos de la otra caja parecían de caoba.

—Eche un vistazo —dijo Golliher, y sacó el cráneo de la caja.

Lo giró de forma que el hueso occipital quedó de cara a Bosch y trazó con el dedo un círculo alrededor de una fractura en forma de estrella situada en la base del cráneo.

—¿Le suena?

—¿Fractura causada por un golpe seco?

—Exactamente. Muy semejante a su caso. Esto lo demuestra.

Golliher volvió a dejar suavemente el cráneo en la caja de madera.

—¿Qué demuestra?

—Las cosas no cambian tanto. Esta mujer (al menos creemos que era una mujer) fue asesinada hace nueve mil años y su cuerpo probablemente fue arrojado al pozo de alquitrán como forma de ocultar el crimen. La naturaleza humana no cambia.

Bosch miró la calavera.

—No es la primera —dijo Golliher.

Bosch lo miró.

—En mil novecientos catorce —explicó el antropólogo— encontraron los huesos de otra mujer (de hecho era un esqueleto más completo) en el alquitrán. Tenía la misma fractura de estrella en el mismo lugar del cráneo. Los huesos los dataron con carbono catorce. Eran de hace nueve mil años. La misma franja de tiempo que ella.

Señaló con la cabeza hacia la caja.

—¿Me está diciendo que hace nueve mil años hubo aquí un asesino en serie?

—Es imposible saberlo, detective. Lo único que tenemos aquí son huesos.

Bosch miró de nuevo el cráneo. Pensó en lo que Julia Brasher había dicho de su trabajo, de cómo acababa con el mal en el mundo. Pero a ella se le escapaba una verdad que Bosch conocía desde mucho tiempo atrás: que el verdadero mal nunca puede extirparse del mundo. A lo sumo, uno podía chapotear en las oscuras aguas abisales con dos cubos agujereados en las manos.

—Pero usted tiene otras cosas en mente, ¿verdad? —dijo Golliher, interrumpiendo las cavilaciones de Bosch—. ¿Ha traído el historial clínico del hospital?

Bosch puso el maletín en la mesa de trabajo y lo abrió. Le pasó un archivador a Golliher y se sacó del bolsillo las fotos que él y Edgar habían pedido prestadas a Sheila Delacroix.

—No sé si esto ayuda —dijo—. Pero éste es el chico.

Golliher cogió las fotos. Las fue pasando rápidamente y se detuvo en el retrato posado de Arthur Delacroix con americana y corbata. Fue hasta una silla que tenía una mochila colgada del reposabrazos para sacar su propia carpeta y volvió a la mesa de trabajo. Abrió la carpeta y sacó una foto de 20 × 25 del cráneo de Wonderland

Avenue. Durante un buen rato sostuvo las fotos de Arthur Delacroix y del cráneo una junto a la otra y las examinó.

Al final dijo:

—El malar y la formación del arco supraciliar parecen coincidir.

—No soy antropólogo, doctor.

Golliher puso las fotos en la mesa. Se explicó pasando el dedo por la ceja izquierda del chico y luego trazando la forma del ojo.

—El arco de la ceja y la órbita exterior —dijo— son más anchos de lo habitual en el espécimen recuperado. Mirando esta foto del chico, observamos que su estructura facial está en concordancia con lo que vemos aquí.

Bosch asintió.

—Veamos los rayos X —dijo Golliher—. Hay un aparato aquí.

Golliher recogió los archivos y condujo a Bosch a una mesa de luz. Abrió el expediente del hospital, cogió las placas de rayos X y empezó a leer el historial del paciente.

Bosch ya había leído el documento. Según el informe hospitalario, el chico había ingresado en urgencias a las 17.40 del 11 de febrero de 1980. Lo había llevado su padre, quien explicó que lo había encontrado aturdido y conmocionado después de una caída del monopatín en la cual se había golpeado en la cabeza. Se llevó a cabo neurocirugía para aliviar la presión craneal causada por una inflamación del cerebro. El chico permaneció diez días en observación antes de ser entregado a su padre. Dos semanas después fue ingresado de nuevo para que le practicaran otra operación en la que se le extrajeron los clips utilizados para mantener el cráneo unido después de la neurocirugía.

En ningún lugar del expediente se mencionaba que el niño se hubiera quejado de haber sido maltratado por el padre o por otra persona. Mientras se recuperaba de la primera operación una asistente social le hizo una entrevista de rutina. El informe de la entrevista ocupaba menos de media página y explicaba que el chico decía que se había herido mientras practicaba *skate*. No hubo interrogatorio de seguimiento ni derivación a las autoridades de menores ni a la policía.

Golliher negó con la cabeza mientras finalizaba su repaso del documento.

—¿Qué pasa? —preguntó Bosch.

—Nada, y ése es el problema. No hubo investigación. Creyeron la palabra del chico. Probablemente su padre estaba allí al lado, en la misma sala, mientras lo entrevistaban. ¿Sabe lo difícil que habría sido para él decir la verdad? Así que lo curaron y volvieron a enviarlo con la persona que le estaba haciendo daño.

—Doctor, nos lleva un poco de ventaja. Identifiquémoslo, y si es que es él, trataremos de descubrir quién hacía daño al niño.

—Bien. Es su caso. Simplemente es algo que he visto cientos de veces.

Golliher dejó los informes y cogió los rayos X. Bosch lo observó con una sonrisa de desconcierto. Daba la sensación de que Golliher estaba molesto porque Bosch no había saltado a las mismas conclusiones que él con la misma rapidez.

Golliher puso dos radiografías en la mesa de luz. Entonces fue a su archivo y trajo dos placas que habían tomado del cráneo de Wonderland. Encendió la luz de la mesa y las tres radiografías se iluminaron. Golliher señaló la que había sacado de su propio archivo.

—Ésta es una placa radiológica que tomé para mirar el interior del hueso del cráneo, pero podemos usarla para la comparación. Mañana, cuando vuelva a la oficina del forense utilizaré el propio cráneo.

Golliher se inclinó sobre la mesa de luz y alcanzó un pequeño ocular que estaba en una estantería próxima. Sostuvo un extremo en el ojo y apretó el otro contra una de las imágenes. Al cabo de unos segundos pasó a una de las radiografías del hospital y situó el ocular sobre el mismo lugar del cráneo. Pasó de una radiografía a otra numerosas veces, haciendo una comparación tras otra.

Cuando hubo concluido, Golliher se enderezó, apoyó la espalda contra la mesa de trabajo y plegó los brazos.

—El Queen of Angels era entonces un hospital subvencionado por el gobierno. El presupuesto siempre era ajustado. Deberían haber sacado más de dos radiografías del cráneo de este chico. Si lo hubieran hecho, habrían visto algunas de estas otras lesiones.

—De acuerdo, pero no lo hicieron.

—Exacto, no lo hicieron. Pero basándome en lo que sí hicieron y lo que tenemos aquí, he podido hacer varias comparaciones en la cisura, el patrón de la factura y la sutura del hueso temporal. No tengo ninguna duda. —Hizo un gesto hacia la radiografía que todavía brillaba en la mesa de luz—. Coincide con Arthur Delacroix.

Bosch asintió.

Golliher se acercó a la mesa de luz y empezó a recoger las radiografías.

—¿Cuánta seguridad tiene? —preguntó Bosch.

—Como le he dicho, no hay ninguna duda. Mañana miraré el cráneo cuando vaya al centro, pero puedo decirle ahora mismo que es él. Coincide.

—Entonces, si detenemos a alguien y vamos a juicio con él, no habrá sorpresas, ¿verdad?

Golliher miró a Bosch.

—Ninguna sorpresa. Estos hallazgos no pueden ponerse en duda. Como sabe, lo que puede objetarse es la interpretación de las heridas. Yo miro a este chico y veo algo espantoso, horrible. Y eso testificaré. Y lo haré con ganas. Pero luego tiene usted estos registros oficiales.

Hizo un ademán de desdén hacia la carpeta abierta que contenía el historial clínico.

—Allí dice monopatín, y es ahí donde habrá lucha.

Bosch asintió. Golliher volvió a colocar las dos radiografías en la carpeta, cerró ésta y se la guardó en el maletín.

—Bueno, doctor, gracias por hacerse un hueco para recibirme aquí. Creo que...

—¿Detective Bosch?

—¿Sí?

—El otro día pareció muy incómodo cuando yo mencioné la necesidad de tener fe en lo que hacemos. Básicamente, cambió de tema.

—Es cierto que no es un tema en el que me sienta a gusto.

—Yo diría que en su línea de trabajo sería fundamental tener una espiritualidad sana.

—No lo sé. A mi compañero le gusta culpar a los alienígenas del espacio exterior de todo lo malo. Supongo que eso también es sano.

—Está usted evitando la cuestión.

Bosch se sintió cada vez más molesto y el sentimiento no tardó en convertirse en ira.

—¿Cuál es la pregunta, doctor? ¿Por qué le importo tanto yo y lo que crea o deje de creer?

—Porque es importante para mí. Yo estudio huesos.

El marco de la vida. Y he llegado a creer que existe algo más que la sangre, los tejidos y los huesos. Hay algo que lo mantiene todo unido. Yo tengo algo dentro que nunca verá con los rayos X, algo que me mantiene unido y me ayuda a seguir adelante. Por eso, cuando encuentro a alguien que tiene un vacío allá donde yo llevo la fe, me asusto por él.

Bosch se lo quedó mirando unos segundos.

—Se equivoca conmigo. Yo tengo fe y tengo una misión. Llámelo religión azul, o como usted quiera. Es la fe en que esto no quedará impune. En que esos huesos han salido a la superficie por una razón. Han salido a la superficie para encontrarme y para que yo haga algo. Y eso es lo que me mantiene unido y me ayuda a seguir adelante. Y eso tampoco saldrá en ninguna radiografía, ¿de acuerdo?

Miró a Golliher en espera de una respuesta, pero el antropólogo no dijo nada.

—Tengo que irme, doctor —dijo Bosch finalmente—. Gracias por su ayuda. Me ha dejado las cosas muy claras.

Bosch dejó a Golliher allí, rodeado de los huesos oscuros sobre los que se había construido la ciudad.

26

Edgar no estaba en su sitio cuando Bosch volvió a la sala de la brigada.

—¿Harry?

Bosch levantó la mirada y vio a la teniente Billets de pie en el umbral de su despacho. A través de la ventana de cristal, Bosch vio que Edgar estaba sentado enfrente del escritorio de Billets. Bosch dejó el maletín en el suelo y se encaminó hacia allí.

—¿Qué pasa? —dijo mientras entraba al despacho.

—No, ésa es mi pregunta —dijo Billets mientras cerraba la puerta—. ¿Tenemos una identificación?

La teniente rodeó el escritorio y se sentó mientras Bosch ocupaba la silla situada al lado de la de Edgar.

—Sí, tenemos una identificación. Arthur Delacroix, desaparecido el cuatro de mayo de mil novecientos ochenta.

—¿La oficina del forense está segura de eso?

—El hombre de los huesos dice que no le cabe duda.

—¿Y la fecha de la muerte?

—Muy poco después. El antropólogo dijo antes de que supiéramos nada que el impacto fatal en el cráneo se produjo unos tres meses después de que el chico sufriera la primera fractura y se sometiera a cirugía. Hoy hemos conseguido el historial clínico. Fue el once de febrero de mil novecientos ochenta, en el Queen of Angels. Si añadimos tres meses estamos justo en el punto: Arthur Delacroix desapareció el cuatro de mayo, según su hermana. La cuestión es que Arthur Delacroix estaba muerto cuatro años antes de que Nicholas Trent se mudara al barrio. Creo que eso lo excluye.

Billets asintió a regañadientes.

—Llevo todo el día con la oficina de Irving y los de Relaciones con los Medios detrás con este asunto —dijo—. Y no les va a gustar cuando los llame y les cuente esto.

—Es una pena —dijo Bosch—, pero así es el caso.

—Entonces Trent no estaba en el barrio en mil novecientos ochenta. ¿Tenemos algo sobre dónde estaba?

Bosch resopló y sacudió la cabeza.

—No piensan dejarlo, ¿verdad? Tenemos que concentrarnos en el chico.

—No voy a dejarlo porque ellos no van a dejarlo. Esta mañana me ha llamado Irving en persona. Y ha sido muy claro sin tener que decir las palabras. Si resulta que un hombre inocente se ha suicidado porque un poli filtró información que lo desacreditó ante el público, eso será otra losa para el departamento. ¿No hemos pasado bastantes humillaciones en los últimos diez años?

Bosch sonrió sin un ápice de humor.

—Habla como él, teniente. Muy bien.

No era lo que tenía que decir. Se dio cuenta de que la había ofendido.

—Sí, bueno, quizá hablo como él porque por una vez estoy de acuerdo con él. Este departamento no ha tenido otra cosa que escándalo tras escándalo. Y yo, como la mayoría de los polis decentes que hay aquí, estoy harta.

—Bueno. Yo también, pero la solución no es manipular las cosas para que encajen en nuestras necesidades. Es un caso de homicidio.

—Eso ya lo sé, Harry. Yo no estoy hablando de manipular nada. Estoy diciendo que tenemos que estar seguros.

—Estamos seguros. Yo estoy seguro.

Se quedaron un buen rato en silencio, todos evitando las miradas de los demás.

—¿Qué pasa con Kiz? —preguntó al final Edgar.

Bosch adoptó un aire despectivo.

—Irving no va a hacerle nada a Kiz —dijo—. Sabe que si la toca va a quedar aún peor. Además, probablemente ella es la mejor poli que tienen en la tercera planta.

—Siempre estás muy seguro de todo, Harry —dijo Billets—. Tiene que ser bonito.

—Bueno, estoy seguro de esto. —Se levantó—. Y me gustaría volver a la investigación. Están pasando cosas.

—Lo sé todo. Jerry me lo acaba de contar. Pero siéntate y volvamos a esto un momento, ¿vale?

Bosch se sentó.

—Yo no puedo hablarle a Irving de la forma en que dejo que tú me hables a mí —dijo Billets—. Esto es lo que voy a hacer. Voy a informarle de la identificación y de todo lo demás. Le diré que estás siguiendo el camino que el caso te marca. Después le propondré que asigne un equipo de Asuntos Internos a la investigación de los antecedentes de Trent. En otras palabras, si sigue sin convencerse por las circunstancias de la identificación, entonces podrá tener a Asuntos Internos o a quien pueda conseguir para investigar a Trent y averiguar dónde estaba en mil novecientos ochenta.

Bosch se limitó a mirarla, sin dar ninguna señal que indicara aprobación o desaprobación de su plan.

—¿Podemos irnos?

—Sí, podéis iros.

Cuando volvieron a la mesa de homicidios y se sentaron, Edgar preguntó a Bosch por qué no había mencionado la teoría de que tal vez Trent se mudó al barrio porque sabía que los huesos estaban en la colina.

—Porque tu teoría es demasiado rocambolesca para que salga de esta mesa de momento. Si se entera Irving, la verás en una nota de prensa transformada en la versión oficial. ¿Tienes algo del ordenador o no?

—Sí, tengo algo.

—¿Qué?

—Para empezar, he confirmado la dirección de Samuel Delacroix en el parque de caravanas de Manchester. Así que estará allí cuando queramos ir a visitarlo. En los últimos diez años lo han detenido dos veces por conducir borracho. Tiene una licencia de conducir restringida. También he comprobado su número de la Seguridad Social. Trabaja para el ayuntamiento.

El rostro de Bosch mostró sorpresa.

—¿Haciendo qué?

—Trabaja a tiempo parcial en un campo de entrenamiento de golf municipal, justo al lado del parque de caravanas. He hecho una llamada a Parques y Ocio, discretamente. Delacroix conduce el carrito que recoge las pelotas en el *range*. Es el tipo al que todos le quieren dar cuando están allí. Supongo que va desde el parque de caravanas un par de veces al día.

—De acuerdo.

—Lo siguiente, Christine Dorsett Delacroix, el nombre de la madre en el certificado de nacimiento de Sheila. He comprobado su número de la Seguridad Social y la he encontrado con el nombre de Christine Dorsett Waters. La dirección es de Palm Springs. Parece que se fue allí a reinventarse a sí misma. Nuevo nombre, nueva vida, en fin...

Bosch asintió.

—¿Has encontrado el divorcio?

—Sí. Se divorció de Samuel Delacroix en el setenta y tres. El chico tendría entonces cinco años. Mencionó el maltrato físico y psicológico. No se especificaba en qué consistió ese maltrato. Nunca llegó a juicio, así que los detalles no salieron a la luz.

—¿Él lo aceptó?

—Parece que hicieron un trato. Él se quedó con la custodia de los dos niños y no protestó. Claro y breve. El expediente tiene unas doce páginas. He visto algunos que tienen un palmo de grueso. El mío, por ejemplo.

—Si Arthur tenía cinco años... Algunas de esas heridas son anteriores a esa edad, según el antropólogo.

Edgar negó con la cabeza.

—El resumen dice que el matrimonio había terminado tres años antes y que estaban viviendo separados. Así que parece que ella se fue cuando el niño tenía dos años, como dijo Sheila. Harry, normalmente no te refieres a la víctima por su nombre.

—¿Y?

—Sólo lo señalaba.

—Gracias. ¿Algo más en el archivo?

—Eso es todo. Tengo copias por si las quieres.

—Vale, ¿qué me dices del amigo del *skate*?

—También lo tengo. Sigue vivo y sigue aquí. Pero

hay un problema. Comprobé las bases de datos habituales y me encontré con tres John Stokes en Los Ángeles que coincidían en el rango de edad. Dos viven en el valle de San Fernando, los dos limpios. El tercero es un reincidente. Arrestos múltiples por pequeños hurtos, robos de coches, robo con allanamiento y posesión que se remontan a la época del reformatorio. Hace cinco años se le acabaron las segundas oportunidades y lo enviaron a Corcoran a sacar brillo a una moneda. Cumplió dos y medio y le dieron la condicional.

—¿Has hablado con su agente? ¿Stokes sigue en la condicional?

—Sí, he hablado con su agente. No, Stokes ya no está en el gancho. Acabó la condicional hace dos meses. El agente no sabe dónde está.

—Mierda.

—Sí, pero le pedí que echara un vistazo a la biografía del cliente. Stokes creció sobre todo en Mid-Wilshire. Entrando y saliendo de casas de acogida. Entrando y saliendo de los problemas. Tiene que ser nuestro chico.

—¿El agente cree que sigue en Los Ángeles?

—Sí, eso cree. Acabamos de encontrarlo. Ya he mandado una patrulla a su última dirección conocida. Se fue de allí en cuanto terminó con la condicional.

—Así que está desaparecido. Fantástico.

Edgar asintió.

—Tenemos que encontrarlo —dijo Bosch—. Empieza con...

—Ya lo he hecho —dijo Edgar—. También he escrito una orden y se la he pasado a Mankiewicz hace un rato. Me ha prometido que la leerían en todos los turnos. Me van a pasar unas fotos para las viseras, también.

—Bien.

Bosch estaba impresionado. Conseguir fotos de Stokes para engancharlas con un clip en las viseras de todos los coches patrulla era el paso adicional que Edgar normalmente no se molestaba en dar.

—Lo encontraremos, Harry. No sé en qué va a ayudarnos, pero lo pillaremos.

—Puede ser un testigo clave. Si Arthur (quiero decir, si la víctima) le dijo alguna vez que su padre le pegaba, entonces tendremos algo.

Bosch miró su reloj. Eran casi las dos. Quería mantener el engranaje en movimiento, mantener la investigación centrada y a buen ritmo. Para él lo más difícil era esperar, tanto si era por los resultados del laboratorio como si tenía que esperar que otros polis hicieran su movimiento. Era cuando se sentía más agitado.

—¿Qué plan tienes esta noche? —le preguntó a Edgar.

—¿Esta noche? Nada especial.

—¿Tienes al niño?

—No, los jueves. ¿Por qué?

—Estaba pensando en ir a Springs.

—¿Ahora?

—Sí, a hablar con la ex mujer.

Vio que Edgar miraba su reloj. Sabía que incluso si partían en ese mismo momento, no volverían hasta muy tarde.

—Está bien. Puedo ir solo. Sólo dame la dirección.

—No, voy contigo.

—¿Estás seguro? No hace falta. Es que no me gusta estar esperando a que ocurra algo, ¿sabes?

—Sí, Harry, ya lo sé.

Edgar se levantó y cogió su americana del respaldo de la silla.

—Entonces voy a decírselo a Balas —dijo Bosch.

27

Habían recorrido ya más de la mitad del camino a través del desierto antes de que ninguno de los dos hablara.

—Harry —dijo Edgar—, no dices nada.

—Ya lo sé —dijo Bosch.

Si algo habían tenido siempre como compañeros era la habilidad de compartir largos silencios. Siempre que Edgar sentía la necesidad de romper el silencio, Bosch sabía que tenía algo en mente de lo que quería hablar.

—¿Qué pasa Jerry Edgar?

—Nada.

—¿El caso?

—No, tío, nada. Estoy bien.

—Vale.

Estaban pasando un molino de viento. La calma era total y las aspas no se movían.

—¿Tus padres se quedaron juntos? —preguntó Bosch.

—Sí, hasta el final —dijo Edgar. Entonces rió—. Creo que a veces no les faltaron ganas de separarse, pero sí, se quedaron juntos. Supongo que así va la cosa. Lo fuerte sobrevive.

Bosch asintió. Pese a que ambos estaban divorciados, rara vez hablaban de sus matrimonios fracasados.

—Harry, he oído lo tuyo con la novata. Corre la voz. Lo único que estoy diciendo es que tengas cuidado. Eres un superior de ella, ¿no?

—Sí, ya lo sé. Ya se me ocurrirá algo.

—Por lo que he oído y he visto, vale la pena correr el riesgo por ella. Pero has de ir con pies de plomo.

Bosch no dijo nada. Al cabo de unos minutos, pasaron un cartel que indicaba que se hallaban a quince kilómetros de Palm Springs. Estaba anocheciendo. Bosch esperaba llamar a la puerta de la casa de Christine Waters antes de que fuera oscuro.

—Harry, ¿tú vas a llevar el interrogatorio?

—Sí, tú puedes ser el indignado.

—Eso será fácil.

Ya en el término municipal de Palm Springs, compraron un plano en una gasolinera y recorrieron la ciudad hasta que encontraron Frank Sinatra Boulevard y subieron por esa vía hacia las montañas. Bosch llegó hasta la verja de seguridad de un lugar llamado Mountaingate Estates. Su mapa mostraba que la calle en la que vivía Christine Waters estaba en Mountaingate.

Un poli de alquiler uniformado salió de la garita mirando el coche blanco y negro en el que iban y sonriendo.

—Os habéis desviado un poco, chicos —dijo.

Bosch asintió y trató de ofrecer una sonrisa amable, pero sólo logró dar la sensación de que tenía algo agrio en la boca.

—Algo así —dijo.

—¿Qué ocurre?

—Venimos a hablar con Christine Waters, del trescientos doce de Deep Waters Drive.

—¿La señora Waters los espera?

—No, a no ser que sea vidente o usted se lo diga.

—Ése es mi trabajo. Un momento.

El vigilante volvió a entrar en la garita, y Bosch vio que levantaba un teléfono.

—Parece que Christine Delacroix ha prosperado en serio —dijo Edgar.

Estaba mirando a través del parabrisas algunas de las casas que eran visibles desde su posición. Todas eran enormes, con césped bien cuidado y jardines lo bastante grandes para jugar a fútbol.

El vigilante salió, apoyó ambas manos en la ventanilla del coche y se inclinó para mirar a Bosch.

—Quiere saber de qué se trata.

—Dígale que lo discutiremos en su casa en privado. Dígale que tenemos una orden judicial.

El vigilante se encogió de hombros y volvió a entrar. Bosch vio que hablaba por teléfono unos segundos más. Después de que hubo colgado, la verja se abrió lentamente. El guardia salió al umbral de la garita y les hizo una señal para que pasaran. Pero no sin decir la última palabra.

—Puede que esa pose de hombre duro le funcione bien en Los Ángeles, pero aquí en el desierto...

Bosch no escuchó el resto. Arrancó y pasó por la verja mientras subía la ventanilla.

Encontraron Deep Waters Drive en el extremo del complejo. Las casas parecían un par de millones de dólares más opulentas que las construidas junto a la entrada de Mountaingate.

—¿A quién se le ocurriría llamar Deep Waters Drive a una calle del desierto? —musitó Edgar.

—Tal vez a alguien llamado Waters.

Edgar lo entendió al fin.

—Joder. ¿Tú crees? Ha prosperado más de lo que creía.

La dirección de Christine Waters que Edgar había averiguado correspondía a una mansión de tejas rojas que se alzaba al final de un *cul-de-sac* en el término de Mountaingate Estates. Era sin duda el lote más privilegiado de la urbanización. La casa estaba ubicada en un promontorio que le proporcionaba una vista de todas las otras construcciones de la urbanización, así como una panorámica del campo de golf que la rodeaba.

La propiedad tenía su propia verja, pero ésta se hallaba abierta. Bosch se preguntó si estaría siempre abierta o la habían abierto para ellos.

—Esto va a ser interesante —comentó Edgar cuando se detuvieron en una rotonda de aparcamiento construida con adoquines entrecruzados.

—Recuerda —dijo Bosch— que la gente puede cambiar de dirección, pero no puede cambiar quién es.

—Sí. Abecé del detective.

Los detectives salieron y caminaron bajo el pórtico que conducía a la puerta de entrada de doble ancho. Antes de que llegaran les abrió una mujer con uniforme de sirvienta en blanco y negro, quien les dijo, con marcado acento hispano, que la señora Waters los esperaba en el salón.

El salón tenía el tamaño y aspecto de una pequeña catedral, con un techo de siete metros, con vigas a la vista. La parte superior de la pared orientada al este estaba ocupada por tres vidrieras: un tríptico que representaba la salida del sol, un jardín y la salida de la luna. En la pared opuesta había seis puertas correderas de extremo a extremo con vistas al campo de golf. El salón tenía dos grupos de muebles diferenciados, como para acomodar dos reuniones distintas de manera simultánea.

Sentada en medio de un sofá de color crema de la primera zona había una mujer rubia de rostro impenetrable. Sus ojos azul pálido siguieron a los hombres cuando éstos entraron y digirieron las dimensiones de la estancia.

—¿Señora Waters? —dijo Bosch—. Soy el detective Bosch y él es el detective Edgar. Somos del Departamento de Policía de Los Ángeles.

Bosch tendió la mano y ella la tomó, pero no la estrechó, sólo la sostuvo un momento antes de pasar a la mano tendida de Edgar. Bosch sabía por el certificado de nacimiento que tenía cincuenta y seis años, pero parecía una década más joven y su rostro, suavemente bronceado, era un testamento de las maravillas de la ciencia médica moderna.

—Tomen asiento, por favor —dijo la mujer—. No puedo explicarles lo incómoda que me siento con ese coche aparcado en la puerta de mi casa. Supongo que la discreción no es una virtud del Departamento de Policía de Los Ángeles.

Bosch sonrió.

—Bueno, señora, nosotros también estamos incómodos con eso, pero es lo que nuestros jefes nos dan. Y eso es lo que conducimos.

—¿De qué se trata? El vigilante dijo que tenían una orden judicial, ¿puedo verla?

Bosch se sentó en un sofá situado enfrente de ella y al otro lado de una mesita de café negra con incrustaciones de oro.

—Oh, debe de habernos entendido mal —dijo Bosch—. Le dije que podría conseguir una orden judicial si usted se negaba a vernos.

—Estoy segura de que el vigilante se ha confundido —dijo ella con un tono de voz que evidenciaba que no creía a Bosch en absoluto—. ¿Por qué quieren verme?

—Tenemos que hacerle preguntas sobre su marido.

—Mi marido murió hace cinco años. Además, él apenas viajaba a Los Ángeles. ¿Qué puede...?

—Su primer marido, señora Waters. Samuel Delacroix. También queremos hablar de sus hijos.

Bosch vio que la cautela asomaba inmediatamente a sus ojos.

—Yo... yo no los he visto ni he hablado con ellos en años. Casi treinta años.

—¿Quiere decir desde que fue a buscar un medicamento para el niño y se olvidó de volver? —preguntó Edgar.

La mujer lo miró como si acabara de abofetearla. Bosch esperaba que Edgar usara un poco más de delicadeza en su actuación de poli indignado.

—¿Quién le ha dicho eso?

—Señora Waters —dijo Bosch—. Quiero hacerle primero unas preguntas y después contestaré las suyas.

—No lo entiendo. ¿Cómo me han encontrado? ¿Qué están haciendo? ¿Por qué están aquí?

Su voz fue subiendo con la emoción de pregunta en pregunta. Una vida que había apartado treinta años antes estaba irrumpiendo de pronto en la existencia cuidadosamente ordenada en la que habitaba.

—Somos detectives de homicidios, señora. Estamos trabajando en un caso en el que podría estar involucrado su marido...

—Él no es mi marido. Me divorcié de él hace al menos veinticinco años. Es una locura que vengan aquí a preguntarme por un hombre al que ya ni siquiera conozco, y del que ni siquiera sabía que estaba vivo. Quiero que se vayan.

La señora Waters se levantó y extendió el brazo en la dirección por la que habían entrado.

Bosch miró a Edgar y luego de nuevo a la mujer, cuya ira había hecho que el bronceado de su rostro esculpido quedara desigual. Empezaban a formarse manchas, el signo de la cirugía plástica.

—Señora Waters, siéntese —dijo Bosch con voz severa—. Por favor, trate de calmarse.

—¿Calmarme? ¿Saben quién soy yo? Mi marido construyó este lugar. Las casas, el campo de golf, todo. No pueden presentarse aquí así. Puedo coger el teléfono y hablar con el jefe de policía en dos...

—Su hijo está muerto, señora —soltó Edgar—. El que dejó atrás hace treinta años. Así que siéntese y deje que hagamos nosotros las preguntas.

La mujer se derrumbó en el sofá como si le hubieran levantado los pies del suelo de una patada. Abrió la boca y volvió a cerrarla. Sus ojos ya no estaban fijos en los detectives, sino en un recuerdo lejano.

—Arthur...

—Eso es —dijo Edgar—. Arthur. Me alegro de que aún lo recuerde.

Bosch y Edgar la miraron en silencio durante unos segundos. Todos los años y la distancia no bastaban. Estaba herida por la noticia. Malherida. Bosch lo había visto antes. El pasado tenía una forma de regresar, de desenterrarse. Siempre afloraba justo bajo tus pies.

Bosch sacó la libreta del bolsillo y la abrió por una página en blanco. Escribió «No te pases» y se la tendió a Edgar.

—Jerry, ¿por qué no tomas notas? Creo que la señora Waters quiere cooperar con nosotros.

La voz de Bosch sacó a Christine Waters de su triste ensueño. Miró a Bosch.

—¿Qué ha pasado? ¿Ha sido Sam?

—No lo sabemos. Por eso estamos aquí. Arthur lleva mucho tiempo muerto. Sus restos se encontraron la semana pasada.

Ella lentamente se llevó una mano a la boca en forma de puño y empezó a golpearse suavemente los labios con él.

—¿Cuánto tiempo?

—Ha estado enterrado veinte años. Una llamada de su hija nos ayudó a identificarlo.

—Sheila.

Fue como si no hubiera pronunciado el nombre en tanto tiempo que tuvo que probar si aún funcionaba.

—Señora Waters, Arthur desapareció en mil novecientos ochenta. ¿Lo sabía?

La mujer negó con la cabeza.

—Yo me había ido. Me fui casi diez años antes.

—¿Y no tuvo ningún contacto con la familia?

—Pensé que...

No terminó la frase. Bosch esperó.

—¿Señora Waters?

—No podía llevármelos. Yo era joven y no podía asumir... la responsabilidad. Me fugué. Lo admito. Me escapé. Pensé que sería mejor para ellos no tener noticias mías, no saber nada de mí.

Bosch asintió de un modo que esperaba que mostrara que la entendía y estaba de acuerdo con lo que ella había pensado entonces. No importaba que no fuera así. No importaba que su propia madre hubiera afrontado las mismas adversidades de tener un hijo demasiado joven y en circunstancias difíciles, y en cambio se había aferrado a él y lo había protegido con una ferocidad que había inspirado su vida.

—¿Les escribió notas antes de irse? A sus hijos, quiero decir.

—¿Cómo lo sabe?

—Sheila nos lo dijo. ¿Qué decía en la carta a Arthur?

—Sólo... sólo decía que lo quería y que siempre lo llevaría en mi corazón, pero que no podía estar con él. No recuerdo exactamente todo lo que decía. ¿Es importante?

Bosch se encogió de hombros.

—No lo sé. Su hijo llevaba una carta encima. Podría ser la que usted le dejó. Estaba deteriorada. Probablemente nunca lo sabremos. En la demanda de divorcio que presentó varios años después de irse de casa, citaba el maltrato físico como una de las causas. Necesito que nos hable de eso. ¿Cuál era ese maltrato físico?

Ella negó con la cabeza otra vez, en esta ocasión con desdén, como si la pregunta le hubiera molestado o fuera estúpida.

—¿Usted qué cree? A Sam le gustaba darme. Se emborrachaba y era como caminar sobre cáscaras de huevo. Cualquier cosa lo hacía saltar: el bebé llorando, Sheila hablando en voz demasiado alta... Y yo siempre era el objetivo.

—¿Le pegaba?

—Sí, me pegaba. Se convirtió en un monstruo. Ésa fue una de las razones por las que tuve que marcharme.

—Pero dejó a los niños con el monstruo —apostilló Edgar.

Esta vez ella no reaccionó como si le hubieran golpeado. Fijó sus ojos pálidos en Edgar con una mirada letal que obligó a Edgar a desviar su mirada de indignación. Le habló con mucha calma.

—¿Quién es usted para juzgar a nadie? Tenía que sobrevivir y no podía llevármelos conmigo. Si lo hubiera intentado ninguno de nosotros habría sobrevivido.

—Estoy seguro de que eso lo entendieron —dijo Edgar.

La mujer se levantó de nuevo.

—Creo que no voy a seguir hablando con ustedes. Estoy segura de que sabrán encontrar la salida.

La mujer se dirigió hacia la puerta en arco situada en el extremo de la sala.

—Señora Waters —dijo Bosch—. Si no habla con nosotros ahora, iremos a buscar la orden judicial.

—Muy bien —dijo ella, sin volver la mirada—, hágalo. Pediré a uno de mis abogados que se ocupe de eso.

—Y se hará público en la corte municipal.

Era un farol, pero Bosch pensó que podría pararla. Supuso que la vida de Christine Waters en Palm Springs estaba construida enteramente sobre secretos y que no le gustaría que nadie bajara al sótano. A las cotillas de la alta sociedad, como a Edgar, les costaría mucho ver las cosas del modo en que ella las planteaba. En su fuero interno, también a ella le costaba mucho convencerse, incluso después de tantos años.

La señora Waters se detuvo bajo la arcada, se calmó y regresó al sofá. Mirando de nuevo a Bosch, dijo:

—Sólo hablaré con usted. Quiero que él se vaya.

Bosch negó con la cabeza.

—Él es mi compañero. Es nuestro caso. Él se queda, señora Waters.

—Sólo voy a contestar sus preguntas.

—De acuerdo. Siéntese, por favor.

Ella lo hizo, esta vez en la parte del sofá más alejada de Edgar y más próxima a Bosch.

—Sé que quiere ayudarnos a encontrar al asesino

de su hijo. Trataremos de terminar con esto lo antes posible.

La mujer asintió una vez.

—Háblenos de su ex marido.

—¿Quiere que le cuente toda la historia sórdida? —preguntó retóricamente—. Les daré la versión abreviada. Lo conocí en una clase de arte dramático. Yo tenía dieciocho años. Él tenía siete años más que yo, y ya había trabajado en alguna película y además era muy guapo. Podría usted decir que pronto caí bajo su embrujo. Y antes de cumplir los diecinueve ya estaba embarazada.

Bosch miró a Edgar para ver si estaba anotando algo. Edgar captó la mirada y empezó a escribir.

—Nos casamos y nació Sheila. Yo no seguí con mi carrera. Tengo que admitir que no estaba demasiado entregada. Entonces actuar sólo me parecía algo que hacer. Tenía buena imagen, pero pronto me di cuenta de que todas las chicas de Hollywood tenían buena imagen. Me quedé feliz en casa.

—¿Qué le pareció a su marido?

—Al principio muy bien. Él tenía un papel en *Primero de Infantería*. ¿La vio alguna vez?

Bosch asintió. Era una serie de televisión sobre la Segunda Guerra Mundial que se había pasado entre mediados y finales de los sesenta, hasta que el sentimiento del público sobre la guerra de Vietnam y sobre las guerras en general llevó a un declive en los índices de audiencia y la emisión se canceló. La serie narraba semanalmente las aventuras de una brigada tras las líneas alemanas. A Bosch le gustaba y siempre trataba de verla, ya fuera en las casas de acogida o en el orfanato.

—Sam era uno de los alemanes. Era rubio y tenía aspecto de ario. Estuvo dos años en la serie. Justo hasta que me quedé embarazada de Arthur. —Dejó que un silencio puntuara la frase—. Entonces cancelaron la serie por esa estúpida guerra de Vietnam. La cancelaron y Sam tuvo problemas para encontrar trabajo. Quedó encasillado en el papel de alemán. Fue entonces cuando empezó a beber. Y a pegarme. Se pasaba los días yendo a los cástings y sin conseguir nada. Después pasaba las noches bebiendo y furioso conmigo.

—¿Por qué con usted?

—Porque era yo la que se quedó embarazada. Primero de Sheila y después de Arthur. Ninguno de los embarazos fue planeado y eso le sumó mucha presión a él. Se descargó con quien tenía más cerca.

—¿La agredió sexualmente?

—¿Agredir sexualmente? Suena muy clínico. Pero sí, me agredió sexualmente. Muchas veces.

—¿Alguna vez lo vio pegar a los niños?

Era la pregunta crucial que habían venido a formular. Todo lo demás era decoración.

—No específicamente —dijo ella—. Cuando estaba embarazada de Arthur me pegó una vez en el estómago. Rompí aguas. Me puse de parto seis semanas antes de fecha. Arthur no pesó ni dos kilos y medio al nacer.

Bosch aguardó. Ella estaba hablando de un modo que insinuaba que podía decir más siempre que él le diera espacio para hacerlo. Miró por la puerta corredera al campo de golf. Había una profunda trampa de arena que protegía el *green*. Un hombre con camisa roja y pantalón de cuadros escoceses estaba en el *bunker*, sacudiendo un palo ante una bola invisible. Se veía saltar arena, pero la bola no asomaba.

En la distancia otros tres golfistas estaban bajando de los carritos aparcados al otro lado del *green*. El *bunker* los ocultaba de la vista del hombre de la camisa roja. Mientras Bosch observaba, el hombre miró arriba y abajo de la calle en busca de testigos. Al no ver a nadie, se agachó, cogió su bola y la lanzó al *green*, dándole el bonito arco de un buen golpe. Luego salió de la trampa, sosteniendo el palo con ambas manos cerradas sobre el *grip*, en una postura que sugería que acababa de golpear la bola.

Finalmente, Christine Waters continuó hablando y Bosch la miró.

—Arthur no llegó a los dos kilos y medio cuando nació. Durante todo el primer año fue pequeño y muy enfermizo. Nunca hablamos de eso, pero los dos sabíamos que lo que Sam había hecho lastimó al niño. No estaba bien.

—¿Aparte de ese incidente en el que le pegó a usted, nunca vio a su marido pegando a Arthur o a Sheila?

—Puede que le pegara algún bofetón a Sheila. No lo recuerdo. Él nunca pegaba a los niños. Quiero decir, me tenía a mí.

Bosch asintió. La conclusión no expresada era que una vez que ella se fue, cualquiera podía ser el nuevo objetivo. Bosch pensó en los huesos desplegados sobre la mesa de autopsias y todas las heridas que el doctor Golliher había descrito.

—Está mi mari... ¿Han detenido a Sam?

Bosch la miró.

—No. Estamos en la fase de determinar los hechos. Los restos de su hijo revelan una historia de maltrato físico crónico. Estamos tratando de entender las cosas.

—¿Y Sheila? ¿A ella...?

—No se lo hemos preguntado específicamente. Lo haremos. Señora Waters, cuando su marido le pegaba, ¿siempre lo hacía con la mano?

—A veces me pegaba con cosas. Recuerdo que una vez me pegó con un zapato. Me sujetó en el suelo y me pegó con el zapato. Y una vez me tiró su maletín. Me dio en el costado. —La señora Waters negó con la cabeza.

—¿Qué?

—Nada. Sólo ese maletín. Lo llevaba a todas sus audiciones. Como si fuera tan importante. Y todo lo que llevó allí fueron cuatro fotos suyas y una petaca.

La amargura quemaba en su voz incluso al cabo de tantos años.

—¿Fue usted alguna vez a un hospital o a una sala de urgencias? ¿Existe algún registro del maltrato?

Ella negó con la cabeza.

—Nunca me pegó tanto como para tener que ir, excepto cuando tuve a Arthur, y entonces mentí. Dije que me había caído y había roto aguas. Verá, detective, no era algo que quisiera que el mundo supiera.

Bosch asintió.

—Cuando se fue, ¿lo planeó? ¿O simplemente se fue?

Ella se quedó unos segundos sin responder, mientras repasaba el recuerdo en su pantalla interior.

—Escribí las cartas para mis hijos mucho antes de irme. Las llevaba en mi bolso en espera del momento adecuado. La noche que me fui, se las dejé debajo de las almohadas y me marché con el bolso y con lo puesto. Y me llevé el coche que nos había regalado mi padre cuando nos casamos. Eso fue todo. Ya había tenido bastante. Le dije que necesitábamos medicinas para Arthur. Él había estado bebiendo. Me dijo que fuera a buscarlas.

—Y nunca volvió.

—Nunca. Un año después, antes de venir a Palm Springs, pasé en coche por la casa una noche. Vi las luces encendidas y no me detuve.

Bosch asintió. No se le ocurría ninguna pregunta más. Aunque la mujer recordaba bien esa primera etapa de su vida, sus recuerdos no iban a ayudar a construir un caso contra su ex marido por un asesinato cometido diez años después de la última vez que lo había visto. Quizá Bosch había sabido desde el principio que no sería una parte vital del caso. Quizá sólo quería calibrar a una mujer que había abandonado a sus hijos, dejándolos con un hombre al que creía un monstruo.

—¿Qué aspecto tiene?

Bosch se quedó momentáneamente desconcertado por la pregunta.

—Mi hija.

—Uh, es rubia como usted. Un poco más alta, más fuerte. No tiene hijos ni está casada.

—¿Cuándo enterrarán a Arthur?

—No lo sé. Tendría que llamar a la oficina del forense. O podría llamar a Sheila para ver si... —Se detuvo. No podía inmiscuirse en tratar de remendar los agujeros de treinta años en las vidas de la gente—. Creo que hemos terminado, señora Waters. Le agradecemos su cooperación.

—Sin duda —dijo Edgar, con una indisimulada nota de sarcasmo.

—Han recorrido un camino muy largo para hacer tan pocas preguntas.

—Creo que es porque usted tiene muy pocas respuestas —dijo Edgar.

Caminaron hasta la puerta y ella los siguió unos pasos más atrás. Fuera, bajo el pórtico, Bosch se volvió a mirar a la mujer que estaba de pie en el umbral. Se sostuvieron la mirada un momento. Bosch trató de pensar en algo que decir, pero no tenía nada para ella. La señora Waters cerró la puerta.

28

Aparcaron en el estacionamiento de la comisaría poco antes de las once. La larga jornada de dieciséis horas había reportado muy poco en términos de pruebas para construir un caso para la fiscalía. Aun así, Bosch estaba satisfecho. Habían conseguido la identificación y eso era el eje de la rueda. Todo surgiría de allí.

Edgar dijo buenas noches y fue derecho a su coche sin entrar en la comisaría. Bosch quería ver al sargento de guardia para averiguar si había alguna novedad respecto a Johnny Stokes. También quería comprobar los mensajes y sabía que si se quedaba por allí hasta las once podría ver a Julia Brasher cuando acabara su turno. Quería hablar con ella.

La comisaría estaba en calma. Los polis del turno de noche estaban en la reunión. Los sargentos de guardia que entraban y salían también estarían allí. Bosch recorrió el pasillo hasta la oficina de detectives. Las luces estaban apagadas, lo cual iba contra una norma dictada por la dirección. El jefe de policía había ordenado que las luces del Parker Center y de todas las comisarías se mantuvieran permanentemente encendidas. Su objetivo era dar a conocer a los ciudadanos que la lucha contra el crimen no tenía tregua. El resultado era que las luces brillaban todas las noches en oficinas de policía vacías por toda la ciudad.

Bosch encendió la fila de luces que iluminaban la mesa de homicidios y fue a ocupar su lugar. Había varios papelitos de mensajes de color rosa. Bosch los revisó, pero eran todos de periodistas o relacionados con otros casos que tenía pendientes. Tiró los mensajes de los periodistas a la basura y puso los otros en el cajón de arriba de su mesa, para hacer un seguimiento al día siguiente.

Había dos sobres internos del departamento esperándole en la mesa. El primero contenía el informe de Golliher y Bosch lo apartó para leerlo después. Al coger el segundo sobre vio que era del Departamento de Investigaciones Científicas. Se dio cuenta de que había olvidado llamar a Antoine Jesper por el asunto del monopatín.

Estaba a punto de abrir el sobre cuando vio que lo habían dejado encima de un papel doblado sobre su calendario. Lo desdobló y leyó el corto mensaje. Supo que era de Julia, aunque no lo había firmado.

¿Dónde estás, chico duro?

Bosch había olvidado que le había dicho a Julia que se pasara por la brigada antes de empezar el turno. Sonrió al ver la nota, pero se sintió mal por el olvido. También recordó una vez más la advertencia de Edgar de que tuviera cuidado con la relación.

Volvió a doblar la hoja y se la guardó en el cajón. Se preguntó cómo reaccionaría Julia cuando le contara lo que le quería contar. Estaba agotado por la larga jornada, pero prefería no esperar hasta el día siguiente.

El sobre interno de Investigaciones Científicas contenía el informe de pruebas de una página de Jesper. Bosch leyó el informe con rapidez. Jesper había confirmado que la plancha la había construido Boneyard Bones Inc., un fabricante de Huntington Beach. El modelo se llamaba Boney Board. Ese modelo en particular se fabricó entre febrero de 1978 y junio de 1986, cuando las variaciones en el diseño crearon un ligero cambio en la nariz de la plancha.

Antes de que Bosch pudiera entusiasmarse con las implicaciones de una coincidencia entre la tabla y el marco temporal del caso, leyó el último párrafo del informe, que ponía en duda cualquier coincidencia.

Los ejes en los que se ensamblan las ruedas son de un diseño implementado en Boneyard en mayo de 1984. Las ruedas de grafito también indican una manufactura posterior. Las ruedas de grafito no fueron comunes en la industria hasta mediados de los ochenta. Sin embargo, puesto que los ejes y las ruedas son intercambiables, y como los *skaters* los cambian o reemplazan con frecuencia, es imposible determinar la fecha exacta de fabricación de la plancha examinada. La evaluación, pendiente de pruebas adicionales, es que se fabricó entre febrero de 1978 y junio de 1986.

Bosch volvió a meter el informe en el sobre y lo dejó encima de la mesa. El informe no era concluyente, aunque a juicio de Bosch los factores que Jesper había subrayado tendían a indicar que el monopatín no había sido de Arthur Delacroix. A su juicio, el informe se inclinaba más a exonerar a Nicholas Trent que a implicarlo en la muerte del chico. Por la mañana escribiría un informe con sus conclusiones y se lo entregaría a la teniente Billets para que lo enviara por la cadena ascendente hasta la oficina del subdirector Irving.

Como para puntuar el final de esta línea de investigación, el sonido de la puerta de atrás de la comisaría abriéndose de golpe hizo eco en el pasillo. Varias voces altas masculinas siguieron, todas internándose en la noche. La reunión del turno había terminado y las tropas frescas estaban desplegándose entre las clásicas bravuconerías del nosotros contra ellos.

Sin importarle los deseos del jefe de policía, Bosch apagó la luz y se dirigió otra vez por el pasillo hacia la oficina de guardia. Había dos sargentos en la pequeña oficina. Lenkov concluía su jornada, mientras que Renshaw estaba empezando su turno. Ambos registraron sorpresa por la aparición de Bosch a esas horas de la noche, pero ninguno de los dos le preguntó qué estaba haciendo en la comisaría.

—Bueno —dijo Bosch—, ¿algo sobre mi chico, Johnny Stokes?

—Todavía nada —dijo Lenkov—, pero estamos buscando. Lo estamos diciendo en las reuniones de turno y tenemos fotos suyas en los coches. Así que...

—Me informaréis.

—Te informaremos.

Renshaw expresó su acuerdo.

Bosch pensó en preguntarle si Julia Brasher ya había llegado, pero se lo pensó mejor. Les dio las gracias y retrocedió hasta el pasillo. La conversación había sido extraña, como si los sargentos estuvieran esperando que se fuera. Supuso que era porque se había corrido la voz de lo de Julia. Tal vez ambos sabían que ella terminaba el turno y querían evitar verlos juntos. Como supervisores habrían sido testigos de lo que era una infracción de la política departamental. Por más que fuera una normativa menor y raramente aplicada, los sargentos sin duda preferían no ver la infracción y no tener que mirar hacia otro lado.

Bosch salió al aparcamiento por la parte de atrás. No tenía ni idea de si Julia estaba en el vestuario de la comisaría, si continuaba patrullando o si ya había llegado y se había marchado. Los turnos intermedios eran muy flexibles. Uno no volvía hasta que el sargento de guardia enviaba al reemplazo.

Bosch encontró el coche de Brasher en el aparcamiento y supo que no se le había escapado. Volvió hacia la comisaría para sentarse en el banco del Código 7. Cuando llegó, Julia ya estaba allí sentada. Tenía el pelo húmedo de la ducha. Vestía unos vaqueros azules gastados y un jersey de manga larga y cuello alto.

—He oído que estabas en la casa —dijo Julia—. He visto la luz apagada y he pensado que te me habías escapado.

—No le cuentes al jefe lo de las luces.

Ella sonrió y Bosch se sentó a su lado. Quería tocarla, pero no lo hizo.

—Ni lo nuestro —dijo.

Ella asintió.

—Sí, hay mucha gente que lo sabe, ¿no?

—Sí, quería hablar de eso contigo. ¿Quieres ir a tomar algo?

—Claro.

—Caminemos hasta el Cat and Fiddle. Hoy estoy cansado de conducir.

En lugar de atravesar la comisaría juntos y salir por la puerta principal, tomaron el camino más largo, cruzando el aparcamiento y rodeando la comisaría. Caminaron dos travesías por Sunset y luego bajaron otras dos hasta el pub. Por el camino, Bosch se disculpó por no haber estado en la sala de la brigada antes de que ella empezara el turno y le explicó que había ido en coche a Palm Springs. Brasher apenas habló mientras caminaban, y básicamente se limitó a asentir en silencio a las explicaciones de Bosch. No abordaron la cuestión que les preocupaba hasta que llegaron al pub y ocuparon uno de los reservados junto a la chimenea.

Pidieron sendas pintas de Guinness y entonces Julia cruzó los brazos sobre la mesa y clavó la mirada en Bosch.

—Bueno, Harry, mi cerveza está en camino. Dímelo. Pero tengo que avisarte de que si vas a pedirme que seamos sólo amigos, bueno..., ya tengo bastantes amigos.

Bosch no pudo evitar una franca sonrisa. Le gustaba su audacia, su estilo directo. Empezó a negar con la cabeza.

—No, no quiero ser tu amigo, Julia. Ni hablar.

Se estiró por encima de la mesa y le apretó el antebrazo. Instintivamente, miró por el pub para asegurarse de que nadie de la comisaría se había pasado a tomar una copa después de acabar el turno. No reconoció a nadie y volvió a mirar a Julia.

—Lo que quiero es estar contigo como hasta ahora.

—Bueno, yo también.

—Pero hemos de tener cuidado. No llevas mucho tiempo en el departamento. Yo sí, y sé cómo son las cosas, así que es fallo mío. No deberíamos haber dejado tu coche en el aparcamiento de la comisaría la primera noche.

—Ah, que se jodan si les molesta.

—No, es...

Hizo una pausa mientras la camarera dejaba las cervezas en los pequeños posavasos de papel con el escudo de Guinness.

—No funciona así, Julia —dijo cuando volvieron a quedarse solos—. Si vamos a seguir con esto, tenemos que ir de incógnito. Nada de encuentros en el banco, basta de notas, basta de todo eso. Ni siquiera podemos venir aquí, porque vienen polis. Tenemos que ir completamente de incógnito. Nos encontramos fuera de la comisaría y hablamos fuera de la comisaría.

—Haces que suene como si fuéramos una pareja de espías o algo parecido.

Bosch cogió su vaso, brindó con el de ella y echó un largo trago. La cerveza negra era deliciosa después de un día tan largo. Tuvo que sofocar un bostezo que Julia vio y repitió.

—¿Espías? No está muy lejos de la realidad. Te olvidas de que llevo más de veinticinco años en este departamento. Tú eres sólo una novata, una niña. Tengo más enemigos dentro que arrestos has hecho tú. Algunas de esas personas aprovecharían cualquier oportunidad para acabar conmigo. Parece que sólo me esté preocupando por mí, pero la cuestión es que si tienen que ir a por una novata para llegar hasta mí, no se lo pensarán ni un segundo. Ni un segundo.

Julia bajó la cabeza y miró en ambas direcciones.

—De acuerdo, Harry, quiero decir, agente secreto cero cero cuarenta y cinco.

Bosch sonrió y negó con la cabeza.

—Sí, sí, tú crees que es todo una broma. Espera a que te caiga la primera inspección de Asuntos Internos. Entonces verás la luz.

—Vamos, no creo que sea una broma. Sólo trataba de bajar la tensión.

Ambos bebieron de sus cervezas y Bosch se recostó y trató de relajarse. El calor de la chimenea era agradable tras el refrescante paseo hasta el pub. Miró a Julia y vio que estaba sonriendo como si conociera un secreto sobre él.

—¿Qué?

—Nada. Te has puesto tan encendido.

—Estoy tratando de protegerte, nada más. Yo soy más veinticinco, así que no me importa tanto.

—¿Qué significa eso? He oído a gente decir eso, más veinticinco, como si fueran intocables o algo parecido.

Bosch negó con la cabeza.

—Nadie es intocable. Pero después de veinticinco años de servicio, alcanzas el tope de la escala de pensión. Así que es igual que lo dejes a los veinticinco o a los treinta y cinco, la pensión es la misma. Así que más veinticinco significa que tienes un poco de espacio para decir «que te jodan». Si no te gusta lo que te están haciendo siempre puedes entregar la placa y decir «adiós muy buenas». Porque ya no estás ahí por la paga.

La camarera volvió a la mesa con una canasta de palomitas. Julia dejó pasar algo de tiempo y luego se inclinó sobre la mesa, con la barbilla casi sobre el borde del vaso.

—¿Entonces por qué estás trabajando?

Bosch se encogió de hombros y miró a su vaso.

—Por el puesto, supongo... No es nada grande ni heroico, sólo la oportunidad de hacer las cosas bien de cuando en cuando en un mundo podrido.

Bosch usó el pulgar para trazar siluetas en el vaso helado. Continuó hablando sin apartar los ojos del vaso.

—Este caso, por ejemplo...

—¿Qué pasa?

—Si podemos entenderlo y construirlo... Quizá podamos arreglar un poco lo que le sucedió a ese chico. No lo sé, creo que podría significar algo, aunque sea insignificante para el mundo.

Pensó en el cráneo que Golliher le había mostrado esa mañana. La víctima de un asesinato sepultada en alquitrán durante nueve mil años. Una ciudad de huesos, todos a la espera de salir a la superficie. ¿Para qué? Probablemente a nadie le importaban.

—No lo sé —dijo—. Puede que a la larga no signifique nada. Los terroristas suicidas atacan Nueva York y tres mil personas mueren antes de que se hayan tomado la primera taza de café. ¿Qué significan unos cuantos huesos enterrados en el pasado?

Julia sonrió dulcemente y sacudió la cabeza.

—No te me pongas existencial, Harry. Lo importante es que significa algo para ti. Y si significa algo para ti, es importante que hagas lo que puedas. Suceda lo que suceda, el mundo siempre estará necesitado de héroes. Espero que algún día tenga una oportunidad de serlo.

—Puede.

Bosch asintió y evitó la mirada de ella. Jugó un poco más con su vaso.

—¿Te acuerdas de aquel anuncio de la tele en el que salía una mujer que está en el suelo y dice: «Me he caído y no me puedo levantar», y todo el mundo se echa a reír?

—Lo recuerdo. Venden camisetas que pone eso en Venice Beach.

—Sí, bueno..., a veces me siento así. Quiero decir, más veinticinco. No puedes recorrer el camino sin meter la pata de cuando en cuando. Te caes, Julia, y a veces sientes que no puedes levantarte.

Bosch asintió para sí.

—Pero entonces tienes suerte y surge un caso y te dices a ti mismo, éste es. Simplemente lo sientes así. Éste es el que hará que me levante otra vez.

—Se llama redención, Harry. ¿Qué dice la canción: «Todo el mundo quiere intentarlo»?

—Algo por el estilo. Sí.

—¿Y quizá este caso es tu intento?

—Sí, creo que lo es. Eso espero.

—Entonces por la redención.

Ella levantó el vaso para brindar.

—Agárrate fuerte —dijo él.

Brasher entrechocó su vaso con el de Bosch y parte de la cerveza de ella cayó en el vaso casi vacío de él.

—Lo siento. Necesito más práctica.

—Está bien. Necesitaba otra.

Bosch levantó el vaso y apuró la cerveza. Volvió a dejarlo en la mesa y se limpió la boca con el dorso de la mano.

—¿Entonces vas a venir a casa conmigo esta noche? —preguntó Bosch.

Ella negó con la cabeza.

—No, contigo no.

Bosch puso mala cara y empezó a preguntarse si su franqueza la había ofendido.

—Esta noche te voy a seguir a casa —dijo Julia—. ¿Recuerdas? No puedo dejar el coche en la comisaría. Todo tiene que ser alto secreto, sólo miradas y susurros de ahora en adelante.

Bosch sonrió. La cerveza y la sonrisa de Julia eran como magia para él.

29

Bosch llegó tarde a la reunión en el despacho de la teniente Billets. Edgar ya estaba allí, todo un acontecimiento, así como Medina, de Relaciones con los Medios.

Billets le señaló una silla con el lápiz que tenía en la mano, luego cogió el teléfono y marcó un número.

—Soy la teniente Billets —dijo cuando contestaron—. Dígale al subdirector Irving que estamos todos y preparados para empezar.

Bosch miró a Edgar y alzó las cejas. El subdirector todavía controlaba el caso.

Billets colgó y dijo:

—Va a volver a llamar y lo pondré en el altavoz.

—¿Para escuchar o para hablar? —preguntó Bosch.

—¿Quién sabe?

—Mientras esperamos —dijo Medina—. He empezado a hacer unas llamadas acerca del busca y captura que pusisteis. ¿Un tipo llamado John Stokes? ¿Cómo queréis que lo maneje? ¿Es un nuevo sospechoso?

Bosch estaba irritado. Sabía que la octavilla de busca y captura distribuida en las reuniones de turno terminaría filtrándose a la prensa, pero no había previsto que sucediera tan pronto.

—No, no es sospechoso en absoluto —le dijo a Medina—. Y si los periodistas la joden como hicieron con Trent, nunca lo encontraremos. Simplemente es alguien con quien queremos hablar. Era amigo de la víctima. Hace muchos años.

—Entonces ¿han identificado a la víctima?

Antes de que Bosch pudiera responder, el teléfono sonó. Billets contestó y puso al subdirector Irving al altavoz.

—Jefe, tenemos aquí a los detectives Bosch y Edgar, junto con el agente Medina, de relaciones con la prensa.

—Muy bien —bramó la voz de Irving por el altavoz—. ¿Dónde estamos?

Billets empezó a tocar un botón del teléfono para bajar el volumen.

—Ah, Harry, ¿por qué no nos lo explicas tú? —dijo Billets.

Bosch sacó una libreta del bolsillo interior de la americana. Se tomó su tiempo para hacerlo. Le gustaba la idea de tener a Irving sentado tras su mesa de cristal impoluta en su despacho del Parker Center, esperando que surgiera alguna voz del teléfono. Bosch abrió el bloc por una página llena de notas que había tomado esa mañana mientras desayunaba con Julia.

—Detective, ¿está usted ahí? —dijo Irving.

—Ah, sí, señor. Estoy aquí. Estaba consultando mis notas. Eh, lo principal es que tenemos una identificación de la víctima. Se llama Arthur Delacroix. Desapareció de su casa en la zona de Miracle Mile el cuatro de mayo de mil novecientos ochenta. Tenía doce años.

Se detuvo ahí, en espera de preguntas. Se fijó en que Medina estaba apuntando el nombre.

—No estoy seguro de que queramos hacerlo público todavía —dijo Bosch.

—¿Por qué? —preguntó Irving—. ¿Me está diciendo que la identificación no es segura?

—Sí, estamos seguros, jefe. Es sólo que si publicamos el nombre, podríamos estar telegrafiando en qué dirección nos estamos moviendo.

—¿Que es...?

—Bueno, estamos prácticamente convencidos de que Nicholas Trent no tiene ninguna implicación. Así que hemos empezado a mirar hacia otros lugares. La autopsia (las lesiones óseas) indicaban maltrato infantil crónico, desde la primera infancia. La madre no estaba, así que estamos buscando al padre. Aún no lo hemos abordado. Estamos recogiendo cuerda. Si anunciamos que tenemos una identificación y el padre lo ve, lo estaríamos poniendo sobre aviso antes de que sea necesario.

—Si enterró al chico allí, entonces ya está sobre aviso.

—Hasta cierto punto. Pero sabe que si no logramos una identificación nunca lo vincularemos con él. La falta de identificación es lo que lo mantiene a salvo. Y nos da tiempo para investigarlo.

—Entendido —dijo Irving.

Se quedaron sentados en silencio unos segundos. Bosch esperaba que Irving dijera algo más. Pero no lo hizo. Bosch miró a Billets y abrió las manos en un gesto de «y eso qué significa». La teniente se encogió de hombros.

—Entonces... —empezó Bosch—, no vamos a hacerlo público, ¿no?

Silencio. Luego:

—Creo que es lo más prudente —dijo Irving.

Medina arrancó la página que había escrito, la arrugó y la tiró a la papelera de la esquina.

—¿Hay algo que podamos hacer público? —preguntó.

—Sí —dijo rápidamente Bosch—. Podemos exonerar a Trent.

—Negativo —dijo Irving casi con la misma rapidez—. Eso lo haremos al final. Si podemos construir un caso, entonces limpiaremos el resto.

Bosch miró a Edgar y luego a Billets.

—Jefe —dijo—, si lo hacemos así, podemos perjudicar el caso.

—¿Cómo es eso?

—Es un viejo caso. Cuanto más viejo es el caso, menos probabilidades. No podemos correr riesgos. Si no salimos y decimos que Trent es inocente, le estaremos dando una defensa al tipo que al final detengamos. Podrá señalar a Trent y decir que era un acosador de menores, que él lo hizo.

—Pero podrá hacerlo tanto si exoneramos a Trent ahora o después.

Bosch asintió.

—Cierto. Pero yo lo estoy viendo desde el punto de vista de testificar en juicio. Quiero poder decir que investigamos a Trent y que enseguida lo descartamos. No quiero que un abogado me pregunte que si lo descartamos tan pronto porque tardamos una o dos semanas en anunciarlo. Jefe, parecerá que estábamos ocultando algo. Va a ser sutil, pero tendrá impacto. La gente de los jurados busca cualquier razón para no fiarse de los polis en general y de este departamento en parti...

—Bien, detective, ya se ha explicado. Mi decisión sigue siendo la misma. No habrá anuncios sobre Trent. Ni ahora, ni hasta que tengamos un sospechoso sólido con el que podamos salir a la palestra.

Bosch negó con la cabeza y se hundió un poco en la silla.

—¿Qué más? —dijo Irving—. Tengo una reunión con el director dentro de dos minutos.

Bosch miró a Billets y negó con la cabeza otra vez. No tenía nada más que quisiera compartir. Billets tomó la palabra.

—Jefe, creo que hemos avanzado mucho.

—¿Cuándo pretenden abordar al padre, detectives?

Bosch levantó la barbilla hacia Edgar.

—Ah, jefe, aquí el detective Edgar. Aún estamos buscando un testigo con el que podría ser importante hablar antes de interrogar al padre. Es un amigo de infancia de la víctima. Pensamos que podría tener conocimiento de los malos tratos que sufría el chico. Pensábamos darnos este día. Creemos que está aquí en Hollywood y tenemos muchos ojos fuera en...

—Sí, está bien, detective. Retomaremos esta conversación mañana por la mañana.

—Sí, jefe —dijo Billets—. ¿A las nueve y media otra vez?

No hubo respuesta. Irving ya había colgado.

30

Bosch y Edgar pasaron el resto de la mañana actualizando informes del expediente y llamando a hospitales de toda la ciudad para cancelar las búsquedas de registros que habían solicitado mediante orden judicial el lunes por la mañana. A mediodía Bosch ya estaba cansado de trabajo burocrático y dijo que tenía que salir de la comisaría.

—¿Adónde quieres ir? —preguntó Edgar.

—Estoy harto de esperar —dijo Bosch—. Vamos a echar un vistazo al padre.

Usaron el coche personal de Edgar, porque no había coches sin marcar en el aparcamiento. Fueron por la 101 hasta el valle de San Fernando y luego tomaron la 405 en dirección norte hasta la salida de Van Nuys. El parque de caravanas de Manchester estaba en Sepúlveda, cerca de Victory. Pasaron por delante una vez antes de dar la vuelta y entrar.

No había verja, sólo un badén amarillo. El camino del parque rodeaba la propiedad y la caravana de Sam Delacroix estaba en el fondo, apoyada contra el muro de seis metros contiguo a la autovía. La pantalla acústica estaba diseñada para apagar el incesante rugido de la autovía, pero lo único que lograba era redireccionarlo y modificar el tono.

La caravana era de ancho sencillo y de casi todos los remaches de acero resbalaban manchas de óxido por la chapa de aluminio. Había un toldo con una mesa de pícnic y una barbacoa de carbón detrás. Una cuerda de tender iba desde uno de los postes que sujetaban el toldo hasta una esquina de la caravana vecina. Cerca de la parte de atrás del estrecho espacio había un trastero de aluminio, del tamaño aproximado de un retrete exterior, apoyado contra la pantalla acústica.

Las ventanas y la puerta de la caravana estaban cerradas. No había ningún vehículo en el solitario lugar de aparcamiento. Edgar mantuvo una velocidad constante de diez por hora.

—Parece que no hay nadie en casa.

—Probemos en el campo de golf —dijo Bosch—. Si está por allí, puedes tirar un cubo de bolas.

—Siempre me gusta practicar.

Había pocos clientes en el campo cuando llegaron, pero daba la sensación de que había sido una mañana movida. Las bolas de golf salpicaban todo el *range*, que tenía trescientos metros de longitud y se extendía hasta la misma pantalla acústica que hacía de fondo del parque de caravanas. En el extremo de la propiedad se habían elevado unas redes sobre unos postes altos para proteger a los conductores de la autovía de las bolas perdidas. Un pequeño tractor con recogedor de bolas en la parte trasera atravesaba lentamente el extremo del *range*. El conductor estaba protegido por una jaula de seguridad.

Bosch se quedó un momento mirando solo hasta que Edgar llegó con medio cubo de pelotas y su bolsa de golf, que llevaba en el maletero.

—Supongo que es él —dijo Edgar.

—Sí.

Bosch fue a sentarse en un banco para observar a su compañero golpeando algunas bolas desde el cuadradito de hierba artificial. Edgar se había quitado la corbata y la americana. No parecía demasiado fuera de lugar. Unos cuantos lugares más allá había dos hombres con pantalones de traje y camisa que obviamente aprovechaban la hora de comer para afinar su juego.

Edgar apoyó la bolsa en un soporte de madera y eligió uno de los hierros. Se puso un guante, que había sacado de la bolsa, hizo unos cuantos movimientos de calentamiento y empezó a golpear bolas. Las primeras fueron bolas rasas que le arrancaron maldiciones. Luego empezó a levantarlas un poco más y se mostró complacido.

Bosch se estaba divirtiendo. Nunca había jugado al golf en su vida y no era capaz de entender el atractivo que tenía para muchos hombres; de hecho, la mayoría de los detectives de la brigada jugaban religiosamente, y había toda una red de torneos policiales a lo largo y ancho del estado. Disfrutaba viendo que Edgar se ponía nervioso, aunque golpear bolas en el *range* no contara.

—A ver si le das —le pidió a Edgar después de considerar que ya había hecho el calentamiento y estaba preparado.

—Harry —dijo Edgar—. Ya sé que no juegas, pero tengo que darte una noticia. En golf tiras al hoyo, a la bandera. No hay blancos en movimiento.

—¿Entonces cómo es que los ex presidentes siempre le están dando a alguien?

—Porque ellos tienen derecho.

—Vamos, tú dices que todo el mundo intenta darle al tío del tractor. Inténtalo.

—Todos menos los golfistas serios.

Sin embargo, Bosch supo por la forma en que Edgar colocó el cuerpo que iba a intentar darle al tractor cuando llegaba al final de un cruce y daba un giro en redondo. A juzgar por los marcadores, el tractor estaba a ciento cuarenta metros.

Edgar se balanceó, pero la bola volvió a salir rasa.

—¡Mierda! Lo ves, Harry, esto puede perjudicar mi juego.

Bosch se echó a reír.

—¿De qué te estás riendo?

—Sólo es un juego, tío. Vuelve a intentarlo.

—Olvídalo. Es una chiquillada.

—Pégale a la bola.

Edgar no dijo nada. Curvó su cuerpo otra vez, apuntando al tractor, que estaba en medio del *range*. Se balanceó y asestó un golpe seco, pero la bola pasó a unos seis metros del tractor.

—Buen golpe —dijo Bosch—. A no ser que estuvieras apuntando al tractor.

Edgar lo miró con cara de pocos amigos, pero no dijo nada. Durante los cinco minutos siguientes, golpeó bola tras bola apuntando al tractor, pero nunca se acercó a menos de diez metros de éste. Bosch no volvió a decir nada, pero la frustración de Edgar fue en aumento hasta que se volvió y dijo enfadado:

—¿Quieres probar tú?

Bosch fingió desconcierto.

—Ah, ¿todavía estabas intentando darle? No me había dado cuenta.

—Venga, vámonos.

—Aún te quedan la mitad de las bolas.

—No me importa. Voy a retroceder un mes en mi juego.

—¿Sólo un mes?

Edgar metió el palo que había estado usando en la bolsa con cara de enfado y fulminó a Bosch con la mirada. Bosch tuvo que contenerse para no romper a reír.

—Vamos, Jerry. Quiero echar un vistazo al tipo. ¿Puedes pegarle a unas cuantas más? Parece que va a terminar pronto.

Edgar miró el *range*. El tractor estaba cerca de los marcadores de las cincuenta yardas. Si había comenzado en la pantalla acústica, terminaría pronto. No había suficientes bolas en juego —sólo Edgar y los dos hombres de negocios— para garantizar que volviera a hacer todo el *range*.

Edgar transigió en silencio. Sacó una de sus maderas y volvió al cuadrado verde de hierba artificial. Hizo un precioso golpe que casi llegó al muro.

—¡Bésame el culo, Tiger Woods! —exclamó.

El siguiente golpe lo clavó en la hierba de verdad, a tres metros del *tee*.

—Mierda.

—Cuando jugáis de verdad, ¿arrancáis esa hierba falsa?

—No, Harry, no. Esto es entrenamiento.

—Ah, o sea que en el entrenamiento no recreáis la situación real del juego.

—Algo así.

El tractor salió del *range* y se dirigió a un cobertizo que estaba detrás de la concesión, donde Edgar había pagado por su cubo y sus bolas. La puerta de la jaula se abrió y salió un hombre de poco más de sesenta años. El hombre empezó a sacar cestas de alambre llenas de bolas del recogedor y a llevarlas a la caseta. Bosch le dijo a Edgar que siguiera practicando para no quedar en evidencia. Bosch caminó con aire despreocupado hacia la caseta de la concesión y compró otro medio cubo de pe- lotas. Esto lo puso a cinco metros del hombre que había estado conduciendo el tractor.

Era Samuel Delacroix. Bosch lo reconoció por la foto del carnet de conducir que Edgar le había mostrado. El hombre que había interpretado a un soldado ario de ojos azules y que había enamorado a una chica de dieciocho años se había convertido en algo tan distinguido como un bocadillo de mortadela. Seguía siendo rubio, pero ob- viamente gracias a un tinte y exhibía una calva en la coro- nilla. Tenía barba de un día que brillaba al sol y una nariz hinchada por los años y el alcohol y pellizcada por unas gafas que le sentaban mal. La barriga cervecera que lucía le habría valido la baja en cualquier ejército.

—Dos cincuenta.

Bosch miró a la mujer que se hallaba tras la caja regis- tradora.

—Por las bolas.

—Sí.

Bosch pagó y cogió el cubo por el asa. Echó una últi- ma ojeada a Delacroix, quien de repente se fijó en Bosch. Sus miradas se encontraron durante un instante y Bosch apartó la suya con indiferencia. Se dirigió de vuel- ta hacia Edgar. Fue entonces cuando sonó su móvil.

Rápidamente le pasó el cubo a Edgar y sacó el teléfo- no del bolsillo de atrás. Era Mankiewicz, el sargento de guardia del turno de día.

—Eh, Bosch, ¿qué estás haciendo?

—Un poco de golf.

—Lo suponía. Vosotros os divertís mientras nosotros hacemos todo el trabajo.

—¿Has encontrado a mi chico?

—Eso creemos.

—¿Dónde?

—Trabaja en el Washateria.

El Washateria era un servicio de lavado de coches de La Brea. Empleaba jornaleros que lavaban y pasaban la aspiradora a los coches. Trabajaban básicamente por las propinas y por lo que podían robar sin ser descubiertos.

—¿Quién lo ha localizado?

—Un par de tíos de Antivicio. Están seguros al ochenta por ciento. Quieren saber si quieres que hagan el movimiento ellos o prefieres estar presente.

—Diles que esperen que vamos en camino. Y, oye, Mank. Creemos que este tipo es una liebre. ¿Tienes alguna unidad que podamos usar de refuerzo por si se escapa?

—Um...

Hubo un momento de silencio y Bosch supuso que Mankiewicz estaba comprobando su plano de despliegue.

—Bueno, tienes suerte. Tengo un par de tres once que han empezado pronto. Saldrán de la reunión del turno en quince minutos. ¿Te sirve?

—Perfecto. Diles que se reúnan con nosotros en el aparcamiento del Checkers, en La Brea y Sunset. Que los chicos de Antivicio también se reúnan con nosotros allí.

Bosch hizo a Edgar señal de que iban a marcharse.

—Ah, una cosa —dijo Mankiewicz.

—¿Qué pasa?

—En el refuerzo, uno de ellos es Brasher. ¿Va a ser un problema?

Bosch se quedó un momento en silencio. Quería decirle a Mankiewicz que pusiera a otro, pero sabía que no debía meterse. Si trataba de influir en el despliegue o en cualquier otra cosa en base a su relación con Brasher, sería blanco de las críticas y abriría la posibilidad de una investigación de Asuntos Internos.

—No, no hay problema.

—Mira, no lo haría, pero está verde. Ha cometido algunos errores y necesita este tipo de experiencia.

—He dicho que no hay problema.

31

Planearon el abordaje de Johnny Stokes sobre el capó del coche de Edgar. Los hombres de Antivicio, Eyman y Leiby, dibujaron el plano del Washateria en un bloc y marcaron el lugar en el que habían localizado a Stokes, trabajando debajo del toldo de encerado. El servicio de lavado estaba rodeado por tres lados por paredes de hormigón y otras estructuras. El área que daba a La Brea tenía casi cincuenta metros, con un muro de retención de metro y medio que recorría el borde, salvo en los carriles de entrada y salida situados a ambos extremos de la instalación. Si Stokes decidía huir, podía correr hasta el muro de retención y escalarlo, pero lo más probable era que buscara uno de los carriles.

El plan era sencillo. Eyman y Leiby cubrirían la entrada al túnel de lavado, y Brasher y su compañero, Edgewood, se ocuparían de la salida. Bosch y Edgar entrarían en el túnel en el coche de este último y abordarían a Stokes. Sintonizaron las radios con las de una unidad táctica y acordaron un código; rojo significaba que Stokes había huido, y verde que los había recibido pacíficamente.

—Recordad algo —dijo Bosch—. Casi todos los que limpian, frotan, enjabonan o pasan la aspiradora en este local probablemente huyen de algo, aunque sea de la migra. Así que aunque lleguemos a Stokes sin problemas, los otros pueden calarnos. Que entren polis en un túnel de lavado es como gritar fuego en un teatro. Todo el mundo echa a correr antes de ver el problema.

Todos asintieron y Bosch miró fijamente a Brasher, la novata. De acuerdo con el plan acordado la noche anterior, no mostraban conocerse de nada más que como compañeros policías. De todos modos, Bosch quería asegurarse de que había entendido cómo podía complicarse una operación como ésa.

—¿Lo has entendido, novata? —dijo.

Brasher sonrió.

—Sí, entendido.

—Muy bien, vamos a concentrarnos. Allá vamos.

Bosch pensó que la sonrisa de Brasher permanecía en su rostro mientras ella y Edgewood caminaban hasta su coche patrulla.

Él y Edgar fueron hasta el Lexus. Bosch se detuvo al llegar y darse cuenta de que parecía recién lavado y encerado.

—¡Mierda!

—¿Qué quieres que te diga, Harry? Yo cuido mi coche.

Bosch miró alrededor. Detrás del restaurante de comida rápida había un Dumpster recién lavado en un cobertizo de hormigón. Había un charco de agua negra acumulada en el pavimento.

—Pasa por encima de ese charco un par de veces —dijo.

—Harry, no voy a meter esa mierda en mi coche.

—Vamos, tiene que parecer que tu coche necesita un lavado, o nos delatará. Ya hemos dicho que el tío es una liebre. No le demos razones.

—Pero no vamos a lavar el coche, así que si esa mierda le salpica se va a quedar ahí.

—Mira, Jerry. Si pillamos a este tío, les diré a Eyman y Leiby que lo lleven a comisaría mientras te lavan el coche. Incluso te lo pagaré yo.

—Mierda.

—Vamos, pasa por encima del charco. Estamos perdiendo tiempo.

Después de ensuciar el coche de Edgar, éste condujo en silencio hasta el túnel de lavado. Cuando llegaron, Bosch vio el coche de Antivicio aparcado a cierta distancia de la entrada al túnel. En la misma manzana, más abajo del túnel de lavado, el coche patrulla estaba detenido en una fila de coches aparcados. Bosch cogió la radio.

—¿Todos preparados?

Los dos hombres de Antivicio golpearon dos veces el micrófono, Brasher respondió con palabras.

—Todos listos.

—Bueno, vamos a entrar.

Edgar entró en el túnel de lavado y condujo hasta el carril de servicio, donde los clientes dejaban los coches para que pasaran la aspiradora y especificaban el tipo de encerado que deseaban. La mirada de Bosch empezó de inmediato a pasearse entre los trabajadores, todos ellos vestidos con monos naranjas idénticos y gorras de béisbol. Esto último complicó la identificación, pero Bosch no tardó en ver el toldo azul donde se realizaba el encerado y distinguió a Johnny Stokes.

—Está ahí —le dijo a Edgar—. Con el Beemer negro.

Bosch sabía que en cuanto bajaran del coche, la mayoría de los ex presidiarios podrían identificarlos como polis. De la misma manera que Bosch podía distinguir a alguien que había estado en la cárcel con un noventa por ciento de acierto, los ex convictos podían identificar a los polis. Tendría que abordar a Stokes con rapidez.

Miró a Edgar.

—¿Listo?

—Vamos.

Abrieron las puertas al mismo tiempo. Bosch salió y fue hacia Stokes, que se hallaba a veinticinco metros y de espaldas. Estaba agachado y echando algo con un aerosol a las ruedas de un BMW negro. Bosch oyó que Edgar le decía a alguien que se saltara el aspirador, y que volvía enseguida.

Bosch y Edgar habían cubierto la mitad de la distancia a su objetivo cuando otros trabajadores del local los descubrieron. Bosch oyó que alguien gritaba desde atrás:

—Cinco-cero, cinco-cero.

Alertado de inmediato, Stokes se levantó y empezó a volverse. Bosch echó a correr.

Estaba a cinco metros de Stokes cuando éste se dio cuenta de que era el objetivo. Su vía de escape obvia era hacia su izquierda para luego salir por la entrada del túnel, pero el BMW le bloqueaba el paso. Hizo amago de irse hacia la derecha, pero se detuvo, aparentemente porque no tenía salida.

—No, no —gritó Bosch—. Sólo queremos hablar, sólo queremos hablar.

Stokes se quedó quieto. Bosch fue directo hacia él, mientras Edgar se situaba a la derecha por si el ex presidiario decidía hacer un movimiento.

Bosch frenó y abrió las manos mientras se acercaba. En una de ellas llevaba la radio.

—Policía. Sólo queremos hacerte unas preguntas, nada más.

—¿Sobre qué?

—Sobre...

Stokes levantó el brazo de repente y roció a Bosch en la cara con el limpianeumáticos. Entonces saltó hacia la derecha, hacia donde no tenía salida porque la alta pared posterior del túnel de lavado se unía a la pared lateral del edificio de apartamentos de tres plantas.

Bosch instintivamente se llevó las manos a los ojos. Oyó que Edgar le gritaba a Stokes y luego el sonido de los zapatos cuando iniciaba la persecución. Bosch no podía abrir los ojos. Se acercó la radio a la boca y grito:

—¡Rojo! ¡Rojo! ¡Rojo! Va hacia la esquina de atrás.

Entonces tiró la radio al suelo, usando el zapato para frenar la caída, y se limpió los ojos con las mangas de la chaqueta. Al final pudo abrirlos durante pequeños intervalos. Vio una manguera colgada de un gancho junto a la parte de atrás del BMW. Fue hasta allí, abrió el grifo y se echó agua en los ojos y en toda la cara, sin preocuparse por que se le empapara la ropa. Sentía los ojos como si los hubiera sumergido en agua hirviendo.

Al cabo de un momento, el agua le alivió la quemazón y Bosch dejó la manguera sin cerrar el grifo y volvió a coger la radio. Tenía la visión borrosa por los extremos, pero podía ver lo suficiente para moverse. Cuando se agachó a coger la radio, oyó risas de algunos de los otros hombres de mono naranja. Bosch no hizo caso. Cambió al canal de las patrullas de Hollywood y habló.

—Unidades de Hollywood, agentes en persecución de un sospechoso de asalto, La Brea y Santa Mónica. El sospechoso es varón, blanco, treinta y cinco años, pelo negro, mono naranja. Está cerca del Washateria de Holly-wood.

No recordaba la dirección exacta del túnel de lavado, pero eso no le preocupó. Todos los polis de patrulla lo conocían. Cambió al canal principal de comunicación del departamento y pidió que respondiera una ambulancia para tratar a un agente herido. No tenía ni idea de lo que le habían echado a los ojos. Aunque estaba empezando a sentirse mejor, no quería arriesgarse a una lesión de larga duración.

Al final cambió al canal táctico y preguntó dónde estaban los otros. Sólo contestó Edgar.

—Había un agujero en la esquina de atrás. Salió al callejón. Está en uno de esos complejos de apartamentos del lado norte del túnel.

—¿Dónde están los demás?

El retorno de Edgar se cortó. Estaba avanzando hacia una zona sin cobertura de radio.

—Están atrás... despliegue. Creo... garaje. ¿Es... bien, Harry?

—Sobreviviré. Hay refuerzos en camino.

No sabía si Edgar había escuchado la respuesta. Se guardó la radio en el bolsillo y corrió hacia la esquina de atrás del túnel de lavado, donde encontró el agujero por el que se había colado Stokes. Detrás de un palé de barriles de jabón liquido de doscientos litros apilados de dos en dos, había un agujero en la pared de hormigón. Daba la impresión de que alguna vez un coche del callejón se había empotrado en la pared, creando el agujero. Hecho intencionadamente o no, probablemente era una trampilla de fuga bien conocida por todos los hombres buscados por la justicia que trabajaban en el túnel de lavado.

Bosch se agachó y se coló por el agujero; la americana

se le enganchó un momento en una rebaba oxidada que sobresalía de la pared rota. Salió a un callejón que pasaba por detrás de los edificios de apartamentos que llenaban la manzana.

El coche patrulla estaba aparcado en batería a cuarenta metros. Estaba vacío, pero tenía ambas puertas abiertas. Bosch oyó el sonido del canal de comunicación principal en la radio del salpicadero. Más allá, al final de la manzana, el coche de Antivicio estaba aparcado cerrando el callejón.

Bosch recorrió rápidamente el callejón hacia el coche patrulla, con los ojos y los oídos bien abiertos. Cuando llegó al coche, sacó otra vez la radio e intentó localizar a alguien en el canal táctico. No obtuvo respuesta.

Bosch vio que el coche patrulla estaba aparcado enfrente de una rampa que bajaba a un garaje subterráneo situado bajo uno de los edificios más grandes del callejón. Al recordar que el robo de coches estaba entre la letanía de delitos del historial de Stokes, Bosch supo de repente que Stokes habría ido al garaje. La huida pasaba por conseguir un vehículo.

Bosch bajó la rampa a la carrera y entró en el oscuro garaje.

El garaje era enorme, y parecía seguir la pauta del edificio de encima. Había tres pasillos de aparcamiento y una rampa que llevaba a un nivel más bajo. Bosch no vio a nadie. El único sonido que oyó fue el goteo de las cañerías del techo. Avanzó con rapidez por el carril central, empuñando la pistola por primera vez. Stokes ya había improvisado un arma a partir de un aerosol y no había forma de saber qué podía encontrar en el garaje que también pudiera usar como arma.

Mientras avanzaba, Bosch revisó los pocos vehículos

del garaje —supuso que todo el mundo estaba trabajando— en busca de señales de intrusión. No vio nada. Estaba llevándose la radio a la boca cuando oyó el eco de pisadas procedentes del piso inferior. Rápidamente fue a la rampa y descendió, tratando de hacer el menor ruido posible con las suelas de goma de sus zapatos.

La planta inferior era todavía más oscura, pues apenas se filtraba luz natural. Cuando la pendiente se niveló, los ojos de Bosch empezaron a adaptarse. No vio a nadie, aunque la estructura de la rampa le bloqueaba la visión de media planta. Cuando empezaba a rodear la rampa, oyó una voz alta y tensa que llegaba desde el fondo. Era Brasher.

—¡Quieto! ¡Quieto! ¡No te muevas!

Bosch siguió el sonido, avanzando pegado al lateral de la rampa y sosteniendo el arma preparada. Las normas le decían que llamara para alertar al otro agente de su presencia. Sin embargo, sabía que si Brasher estaba sola con Stokes, su voz podía distraerla y dar al fugitivo otra oportunidad para huir o atacarla.

Mientras cortaba por debajo de la rampa, Bosch los vio en la pared del fondo, a menos de quince metros. Brasher tenía a Stokes contra la pared, con piernas y brazos abiertos. Lo sujetaba con una mano apretada en la espalda del hombre. Tenía la linterna en el suelo, junto a su pie derecho, iluminando la pared en la que estaba apoyado Stokes.

Era perfecto. Bosch se sintió aliviado, y casi de inmediato entendió que era alivio por el hecho de que ella no estaba herida. Se irguió y se dirigió hacia ellos, bajando el arma.

Estaba justo detrás de ellos. Sólo había dado unos pasos cuando vio que Brasher apartaba la mano de Stokes y retrocedía, mirando a ambos lados mientras lo hacía. Bosch se dio cuenta enseguida de que era un error. Iba completamente en contra de lo que se enseñaba en la academia, pues permitía a Stokes la posibilidad de intentar huir de nuevo.

Entonces las cosas parecieron calmarse. Bosch empezó a gritarle a Brasher, pero de repente el garaje se llenó con el resplandor y la tremenda explosión de un disparo. Brasher cayó, Stokes permaneció en pie. El eco de la explosión reverberó por las paredes de hormigón, oscureciendo su origen.

Bosch sólo tuvo tiempo de preguntarse dónde estaba la pistola.

Alzó su arma mientras se agachaba en posición de combate. Empezó a girar la cabeza para buscar la pistola, pero vio que Stokes empezaba a volverse. Entonces vio que el brazo de Brasher se alzaba desde el suelo, con la pistola apuntando al cuerpo de Stokes.

Bosch apuntó a Stokes con su Glock.

—¡Quieto! ¡Quieto! ¡Quieto!

En un segundo estaba con ellos.

—No dispares, tío —gritó Stokes—. No dispares.

Bosch mantuvo la mirada fija en Stokes. Todavía le ardían los ojos y necesitaban un alivio, pero sabía que incluso parpadear podía ser un error fatal.

—¡Al suelo! Tírate al suelo. ¡Ya!

Stokes se dejó caer boca abajo y separó los brazos en un ángulo de noventa grados con el cuerpo. Bosch se colocó encima de él y le esposó las manos a la espalda con un movimiento realizado mil veces antes.

Entonces Bosch enfundó el arma y se volvió hacia Brasher. Julia tenía los ojos muy abiertos y éstos no paraban de moverse. La sangre le había salpicado en el cuello y ya le había empapado la pechera del uniforme. Bosch se arrodilló encima de ella y le abrió la blusa. Había tanta sangre que le costó encontrar la herida. La bala le había entrado por el hombro izquierdo, a un par de centímetros de la tira de velcro de su chaleco antibalas de Kevlar.

La sangre manaba a borbotones de la herida y Bosch vio que el rostro de Brasher perdía color rápidamente. Sus labios se movían, pero no emitían sonido alguno. Bosch buscó algo para contener la hemorragia y vio un trapo que sobresalía del bolsillo trasero de Stokes. Lo agarró y lo apretó en la herida. Brasher aulló de dolor.

—Julia, esto te va a doler, pero tengo que frenar la hemorragia.

Se quitó la corbata con una mano, la puso bajo el hombro de ella y luego la pasó por encima. Hizo un nudo que era lo bastante apretado para mantener la compresa en su lugar.

—Muy bien, aguanta, Julia.

Bosch cogió la radio del suelo y rápidamente cambio de frecuencia para entrar en el canal principal.

—Central, agente herido, nivel inferior del garaje de los apartamentos La Brea Park, La Brea y Santa Mónica. Necesitamos una ambulancia. ¡Urgente! Sospechoso custodiado. Confirmación, Central.

Esperó lo que le pareció una eternidad hasta que un mensaje de Central dijera que la comunicación se cortaba y que necesitaba que repitiera su llamada. Bosch pulsó el botón y gritó:

—¿Dónde está mi ambulancia? Agente herido.

Cambió al canal táctico.

—Edgar, Edgewood, estamos en el nivel inferior del garaje. Brasher está herida. Tengo a Stokes controlado. Repito, Brasher está herida.

Dejó caer la radio y gritó el nombre de Edgar con todas sus fuerzas. Se sacó la chaqueta y la arrugó.

—Tío, yo no he sido —gritó Stokes—. No sé qué...

—¡Cállate! ¡Cierra la boca!

Bosch puso su chaqueta debajo de la cabeza de Brasher. Tenía los dientes fuertemente apretados y el mentón apuntando hacia arriba. Los labios estaban casi blancos.

—La ambulancia está en camino, Julia. La he llamado antes de que pasara esto. Debo de ser vidente o algo así. Tú sólo aguanta, Julia. Aguanta.

Ella abrió la boca, aunque pareció costarle un esfuerzo sobrehumano. Pero antes de que pudiera decir nada, Stokes gritó de nuevo en una voz esta vez teñida de miedo bordeando la histeria.

—Yo no he sido, tío. No dejes que me maten, tío. ¡Yo no he sido!

Bosch se inclinó y puso todo su peso sobre la espalda de Stokes. Se dobló y habló en voz alta directamente en su oreja.

—¡Calla de una puta vez o te mataré yo mismo!

Volvió a centrar su atención en Brasher, que aún tenía los ojos abiertos. Empezaban a caerle lágrimas por las mejillas.

—Julia, sólo unos minutos. Tienes que aguantar.

Bosch le quitó a Brasher el arma y la dejó en el suelo, lejos del alcance de Stokes. Le cogió las manos.

—¿Qué ha pasado? ¿Qué diablos ha pasado?

Ella abrió y cerró la boca otra vez. Bosch oyó pasos de alguien que corría en la rampa. Oyó que Edgar gritaba su nombre.

—¡Aquí!

En un momento, Edgar y Edgewood estuvieron allí.

—Julia —gritó Edgewood—. ¡Oh, mierda!

Sin dudarlo ni un segundo, Edgewood dio un paso adelante y descargó una patada con todas sus fuerzas en el costado de Stokes.

—¡Hijo de puta!

Edgewood echó la pierna hacia atrás para darle otra patada, pero Bosch gritó.

—¡No! ¡Déjalo! ¡Fuera de aquí!

Edgar agarró a Edgewood y lo apartó de Stokes, que había dejado escapar un lamento animal al recibir el impacto de la patada y que estaba murmurando y gimiendo aterrorizado.

—Llévate a Edgewood arriba y trae la ambulancia —dijo Bosch a Edgar—. La radio no sirve para una mierda aquí.

Los dos se quedaron inmóviles.

—¡Vamos, ahora!

Como si les hubieran dado pie, las sirenas empezaron a oírse en la distancia.

—¿Queréis ayudarla? ¡Id a buscarlos!

Edgar hizo dar la vuelta a Edgewood y ambos echaron a correr hacia la rampa.

Bosch volvió a ocuparse de Brasher. Su rostro tenía la lividez de la muerte. Estaba a punto de sufrir un colapso. Bosch no lo entendía. Era una herida en el hombro. De pronto se preguntó si no había oído dos disparos. ¿El eco del primer disparo había oscurecido el segundo? Miró el cuerpo de ella otra vez, pero no encontró nada. No quería darle la vuelta para verle la espalda por temor a causarle más daño, pero no brotaba sangre de debajo del cuerpo.

—Vamos, aguanta, Julia. Puedes hacerlo. ¿Has oído eso? La ambulancia ya está aquí. Aguanta ahí.

Ella abrió la boca otra vez, estiró la mandíbula y empezó a hablar.

—Él... él cogió... fue a por...

Brasher apretó los dientes y movió la cabeza adelante y atrás sobre la chaqueta de Bosch. Trató de hablar nuevamente.

—No era... No...

Bosch acercó la cara a la de ella y le dijo en un susurro urgente:

—Chis. No hables. Sólo sigue viva. Concéntrate, Julia. Agárrate fuerte. Sigue viva. No te mueras, por favor.

Bosch sintió que el garaje temblaba con el sonido y la vibración. Al cabo de un momento las luces rojas rebotaban en las paredes y una ambulancia se detenía a su lado. Detrás había un coche patrulla y otros agentes uniformados, así como Eyman y Leiby, que bajaban la rampa y accedían al garaje.

—Oh, Dios, oh por favor —murmuró Stokes—. No lo permitas...

El primer médico llegó hasta ellos y lo primero que hizo fue poner una mano en el hombro de Bosch y retirarlo con suavidad. Bosch se apartó, dándose cuenta de que sólo estaba complicando las cosas. Mientras se separaba de Brasher, su mano derecha le agarró repentinamente el antebrazo y volvió a atraerlo hacia ella. Su voz era fina como el papel.

—Harry, no les dejes...

El auxiliar médico le puso una mascarilla de oxígeno en la cara y las palabras de Brasher se perdieron.

—Agente, por favor, retírese —dijo el auxiliar con firmeza.

Mientras Bosch retrocedía a gatas, se estiró para agarrar el tobillo de Brasher un momento y lo apretó.

—Julia, te pondrás bien.

—¿Julia? —dijo el segundo auxiliar médico mientras se arrodillaba junto a ella con un gran maletín.

—Julia.

—Bien, Julia —dijo el auxiliar—. Soy Eddie y él es Charlie. Vamos a ponerte bien. Como acaba de decir tu compañero, te pondrás bien. Pero has de ser fuerte. Tienes que quererlo, Julia. Tienes que luchar.

Ella dijo algo que se oyó incomprensible a través de la máscara. Sólo una palabra, pero Bosch creyó que la reconocía. «Entumecido.»

El personal médico empezó con los procedimientos de estabilización, y el que se llamaba Eddie no dejó de hablar a Brasher en ningún momento. Bosch se levantó y se acercó a Stokes. Tiró de él para que se levantará y lo alejó de la escena del rescate.

—Tengo las costillas rotas —se quejó Stokes—. Necesito a un médico.

—Créeme, Stokes, no hay nada que puedan hacer por ti, así que cállate la boca.

Dos uniformados se les acercaron. Bosch los reconoció de la otra noche, cuando le habían dicho a Julia que la esperaban en Boardner's. Eran sus amigos.

—Nosotros lo llevaremos a la comisaría.

Bosch empujó a Stokes por delante de los agentes sin vacilar.

—No, lo llevo yo.

—Tiene que quedarse aquí por la AIT.

Tenían razón, la Unidad de Investigación de Tiroteos no tardaría en bajar a la escena y Bosch sería interrogado como testigo principal. Pero no pensaba dejar a Stokes en manos de nadie en quien no confiara explícitamente.

Subió la rampa con Stokes, hacia la luz.

—Escucha, Stokes, ¿quieres vivir?

El joven no contestó. Caminaba con el torso inclinado hacia adelante a causa de la patada en las costillas. Bosch le tocó suavemente en el sitio en el que Edgewood le había pateado. Stokes gimió sonoramente.

—¿Me estás escuchando? —preguntó Bosch—. ¿Quieres seguir vivo?

—¡Sí! Quiero seguir vivo.

—Entonces, escúchame. Te voy a poner en una sala y no hablarás con nadie salvo conmigo. ¿Lo has entendido?

—Lo entiendo. No deje que me hagan daño. Yo no he hecho nada. No sé qué ha pasado, tío. Me dijo contra la pared y yo hice lo que me ordenó. Juro por Dios que yo...

—Cállate —ordenó Bosch.

Por la rampa estaban bajando más policías y Bosch sólo quería sacar a Stokes de allí.

Cuando llegaron a la luz del día, Bosch vio a Edgar de pie en la acera, hablando por el móvil y usando la otra mano para señalar a una ambulancia de transporte el camino al garaje. Bosch empujó a Stokes hacia él. Cuando se acercaron, Edgar cerró el teléfono.

—Acabo de hablar con la teniente. Está en camino.

—Bien. ¿Dónde está tu coche?

—Sigue en el túnel de lavado.

—Ve a buscarlo, nos llevamos a Stokes a comisaría.

—Harry, no podemos dejar la escena de un...

—Tú has visto lo que ha hecho Edgewood. Tenemos que llevarnos a este cabrón a un lugar seguro. Ve por el coche. Si nos cae un marrón por esto, me lo comeré yo.

—Seguro.

Edgar echó a correr en dirección al túnel de lavado. Bosch vio un poste cerca de la esquina del edificio de apartamentos. Llevó a Stokes hasta allí y lo esposó al poste.

—Espera aquí —dijo.

Se apartó unos metros y se pasó una mano por el pelo.

—¿Qué coño ha pasado ahí?

No se dio cuenta de que había hablado en voz alta hasta que Stokes empezó a contestarle, farfullando que él no había hecho nada.

—Cállate —dijo Bosch—. No estaba hablando contigo.

32

Bosch y Edgar condujeron a Stokes a través de la sala de la brigada y por el corto pasillo que llevaba a las salas de interrogatorios. Lo pusieron en la sala 3 y lo esposaron a la anilla de acero atornillada en medio de la mesa.

—Volveremos —dijo Bosch.

—Eh, tío, no me dejes aquí —empezó Stokes—. Vendrán ellos.

—No va a venir nadie más que yo —dijo Bosch—. Quédate sentado.

Los detectives salieron de la sala y la cerraron con llave. Bosch fue a la mesa de homicidios. La brigada estaba completamente vacía. Cuando un poli caía, todo el mundo respondía en comisaría. Formaba parte de la religión azul. Si eras tú el herido, querías que todos acudieran. Así que respondías consecuentemente.

Bosch necesitaba un cigarrillo, necesitaba tiempo para pensar y necesitaba respuestas. No podía olvidarse de Julia y su estado, pero sabía que era algo que no estaba en sus manos y que la mejor manera de controlar sus pensamientos era concentrarse en algo que aún estaba en sus manos.

Sabía que disponía de poco tiempo antes de que la UIT siguiera la pista y se presentaran por él y por Stokes. Levantó el teléfono y llamó a la oficina de guardia. Contestó Mankiewicz. Probablemente era el último poli en comisaría.

—¿Qué novedad? —preguntó Bosch—. ¿Cómo está?

—No lo sé. He oído que está mal. ¿Dónde estás tú?

—En la brigada. Tengo al tipo aquí.

—Harry, ¿qué estás haciendo? La UIT está en el asunto. Deberías estar en la escena. Los dos.

—Digamos que temía que la situación se deteriora. Escucha, avísame en cuanto sepas algo de Julia, ¿vale?

—Claro.

Bosch estaba a punto de colgar cuando dijo:

—Y, Mank, escucha. Tu chico, Edgewood, trató de apalizar al sospechoso. Estaba esposado y en el suelo. Probablemente le ha roto cuatro o cinco costillas.

Bosch aguardó. Mankiewicz no dijo nada.

—Tú eliges. Puedo ir por la vía formal o puedo dejar que te ocupes a tu manera.

—Yo me ocuparé.

—Muy bien. Recuerda, cuéntame lo que sepas.

Bosch colgó y miró a Edgar, que hizo un ademán con la cabeza para expresar su aprobación del modo en que Bosch estaba manejando el asunto de Edgewood.

—¿Qué pasa con Stokes? —dijo Edgar—. Harry, ¿qué coño ha pasado en el garaje?

—No estoy seguro. Oye, voy a ir a hablar con él sobre Arthur Delacroix, a ver qué consigo antes de que irrumpan los de la UIT y se lo lleven. Cuando lleguen mira a ver si puedes entretenerlos

—Sí, y este sábado le pegaré una paliza a Tiger Woods en Riviera.

—Sí, ya lo sé.

Bosch fue al pasillo de atrás y estaba a punto de entrar en la sala 3 cuando se dio cuenta de que la detective Bradley de Asuntos Internos no le había devuelto la grabadora. Quería grabar su entrevista con Stokes. Pasó la puerta de la sala 3 y entró en la antesala. Puso en marcha la cámara de vídeo y la grabación auxiliar y volvió a la sala de interrogatorios.

Bosch se sentó enfrente de Stokes. La vida parecía haberse escurrido de los ojos del joven. Hacía menos de una hora, estaba encerando un BMW, ganándose unos pavos. De pronto se enfrentaba a un regreso a prisión, si tenía suerte. Sabía que la sangre de un poli en el agua atraía a los tiburones azules. Muchos sospechosos recibían un disparo cuando trataban de huir o se colgaban inexplicablemente en salas como aquélla. O eso les contaban a los periodistas.

—Hazte un gran favor —dijo Bosch—. Cálmate de una puta vez y no digas ninguna estupidez. No hagas nada con esa gente que logre que te maten. ¿Lo entiendes?

Stokes asintió.

Bosch vio el paquete de Marlboro en el bolsillo del pecho del mono de Stokes. Se estiró por encima de la mesa y Stokes se encogió.

—Cálmate.

Bosch cogió el paquete de cigarrillos y encendió uno con una cerilla de un librito que estaba detrás del celofán. Acercó a la silla una papelera que había en la esquina de la sala y tiró en ella la cerilla.

—Si quisiera hacerte daño lo habría hecho en el garaje. Gracias por el cigarro.

Bosch saboreó el cigarrillo. Hacía al menos dos meses que no fumaba.

—¿Puedo fumar uno? —preguntó Stokes.

—No, no te lo mereces. No te mereces una mierda, pero voy a hacer un trato contigo.

Stokes levantó la mirada hacia Bosch.

—¿Te acuerdas de esa padadita en las costillas? Te hago un trato. Tú te olvidas de eso y lo encajas como un hombre y yo me olvido de que me has rociado en la cara con esa mierda.

—Me ha roto las costillas, tío.

—Aún me arden los ojos, tío. Era un producto químico. El fiscal conseguirá que te condenen por agresión a un policía más deprisa de lo que tú puedes decir de cinco a diez años en Corcoran. ¿Recuerdas cuando estuviste allí?

Bosch dejó que Stokes digiriera lo que acababa de decir.

—¿Entonces tenemos un trato?

Stokes asintió, pero dijo:

—¿Qué diferencia hay? Van a decir que yo le disparé. Yo...

—Pero yo sé que tú no lo hiciste.

Bosch vio que un brillo de esperanza retornaba a la mirada de Stokes.

—Y voy a decirles exactamente lo que vi.

—Vale. —La voz de Stokes era casi un susurro.

—Así que empecemos por el principio. ¿Por qué echaste a correr?

Stokes negó con la cabeza.

—Porque eso es lo que hago, tío. Echo a correr. Soy un convicto y tú eres poli. Corro.

Bosch cayó en la cuenta de que en medio de la confusión y la prisa, nadie había cacheado a Stokes. Le dijo que se levantara, lo cual el sospechoso sólo pudo hacer inclinándose sobre la mesa, porque tenía las muñecas esposadas. Bosch lo rodeó y empezó a registrarle los bolsillos.

—¿Tienes alguna jeringa?

—No, tío, ninguna jeringa.

—Bueno, no quiero clavarme nada. Si me clavo algo se acabaron los tratos.

Mientras lo registraba, Bosch mantuvo el cigarrillo entre los labios. El humo le hizo arder los ojos irritados. Bosch sacó una cartera, unas llaves y un fajo de billetes que sumaban un total de veintisiete dólares en billetes de uno. Las propinas del día de Stokes. No había nada más. Si Stokes llevaba drogas para su consumo o para traficar, las había tirado mientras trataba de escapar.

—Van a llevar perros —dijo Bosch—. Si has tirado un alijo, lo encontrarán y no habrá nada que pueda hacer por ti.

—Yo no he tirado nada. Si encuentran algo es porque lo han plantado ellos.

—Sí, como con O. J. —Bosch volvió a sentarse—. ¿Qué fue lo primero que te dije? Te dije «sólo quiero hablar». Era verdad. Todo esto...

Bosch hizo un gesto de barrido con las manos.

—Podríamos habernos ahorrado todo esto si hubieras escuchado.

—Los polis nunca quieren hablar. Siempre quieren algo más.

Bosch asintió. Nunca le había sorprendido la precisión del conocimiento callejero de los ex presidiarios.

—Háblame de Arthur Delacroix.

La confusión tensó los ojos de Stokes.

—¿Qué? ¿Quién?

—Arthur Delacroix. Tu colega de *skate*. De los días en Miracle Mile, ¿te acuerdas?

—Joder, tío, eso fue...

—Hace mucho tiempo. Ya lo sé. Por eso te lo estoy preguntando.

—¿Qué pasa con él? Hace mucho que se fue, tío.

—Háblame de él. Háblame de cuando desapareció.

Stokes se miró las manos esposadas y negó con la cabeza.

—Eso fue hace mucho tiempo. No me acuerdo.

—Inténtalo. ¿Por qué desapareció?

—No lo sé. No pudo seguir tragando mierda y se largó.

—¿Te dijo que iba a largarse?

—No, tío, sólo se largó. Un día ya no estaba. Y nunca volví a verlo.

—¿Qué mierda?

—¿Qué quieres decir?

—Has dicho que no podía seguir tragando mierda y que se largó. Esa mierda. ¿De qué estás hablando?

—Oh, ya sabes, toda la mierda de su vida.

—¿Tenía problemas en casa?

Stokes se rió. Imitó a Bosch en tono de burla.

—«¿Tenía problemas en casa?» ¿Y quién no los tenía?

—Lo maltrataban en casa, ¿físicamente? A eso me refiero.

Más risas.

—¿Y a quién no? Mi viejo prefería soltarme una hostia que hablar conmigo. Cuando tenía doce años me dio con una lata de cerveza llena y me mandó al otro lado de la habitación. Sólo porque me comí un taco que él quería. Le retiraron la custodia por eso.

—Es una pena, ¿sabes?, pero estamos hablando de Arthur Delacroix. ¿Te dijo alguna vez que su padre le pegaba?

—No tenía que decirlo, tío. Veía los moretones. El chaval siempre tenía un ojo morado. Eso es lo que recuerdo.

—Eso era de hacer *skate*. Se caía mucho.

Stokes negó con la cabeza.

—Ni de coña. Artie era el mejor. Era lo único que hacía. Era demasiado bueno para hacerse daño.

Los pies de Bosch estaban en el suelo y por las vibraciones repentinas que le llegaban a través de las suelas supo que había gente en la brigada. Se estiró y apretó el botón que cerraba la puerta.

—¿Te acuerdas de cuando estuvo en el hospital? Se había hecho daño en la cabeza. ¿Te dijo que eso fue por un accidente con la tabla?

Stokes frunció el ceño y miró hacia abajo. Bosch había despertado un recuerdo directo. Lo sabía.

—Joder, recuerdo que llevaba la cabeza afeitada y puntadas como una cremallera. No recuerdo lo que...

Alguien trató de abrir desde fuera y luego se produjo un fuerte golpe en la puerta. Se oyó una voz apagada.

—Detective Bosch, soy el teniente Gilmore, UIT. Abra la puerta.

Stokes retrocedió de repente, con el pánico llenándole la mirada.

—¡No! No dejes que...

—¡Cállate!

Bosch se inclinó sobre la mesa, agarró a Stokes por el cuello del mono y tiró de él.

—Escúchame, esto es importante.

Hubo otro golpe en la puerta.

—¿Me estás diciendo que Arthur nunca te dijo que su padre le pegaba?

—Oye, tío, cuida de mí y diré lo que coño quieras

que diga, ¿vale? Su padre era un capullo. Si quieres que diga que Artie me dijo que su padre le pegaba con el palo de la escoba, lo diré. ¿Quieres que sea un bate de béisbol? Bueno, diré...

—No quiero que digas nada más que la verdad, maldita sea. ¿Te dijo eso alguna vez o no?

La puerta se abrió. Habían conseguido una llave en el escritorio de la entrada. Entraron dos hombres de traje: Gilmore, a quien Bosch reconoció y otro detective de la UIT al que Bosch no conocía.

—Muy bien, esto se ha acabado —anunció Gilmore—. Bosch, ¿qué coño está haciendo?

—¿Lo hizo? —preguntó Bosch a Stokes.

El otro detective de la UIT sacó las llaves del bolsillo y empezó a quitarle las esposas a Stokes.

—Yo no he hecho nada —empezó a protestar Stokes—. Yo no...

—¿Te lo dijo alguna vez? —gritó Bosch.

—Sácalo de aquí —espetó Gilmore al otro detective—. Mét/elo en otra sala.

El detective levantó a Stokes de su silla y medio cargándolo, medio empujándolo, lo sacó de la sala. Las esposas de Bosch se quedaron en la mesa. Bosch las miró con los ojos en blanco, pensando en las respuestas de Stokes y sintiendo un terrible peso en el pecho ante la certeza de que todo había llevado a un callejón sin salida. Stokes no aportaba nada al caso. Julia estaba herida y era por nada.

Al final miró a Gilmore, quien cerró la puerta y se volvió hacia Bosch.

—Ahora, como he dicho, ¿qué coño estaba haciendo, Bosch?

33

Gilmore hacía girar un lápiz entre los dedos, tamborileando con la goma en la mesa. Bosch nunca confiaba en un investigador que tomaba notas a lápiz. Pero ése era el cometido de la Unidad de Investigación de Tiroteos: construir historias que encajaran en la imagen que el departamento quería presentar a la opinión pública. Era una brigada de lápices. Su trabajo requería lápiz y goma, nunca tinta ni una grabadora.

—Entonces, vamos a volver sobre esto —dijo—. Dígame otra vez qué es lo que hizo la agente Brasher.

Bosch miró más allá del detective. Lo habían colocado en la silla del sospechoso en la sala de interrogatorios. Estaba de cara al espejo de una cara detrás del cual estaba seguro de que se hallaban al menos media docena de personas, entre las que probablemente se contaba el subdirector Irving. Se preguntó si alguien se habría fijado en que el vídeo estaba grabando. Si lo habían hecho, lo habrían apagado de inmediato.

—De algún modo se disparó ella misma.

—Y usted lo vio.

—No exactamente. Lo vi desde atrás. Estaba de espaldas a mí.

—Entonces ¿cómo sabe que se disparó ella misma?

—Porque allí no había nadie más que ella, yo y Stokes. Yo no le disparé y Stokes no le disparó. Ella se disparó.

—Durante la lucha con Stokes.

Bosch negó con la cabeza.

—No, no había pelea en el momento del disparo. No sé lo que pasó antes de que yo llegara, pero en el momento del disparo Stokes tenía las dos manos en la pared y estaba de espaldas a ella. La agente Brasher tenía una mano en la espalda de Stokes, para mantenerlo sujeto. Vi que retrocedía y bajaba la mano. No vi la pistola, pero entonces oí el disparo y vi el fogonazo delante de Brasher. Y ella cayó.

Gilmore tamborileó sonoramente con el lápiz.

—Eso probablemente va a estropear la grabación —dijo Bosch—. Ah, es cierto, ustedes nunca graban nada.

—Olvidaré eso. ¿Qué pasó entonces?

—Empecé a avanzar hacia ellos. Stokes empezó a volverse para ver qué había pasado. Desde el suelo, la agente Brasher levantó el brazo derecho y apuntó a Stokes.

—Pero no disparó, ¿verdad?

—No, yo le grité a Stokes: «¡Quieto!», y Brasher no disparó y él no se movió. Entonces llegué a la escena y puse a Stokes en el suelo. Lo esposé. Luego llamé por radio para pedir ayuda y traté de atender a la agente Brasher lo mejor que pude.

Gilmore también estaba mascando chicle de una forma ruidosa que molestaba a Bosch. El detective de la UIT mascó varias veces antes de hablar.

—Verá, lo que no entiendo es por qué se disparó ella misma.

—Eso tendrá que preguntárselo a ella. Yo sólo le estoy diciendo lo que vi.

—Sí, pero yo se lo estoy preguntando a usted. Usted estaba allí, ¿qué piensa?

Bosch esperó un buen rato. Las cosas habían sucedido muy deprisa. Había dejado de pensar en el garaje para concentrarse en Stokes. En ese momento, las imágenes de lo que había visto volvieron a reproducirse en su mente. Al final se encogió de hombros.

—No lo sé.

—¿Sabe qué?, mirémoslo desde su punto de vista por un momento. Supongamos que estaba reenfundando el arma, lo cual iría contra las normas, pero pongámoslo por caso. Ella está enfundando el arma para poder esposar al sospechoso. Tiene la cartuchera en la cadera derecha y la herida de entrada está en el hombro izquierdo. ¿Cómo pasó?

Bosch pensó en las preguntas que Brasher le había hecho unas noches antes acerca de la cicatriz de su hombro izquierdo. Sobre recibir un disparo y lo que se sentía. Le pareció que la sala se estrechaba, aprisionándolo. Empezó a sudar.

—No lo sé —dijo.

—No sabe gran cosa, ¿no es así, Bosch?

—Yo sólo sé lo que vi, y eso es lo que le he dicho.

Bosch lamentó que se hubieran llevado el paquete de cigarrillos de Stokes.

—¿Cuál era su relación con la agente Brasher?

Bosch miró a la mesa.

—¿Qué quiere decir?

—Por lo que he oído se la estaba tirando. Eso es lo que quiero decir.

—¿Y eso qué tiene que ver?

—No lo sé, tal vez pueda decírmelo.

Bosch no contestó. Se esforzó por no dejar traslucir la furia que bullía en su interior.

—Bueno, para empezar, esa relación era una infracción de la política del departamento —dijo Gilmore—. Lo sabe, ¿verdad?

—Ella está en patrulla. Yo estoy en el servicio de detectives.

—¿Cree que eso importa? Eso no importa. Usted es detective de grado tres. Eso es nivel de supervisor. Y encima ella es una novata. Si esto fuera el ejército tendría una baja sin honores para empezar. Quizá incluso pasaría una temporada en el calabozo.

—Pero esto es el Departamento de Policía de Los Ángeles. Así que, ¿qué me va a costar? ¿Un ascenso?

Fue el primer movimiento de ataque de Bosch. Era una advertencia a Gilmore para que tomara otro camino, una velada referencia a varios bien conocidos y no tan bien conocidos líos entre oficiales de alto rango y miembros de la tropa. Se sabía que el sindicato de policías, que representaba a la tropa hasta el grado de sargento, estaba esperando la oportunidad para desafiar cualquier medida disciplinaria tomada bajo la así llamada política de acoso sexual.

—No necesito ningún comentario de listillo —dijo Gilmore—. Estoy tratando de conducir una investigación.

Siguió otro prolongado tamborileo, mientras Gilmore consultaba las escasas notas que había tomado. Bosch sabía que estaba llevando a cabo una investigación inversa, es decir, partía de la conclusión para luego recopilar sólo los hechos que la apoyaban.

—¿Cómo tiene los ojos? —preguntó por fin Gilmore sin levantar la mirada.

—Uno todavía me escuece como un hijo de puta. Parecen huevos hervidos.

—Bueno, dice que Stokes le roció en la cara con un aerosol limpiador.

—Exacto.

—Y momentáneamente lo cegó.

—Exacto.

Gilmore se levantó y empezó a caminar en el reducido espacio que había detrás de la silla.

—¿Cuánto tiempo pasó entre que quedó cegado y estuvo en el garaje oscuro y supuestamente vio que ella se disparaba?

Bosch pensó un momento.

—Bueno, me lavé los ojos con una manguera, luego continué con la persecución. Diría que no más de cinco minutos, pero no mucho menos.

—Así que pasó de ciego a ojos de lince, capaz de verlo todo, en cinco minutos.

—Yo no lo diría así, pero sí, el tiempo lo tiene bien.

—Bueno, al menos tengo algo bien. Gracias.

—De nada, teniente.

—Está diciendo que no vio la lucha por el control de la pistola de la agente Brasher antes de que se produjera el disparo. ¿Es eso correcto?

El teniente tenía las manos entrelazadas a la espalda y el lápiz entre dos dedos, como un cigarrillo. Bosch se inclinó sobre la mesa. Entendió la manipulación léxica que estaba haciendo Gilmore.

—No juegue con las palabras, teniente. No hubo ninguna lucha. No vi ninguna lucha porque no hubo ninguna lucha. Si hubiera habido una lucha, la habría visto. ¿Está lo bastante claro?

Gilmore no respondió. Continuó caminando.

—Mire —dijo Bosch—, ¿por qué no le hacen un análisis de residuos de pólvora a Stokes? En las manos, en el mono. No encontrarán nada. Terminaríamos con esto muy deprisa.

Gilmore volvió a su silla y se hundió en ella. Miró a Bosch y negó con la cabeza.

—¿Sabe, detective?, me encantaría hacer eso. Normalmente, en una situación así, lo primero que hacemos es buscar residuos. El problema es que usted rompió la baraja. Por su cuenta y riesgo sacó a Stokes de la escena y lo trajo aquí. La cadena de pruebas se ha roto, ¿lo entiende? Podría haberse lavado, cambiado de ropa, qué sé yo qué, porque usted por su cuenta y riesgo lo trajo aquí.

Bosch ya estaba preparado.

—Era una cuestión de seguridad. Mi compañero me apoyará en eso. Y Stokes también. Y nunca dejó de estar bajo mi custodia y control hasta que usted irrumpió aquí.

—Eso no cambia el hecho de que usted considera que su caso es más importante que aclarar las circunstancias del disparo que ha recibido una oficial de este departamento, ¿es cierto?

Bosch no tenía respuesta, pero estaba llegando a una comprensión plena de lo que Gilmore estaba haciendo. Para él y para el departamento era importante concluir y poder anunciar que Brasher había recibido un disparo a consecuencia de una disputa por el control de su pistola. De esa forma resultaba heroico. Y eso era algo de lo que el departamento de relaciones públicas podía sacar partido. No había nada mejor que un agente herido en acto de servicio —mujer y novata, nada menos— para recordar a la opinión pública todo lo que era bueno y noble en su departamento de policía, así como lo peligroso que era el deber de los agentes.

La alternativa, anunciar que Brasher se había disparado accidentalmente —o incluso algo peor—, sería un bochorno para el departamento. Uno más en una larga cadena de fiascos en las relaciones públicas.

En el camino hacia la conclusión que buscaba Gilmore —y en consecuencia Irving y los jefazos del departamento— se interponía Stokes, por supuesto, y también Bosch. Stokes no constituía un problema. Lo que dijera un ex convicto ante la perspectiva de la cárcel por disparar a una agente sería para defenderse y poco importante. En cambio Bosch era un testigo presencial con placa. Gilmore tenía que cambiar su versión o, en su defecto, mancillarla. El primer punto débil a atacar era el estado físico de Bosch: considerando que le habían rociado un limpiador en los ojos, ¿podía haber visto lo que decía haber visto? El segundo movimiento era ir tras Bosch como detective. Para preservar a Stokes como testigo en un caso de asesinato, ¿habría ido Bosch tan lejos como para mentir y negar que había visto a Stokes disparando a una policía?

Para Bosch era algo descabellado, pero a lo largo de los años había visto que le sucedían cosas peores a policías que se interponían en la maquinaria que producía la imagen del departamento que se ofrecía al público.

—Espere un momento... —dijo Bosch, que fue capaz de contenerse antes de insultar a un oficial superior—, si está tratando de decir que miento acerca de que Stokes disparó a Julia (eh, a la agente Brasher) para que estuviera libre para mi caso, entonces, con el debido respeto, está usted completamente loco.

—Detective Bosch, estoy investigando todas las posibilidades. En eso consiste mi trabajo.

—Bueno, puede investigarlas sin mí.

Bosch se levantó y fue derecho a la puerta.

—¿Adónde va?

—He terminado con esto.

Bosch miró al espejo y abrió la puerta, luego volvió a mirar a Gilmore.

—Tengo una noticia para usted, teniente. Su teoría es una mierda. Stokes no representa nada en mi caso. Cero. Dispararon a Julia por nada.

—Pero no la sabía hasta que lo trajo aquí, ¿verdad?

Bosch lo miró y luego lentamente negó con la cabeza.

—Buenos días, teniente.

Se volvió hacia la puerta y casi se dio de bruces con Irving. El subdirector estaba tieso como un palo en el pasillo.

—Vuelva a entrar un momento, detective —dijo con calma—. Haga el favor.

Bosch retrocedió. Irving lo siguió a la sala de interrogatorios.

—Teniente, déjenos solos —dijo el subdirector—. Y no quiero que quede nadie en la sala adjunta. —Apuntó al espejo al decirlo.

—Sí, señor —dijo Gilmore, y salió cerrando la puerta tras de sí.

—Vuelva a sentarse —dijo Irving.

Bosch volvió a ocupar el asiento situado frente al espejo. Irving se quedó de pie. Al cabo de un momento él también empezó a pasear, moviéndose adelante y atrás enfrente del espejo y convirtiéndose para Bosch en una doble imagen a seguir.

—Vamos a calificar el disparo de accidental —dijo Irving, sin mirar a Bosch—. La agente Brasher aprehendió al sospechoso y cuando volvía a enfundarse el arma se disparó inadvertidamente.

—¿Es eso lo que ha dicho ella? —preguntó Bosch.

Irving pareció momentáneamente confundido y luego sacudió la cabeza.

—Por lo que yo sé, sólo habló con usted y ha dicho usted que no dijo nada específico respecto al disparo.

Bosch asintió.

—Entonces, ¿esto es todo?

—No veo por qué tendría que ir más lejos.

Bosch pensó en la foto del tiburón en la repisa de la chimenea de Julia y en lo que sabía de ella en el poco tiempo que llevaban juntos. Las imágenes de lo que había visto en el garaje volvieron a reproducirse en su mente a cámara lenta. Y las cosas no encajaban.

—Si no podemos ser honestos entre nosotros, ¿cómo vamos a decir la verdad a los ciudadanos?

Irving se aclaró la garganta.

—No voy a discutir con usted, detective. La decisión está tomada.

—Por usted.

—Sí, por mí.

—¿Y qué pasa con Stokes?

—Dependerá del fiscal del distrito. Puede ser acusado según la ley de homicidios en la comisión de delitos. Su acción de huir en última instancia condujo al disparo. Será una cuestión técnica. Si se determina que ya estaba bajo custodia cuando se produjo el disparo fatal, entonces podría...

—Un momento, un momento —dijo Bosch, levantándose de la silla—. ¿Homicidio? ¿Ha dicho disparo fatal?

Irving se volvió hacia él.

—¿El teniente Gilmore no se lo ha dicho?

Bosch se derrumbó en la silla y clavó los codos en la mesa. Se cubrió el rostro.

—La bala impactó en un hueso del hombro y al parecer rebotó en su cuerpo. Entró por el pecho y le perforó el corazón. Ingresó cadáver.

Bosch bajó la cara de forma que sus manos quedaron sobre su frente. Se estaba mareando y creyó que iba a caerse de la silla. Trató de respirar hondo hasta que se le pasó. Al cabo de unos momentos oyó la voz de Irving en la oscuridad de su mente.

—Detective, hay algunos agentes de este departamento a los que llaman «imanes de mierda». Estoy seguro de que ha escuchado el término. Personalmente, lo encuentro desagradable, pero el sentido es que parece que las cosas siempre les ocurren a esos agentes en particular. Cosas malas. Repetidamente. Siempre.

Bosch esperó en la oscuridad lo que sabía que se le venía.

—Desgraciadamente, detective Bosch, usted es uno de esos agentes.

Bosch asintió inconscientemente. Estaba pensando en el momento en que el enfermero había puesto la mascarilla sobre la boca de Julia mientras ella estaba hablando.

«No les dejes que...»

¿Qué quería decir? ¿No les dejes que qué? Estaba empezando a entenderlo y a saber lo que ella iba a decir.

—Detective —dijo Irving, atravesando los pensamientos de Bosch con su voz tronante—. He mostrado una tremenda paciencia con usted a lo largo de muchos casos y de muchos años. Pero ya me he cansado. Y este departamento también. Quiero que empiece a pensar en retirarse. Pronto, detective, pronto.

Bosch mantuvo la cabeza baja y no respondió. Al cabo de un momento oyó que la puerta se abría y se cerraba.

34

Complaciendo los deseos de la familia de Julia Brasher de enterrarla de acuerdo con su fe, el funeral se celebró a la mañana siguiente en el Hollywood Memorial Park. Puesto que había muerto accidentalmente en acto de servicio, se le concedió la ceremonia policial completa, con procesión de motoristas, guardia de honor, veintiuna salvas y una generosa representación de los jefazos del departamento junto a la tumba. El escuadrón aéreo del departamento también sobrevoló el cementerio, con cinco helicópteros en formación de duelo.

Sin embargo, puesto que no habían transcurrido ni veinticuatro horas desde el fallecimiento, no asistió demasiada gente al funeral. Las muertes en acto de servicio rutinariamente contaban con representación de los departamentos de todo el estado y el suroeste. No fue así con Julia Brasher. La rapidez de la ceremonia y las circunstancias de su muerte se sumaron para que el entierro fuera un asunto relativamente reducido, según los criterios de los funerales de policías. Una muerte en un tiroteo habría llenado a rebosar el pequeño cementerio con el ceremonial de la religión azul. Una novata que se mataba mientras enfundaba la pistola no engendraba toda la mitología del peligro del trabajo policial. El funeral sencillamente carecía de gancho.

Bosch observó desde los confines del grupo de los reunidos. Le dolía la cabeza después de una noche de beber y tratar de aliviar la culpa y el dolor que sentía. Unos huesos habían aflorado de las entrañas de la tierra y dos personas habían muerto por razones que para él tenían escaso sentido. Tenía los ojos inyectados en sangre e hinchados, pero sabía que en caso de necesidad podía achacarlo al aerosol con el que Stokes le había agredido el día anterior.

Vio a Teresa Corazon, por una vez sin su cameraman, sentada en la primera fila de jefazos y dignatarios, los pocos que habían asistido. A pesar de que llevaba gafas de sol, Bosch sabía en qué momento lo había visto. La boca de ella se había tensado en una línea fina y dura. Una sonrisa perfecta de funeral.

Bosch fue el primero en apartar la mirada.

Era un día hermoso para un sepelio. Los fuertes vientos que habían soplado esa noche del Pacífico habían limpiado momentáneamente la contaminación. Incluso la vista del valle de San Fernando que se ofrecía desde la casa de Bosch era clara esa mañana. Los cirros se deslizaban por las capas altas del cielo junto con las estelas dejadas por los aviones. El aire olía dulce en el cementerio por todas las flores dispuestas cerca de la tumba. Desde su posición, Bosch veía las letras dobladas del cartel de Hollywood presidiendo el servicio desde el monte Lee.

El jefe de policía no pronunció su panegírico de rigor en los funerales por agentes caídos en acto de servicio. En su lugar habló el director de la academia, quien aprovechó la ocasión para explicar que en el trabajo policial el peligro siempre llegaba de la esquina más inesperada y que la muerte de la agente Brasher podía salvar las de otros policías al recordarles la importancia de no bajar nunca la guardia. En ningún momento llamó a Julia otra cosa que no fuera agente Brasher, lo cual dio al parlamento un toque vergonzosamente impersonal.

Bosch no dejó de pensar en fotos de tiburones con la boca abierta y de volcanes vomitando lava ardiendo. Se preguntaba si Julia finalmente se había reivindicado a sí misma ante la persona ante quien necesitaba hacerlo.

Entre los uniformes azules que rodeaban el ataúd plateado había una franja gris: los abogados. El padre y una amplia representación de su bufete. En la segunda fila, detrás del padre de Julia Brasher, Bosch vio al hombre de la foto que estaba en la repisa de la chimenea del bungaló de Venice. Durante un rato Bosch fantaseó con la idea de acercarse y abofetearlo o clavarle un rodillazo en los genitales. Hacerlo allí en medio de la ceremonia, para que todos lo vieran, luego señalar el ataúd y decirle al hombre que él la había puesto en el camino que la había llevado a la tumba.

Pero no lo hizo. Sabía que la explicación y la asignación de culpa era algo demasiado simple y erróneo. Bosch estaba convencido de que en última instancia la gente elegía su propio camino. Las personas podían ser orientadas y empujadas, pero siempre les quedaba la decisión final. Todo el mundo tenía una jaula que mantenía a los tiburones a distancia. Los que abrían la puerta y se aventuraban a salir lo hacían asumiendo el riesgo.

Siete compañeros de la academia de Brasher fueron elegidos para las salvas. Apuntaron los rifles hacia el cielo azul y dispararon tres salvas cada uno. Los casquillos saltaron en forma de arco y cayeron a la hierba como lágrimas iluminadas por el sol. Mientras los disparos aún resonaban en las piedras, los helicópteros hicieron su pase poniendo fin al funeral.

Bosch lentamente se acercó a la tumba, pasando junto a gente que se marchaba. Alguien lo agarró por el codo, y Bosch se volvió. Era Edgewood, el compañero de Brasher.

—Yo, eh, sólo quería disculparme por lo que hice ayer —dijo—. No volverá a pasar.

Bosch esperó a que él estableciera contacto visual y se limitó a asentir. No tenía nada que decirle a Edgewood.

—Supongo que no lo mencionó a la UIT y, eh, sólo quería decirle que lo aprecio.

Bosch se limitó a mirarlo. Edgewood se sintió incómodo, asintió una vez y se alejó. Cuando se hubo ido, Bosch se encontró mirando a una mujer que estaba de pie justo detrás del policía. Una mujer latina con pelo plateado. Bosch tardó unos instantes en reconocerla.

—Doctora Hinojos.

—Detective Bosch, ¿cómo está?

Era por el pelo. Casi siete años antes, cuando Bosch había visitado con regularidad el consultorio de la doctora Hinojos, el pelo de la psiquiatra era castaño, sin un asomo de gris. Aún era una mujer atractiva, castaño o gris. Pero el cambio era asombroso.

—Estoy bien. ¿Cómo están las cosas en el psicódromo?

Ella sonrió.

—Bien.

—He oído que ahora lo dirige todo.

Ella asintió. Bosch empezaba a ponerse nervioso. La había conocido cuando estaba de baja involuntaria por estrés. En dos sesiones semanales le había contado cosas que no había contado a nadie antes. Y después de reincorporarse al trabajo no había vuelto a hablar con ella.

Hasta ese momento.

—¿Conocía a Julia Brasher? —preguntó.

No era inhabitual que una psiquiatra del departamento asistiera a un funeral para ofrecer apoyo in situ a los más cercanos al fallecido.

—No, en realidad no. No personalmente. Como jefa del departamento, revisé su solicitud a la academia y la entrevista de filtro. La firmé.

Ella esperó un momento, estudiando la reacción de Bosch.

—Entiendo que estaba próximo a ella y que estuvo allí. Era usted el testigo.

Bosch asintió. La gente que abandonaba el funeral estaba pasando a ambos lados de ellos. Hinojos dio un paso más hacia Bosch para que no pudieran oírles.

—Éste no es el momento ni el lugar, pero, Harry, tengo que hablar con usted de esto.

—¿De qué hay que hablar?

—Quiero saber qué pasó y por qué.

—Fue un accidente. Hable con el subdirector Irving.

—Lo he hecho y no estoy satisfecha. Y dudo que usted lo esté.

—Escuche, doctora, está muerta, ¿vale? Ahora yo no voy a...

—Yo firmé y mi firma le puso la placa. Si se nos pasó algo (si se me pasó algo), quiero saberlo. Si había signos, deberíamos haberlos visto.

Bosch asintió y bajó la mirada a la hierba que había entre ambos.

—No se preocupe, había signos que yo debería haber visto. Pero yo tampoco lo entendí.

Ella se acercó un paso más. Bosch ya no podía mirar a otro sitio que no fuera a ella.

—Entonces tengo razón. Hay algo más aquí.

Bosch asintió.

—Nada claro. Pero vivía cerca del límite. Tomaba riesgos, cruzó el tubo. Estaba tratando de probar algo. Ni siquiera estoy seguro de que quisiera ser poli.

—¿Probar algo a quién?

—No lo sé. Tal vez a ella misma, tal vez a otra persona.

—Harry, sé que es un hombre de gran instinto, ¿qué más?

Bosch se encogió de hombros.

—Son sólo cosas que ella hacía o decía... Tengo una cicatriz de bala en el hombro. La otra noche me preguntó por ella. Me preguntó cómo me dispararon y yo le expliqué cómo y le dije que había tenido suerte de que me diera donde me dio, porque era todo hueso. Entonces... donde ella se disparó, es el mismo sitio. Sólo que la bala... rebotó. Con eso no contaba.

Hinojos asintió y aguardó.

—Lo que he empezado a pensar es algo que no soporto pensar, ¿me entiende?

—Cuénteme, Harry.

—No paro de repasarlo en mi cabeza. Lo que vi y lo que sé. Ella apuntó al sospechoso con el arma. Y creo que si yo no hubiera estado allí para gritar, tal vez le habría disparado. Una vez que él hubiera caído le habría colocado la pistola en la mano y habría disparado al techo o a un coche. O tal vez a Stokes. No importaba siempre que él terminara muerto y con parafina en las manos y ella pudiera alegar que el fugitivo había ido a por su arma.

—¿Qué está insinuando, que ella se disparó para luego matarlo y pasar como una heroína?

—No lo sé. Habló de que el mundo necesitaba héroes. Especialmente ahora. Dijo que esperaba tener la oportunidad de ser una heroína. Pero creo que había algo más. Es como si quisiera la cicatriz, la experiencia.

—¿Y estaba dispuesta a matar por ello?

—No lo sé. No sé si tengo razón en nada de esto. Lo único que sé es que puede que fuera una novata, pero ya había alcanzado el punto en el que hay una línea entre nosotros y ellos, donde todo el que no lleva placa es una basura. Vio que le estaba pasando a ella. Puede que sólo estuviera buscando una salida...

Bosch negó con la cabeza y miró a un costado. El cementerio estaba casi desierto.

—No sé, decirlo en voz alta hace que parezca... No lo sé. Es un mundo de locos. —Dio un paso atrás—. Supongo que nunca llegas a conocer a nadie, ¿no? —preguntó—. Podrías pensar que sí. Puedes estar lo bastante próximo a alguien para acostarte con esa persona, pero nunca sabrás lo que le pasa por dentro.

—No. Todo el mundo tiene secretos.

Bosch asintió y estaba a punto de alejarse.

—Espere, Harry.

Ella levantó el bolso, lo abrió y empezó a rebuscar.

—Todavía quiero hablar de esto —dijo la doctora Hinojos mientras sacaba una tarjeta y se la ofrecía—. Quiero que me llame. Completamente no oficial, confidencial. Por el bien del departamento.

Bosch casi se rió.

—Al departamento no le importa. El departamento se preocupa por la imagen, no por la verdad. Y cuando la verdad pone en peligro la imagen, entonces al cuerno la verdad.

—Bueno, a mí me importa, Harry. Y a usted también.

Bosch miró la tarjeta y se la guardó en el bolsillo.

—De acuerdo, la llamaré.

—Ahí está el número de mi móvil. Lo llevo siempre encima.

Bosch asintió. Ella dio un paso adelante y le apretó el brazo.

—¿Y usted, Harry? ¿Está bien?

—Bueno, aparte de perderla a ella y de que Irving me haya dicho que empiece a pensar en retirarme, estoy bien.

Hinojos frunció el ceño.

—Aguante, Harry.

Bosch asintió, pensando en que él había usado las mismas palabras con Julia al final.

Hinojos se fue y Bosch continuó su camino hacia la tumba. Pensó que se había quedado solo. Cogió un puñado de tierra del montículo y se acercó al hoyo. Habían echado un ramo entero y varias flores sueltas sobre el ataúd. Bosch se recordó abrazando a Julia en su cama dos noches antes. Lamentó no haber visto lo que deparaba el futuro. Deseó haber podido recoger las pistas y ponerlas en una imagen clara de lo que ella estaba haciendo, haber visto hacia adónde se dirigía.

Despacio, levantó la mano y dejó que la tierra le resbalara entre los dedos.

—Ciudad de huesos —susurró.

Vio cómo la tierra caía a la tumba como sueños que se desvanecían.

—Supongo que la conocía.

Bosch se volvió con rapidez.

Era el padre de Julia, que sonreía con pesar. Eran las únicas dos personas que quedaban en el cementerio. Bosch asintió.

—Desde hace poco. Siento su pérdida.

—Frederick Brasher. —Tendió la mano.

Bosch fue a estrechársela, pero se detuvo.

—Tengo la mano sucia.

—No se preocupe. Yo también.

Se estrecharon las manos.

—Harry Bosch.

La mano de Brasher se detuvo un momento al registrar el nombre.

—El detective —dijo—. Estuvo usted ayer allí.

—Sí, traté de... Hice lo que pude para ayudarla. Yo... —Se detuvo. No sabía qué decir.

—Estoy seguro de que lo hizo. Tuvo que ser horrible estar allí.

Bosch asintió. Una oleada de culpa pasó a través de él como unos rayos X iluminándole los huesos. La había dejado allí, pensando que se pondría bien. De algún modo, eso le dolía casi tanto como el hecho de que hubiera muerto.

—Lo que no entiendo es cómo ocurrió —dijo Brasher—. Un error como ése, ¿cómo pudo matarla? Y luego la oficina del fiscal del distrito ha dicho hoy que no iban a presentar cargos contra ese Stokes. Soy abogado, pero no lo entiendo. Lo van a dejar ir.

Bosch examinó al hombre y vio el dolor en sus ojos.

—Lo siento, señor. Me gustaría poder contestarle, pero tengo las mismas preguntas que usted.

Brasher asintió y miró a la tumba.

—Me voy —dijo al cabo de unos segundos—. Gracias por venir, detective Bosch.

Bosch asintió. Se estrecharon las manos nuevamente y Brasher comenzó a alejarse.

—¿Señor? —dijo Bosch.

Brasher se volvió.

—¿Sabe cuándo va a ir a la casa de ella alguien de la familia?

—De hecho, me han dado sus llaves hoy. Iba a ir ahora. A echar un vistazo para tratar de captar una idea de ella, supongo. En los últimos años no habíamos... —No terminó.

Bosch se le acercó.

—Hay algo que tenía ella. Una fotografía enmarcada. Si no es... Si no le importa, me gustaría conservarla.

Brasher asintió.

—¿Por qué no viene ahora? Encontrémonos allí y enséñeme esa foto.

Bosch miró el reloj. La teniente Billets había concertado una reunión a la una y media para discutir la situación del caso. Probablemente tenía el tiempo justo para ir a Venice y volver a comisaría. No tendría tiempo para comer, pero de todos modos no se veía capaz de comer nada.

—De acuerdo.

Ambos partieron y se dirigieron a sus coches. Por el camino, Bosch se detuvo en la hierba desde donde habían disparado las salvas. Peinando la hierba con un pie, miró hasta que vio el brillo de los casquillos y se agachó para recoger uno. Lo sostuvo en su palma y lo miró unos segundos, luego cerró la mano y lo dejó caer en el bolsillo de la chaqueta. Había recogido un casquillo de todos los funerales de policías a los que había asistido. Tenía un frasco lleno. Se volvió y salió del cementerio.

35

Cuando iba a entregar una orden judicial, Jerry Edgar tenía una forma de llamar a la puerta que asustaba. Igual que un atleta bien dotado podía concentrar toda la fuerza de su cuerpo en un batazo o en un mate de baloncesto, Edgar podía cargar todo su peso y su cuerpo de metro ochenta en su golpe a la puerta. Era como si pudiera concentrar todo el poder y la furia de los justos en el puño de su enorme mano izquierda. Edgar había plantado los pies firmemente y estaba de pie de lado a la puerta. Levantó el brazo izquierdo, dobló el codo a menos de treinta grados y golpeó la chapa con la parte carnosa del puño. Fue un golpe de revés, pero fue capaz de disparar los pistones de su máquina muscular con tanta rapidez que sonó como el *staccato* de una ametralladora. Sonó como el día del Juicio.

La caravana de chapa de aluminio de Samuel Delacroix pareció estremecerse de punta a punta cuando Edgar golpeó la puerta con el puño a las tres y media de ese jueves por la tarde. Edgar esperó unos segundos y volvió a golpear, esta vez anunciando: «¡Policía!», y luego retrocediendo por la escalera, formada por varios bloques de cemento separados.

Esperaron. Ninguno de los dos había sacado un arma, pero Bosch tenía la mano bajo la chaqueta y estaba agarrando la pistola en su cartuchera. Era su procedimiento habitual cuando entregaba una orden a una persona que no consideraba peligrosa.

Bosch escuchó por si oía movimientos dentro, pero el zumbido de la autovía próxima era demasiado audible. Comprobó las ventanas; ninguna de las cortinas cerradas se movía.

—¿Sabes? —susurró Bosch—. Estoy empezando a pensar que será un alivio cuando dices que es la poli después de golpear. Al menos sabrán que no es un terremoto.

Edgar no contestó. Probablemente sabía que sólo era charla nerviosa de Bosch. No era ansiedad por la llamada a la puerta; Bosch esperaba que Delacroix fuera dócil. Estaba ansioso porque sabía que el caso dependía de las próximas horas con Delacroix. Registrarían la caravana y luego tendrían que tomar una decisión, comunicada en código de compañeros, sobre si detener o no a Delacroix por el asesinato de su hijo. En alguna parte de ese proceso necesitarían hallar pruebas o conseguir la confesión que cambiaría un caso construido sobre teorías en un caso basado en hechos y resistente a los abogados.

Así, en la mente de Bosch se estaban aproximando rápidamente al momento de la verdad, y eso siempre lo ponía nervioso.

Antes, en la reunión para revisar el estado del caso con la teniente Billets, se había decidido que era el momento de hablar con Sam Delacroix. Era el padre de la víctima y el principal sospechoso. Las escasas pruebas de que disponían apuntaban a él. Pasaron la siguiente hora redactando una orden de registro para la caravana de Delacroix y llevándola a los tribunales del centro, a un juez que normalmente era fácil.

Pero incluso a ese juez había que convencerlo. El problema era que el caso era viejo, las pruebas que implicaban directamente al sospechoso débiles y el lugar que Bosch y Edgar querían registrar no era el posible escenario del homicidio y ni siquiera estaba ocupado por el sospechoso en el momento de la muerte.

Lo que los detectives tenían a su favor era el impacto emocional que causaba la lista de heridas reveladas por los huesos del niño en su corta vida. Al final, fueron todas esas fracturas las que vencieron al juez y le empujaron a firmar la orden.

Habían ido antes al campo de entrenamiento de golf, pero les informaron de que Delacroix había terminado de conducir el tractor hasta el día siguiente.

—Llama otra vez —dijo Bosch a Edgar fuera de la caravana.

—Creo que lo oigo venir.

—No me importa. Quiero que se ponga nervioso.

Edgar volvió a subir los escalones y golpeó otra vez la puerta. Los bloques de cemento temblaron y él no apoyó los pies con firmeza. El golpe resultante no tuvo la potencia terrorífica de los dos primeros asaltos a la puerta.

Edgar volvió a bajar.

—Eso no era la policía, era un vecino quejándose por el perro o algo así.

—Lo siento, yo...

La puerta se abrió y Edgar se calló. Bosch se puso alerta. Las caravanas eran peligrosas. A diferencia de la mayoría de las estructuras, las puertas se abrían hacia afuera para que el espacio interior no tuviera que reducirse. Bosch estaba situado en el lado ciego, de forma que quien respondiera vería a Edgar, pero no a él. El problema era que Bosch tampoco podía ver al que había abierto la puerta. Si había problemas la función de Edgar era advertir a Bosch y ponerse a salvo. En ese caso, Bosch vaciaría el cargador de la pistola en la puerta de la caravana sin dudarlo. Las balas atravesarían el aluminio y a quien estuviera detrás como si fueran de papel.

—¿Qué? —dijo una voz de hombre.

Edgar levantó la placa. Bosch examinó a su compañero en busca de alguna señal de peligro.

—Señor Delacroix, policía.

Al no ver señal de alarma alguna, Bosch dio un paso adelante, agarró el pomo y abrió la puerta del todo. Mantuvo la chaqueta hacia atrás y la mano en la culata de la pistola.

El hombre que había visto en el campo de golf el día anterior estaba allí. Llevaba un par de viejos pantalones cortos de cuadros escoceses y una camiseta granate gastada con manchas permanentes bajo las axilas.

—Tenemos una orden de registro que nos autoriza a registrar esta propiedad —dijo Bosch—. ¿Podemos entrar?

—Ustedes —dijo Delacroix—. Ustedes estaban ayer en el campo de golf.

—Señor —dijo Bosch con energía—, he dicho que tenemos una orden de registro para esta caravana. ¿Podemos entrar y cumplir con la orden?

Bosch sacó la orden doblada de su bolsillo y la sostuvo en alto, pero lejos del alcance de Delacroix. Ése era el truco. Para obtener la orden habían tenido que mostrar todas sus cartas al juez, pero no querían mostrar las mismas cartas a Delacroix. Todavía no. Así, aunque Delacroix estaba autorizado a leer y examinar la orden antes de permitir la entrada a los detectives, Bosch esperaba entrar en la caravana sin que eso ocurriera. Delacroix pronto conocería los hechos del caso, pero Bosch deseaba controlar la entrega de la información para poder hacer juicios en base a las reacciones del sospechoso.

Bosch empezó a guardarse la orden en el bolsillo de la chaqueta.

—¿De qué va esto? —preguntó Delacroix en una protesta débil—. ¿Puedo leerla?

—¿Es usted Samuel Delacroix? —replicó Bosch con rapidez.

—Sí.

—Ésta es su caravana, ¿verdad?

—Sí, es mi caravana. La alquilo. Quiero leer la...

—Señor Delacroix —dijo Edgar—. Preferiríamos no estar discutiendo esto aquí a la vista de sus vecinos. Estoy seguro de que usted también. ¿Va a permitirnos ejecutar legalmente el registro o no?

Delacroix miró de Bosch a Edgar y luego otra vez a Bosch. Asintió con la cabeza.

—Supongo.

Bosch fue el primero en subir. Entró colándose junto a Delacroix en el umbral y percibiendo el aliento a *bourbon* y el olor a orín de gato.

—¿Ha empezado pronto, señor Delacroix?

—Sí, me he tomado una copa —dijo Delacroix con una mezcla de desafío y autocompasión en su voz—. Ya he hecho mi trabajo. Tengo derecho.

Edgar entró entonces —tuvo que apretarse aún más a Delacroix— y él y Bosch examinaron lo que podía verse de la caravana tenuemente iluminada. A la derecha de la puerta estaba la sala. Era de paneles de madera y tenía un sofá de escay verde y una mesita de café con trozos del contrachapado levantados que dejaban a la vista el conglomerado. Había una mesita de luz a juego, sin lámpara, y un soporte para la tele con un televisor torpemente colocado sobre un vídeo. Bosch vio varias cintas apiladas sobre la tele. Al otro lado de la mesita de café había un viejo sillón reclinable con la parte superior rasgada (probablemente por un gato) y el relleno sobresaliendo. Debajo de la mesita de café había una pila de periódicos, la mayoría de cotilleo y sensacionalistas con titulares estridentes.

A la izquierda se abría una cocina como las de los barcos, con fregadero, armarios, fogón, horno y nevera en un lado y un comedor para cuatro personas a la derecha. Había una botella de *bourbon* Ancient Age en la mesa. En el suelo, debajo de la mesa había unos cuantos restos de comida de gato en una bandeja y un tubo de margarina viejo lleno de agua hasta la mitad. No había ninguna señal del gato, salvo el olor a orín.

Detrás de la cocina se extendía un estrecho pasillo que conducía a una de las dos habitaciones y un baño.

—Dejemos la puerta abierta y abramos algunas ventanas —dijo Bosch—. Señor Delacroix, ¿por qué no se sienta en el sofá?

Delacroix fue hasta el sofá y dijo:

—Miren, no tienen que registrar este lugar, ya sé porque están aquí.

Bosch miró a Edgar y luego a Delacroix.

—¿Sí? —preguntó Edgar—. ¿Por qué estamos aquí?

Delacroix se dejó caer pesadamente en medio del sofá. Los muelles estaban rotos. Se hundió en la parte central y los dos lados se elevaron en el aire como las proas de unos *Titanic* gemelos hundiéndose.

—La gasolina —dijo Delacroix—. Pero ya casi no uso. No voy a ninguna parte, sólo voy y vuelvo del *range*. Tengo un permiso restringido porque me hicieron soplar.

—¿La gasolina? —preguntó Edgar—. ¿Qué está...?

—Señor Delacroix, no estamos aquí porque robe gasolina —dijo Bosch.

Cogió una de las cintas de vídeo de la pila que estaba sobre la tele. Había una cinta con algo escrito en el lateral. *Primero de Infantería*, episodio 46. Volvió a dejarla y leyó el título de algunas de las otras cintas. Todos eran episodios de la serie de televisión en la que Delacroix había actuado hacía más de treinta años.

—Eso no es asunto nuestro —añadió, sin mirar a Delacroix.

—¿Entonces qué? ¿Qué quieren?

Esta vez Bosch lo miró.

—Estamos aquí por su hijo.

Delacroix lo miró unos segundos antes de que su boca se abriera lentamente exponiendo unos dientes amarillentos.

—Arthur —dijo finalmente.

—Sí. Lo hemos encontrado.

Los ojos de Delacroix se apartaron de Bosch y parecieron dejar la caravana para examinar un recuerdo lejano. En su mirada había conocimiento. Bosch lo vio. Su instinto le decía que Delacroix ya sabía lo que iba a decirle a continuación. Miró a Edgar para ver si él lo había captado. Edgar hizo una señal de asentimiento.

Bosch volvió a mirar al hombre del sofá.

—No parece muy entusiasmado para ser un padre que no ha visto a su hijo desde hace más de veinte años —dijo.

Delacroix lo miró.

—Supongo que es porque sé que está muerto.

Bosch lo examinó durante un largo momento, conteniendo la respiración en sus pulmones.

—¿Por qué dice eso? ¿Qué le hace pensarlo?

—Porque lo sé. Lo he sabido siempre.

—¿Qué ha sabido?

—Que no volvería.

La cosa no iba según ninguno de los escenarios que Bosch había previsto. Le pareció que Delacroix los había estado esperando, tal vez durante años. Pensó que tal vez tenía que cambiar de estrategia, detener a Delacroix y leerle sus derechos.

—¿Estoy detenido? —preguntó Delacroix, como si le hubiera leído el pensamiento a Bosch.

Bosch miró a Edgar otra vez, preguntándose si su compañero había percibido que el plan se les estaba escurriendo entre las manos.

—Pensábamos hablar primero. Ya sabe, informalmente.

—Podrían detenerme —dijo Delacroix con calma.

—¿Eso cree? Significa eso que no quiere hablar con nosotros.

Delacroix negó con la cabeza lentamente y volvió a sumirse en la mirada perdida.

—No, hablaré con ustedes —dijo—. Se lo contaré todo.

—¿Contarnos qué?

—Cómo pasó.

—¿Cómo pasó qué?

—Mi hijo.

—¿Sabe cómo pasó?

—Claro que lo sé. Yo lo hice.

Bosch casi maldijo en voz alta. El sospechoso acababa de confesar literalmente antes de que le hubieran leído sus derechos, incluido el derecho a no hacer declaraciones que lo incriminaran.

—Señor Delacroix, vamos a cortar esto aquí. Voy a leerle sus derechos ahora.

—Sólo quiero...

—No, por favor, señor, no diga nada más. Todavía no. Acabemos con este asunto de los derechos y luego estaremos encantados de escuchar lo que tenga que decirnos.

Delacroix hizo un gesto con la mano como si no le importara, como si nada le importara.

—Jerry, ¿dónde está tu grabadora? Los de Asuntos Internos no me devolvieron la mía.

—Ah, en el coche. Aunque no sé cómo están las pilas.

—Ve a comprobarlo.

Edgar salió de la caravana y Bosch esperó en silencio. Delacroix puso los codos en las rodillas y la cara entre las manos. Bosch examinó su pose. No ocurría con mucha frecuencia, pero no sería la primera que vez que había obtenido la confesión de un sospechoso en la primera entrevista.

Edgar volvió con una grabadora, pero negó con la cabeza.

—No tengo pilas. Creía que tenías la tuya.

—Mierda. Entonces toma notas.

Bosch sacó la placa y una de sus tarjetas. Las había encargado con los derechos constitucionales en la parte de atrás, junto con una línea para firmar. Leyó la declaración de advertencia y preguntó a Delacroix si conocía sus derechos. Delacroix asintió.

—¿Es eso un sí?

—Sí, es un sí.

—Entonces firme debajo de lo que acabo de leerle.

Bosch le dio a Delacroix la tarjeta y un bolígrafo. Una vez firmada, Bosch volvió a guardarse la tarjeta en la cartera. Se acercó y se sentó en el borde del sillón reclinable.

—Ahora, señor Delacroix, ¿quiere repetir lo que acaba de decirnos hace unos minutos?

Delacroix se encogió de hombros como si eso no fuera gran cosa.

—Yo maté a mi hijo Arthur. Yo lo maté. Sabía que algún día vendrían. Han tardado mucho.

Bosch miró a Edgar. Estaba tomando notas en un bloc. Tendrían cierto registro de la confesión de Delacroix. Miró de nuevo al sospechoso y aguardó, confiando en que el silencio fuera una invitación para que Delacroix hablara más. Pero no lo hizo. En cambio, el sospechoso volvió a enterrar la cara en sus manos. No tardó en sacudir los hombros cuando rompió a llorar.

—Yo lo hice... que Dios me perdone.

Bosch volvió a mirar a Edgar y enarcó las cejas. Su compañero levantó rápidamente los pulgares. Ya tenían más que suficiente para pasar a la siguiente etapa, el escenario de una sala de interrogatorios en una comisaría de policía.

—Señor Delacroix, ¿tiene usted un gato? —preguntó Bosch—. ¿Dónde está su gato?

Delacroix asomó sus ojos húmedos entre los dedos.

—Está por aquí. Probablemente está durmiendo en la cama. ¿Por qué?

—Bueno, vamos a llamar a la protectora de animales y ellos vendrán y se ocuparán de él. Va a tener que acompañarnos. Vamos a detenerle y seguiremos hablando en comisaría.

Delacroix dejó caer las manos y pareció nervioso.

—No, la protectora de animales no se ocupará de él. Lo gasearán en cuanto sepan que no voy a volver.

—Bueno, podemos dejarlo aquí.

—La señora Kresky lo cuidará. Vive aquí al lado. Ella puede venir y darle de comer.

Bosch negó con la cabeza. Todo se estaba yendo a pique por culpa de un gato.

—No podemos hacerlo. Hemos de precintar el lugar hasta que podamos registrarlo.

—¿Para qué tienen que registrarlo? —dijo Delacroix con furia real en su voz—. Les estoy diciendo lo que necesitan saber. Yo maté a mi hijo. Fue un accidente. Le pegué demasiado fuerte, supongo. Yo...

Delacroix hundió una vez más la cara entre las manos y murmuró entre lágrimas:

—Dios... ¿Qué hice?

Bosch miró a Edgar, que estaba escribiendo. Bosch se levantó. Quería llevar a Delacroix a comisaría y ponerlo en una sala de interrogatorios. Su ansiedad había desaparecido, reemplazada por una sensación de urgencia. Los ataques de conciencia y culpa eran efímeros. Quería tener a Delacroix encerrado y en cinta (vídeo y audio) antes de que decidiera hablar con un abogado y antes de que se diera cuenta de que estaba ganándose una celda de tres por dos para el resto de su vida.

—Bueno, solucionaremos lo del gato después —dijo—. Dejaremos bastante comida por ahora. Levántese señor Delacroix, nos vamos.

Delacroix se levantó.

—¿Puedo ponerme algo más bonito? Esto es algo viejo que llevaba por aquí.

—No, no se preocupe por eso —dijo Bosch—. Después le llevaremos ropa.

No se molestó en decirle que esas ropas no serían suyas. Lo que ocurriría sería que le darían un mono de una celda del condado con un número en la espalda. Su mono sería amarillo, el color de los custodiados en la planta de máxima seguridad: los asesinos.

—¿Van a esposarme? —preguntó Delacroix.

—Es la política del departamento —dijo Bosch—. Tenemos que hacerlo.

Rodeó la mesita de café y esposó a Delacroix con las manos a la espalda.

—Yo era actor, ¿sabe? Una vez hice de prisionero en un episodio de *El fugitivo*. La primera serie, con David Janssen. Era un papel pequeño. Me sentaba en el banquillo, al lado de Janssen. No hacía nada más. Creo que se suponía que estaba drogado.

Bosch no hizo ningún comentario. Empujó suavemente a Delacroix hacia la estrecha puerta de la caravana.

—No sé por qué me acabo de acordar de eso —dijo Delacroix.

—No pasa nada —dijo Edgar—. La gente recuerda las cosas más extrañas en momentos así.

—Tenga cuidado con los escalones —dijo Bosch.

Lo condujeron afuera, con Edgar delante y Bosch detrás.

—¿Hay alguna llave? —preguntó Bosch.

—En la encimera de la cocina —dijo Delacroix.

Bosch volvió a entrar en la caravana y encontró las llaves. Entonces empezó a abrir los armarios de la cocina hasta que encontró la caja de comida para el gato. La abrió y tiró el contenido en la bandeja de papel que había debajo de la mesa. No quedaba mucha comida. Bosch sabía que tendría que hacer algo con el animal más tarde.

Cuando Bosch salió de la caravana, Edgar ya había metido a Delacroix en la parte trasera del coche. Vio que un vecino miraba desde la puerta abierta de una caravana vecina. Se volvió y cerró con llave la puerta de la de Delacroix.

36

Bosch se asomó al despacho de la teniente Billets. Ella estaba de lado en su escritorio, trabajando con el ordenador de la mesa auxiliar. Había despejado el escritorio y estaba preparada para irse a casa.

—¿Sí? —dijo sin levantar la cabeza para ver quién era.

—Parece que tenemos suerte —dijo Bosch.

Ella se volvió del ordenador y vio que era Bosch.

—Déjame adivinarlo. Delacroix os invita a pasar, se sienta y confiesa.

Bosch asintió.

—Más o menos.

Los ojos de la teniente se abrieron por la sorpresa.

—Me estás tomando el pelo.

—Dice que lo hizo. Hemos tenido que hacerle callar para poderlo traer aquí y grabarlo. Es como si hubiera estado esperando a que nos presentásemos.

Billets hizo algunas preguntas más y Bosch terminó de narrarle toda la visita a la caravana, incluido el problema que habían tenido al no disponer de una grabadora para registrar la confesión de Delacroix. Billets estaba cada vez más preocupada y enfadada, tanto con Bosch y Edgar por no estar preparados como con Bradley y Asuntos Internos porque no habían devuelto la grabadora de Bosch.

—Lo único que puedo decir es que es mejor no vender la pieza antes de cazarla —dijo Billets, refiriéndose a la posibilidad de un desafío legal a cualquier confesión porque las palabras iniciales de Delacroix no estaban en cinta—. Si perdemos el caso por una cagada nuestra...

No terminó la frase, pero no era necesario.

—Mire, creo que irá todo bien. Edgar copió todo lo que él dijo al pie de la letra. Paramos en cuanto vimos que teníamos lo suficiente para detenerlo y ahora lo grabaremos todo con sonido y vídeo.

Billets pareció aplacarse mínimamente.

—¿Y qué hay del caso Miranda? Estás seguro de que no tendremos problemas por no leerle los derechos —dijo ella, la última parte no como una pregunta sino como una orden.

—No me lo parece. Empezó a largar antes de que tuviéramos tiempo de aconsejarle. Después siguió hablando. Algunas veces la cosa va así. Estás preparado para echar la puerta abajo y ellos van y te invitan a entrar. El abogado que se consiga puede tener un ataque al corazón y ponerse a gritar, pero no sacará nada. Estamos limpios, teniente.

Billets asintió, una señal de que Bosch la estaba convenciendo.

—Ojalá todos fueran tan fáciles —dijo ella—. ¿Y la fiscalía?

—Ahora voy a llamarlos.

—Muy bien, ¿en qué sala por si quiero echar un vistazo?

—En la tres.

—Vale, Harry. A por él.

Ella se volvió a su ordenador. Bosch le lanzó un saludo y estaba a punto de escabullirse cuando se detuvo. Billets sintió que no se había marchado y se volvió a mirarlo.

—¿Qué pasa?

Bosch se encogió de hombros.

—No lo sé. Todo el camino he estado pensando en lo que podríamos haber evitado si hubiéramos ido directos a por él en lugar de recoger cuerda.

—Harry, sé en lo que estás pensando y no hay modo en el mundo de que hubieras podido saber que este tipo (después de veintitantos años) estuviera esperando a que llamarais a su puerta. Lo has llevado de la forma correcta y si tuvieras que hacerlo otra vez volverías a hacerlo igual. Acorralas a la presa. Lo que le ocurrió a la agente Brasher no tiene nada que ver con la forma en que has llevado el caso.

Bosch miró un momento a su teniente y asintió. Lo que ella acababa de decir le serviría para apaciguar su conciencia.

Billets se volvió de nuevo a su ordenador.

—Como te he dicho, a por él.

Bosch volvió a la mesa de homicidios para llamar a la oficina del fiscal del distrito y comunicar que se había realizado una detención en un caso de asesinato y que iba a tomarse una confesión. Habló con una supervisora llamada O'Brien y le dijo que él o su compañero irían a presentar cargos a final del día. O'Brien, que sólo conocía el caso por la prensa, dijo que quería enviar un fiscal a la comisaría para supervisar cómo se manejaba la confesión y los posteriores pasos a dar en el caso.

Bosch sabía que con la hora punta de tráfico pasarían al menos cuarenta y cinco minutos antes de que el fiscal llegara a la comisaría. Le dijo a O'Brien que el fiscal sería bienvenido, pero que no iba a esperar a nadie para tomar la confesión del sospechoso. O'Brien le sugirió que debería hacerlo.

—Mire, este tipo quiere hablar —dijo Bosch—. Dentro de cuarenta y cinco minutos o una hora puede ser otra historia. No podemos esperar. Dígale a su hombre que llame a la puerta tres cuando llegue aquí. Le dejaremos entrar en cuanto podamos.

En un mundo perfecto el fiscal estaría allí durante el interrogatorio, pero con los años de trabajo Bosch sabía que una conciencia culpable no siempre se mantenía así. Cuando alguien te dice que quiere confesar un asesinato, no esperas, enciendes la grabadora y le dices: «Cuéntamelo.»

O'Brien aceptó de mala gana, citando sus propias experiencias, y ambos colgaron. Bosch inmediatamente volvió a levantar el teléfono, llamó a Asuntos Internos y preguntó por Carol Bradley. Le pasaron.

—Soy Bosch, de la comisaría de Hollywood, ¿dónde está mi puta grabadora?

Hubo silencio por respuesta.

—¿Bradley? ¿Hola? Me está...

—Estoy aquí. Tengo aquí su grabadora.

—¿Por qué se la llevó? Le dije que escuchara la cinta, no que se llevara mi grabadora que no la necesitaba más.

—Quería revisarla y comprobar la cinta para asegurarme de que era continua.

—Entonces ábrala y saque la cinta. No se lleve la grabadora.

—Detective, a veces necesitan la grabadora original para autentificar la cinta.

Bosch negó con la cabeza, frustrado.

—Joder, ¿por qué está haciendo eso? Saben de dónde ha salido la filtración, ¿por qué pierde tiempo?

Otra vez una pausa precedió a la respuesta.

—Tengo que comprobarlo todo. Detective, tengo que llevar a cabo mi investigación según mis criterios.

Esta vez Bosch se quedó callado unos segundos, preguntándose si se estaba perdiendo algo, si había algo más en juego. Al final decidió que no podía preocuparse por eso. Tenía que mantener la concentración en su presa, en su caso.

—Comprobarlo todo, eso está muy bien —dijo—. Bueno, yo casi me he perdido una confesión hoy porque no tenía mi grabadora. Le agradecería mucho que me la devolviera.

—He terminado con ella y voy a ponerla en un correo interno ahora mismo.

—Gracias. Adiós.

Bosch colgó justo cuando Edgar apareció en la mesa con tres tazas de café. Le hizo pensar a Bosch en algo que tenían que hacer.

—¿Quién está de guardia? —preguntó.

—Estaba Mankiewicz —dijo Edgar—. Y también Young.

Bosch pasó el café del vaso de plástico a una taza que sacó de su cajón. Entonces levantó el teléfono y marcó el número de la oficina de guardia. Contestó Mankiewicz.

—¿Tienes a alguien en la cueva de los murciélagos?

—¿Bosch? Pensaba que ibas a tomarte unos días.

—Pensabas mal. ¿Qué me dices de la cueva?

—No, no hay nadie hasta las ocho. ¿Qué necesitas?

—Estoy a punto de conseguir una confesión y no quiero que un abogado pueda abrir la caja después de que yo la cierre. Mi hombre huele a Ancient Age, pero creo que está bien. Me gustaría tomar una lectura, de todos modos.

—¿Es el caso de los huesos?

—Sí.

—Mándamelo y yo lo haré. Estoy autorizado.

—Gracias, Mank.

Colgó y miró a Edgar.

—Llevémoslo a la cueva y que sople. Sólo para estar seguros.

—Buena idea.

Ambos se llevaron los cafés a la sala de interrogatorios número 3, donde antes habían esposado a Delacroix a la anilla del centro de la mesa. Le soltaron las esposas y le dejaron que tomara unos sorbos de café antes de llevarlo al pequeño calabozo de la comisaría. El calabozo consistía básicamente en dos grandes celdas para borrachos y prostitutas. Los detenidos por cuestiones más importantes normalmente eran transportados a la cárcel de la ciudad o del condado. Había una tercera celda conocida como la cueva de murciélagos, porque medían el alcohol en sangre.

Se reunieron con Mankiewicz en el pasillo y lo siguieron a la cueva, donde el sargento conectó el aparato e instruyó a Delacroix para que soplara por un tubo de plástico conectado a la máquina. Bosch se fijó en que Mankiewicz llevaba una cinta de luto por Brasher en su placa.

En unos segundos tuvieron el resultado. Delacroix sopló 0,003, lejos del límite legal para conducir. No había un criterio fijo para confesar un asesinato.

Cuando sacaron a Delacroix del calabozo, Bosch notó que Mankiewicz le tocaba el brazo desde detrás. Se volvió para mirarlo cuando Edgar enfilaba de nuevo el pasillo con Delacroix.

Mankiewicz hizo un gesto de condolencia con la cabeza.

—Harry, sólo quería decirte que siento lo que pasó.

Bosch sabía que estaba refiriéndose a Brasher.

—Sí, gracias. Es muy duro.

—Tenía que ponerla allí, ¿sabes? Sabía que estaba verde, pero...

—Oye, Mank, hiciste lo que tenías que hacer. No le des más vueltas.

Mankiewicz asintió.

—Tengo que irme —dijo Bosch.

Mientras Edgar devolvía a Delacroix a su lugar en la sala de interrogatorios, Bosch entró en la sala de vídeo, enfocó la cámara a través del cristal monodireccional y puso una nueva cinta que sacó del armarito. Entonces puso en marcha la cámara y el sonido de respaldo. Todo estaba listo. Volvió a la sala de interrogatorios para terminar de envolver el paquete.

37

Bosch identificó a los tres ocupantes de la sala de interrogatorios y anunció la fecha y la hora, aunque ambas cosas estarían impresas en la franja inferior del vídeo que registraba la sesión. Puso un documento con los derechos constitucionales en la mesa y le dijo a Delacroix que quería leerle sus derechos una vez más. Cuando hubo terminado, pidió a Delacroix que firmara el formulario y puso éste en un rincón de la mesa. Tomó un trago de café y empezó.

—Señor Delacroix, antes me ha expresado su deseo de hablar de lo que ocurrió con su hijo Arthur en mil novecientos ochenta. ¿Todavía quiere hablar con nosotros de eso?

—Sí.

—Empecemos con las preguntas básicas y luego podremos volver y cubrir todo lo demás. ¿Causó usted la muerte de su hijo Arthur Delacroix?

—Sí, lo hice.

Lo dijo sin vacilación ni emoción.

—¿Usted lo mató?

—Sí, lo maté. No quería, pero lo hice. Sí.

—¿Cuándo ocurrió eso?

—Fue en mayo, creo, de mil novecientos ochenta. Creo que fue entonces. Ustedes probablemente saben más que yo.

—Por favor, no suponga eso. Le ruego que conteste todas las preguntas lo mejor que sepa y recuerde.

—Lo intentaré.

—¿Dónde murió su hijo?

—En la casa donde vivíamos entonces. En su habitación.

—¿Cómo murió? ¿Le golpeó?

—Oh, sí, yo...

El frío planteamiento del interrogatorio que había adoptado Delacroix se erosionó y su rostro pareció cerrarse. Se secó la comisura de los ojos con la base de la mano.

—¿Le golpeó?

—Sí.

—¿Dónde?

—No sé, en todas partes.

—¿También en la cabeza?

—Sí.

—¿Ha dicho que eso fue en la habitación de su hijo?

—Sí, en su habitación.

—¿Con qué le golpeó?

—¿Qué quiere decir?

—¿Usó los puños o algún objeto?

—Sí, las dos cosas. Las manos y un objeto.

—¿Con qué objeto golpeó a su hijo?

—No puedo acordarme. Tendría que... era algo que tenía allí. En su habitación. Tengo que pensarlo.

—Volveremos sobre eso, señor Delacroix. ¿Por qué ese día...? Antes que nada, ¿cuándo ocurrió? ¿A qué hora del día?

—Era por la mañana. Después de que Sheila (mi hija) se hubiera ido a la escuela. Es lo único que recuerdo, que Sheila se había ido.

—¿Y su mujer, la madre del chico?

—Ah, ella se había ido hacía mucho. Ella es la razón por la que empecé...

Se detuvo. Bosch supuso que iba a culpar a su esposa de su alcoholismo, lo cual la culparía de todo lo que surgió de ese alcoholismo, incluido el asesinato.

—¿Cuándo fue la última vez que habló con su esposa?

—Ex esposa. No he hablado con ella desde el día que se marchó. Eso fue...

No terminó. No podía recordar cuánto tiempo hacía.

—¿Y su hija? ¿Cuándo habló con ella por última vez?

Delacroix apartó la mirada de Bosch y la bajó a las manos, que tenía en la mesa.

—Hace mucho —dijo.

—¿Cuánto?

—No me acuerdo. No hablamos. Ella me ayudó a comprar la caravana. Eso fue hace cinco o seis años.

—¿No ha hablado con ella esta semana?

Delacroix levantó la cabeza con expresión de sorpresa.

—¿Esta semana? No. ¿Por qué iba a...?

—Déjeme a mí hacer las preguntas. ¿Y las noticias? ¿Había leído algún diario o visto las noticias de la tele en las últimas dos semanas?

Delacroix negó con la cabeza.

—No me gusta lo que pasan ahora por televisión. Me gusta ver vídeos.

Bosch se dio cuenta de que se había desviado de la cuestión. Decidió volver a la historia principal. Lo importante en ese momento era conseguir una confesión clara y simple del asesinato de Arthur Delacroix. Tenía que ser lo bastante sólida y detallada para sostenerse. Bosch no dudaba de que después de que Delacroix consiguiera un abogado retiraría la confesión. Siempre sucedía lo mismo. Pondrían en cuestión todo, desde los procedimientos hasta el estado mental del sospechoso, y la obligación de Bosch era no sólo obtener la confesión, sino asegurarse de que sobreviviría y podría ser presentada a los doce miembros de un jurado.

—Volvamos a su hijo Arthur. ¿Recuerda con qué objeto le golpeó el día de su muerte?

—Estoy pensando que sería con el bate de béisbol pequeño que tenía. Era un bate en miniatura, un *souvenir* de un partido de los Dodgers.

Bosch asintió. Sabía de qué estaba hablando. Vendían bates en las paradas de recuerdos que eran como las viejas porras que llevaban los polis hasta que pasaron a los bastones metálicos. Podían ser letales.

—¿Por qué le pegó?

Delacroix bajó la mirada a sus manos. Bosch se fijó en que ya no le quedaban uñas. Dolía de sólo mirarlo.

—¿Eh? No lo recuerdo. Probablemente estaba borracho. Yo...

Otra vez las lágrimas brotaron en un estallido y él hundió la cara en sus torturadas manos. Bosch aguardó hasta que dejó caer las manos y continuó.

—Él... Él tendría que haber estado en la escuela. Y no estaba. Entré en la habitación y lo vi allí. Me enfurecí. Pagaba mucho dinero (dinero que no tenía) para que fuera a esa escuela. Empecé a gritar. Empecé a pegarle y entonces..., entonces cogí el bate y le pegué. Supongo que le pegué demasiado fuerte. No quería.

Bosch aguardó otra vez, pero Delacroix no continuó.

—¿Estaba muerto?

Delacroix asintió.

—¿Eso significa que sí?

—Sí. Sí.

Hubo un suave golpe en la puerta. Bosch le hizo una señal a Edgar y éste se levantó y salió. Bosch supuso que era el fiscal, pero no iba a interrumpirse para hacer presentaciones. Continuó.

—¿Qué hizo después? Después de que Arthur estuviera muerto.

—Lo saqué por detrás y bajé las escaleras hasta el garaje. Nadie me vio. Lo puse en el maletero del coche. Luego volví a su habitación, la limpié y puse algunas prendas de ropa en una bolsa.

—¿Qué clase de bolsa?

—Era la bolsa de su escuela. Una mochila.

—¿Qué prendas puso dentro?

—No lo recuerdo. Lo que saqué del cajón.

—Muy bien. ¿Puede describir esa mochila?

Delacroix se encogió de hombros.

—No me acuerdo. Era una mochila normal.

—Muy bien, después de que puso la ropa, ¿qué hizo?

—Puse la mochila en el maletero y lo cerré.

—¿Qué coche era?

—Era mi Impala del setenta y dos.

—¿Todavía lo tiene?

—Ojalá. Era un clásico. Pero lo destrocé. Fue la primera vez que me detuvieron por conducir borracho.

—¿Qué quiere decir que lo destrozó?

—Siniestro total. Lo estampé contra una palmera de Beverly Hills. Quedó como un acordeón. Lo llevaron a un depósito de chatarra.

Bosch sabía que seguir la pista a un coche de treinta

años era muy difícil, pero la noticia de que el vehículo había sido desguazado terminó con toda esperanza de encontrarlo y buscar indicios en el maletero.

—Entonces volvamos a su historia. Tenía el cadáver en el maletero. ¿Cuándo se deshizo de él?

—Esa noche. Tarde. Al no volver de la escuela empezamos a buscarlo.

—¿Empezamos?

—Sheila y yo. Dimos una vuelta en coche y buscamos. Fuimos a todos los sitios donde hacían *skate*.

—¿Y todo ese tiempo el cadáver de Arthur estaba en el maletero del coche en el que iban?

—Eso es. Verá, no quería que ella supiera lo que yo había hecho. La estaba protegiendo.

—Entiendo. ¿Presentó denuncia de la desaparición en la policía?

Delacroix negó con la cabeza.

—No. Fui a la comisaría de Wilshire y hablé con el poli de la entrada. Me dijo que Arthur probablemente se había fugado y volvería. Que le diera unos días. Así que no hice la denuncia.

Bosch trataba de cubrir todos los marcadores posibles, revisando los hechos de la historia que podían ser verificados a fin de utilizarlos para respaldar la confesión cuando Delacroix y su abogado la retiraran y la negaran. La mejor manera de hacerlo era con pruebas sólidas o hechos científicos, pero cruzar historias también era importante. Sheila Delacroix ya había explicado a Edgar y Bosch que ella y su padre habían ido en coche hasta la comisaría de policía la noche que Arthur no había vuelto a casa. El padre entró mientras ella esperaba en el coche. Pero Bosch no había encontrado ninguna denuncia de desaparición. La explicación de Delacroix encajaba.

—Señor Delacroix, ¿se siente cómodo hablando conmigo?

—Sí, claro.

—¿No se está sintiendo coaccionado o amenazado de algún modo?

—No, estoy bien.

—Está hablándome con libertad, ¿verdad?

—Eso es.

—De acuerdo, ¿cuándo sacó el cadáver de su hijo del maletero?

—Más tarde. Después de que Sheila se fuera a dormir, volví a coger el coche y fui a buscar un sitio para esconder el cuerpo.

—¿Y dónde fue eso?

—En las colinas. En Laurel Canyon.

—¿Recuerda el lugar concreto?

—No demasiado. Subí por Lookout Mountain, más arriba de la escuela. Subí por allí. Estaba oscuro y yo..., bueno, estaba borracho porque me sentía mal por el accidente, ¿sabe?

—¿Accidente?

—Le había pegado a Arthur demasiado fuerte.

—Ah. Así que más arriba de la escuela, ¿se acuerda de en qué calle estaba?

—Wonderland.

—Wonderland. ¿Está seguro?

—No, pero creo que era esa calle. He pasado todos estos años... He tratado de olvidar lo máximo posible.

—¿Entonces está diciendo que estaba borracho cuando escondió el cadáver?

—Estaba borracho. ¿Cree que no tendría que haberme emborrachado?

—No importa lo que yo piense.

Bosch sintió el primer temblor de peligro. A pesar de que Delacroix estaba ofreciendo una confesión completa, Bosch había obtenido información que también podía dañar el caso. El hecho de que Delacroix estuviera borracho podría explicar por qué el cuerpo había sido tirado apresuradamente en la colina boscosa y cubierto rápidamente con tierra suelta y pinaza. Pero Bosch recordaba las dificultades que él mismo había tenido para subir la colina y no podía imaginar a un hombre ebrio haciendo lo mismo mientras cargaba y arrastraba el cadáver de su propio hijo.

Por no hablar de la mochila. ¿La había llevado junto con el cuerpo o Delacroix había subido la colina una segunda vez con la mochila, encontrando de algún modo el mismo lugar donde había dejado el cadáver en la oscuridad?

Bosch observó a Delacroix, tratando de decidir qué dirección tomar. Tenía que ser cuidadoso. Sería un suicidio para el caso obtener una respuesta que luego un abogado defensor podría explotar durante días en el tribunal.

—Lo único que recuerdo —dijo Delacroix, desatado de repente— es que tardé mucho. Me pasé casi toda la noche. Y recuerdo que lo abracé con todas mis fuerzas antes de ponerlo en el hoyo. Fue casi como un funeral para él.

Delacroix asintió y miró a Bosch a los ojos, como si estuviera buscando el reconocimiento de que lo había hecho bien. Bosch no expresó nada en su mirada.

—Empecemos con eso —dijo—. El hoyo donde lo puso. ¿Qué profundidad tenía?

—No era muy profundo. Medio metro o poco más.

—¿Cómo lo cavó? ¿Llevaba herramientas?

—No, no pensé en eso. Así que tuve que hacerlo con mis propias manos. Tampoco era muy largo.

—¿Y la mochila?

—Eh, también la puse allí, en el hoyo. Pero no estoy seguro.

Bosch asintió.

—Vale. ¿Recuerda algo más del lugar? ¿Era empinado, llano, embarrado?

Delacroix negó con la cabeza.

—No me acuerdo.

—¿Había casas?

—Había algunas muy cerca, sí, pero nadie me vio, si se refiere a eso.

Bosch finalmente concluyó que se estaba adentrando en un camino peligroso de cara al juicio. Tenía que parar, retroceder y aclarar algunos detalles.

—¿Y el monopatín de su hijo?

—¿Qué pasa?

—¿Qué hizo con él?

Delacroix se inclinó hacia adelante para considerarlo.

—¿Sabe?, no me acuerdo.

—¿Lo enterró con él?

—No puedo... No lo recuerdo.

Bosch esperó un largo rato para ver si surgía algo. Delacroix no dijo nada.

—Bien, señor Delacroix, vamos a tomarnos un descanso mientras hablo con mi compañero. Quiero que piense en lo que estábamos hablando ahora. Sobre el lugar al que llevó a su hijo. Necesito que recuerde más del lugar. Y también del monopatín.

—Vale, lo intentaré.

—Le traeré más café.

—Gracias.

Bosch se levantó y se llevó los vasos vacíos. Inmediatamente fue a la sala de visionado y abrió la puerta. Allí estaba Edgar con otro hombre. El hombre, a quien Bosch no reconoció, estaba mirando a Delacroix por el espejo monodireccional. Edgar estaba estirándose para apagar el vídeo.

—No lo apagues —dijo Bosch con rapidez.

Edgar se detuvo.

—Déjalo en marcha. Si empieza a recordar algo más, no quiero que nadie intente decir que se lo dijimos nosotros.

Edgar asintió. El otro hombre se volvió desde la ventana y tendió la mano. No aparentaba más de treinta años. Tenía el pelo oscuro peinado hacia atrás y una piel muy pálida. Sonreía abiertamente.

—Hola, soy George Portugal, ayudante del fiscal del distrito.

Bosch dejó los vasos vacíos en la mesa y le estrechó la mano.

—Parece que tienen un caso interesante —dijo Portugal.

—Cada vez más —dijo Bosch.

—Bueno, por lo que he visto en los últimos diez minutos, no tienen de qué preocuparse. Es pan comido.

Bosch asintió, pero no le devolvió la sonrisa. Se aguantó las ganas de reírse de la inanidad de la afirmación de Portugal. Sabía que no debía fiarse del instinto de los fiscales jóvenes. Pensó en todo lo que había ocurrido antes de llevar a Delacroix al otro lado del cristal. Y sabía que no había nada que fuera pan comido.

38

A las siete de la tarde Bosch y Edgar llevaron a Samuel Delacroix al centro para acusarlo del cargo de homicidio en el Parker Center. Con la participación de Portugal habían interrogado a Delacroix durante casi otra hora entera, cosechando sólo unos pocos detalles sobre el crimen. El recuerdo del padre de la muerte de su hijo se había erosionado por veinte años de culpa y whisky.

Portugal salió de la sala, creyendo que el caso era pan comido. Bosch, en cambio, no estaba tan seguro. Nunca recibía de tan buen grado las confesiones voluntarias como otros detectives y fiscales. Creía que el auténtico remordimiento era algo raro en este mundo. Trataba las confesiones no anticipadas con extremo cuidado, buscando siempre lo que se ocultaba tras las palabras. Para él, cada caso era como un edificio en construcción. Cuando surgía una confesión, ésta se convertía en el bloque de hormigón sobre el que se apoyaba toda la estructura. Si estaba mal mezclado o mal vertido, la casa podría no resistir el embate del primer terremoto. Cuando llevaba a Delacroix al Parker Center, Bosch no pudo evitar pensar que había fisuras en los cimientos de la casa. Y que se avecinaba un terremoto.

El timbrazo del móvil interrumpió los pensamientos de Bosch. Era la teniente Billets.

—Os habéis ido antes de que pudiéramos hablar.

—Lo estamos llevando al centro.

—Estás contento.

—Bueno... no puedo hablar.

—¿Estás en el coche con él?

—Sí.

—Tengo a Irving y a Relaciones con los Medios llamándome. Supongo que ya se ha corrido la voz a través de la fiscalía de que se van a presentar cargos. ¿Cómo quieres que lo manejemos?

Bosch miró el reloj. Suponía que después de presentar cargos contra Delacroix podrían llegar a la casa de Sheila a las ocho. El problema era que un anuncio a los medios de comunicación podría suponer que los periodistas llegarían antes.

—¿Sabe qué le digo? Queremos llegar a la hija antes. ¿Puede contactar con la oficina del fiscal y ver si pueden esperar hasta las nueve? Y lo mismo con Relaciones con los Medios.

—No hay problema. Y mira, después de dejar al tipo, llámame cuando puedas hablar.

—Lo haré.

Cerró el teléfono y miró a Edgar.

—Lo primero que debe de haber hecho Portugal ha sido llamar a su oficina de prensa.

—Lo suponía. Probablemente es su primer caso grande. Va a sacarle todo el partido que pueda.

—Sí.

Condujeron en silencio durante unos minutos más. Bosch pensó en lo que le había insinuado a Billets. No podía determinar cuál era el motivo de su desazón. El caso estaba pasando del reino de la investigación policial al reino del sistema judicial. Todavía había un montón de trabajo de investigación que hacer, pero todos los casos cambiaban cuando se presentaban cargos contra un sospechoso, se ponía a éste bajo custodia y se iniciaba el proceso de acusación. La mayoría de las veces, Bosch tenía una sensación de alivio y plenitud en el momento en que se acusaba a un criminal. Se sentía como el príncipe de la ciudad, sentía que de alguna manera había marcado una diferencia. Pero no era así como se sentía y no estaba seguro del porqué.

Al final se sacudió los sentimientos que le producían sus pasos en falso y los movimientos incontrolables del caso. No tenía mucho que celebrar, ni motivos para sentirse el príncipe de la ciudad cuando el caso había costado tanto. Sí, tenían en el coche al homicida confeso de un chico e iban a llevarlo a la cárcel. Pero Nicholas Trent y Julia Brasher estaban muertos. Sus fantasmas siempre ocuparían las habitaciones de la casa que había construido con la investigación. Siempre le acecharían.

—¿Estaba hablando de mi hija? ¿Van a hablar con ella?

Bosch miró por el espejo. Delacroix estaba inclinado hacia adelante, porque tenía las manos esposadas a la espalda. Bosch tuvo que ajustar el retrovisor y encender la luz interior para verle los ojos.

—Sí. Iremos a darle la noticia.

—¿Tienen que hacerlo? ¿Tienen que meterla en esto?

Bosch observó al sospechoso por el retrovisor durante un momento. La mirada de Delacroix iba adelante y atrás.

—No tenemos elección —dijo Bosch—. Se trata de su hermano, de su padre.

Bosch se puso en el carril de salida de la autovía. Estarían en la entrada de atrás del Parker Center en cinco minutos.

—¿Qué van a decirle?

—Lo que usted nos ha contado. Que usted mató a Arthur. Queremos decírselo antes de que se entere por los periodistas o por las noticias.

Bosch miró el espejo. Vio que Delacroix asentía. Entonces los ojos del hombre se levantaron y miraron a Bosch en el espejo.

—¿Puede decirle algo de mi parte?

—¿Qué?

Bosch buscó en el bolsillo de la chaqueta la grabadora, pero recordó que no la llevaba. Maldijo en silencio a Bradley y su propia decisión de colaborar con Asuntos Internos.

Delacroix se quedó callado un momento. Movió la cabeza mientras miraba de un lado a otro como si buscara las palabras de lo que quería decirle a su hija. Entonces volvió a mirar al espejo y habló.

—Sólo dígale que lo siento por todo. Dígaselo así. Que lo siento por todo. Dígale eso.

—Lo siente por todo. Entendido. ¿Algo más?

—No, sólo eso.

Edgar se movió en su asiento para poder mirar a Delacroix.

—Lo siente, ¿eh? —dijo—. Parece un poco tarde después de veinte años, ¿no le parece?

Bosch dobló por Los Angeles Street. No pudo ver la reacción de Delacroix en el espejo.

—Usted no sabe nada —replicó Delacroix de mal humor—. Llevo veinte años llorando.

—Sí —contraatacó Edgar—, llorando en su whisky.

Pero no lo suficiente para hacer nada hasta que nosotros aparecimos. No lo suficiente para tirar la botella y entregarse y sacar a su hijo del polvo cuando aún quedaba lo bastante de él para enterrarlo como es debido. Ahora sólo quedan huesos, ¿sabe? Huesos.

Bosch miró por el espejo. Delacroix sacudió la cabeza y se inclinó todavía más hacia adelante, hasta que su cabeza quedó apoyada en el respaldo del asiento.

—No podía —dijo—. Ni siquiera...

Se detuvo y Bosch miró por el espejo cuando Delacroix se encogía de hombros. Estaba llorando.

—¿Ni siquiera qué? —preguntó Bosch en voz alta.

Entonces oyó que Delacroix vomitaba en el suelo de la parte de atrás.

—Ah, mierda —gritó Edgar—. Sabía que iba a pasar esto.

El coche se llenó del olor acre de una celda de borrachos: vómito de base alcohólica. Bosch bajó la ventanilla del todo, a pesar del frío aire de enero. Edgar hizo lo mismo. Bosch metió el coche en el Parker Center.

—Creo que es tu turno —dijo Bosch—. A mí me tocó la última vez. El testigo que sacamos del Bar Marmount.

—Ya lo sé, ya lo sé —dijo Edgar—. Es justo lo que quería hacer antes de comer.

Bosch aparcó en uno de los huecos cercanos a las puertas de entrada que estaban reservadas para vehículos que llevaban detenidos. Un agente apostado en la puerta se acercó al coche.

Bosch se acordó de la queja de Julia Brasher por tener que limpiar el vómito de los coches patrulla. Era casi como si le estuviera dando un codazo en las costillas otra vez, haciéndole sonreír a pesar del dolor.

39

Sheila Delacroix abrió la puerta de la casa en la que ella y su hermano habían vivido, pero sólo uno de ellos se había hecho adulto. Llevaba unos elásticos negros y una camiseta larga que casi le llegaba a las rodillas. Se había quitado el maquillaje y Bosch descubrió que tenía una cara bonita cuando no la ocultaban los polvos y las cremas. Sus ojos se abrieron cuando reconoció a Bosch y Edgar.

—¿Detectives? No los esperaba.

Sheila no hizo ningún movimiento para invitarlos a pasar.

Fue Bosch quien habló.

—Sheila hemos conseguido identificar los restos de Laurel Canyon y son los de su hermano Arthur. Lamentamos tener que decirle esto. ¿Podemos entrar unos minutos?

Ella asintió al recibir la información y se apoyó un momento en el marco de la puerta. Bosch se preguntó si se iría de la casa una vez perdida la posibilidad de que Arthur regresara.

Sheila se apartó y los invitó a entrar.

—Por favor —dijo, indicándoles que se sentaran mientras entraban en el salón.

Todos ocuparon los mismos lugares que en la visita anterior. Bosch se fijó en que la caja de fotos que la hermana de la víctima había sacado el día anterior continuaba en la mesita de café. Ahora las fotos estaban bien apiladas en la caja. Sheila captó la mirada de Bosch.

—Las he ordenado un poco. Hacía mucho tiempo que quería hacerlo.

Bosch asintió. Esperó hasta que Sheila se sentó antes de hacerlo él y continuar. En el camino había preparado la visita con Edgar. Sheila Delacroix iba a ser un componente importante del caso. Tenían la confesión del padre y la evidencia de los huesos, pero lo que daría consistencia a todo sería la historia de ella. Necesitaban que la hermana de la víctima les contara cómo era crecer en la casa de los Delacroix.

—Ah, aún hay más, Sheila. Queríamos hablar con usted antes de que lo viera en las noticias. Acaban de presentarse cargos contra su padre por la muerte de Arthur.

—Oh, Dios mío.

Ella se inclinó hacia adelante y puso los codos en las rodillas. Cerró los puños y los mantuvo fuertemente apretados contra su boca. Cerró los ojos y el pelo le cayó sobre la cara.

—Estará en el Parker Center, pendiente de una comparecencia ante el juez mañana y una vista para la fianza. Diría que por cómo pinta el asunto (me refiero a su estilo de vida) no creo que pueda pagar la clase de fianza que van a imponerle.

Ella abrió los ojos.

—Tiene que haber algún error. ¿Qué pasa con el hombre que vivía al otro lado de la calle? Se suicidó. Tuvo que ser él.

—Creemos que no, Sheila.

—Mi padre no puede haber hecho eso,

—En realidad —dijo Edgar con suavidad—, lo ha confesado.

Ella se enderezó y Bosch vio auténtica sorpresa en su rostro. Y esto le sorprendió a él. Pensaba que ella siempre habría albergado esa idea, la sospecha acerca de su padre.

—Nos dijo que le pegó con un bate de béisbol porque se saltó la escuela —explicó Bosch—. Su padre dijo que estaba bebido y que perdió la cabeza y le pegó demasiado fuerte. Según él fue un accidente.

Sheila le devolvió la mirada mientras trataba de procesar la información. Bosch continuó:

—Entonces puso el cadáver de su hermano en el maletero del coche. Nos dijo que cuando ustedes dos fueron a buscarlo en coche esa noche, él estuvo siempre en el maletero.

La hermana cerró los ojos otra vez.

—Más tarde —continuó Edgar—, mientras usted estaba durmiendo, salió a hurtadillas y fue en coche a la colina y dejó el cuerpo.

Sheila empezó a sacudir la cabeza como si tratara de eludir las palabras.

—No, no, él...

—¿Alguna vez vio que su padre pegaba a Arthur? —preguntó Bosch.

Sheila lo miró, aparentemente saliendo de su aturdimiento.

—No, nunca.

—¿Está segura de eso?

Ella negó con la cabeza.

—Nada más que una colleja cuando era un mocoso. Nada más.

Bosch miró a Edgar y luego otra vez a la mujer, quien estaba inclinada otra vez, mirando al suelo que tenía bajo sus pies.

—Sheila, sé que estamos hablando de su padre, pero también estamos hablando de su hermano. Él no tuvo muchas oportunidades en la vida, ¿no?

Bosch esperó y al cabo de unos segundos ella negó con la cabeza sin levantarla.

—Tenemos la confesión de su padre y tenemos pruebas. Los huesos de Arthur nos cuentan una historia, Sheila. Hay heridas. Muchas. De toda su vida.

La mujer asintió.

—Lo que necesitamos es otra voz. Alguien que pueda explicarnos cómo fue para Arthur crecer en esta casa.

—Intentar crecer —agregó Edgar.

Sheila se enderezó y usó las palmas para secarse las lágrimas que corrían por sus mejillas.

—Lo único que puedo decirles es que nunca le vi pegar a mi hermano. Ni una sola vez.

Ella se secó más lágrimas. Su cara estaba empezando a ponerse brillante y deformada.

—Esto es increíble —dijo ella—. Todo lo que hice... Lo único que quería era ver si era Arthur el que estaba allí. Y ahora... Nunca tendría que haberles llamado. Debería...

No terminó. Se pellizcó el puente de la nariz en un esfuerzo por contener las lágrimas.

—Sheila —dijo Edgar—, ¿si su padre no lo hizo por qué nos dijo que lo hizo?

Ella sacudió la cabeza con rapidez y pareció agitarse más.

—¿Por qué iba a pedirnos que le dijéramos que lo sentía?

—No lo sé. Está enfermo. Bebe. Quizá quiere atención, no lo sé. Era actor, ¿sabían?

Bosch tiró de la caja de fotos de la mesita de café y repasó las de una fila con el dedo. Vio una foto de Arthur
cuando tendría unos cinco años. La cogió y la estudió.
No había en la foto ninguna pista de que el niño estaba
condenado, de que los huesos que había bajo su piel ya
estaban dañados.

Colocó la foto otra vez en su lugar y miró a la mujer.
Ambos se sostuvieron la mirada.

—Sheila, ¿va a ayudarnos?

Ella apartó la mirada.

—No puedo.

40

Bosch detuvo el coche enfrente de la alcantarilla y paró el motor. No quería atraer la atención de los residentes de Wonderland Avenue. A pesar de la exposición que suponía ir en un coche blanco y negro, esperaba que fuera lo bastante tarde para que todas las cortinas estuvieran echadas.

Bosch estaba solo en el coche, porque su compañero ya se había ido a casa. Se agachó y apretó el botón que levantaba el maletero. Se inclinó hacia la ventanilla y miró a la colina. La unidad de servicios especiales ya había estado allí y había retirado la red de rampas y escaleras que conducían a la escena del crimen. Eso era lo que quería Bosch. Quería que la situación fuera lo más parecida posible a cuando Samuel Delacroix había arrastrado el cadáver de su hijo colina arriba en plena noche.

La linterna se encendió y sorprendió a Bosch momentáneamente: no se había dado cuenta de que tenía el pulgar en el botón. La apagó y observó las tranquilas casas de la rotonda. Bosch estaba siguiendo su instinto al volver al lugar donde había empezado todo. Tenía a un hombre en el calabozo por un asesinato cometido hacía más de veinte años, pero no se sentía cómodo. Algo iba mal y él iba a empezar en la colina.

Después de apagar la luz interior, Bosch abrió la puerta en silencio y salió con la linterna.

En la parte de atrás del coche miró en torno una vez más y levantó el capó. En el maletero tenía el *dummy* que había pedido a Jesper en el laboratorio de criminalística. En ocasiones se utilizaban *dummies* en la reconstrucción de los crímenes, particularmente en los suicidios por salto que resultaban sospechosos y en los atropellos con fuga. La División de Investigaciones Científicas tenía un surtido variado en tamaño, de niño a adulto. El peso de los *dummies* podía manipularse agregando o quitando sacos de arena de medio kilo de los bolsillos con cremalleras del torso y las extremidades.

El *dummy* que había en el maletero de Bosch tenía las siglas de la división grabadas en el pecho. No tenía rostro. En el laboratorio, Bosch y Jesper habían usado las bolsas de arena para que pesara treinta y cinco kilos, el peso de Arthur Delacroix según la estimación que había hecho Golliher basándose en el tamaño de los huesos y las fotos del chico. El muñeco llevaba una mochila similar a la que se había recuperado en las excavaciones. Estaba llena de trapos viejos del maletero del coche para conseguir un equivalente de las ropas enterradas junto con los huesos.

Bosch dejó la linterna, agarró el *dummy* por los antebrazos y lo sacó del maletero. Lo sopesó y se lo cargó al hombro izquierdo. Dio un paso atrás para equilibrarse y cogió de nuevo la linterna. Era barata de *drugstore*, como la que Samuel Delacroix había usado la noche que enterró a su hijo, según él mismo les había dicho. Bosch la encendió, pisó la acera y se encaminó a la colina.

Empezó a escalar, sin embargo, inmediatamente se

dio cuenta de que necesitaba ambas manos para agarrarse de las ramas y ayudarse a subir la pendiente. Puso la linterna en uno de los bolsillos de delante, pero su haz iluminó las copas de los árboles y le resultó inútil.

Se cayó dos veces en los primeros cinco minutos y quedó exhausto antes de subir diez metros por la pendiente. Sin la linterna iluminando el camino no vio una pequeña rama sin hojas y ésta le hizo un corte en la mejilla. Bosch maldijo, pero siguió adelante.

A los quince metros, Bosch se tomó el primer descanso, dejando el *dummy* junto al tronco de un pino de Monterrey y sentándose en el pecho del muñeco. Se sacó la camiseta por fuera de los pantalones y usó la prenda para a contener el flujo de sangre de su mejilla. La herida le escocía por el sudor que le resbalaba por el rostro.

—Muy bien, muchacho, vamos —dijo cuando recuperó el aliento.

Durante los siguientes seis metros tiró del muñeco por la pendiente. Avanzaba con más lentitud, pero era más fácil que cargar todo el peso, y además era la forma que Delacroix les había dicho que recordaba.

Después de otro descanso, Bosch avanzó los últimos diez metros hasta el terreno llano y arrastró el *dummy* al claro que había bajo las acacias. Se dejó caer de rodillas y se sentó en los talones.

—Y una mierda —dijo mientras jadeaba—. Esto es mentira.

No se imaginaba a Delacroix haciendo eso. Él era probablemente diez años mayor que Delacroix cuando supuestamente había conseguido la misma hazaña, pero Bosch se mantenía en buena forma para un hombre de su edad. También estaba sobrio, algo que Delacroix afirmaba no haber estado aquella noche.

Aunque Bosch había conseguido llevar el muñeco al lugar de la sepultura, su instinto le decía que Delacroix les había mentido. No lo había hecho de la forma en que lo había explicado. O bien no había subido el cuerpo a la colina o alguien le había ayudado. Y había una tercera posibilidad, que Arthur Delacroix hubiera estado vivo y hubiera subido la colina por su propio pie.

La respiración de Bosch volvió finalmente a la normalidad. Bosch reclinó la cabeza y miró a través de la abertura en la cúpula arbórea. Veía el cielo nocturno y una parte de la luna tras una nube. Se dio cuenta de que olía a madera ardiendo en la chimenea de una de las casas de la rotonda.

Sacó la linterna del bolsillo y se agachó hasta una correa cosida en la espalda del *dummy*. Puesto que bajar el muñeco por la colina no formaba parte de la prueba, pretendía llevarlo por la correa. Estaba a punto de levantarse cuando oyó movimiento en el suelo a unos diez metros a la izquierda.

Bosch inmediatamente extendió la linterna en la dirección del sonido y captó una fugaz visión de un coyote moviéndose entre los arbustos. El animal se apartó velozmente del haz de luz y desapareció. Bosch hizo un barrido con la linterna, pero no volvió a localizarlo. Se levantó y empezó a arrastrar el *dummy* hacia la pendiente.

La ley de la gravedad hizo que bajar fuera más sencillo que subir, pero no menos traicionero. Mientras cuidadosa y lentamente elegía sus pasos, Bosch se preguntó por el coyote. No sabía cuánto tiempo vivían los coyotes ni si el que él se había encontrado había visto a otro hombre veinte años antes mientras enterraba un cadáver en el mismo lugar.

Bosch bajó la colina sin caerse. Cuando cargaba con

el *dummy* saliendo de la curva vio al doctor Guyot y a su perra al lado de su coche. La perra iba con correa. Bosch fue rápidamente al maletero, echó dentro el muñeco y cerró de golpe. Guyot rodeó el coche.

—Detective Bosch.

Se lo pensó mejor antes de preguntarle a Bosch qué estaba haciendo.

—Doctor Guyot, ¿cómo está?

—Mejor que usted, me temo. Ha vuelto a hacerse daño. Parece una laceración dolorosa.

Bosch se tocó la mejilla. Todavía le escocía.

—No pasa nada, es sólo un arañazo. Será mejor que deje a *Calamidad* con su correa. Acabo de ver un coyote allí arriba.

—Sí, nunca le suelto la correa por la noche. Las colinas están llenas de coyotes. Los oímos por la noche. Será mejor que me acompañe a casa. Puedo curarle eso. Si no lo hace bien le quedará cicatriz.

Un recuerdo de Julia Brasher preguntándole por sus cicatrices asaltó de repente la mente de Bosch. Miró a Guyot.

—De acuerdo.

Dejaron el coche en la rotonda y bajaron caminando hasta la casa de Guyot. En el despacho de atrás Bosch se sentó al escritorio mientras el doctor le limpiaba el corte en la mejilla y luego usaba dos apósitos para cubrirla.

—Creo que se pondrá bien —dijo Guyot mientras cerraba su maletín de primeros auxilios—. Aunque no sé si puedo decir lo mismo de su camiseta.

Bosch miró la camiseta, cuya parte inferior estaba teñida de sangre.

—Gracias por curarme, doctor. ¿Cuánto tiempo tengo que llevar esto puesto?

—Unos días, si puede soportarlo.

Bosch se tocó la mejilla con suavidad. Se le estaba hinchando ligeramente, pero la herida ya no le escocía. Guyot se volvió de su maletín de primeros auxilios y miró a Bosch, quien supo que quería decir algo. Creyó que iba a preguntarle por el muñeco.

—¿Qué pasa, doctor?

—La agente que estuvo aquí esa primera noche. ¿Fue la mujer que murió?

Bosch asintió.

—Sí, fue ella.

Guyot sacudió la cabeza en un gesto de genuina tristeza. Lentamente rodeó el escritorio y se hundió en el sillón.

—Es curioso cómo son a veces las cosas —dijo—. Reacción en cadena. El señor Trent del otro lado de la calle. Esa agente. Todo porque un perro encontró un hueso. La cosa más natural del mundo.

Bosch sólo pudo asentir. Empezó a meterse la camiseta para ver si podía ocultar la parte manchada de sangre.

Guyot miró a su perra, que estaba tumbada al lado de la silla de escritorio.

—Ojalá nunca le hubiera soltado la correa —dijo—. Ojalá.

Bosch rodó con la silla para separarse del escritorio y se levantó. Se miró el torso. La mancha de sangre quedaba oculta, pero poco importaba porque la camiseta estaba empapada de sudor.

—No lo sé, doctor Guyot —dijo Bosch—. Creo que si empieza a pensar así, nunca podría volver a salir por esa puerta.

Ambos se miraron e intercambiaron expresiones de asentimiento. Bosch se señaló la mejilla.

—Gracias por esto —dijo—. Encontraré la salida. —Se volvió hacia la puerta.

Guyot lo detuvo.

—En el avance informativo han dicho que la policía ha anunciado una detención en el caso. Iba a verlo a las once.

Bosch lo miró desde el umbral.

—No crea todo lo que dicen por televisión.

41

El teléfono sonó justo cuando Bosch había terminado de ver por primera vez la confesión de Samuel Delacroix. Cogió el mando a distancia y quitó el sonido de la televisión antes de contestar la llamada. Era la teniente Billets.

—Pensaba que ibas a llamarme.

Bosch dio un trago a la cerveza que tenía en la mano y la dejó en la mesa, junto a su silla para ver la televisión.

—Lo siento, me olvidé.

—¿Sigues con la misma sensación?

—Más o menos.

—Bueno, ¿de qué se trata, Harry? Creo que nunca he visto a un detective preocupado de esa manera por una confesión.

—Son muchas cosas. Pasa algo.

—¿A qué te refieres?

—Me refiero a que estoy empezando a pensar que tal vez él no lo hizo. Que tal vez está preparando algo y no sé qué.

Billets se quedó un rato en silencio, probablemente no estaba segura de qué decir.

—¿Qué opina Jerry? —preguntó ella por fin.

—No sé lo que piensa. Está contento de cerrar el caso.

—Todos lo estamos, Harry. Pero no si tenemos al hombre equivocado. ¿Tienes algo concreto? ¿Algo que respalde tus dudas?

Bosch se tocó suavemente la mejilla. La hinchazón había desaparecido, pero la herida le dolía si se la tocaba. No podía evitar tocarla.

—Esta noche he subido a la escena del crimen con un *dummy*. Treinta y cinco kilos. Logré llegar pero fue una odisea.

—Bueno, demostraste que puede hacerse. ¿Cuál es el problema?

—Yo arrastré un muñeco. Ese tipo estaba arrastrando el cadáver de su propio hijo. Yo estaba sobrio; Delacroix dijo que estaba borracho. Yo había estado antes; él no. No creo que pudiera hacerlo. Al menos solo.

—¿Crees que lo ayudaron? ¿La hija tal vez?

—Puede que lo ayudaran o puede que nunca estuviera allí. No lo sé. Hemos hablado con la hija esta noche y no va a ayudarnos con el padre. No dirá una palabra. Así que empiezas a pensar que tal vez fueron los dos. Pero entonces, no. Si estaba implicada, ¿por qué iba a llamarnos y darnos la identificación de los huesos? No tiene sentido.

Billets no respondió. Bosch miró el reloj y vio que eran las once de la noche. Quería ver las noticias en televisión. Usó el mando a distancia para apagar el vídeo y puso la tele en Channel Four.

—¿Tienes la televisión encendida? —preguntó Billets.

—Sí, el cuatro.

Era la noticia principal: un padre mata a su hijo, entierra el cadáver y es detenido veintitantos años después por culpa de un perro. Una historia perfecta de Los Ángeles. Bosch observó en silencio, y lo mismo hizo Billets hasta el final. El reportaje de Judy Surtain no tenía inexactitudes que Bosch detectara. Le sorprendió.

—No está mal —dijo cuando terminó—. Al final lo tienen bien.

Quitó el volumen de la tele otra vez justo cuando el presentador pasaba a la siguiente noticia. Se quedó un momento en silencio mientras miraba la televisión. La noticia era sobre los huesos humanos encontrados en los pozos de alquitrán de La Brea. Se veía a Golliher en una conferencia de prensa, de pie delante de un enjambre de micrófonos.

—Vamos, Harry —dijo Billets—. ¿Qué más te preocupa? Tiene que haber algo más que tu sensación de que él no pudo hacerlo. Y por lo que respecta a la hija, no me parece contradictorio que hiciera la llamada para identificarlo. Vio en la tele la noticia de Trent, ¿no? Tal vez pensó que se lo cargaríamos a él. Después de veinte años de preocuparse, tenía la ocasión de endosárselo a otra persona.

Bosch negó con la cabeza, aunque sabía que ella no podía verlo. Simplemente no le encajaba que Sheila diera la pista si estaba involucrada en la muerte de su hermano.

—No lo sé —dijo Bosch—. No me cuadra.

—Entonces, ¿qué vas a hacer?

—Voy a empezar desde el principio.

—¿Cuándo es la vista? ¿Mañana?

—Sí.

—No tienes bastante tiempo, Harry.

—Ya lo sé, pero lo estoy haciendo. Ya he encontrado una contradicción que no había visto antes.

—¿Qué?

—Delacroix dijo que mató a Arthur por la mañana, después de descubrir que el chico no había ido a la escuela. Cuando entrevistamos a la hija la primera vez, ella dijo que Arthur no volvió de la escuela. Eso es una diferencia.

Billets hizo un sonido de trompetilla por el teléfono.

—Harry, eso es una minucia. Han pasado más de veinte años y estaba borracho. Supongo que vas a buscar los registros de la escuela.

—Mañana.

—Entonces lo tendrás resuelto, pero ¿cómo iba a saber la hermana si fue a la escuela o no? Lo único que sabe ella era que después no estaba en casa. No me estás convenciendo de nada.

—Ya lo sé. Tampoco lo intento. Sólo le estoy contando lo que estoy investigando.

—¿Encontrasteis algo en el registro de la caravana?

—Todavía no la hemos registrado. Delacroix empezó a hablar en cuanto llegamos allí. Iremos mañana, después de la vista.

—¿Cuál es el margen para la fianza?

—Cuarenta y ocho horas. Estamos bien.

Hablar de la caravana le recordó al detective el gato de Delacroix. Habían estado tan involucrados en la confesión del sospechoso que Bosch se había olvidado del animal.

—Mierda.

—¿Qué?

—Nada. Me olvidé del gato del tío. Delacroix tiene un gato. Le dije que avisaría a una vecina para que se ocupara.

—Deberíamos llamar a la protectora de animales.

—Insistió en que no lo hiciéramos. Eh, usted tiene gatos, ¿verdad?

—Sí, pero no voy a quedarme el de ese tipo.

—No, no quería decir eso. Sólo quería saber cuánto tiempo pueden estar sin comida ni agua.

—¿No dejaste nada de comida para el gato?

—Sí dejamos, pero probablemente ya no le queda.

—Bueno, si le has dado de comer hoy, probablemente aguantará hasta mañana, pero no estará muy contento. Lo va a arañar todo.

—Parece que ya lo ha hecho antes. Escuche, tengo que colgar. Quiero ver el resto de la cinta y hacerme una idea de dónde estamos.

—Muy bien, te dejo. Pero, Harry, no le pegues una patada en la boca a un caballo regalado. ¿Me entiendes?

—Creo que sí.

Ambos colgaron y Harry empezó a ver la cinta de la confesión otra vez, pero la apagó casi de inmediato. El gato le inquietaba. Debería haberse ocupado de él. Decidió volver a salir.

42

Al aproximarse a la caravana de Delacroix, Bosch vio luz detrás de todas las cortinas. No habían dejado ninguna luz encendida cuando se habían marchado de la casa, doce horas antes. Siguió adelante y aparcó en un hueco que había a varias caravanas de distancia. Dejó la caja con la comida para el gato en el coche, caminó hasta la caravana de Delacroix y la observó desde la misma posición que había ocupado cuando Edgar había llamado a la puerta. A pesar de que era muy tarde, el permanente zumbido de la autovía entorpecía su capacidad de oír sonidos o detectar movimientos en el interior de la caravana.

Sacó la pistola de la cartuchera y fue hacia la puerta. Con cuidado y en silencio pisó los bloques de cemento y probó a girar el pomo de la cerradura. No habían echado la llave. Bosch se inclinó hacia la puerta y escuchó, pero no consiguió oír nada del interior. Esperó un momento más, giró despacio y silenciosamente el pomo y abrió la puerta mientras alzaba el arma.

La sala estaba vacía. Bosch entró y barrió la caravana con la mirada. Nadie. Cerró la puerta sin hacer ningún sonido. Miró en la cocina y por el pasillo que llevaba a la habitación. La puerta estaba entornada y no veía a nadie, pero oyó sonidos, como de alguien cerrando cajones. Empezó a moverse por la cocina. El olor a orín de gato era insoportable. Se fijó en que la bandeja que había en el suelo, debajo de la mesa, estaba limpia y el bol de agua casi vacío. Accedió al pasillo y se encontraba a menos de dos metros de la puerta del dormitorio cuando ésta se abrió y salió una figura con la cabeza baja.

Sheila Delacroix dio un grito cuando levantó la cabeza y vio a Bosch. El detective alzó la pistola y la bajó de inmediato cuando reconoció a la mujer que tenía delante. Sheila se puso una mano en el pecho, tenía los ojos desorbitados.

—¿Qué está haciendo aquí? —dijo.

Bosch se enfundó el arma.

—Iba a preguntarle lo mismo.

—Es la casa de mi padre. Tengo llave.

—¿Y?

Ella sacudió la cabeza y se encogió de hombros.

—Estaba... Estaba preocupada por el gato. Estaba buscando el gato. ¿Qué le ha pasado en la cara?

Bosch pasó junto a ella en el estrecho pasillo y entró en el dormitorio.

—He tenido un accidente. —Miró en la habitación y no vio ningún gato ni nada que llamara su atención.

—Creo que está debajo de la cama.

Bosch miró a Sheila.

—El gato. No he podido sacarlo de ahí.

Bosch volvió a la puerta y tocó el hombro de Sheila para conducirla a la sala.

—Vamos a sentarnos.

En la sala, ella se sentó en el sillón reclinable mientras que Bosch se quedó de pie.

—¿Qué estaba buscando?

—Ya se lo he dicho, el gato.

—He oído que abría y cerraba cajones. ¿Al gato le gusta esconderse en los cajones?

Sheila sacudió la cabeza como si quisiera decirle a Bosch que se estaba preocupando sin motivo.

—Tenía curiosidad por mi padre. Estaba aquí y he echado un vistazo, nada más.

—¿Y dónde está su coche?

—He aparcado en la oficina de la entrada. No sabía si iba a haber sitio aquí, así que he aparcado en la entrada y he venido caminando.

—¿Y pensaba llevarse el gato con una correa?

—No, iba a llevarlo en brazos. ¿Por qué me hace todas estas preguntas?

Bosch la escrutó. Sabía que estaba mintiéndole, pero no estaba seguro de qué debía o podía hacer al respecto. Decidió lanzarle una bola rápida.

—Sheila, escúcheme. Si estuvo implicada de alguna manera en la muerte de su hermano, ahora es el momento de decírmelo e intentar hacer un trato.

—¿De qué está hablando?

—¿Ayudó a su padre esa noche? ¿Le ayudó a cargar a su hermano por la colina y enterrarlo?

Ella se llevó las manos a la cara con tanta rapidez como si Bosch le hubiera echado ácido. Gritó a través de sus manos.

—Oh, Dios mío, oh, Dios mío, ¡no puedo creer que esté pasando esto! ¿Qué está...?

De la misma manera abrupta bajó las manos y miró a Bosch con ojos desorbitados.

—¿Cree que yo tengo algo que ver en esto? ¿Cómo puede pensar eso?

Bosch esperó un momento a que se calmara antes de responder.

—Creo que no me está diciendo la verdad. Eso me hace sospechar y significa que tengo que considerar todas las posibilidades.

Ella se levantó de repente.

—¿Estoy detenida?

Bosch negó con la cabeza.

—No, Sheila, no está usted detenida, pero me gustaría que me dijera...

—Entonces me voy.

Ella rodeó la mesita de café y se dirigió a la puerta con paso resuelto.

—¿Y el gato? —preguntó Bosch.

Sheila no se detuvo, salió por la puerta y se adentró en la noche. Bosch oyó que le contestaba desde fuera.

—Ocúpese usted.

Bosch caminó hasta la puerta y observó a Sheila bajando hasta el camino de acceso al parque de caravanas y hacia el edificio de control donde había aparcado el coche.

—Sí —se dijo a sí mismo.

Se apoyó en el marco de la puerta y respiró algo del aire no viciado del exterior. Pensó en Sheila y en lo que podría haber estado haciendo. Después de unos segundos consultó el reloj y miró por encima del hombro al interior de la caravana. Era medianoche pasada y estaba cansado, pero decidió quedarse y buscar lo que fuera que ella había estado buscando.

Sintió algo en su pierna y al bajar la mirada vio un gato negro que se frotaba contra él. Lo apartó suavemente con la pierna. No le gustaban demasiado los gatos.

El animal regresó e insistió en frotarse la cabeza contra la pierna de Bosch. Bosch volvió a entrar en la caravana, causando que el gato retrocediera unos metros con cautela.

—Espera aquí —dijo Bosch—. Tengo comida en el coche.

43

Las comparecencias ante el juez en el centro siempre eran un circo. Cuando Bosch entró en la sala a las nueve menos diez del viernes por la mañana, no vio a ningún juez en el estrado, pero sí una nube de abogados departiendo y moviéndose por el centro de la sala como hormigas en un hormiguero pateado por un niño. Hacía falta ser un veterano experto para conocer y entender lo que estaba ocurriendo en la sala de comparecencias.

Bosch en primer lugar buscó a Sheila Delacroix entre las filas del público, pero no la vio. Después buscó a su compañero y a Portugal, el fiscal, pero tampoco se hallaban en la sala. Sí que vio a dos cámaras preparando el equipo junto a la mesa del alguacil. Su posición les daría una buena perspectiva de los prisioneros cuando empezara la sesión.

Bosch avanzó y pasó por la verja. Sacó la placa y se la mostró al alguacil, que estaba examinando un listado del orden del día.

—¿Tiene a Samuel Delacroix? —preguntó.

—¿Detenido el miércoles o el jueves?

—El jueves, ayer.

El alguacil pasó la hoja superior y recorrió la lista con el dedo. Se detuvo en el nombre de Delacroix.

—Aquí está.

—¿Cuándo le toca?

—Aún nos quedan algunos casos del miércoles. Cuando lleguemos al jueves dependerá de quién sea su abogado. ¿Privado o de oficio?

—Creo que de oficio.

—Van por orden. Una hora, al menos. Y eso si el juez empieza a las nueve. Que yo sepa todavía no ha llegado.

—Gracias.

Bosch se acercó a la mesa de la acusación. Tuvo que rodear a dos grupos de abogados defensores que se explicaban batallitas mientras esperaban a que el juez ocupara su lugar. En la primera posición de la mesa había una mujer a quien Bosch no conocía. Sería la ayudante asignada a la sala. Rutinariamente ella manejaría el ochenta por ciento de los casos, puesto que la mayoría eran menores en naturaleza y no se asignaban a fiscales. Enfrente de ella, en la mesa, había una pila de archivos (los casos de la mañana) de diez centímetros de alto. Bosch volvió a mostrar la placa.

—¿Sabe si George Portugal va a venir a la comparecencia de Delacroix? Es del jueves.

—Sí, va a venir —dijo ella sin levantar la vista—. Acabo de hablar con él.

La mujer levantó la cabeza en ese momento y Bosch notó que su mirada iba hacia el corte de su mejilla. Se había quitado el apósito antes de la ducha de esa mañana, pero la herida seguía siendo muy visible.

—Tardará al menos una hora. Delacroix tiene un abogado de oficio. Eso tiene que doler.

—Sólo cuando sonrío. ¿Me deja usar el teléfono?

—Hasta que salga el juez.

Bosch cogió el teléfono y llamó a la oficina del fiscal, que estaba tres pisos más arriba. Preguntó por Portugal y le pasaron.

—Sí, soy Bosch. ¿Le va bien que suba? Tenemos que hablar.

—Estaré aquí hasta que me llamen para las comparecencias.

—Tardo cinco minutos.

De camino a la salida, Bosch le dijo al alguacil que si se presentaba un detective llamado Edgar lo mandara a la oficina del fiscal. El alguacil le aseguró que así lo haría.

El pasillo estaba repleto de abogados y ciudadanos con algún asunto pendiente con la justicia. Todo el mundo parecía enganchado al móvil. El suelo de mármol y los techos altos recogían las voces y las multiplicaban en una cacofonía de ruido blanco. Bosch se coló en un pequeño bar y tuvo que esperar más de cinco minutos sólo para comprar un café. Después subió por las escaleras de incendios porque no quería perder otros cinco minutos esperando a uno de los ascensores espantosamente lentos.

Cuando entró en el pequeño despacho de Portugal, Edgar ya estaba allí.

—Ya nos estábamos preguntando dónde estaba —dijo Portugal.

—¿Qué diablos te ha pasado? —agregó Edgar al ver la mejilla de Bosch.

—Es una larga historia y ahora voy a explicarla.

Tomó la otra silla, que estaba enfrente del escritorio de Portugal, y dejó el café en el suelo, a su lado. Cayó en la cuenta de que tendría que haber traído para Portugal y Edgar, de manera que decidió no tomárselo delante de ellos.

Abrió el maletín en su regazo y sacó una sección doblada del *Los Angeles Times*. Cerró el maletín y lo dejó en el suelo.

—¿Qué está pasando? —preguntó Portugal, claramente ansioso por conocer el motivo de la reunión.

Bosch empezó a desdoblar el diario.

—Lo que pasa es que estamos acusando al hombre equivocado y que es mejor que lo solucionemos antes de que comparezca ante el juez.

—Mierda. Sabía que iba a decir algo parecido —dijo Portugal—. No sé si quiero oír esto. Va a estropear un caso claro, Bosch.

—No me importa. Si no lo hizo, no lo hizo.

—Pero nos dijo que lo hizo. Varias veces.

—Mire —dijo Edgar a Portugal—. Deje que Harry diga lo que tenga que decir. No queremos estropear nada.

—Puede que sea demasiado tarde para el fiscal que no quiere estropear un caso claro.

—Harry, continúa. ¿Qué pasa?

Bosch les habló de cómo había subido el *dummy* por Wonderland Avenue y había recreado la supuesta escalada de Delacroix por la empinada pendiente.

—Por poco no llego —dijo, tocándose la mejilla—. Pero la cuestión es que Dela...

—Pero llegó —dijo Portugal—. Si lo hizo, Delacroix también pudo hacerlo. ¿Cuál es el problema con eso?

—El problema es que yo estaba sobrio cuando lo hice y él dice que no lo estaba. Yo también sabía adónde estaba yendo. Sabía que arriba el terreno se nivelaba. Él no lo sabía.

—Eso son menudencias, tonterías.

—No, lo que es una tontería es la historia de Delacroix. Nadie arrastró el cadáver del chico hasta allí arriba. Estaba vivo cuando subió. Alguien lo mató allí arriba.

Portugal negó con la cabeza, frustrado.

—Todo esto son conjeturas aventuradas, detective Bosch. No voy a parar todo este proceso porque...

—Son conjeturas, no conjeturas aventuradas.

Bosch miró a Edgar, pero su compañero no le devolvió la mirada. Tenía una expresión apesadumbrada. Bosch volvió a concentrarse en Portugal.

—Escuche, no he terminado. Hay más. Cuando volví a casa anoche me acordé del gato de Delacroix. Lo dejamos en su caravana y le dije que nos ocuparíamos de él, pero nos olvidamos. Así que volví.

Bosch oyó que Edgar respiraba pesadamente y sabía cuál era el problema. Edgar había quedado fuera de la investigación por decisión de su propio compañero. Para él era vergonzoso enterarse de esa información al mismo tiempo que Portugal. En condiciones normales, Bosch le habría dicho lo que tenía antes de acudir al fiscal, pero no había tiempo para eso.

—Lo único que iba a hacer era dar de comer al gato, pero cuando llegué ya había alguien en la caravana. Era la hija.

—¿Sheila? —dijo Edgar—. ¿Qué estaba haciendo ella allí?

Al parecer la noticia sorprendió a Edgar lo suficiente para que dejara de preocuparse por si Portugal sabía que había quedado fuera de los últimos movimientos de la investigación.

—Estaba registrando la caravana. Dijo que ella también estaba allí por el gato, pero estaba registrando el lugar cuando yo llegué allí.

—¿Para qué? —dijo Edgar.

—Ella no me lo dijo. Dijo que no estaba buscando nada, pero cuando ella se fue yo me quedé y encontré algunas cosas.

Bosch levantó el diario.

—Es la sección metropolitana del domingo. Tiene un artículo bastante largo sobre el caso, más que nada datos genéricos sobre la investigación forense de casos como éste. Pero una fuente no identificada aporta muchos detalles del caso. Sobre todo de la escena del crimen.

La noche anterior, después de leer el artículo por primera vez en la caravana de Delacroix, Bosch había pensado que la fuente era probablemente Teresa Corazon, puesto que la citaban por su nombre en el artículo en relación con información genérica sobre casos de huesos. Bosch conocía los tratos entre periodistas y fuentes; atribución directa por alguna información, no atribución por otra información. Pero la identidad de la fuente no era importante en ese momento y no sacó el tema a colación.

—Así que había un artículo —preguntó Portugal—. ¿Y eso qué significa?

—Bueno, explica que los huesos estaban en una sepultura poco profunda y que parecía que el cadáver había sido enterrado sin utilizar herramientas. También decía que se había enterrado una mochila junto con el cuerpo. Y muchos otros detalles. También había detalles que no se mencionaban, por ejemplo no se hablaba del monopatín del chico.

—¿Y? —preguntó Portugal con tono de aburrimiento.

—Que si alguien quería preparar una falsa confesión allí tenía mucha de la información que necesitaba.

—Oh, vamos, detective. Delacroix nos dio mucho

más que los detalles de la escena del crimen. Nos dio el crimen en sí, el viaje en coche con el cadáver, todo eso.

—Todo eso era fácil. No puede probarse que fuera así o no. No había testigos. Nunca encontraremos el coche porque lo aplastaron y lo redujeron al tamaño de una caja de cerillas en algún desguace del valle de San Fernando. Lo único que tenemos es su historia. Y el único punto en que su historia se une a las pruebas físicas es en la escena del crimen. Y todos los detalles que nos ofreció podía haberlos sacado de esto.

Tiró el diario al escritorio de Portugal, pero el fiscal ni siquiera lo miró. Apoyó los codos en la mesa, juntó las palmas de las manos y separó los dedos. Bosch vio que tensaba los músculos bajo las mangas de la camisa y se dio cuenta de que estaba realizando algún tipo de gimnasia para hacer en la oficina. Portugal habló mientras apretaba una mano con la otra.

—Así relajo la tensión.

Al final se detuvo, soltando el aire sonoramente y apoyándose de nuevo en su silla.

—Muy bien, tenía la capacidad de urdir una confesión si quería hacerlo. ¿Por qué iba a querer hacerlo? Estamos hablando de su propio hijo. ¿Por qué iba a decir que mató a su propio hijo si no lo hizo?

—Por esto —dijo Bosch.

Buscó en el bolsillo interior de la americana y sacó un sobre que estaba doblado por la mitad. Se inclinó y suavemente lo dejó encima del periódico en el escritorio de Portugal.

Cuando Portugal cogió el sobre y empezó a abrirlo, Bosch dijo:

—Creo que esto era lo que Sheila estaba buscando anoche en la caravana. Lo encontré en la mesita, al lado de la cama del padre. Estaba debajo del último cajón. Había un escondite allí. Había que sacar el cajón para verlo. Ella no lo hizo.

Portugal sacó del sobre una pila de fotos *polaroid*. Empezó a revisarlas.

—Oh, Dios —dijo casi inmediatamente—. ¿Es ella? ¿La hija? Yo no quiero ver esto.

Pasó rápidamente las fotos que quedaban y las dejó en el escritorio. Edgar se levantó y se inclinó sobre el escritorio. Con un dedo esparció las fotos para poder verlas. Su mandíbula se tensó, pero no dijo nada.

Las fotos eran viejas. Los marcos blancos estaban amarillentos y el color de las imágenes casi lavado por el tiempo. Bosch usaba constantemente *polaroids* en su trabajo. Sabía por la degradación de los colores que las fotos del escritorio tenían mucho más de una década y algunas parecían más viejas que otras. Había catorce fotos en total. El denominador común de todas ellas era una niña desnuda. Basándose en los cambios físicos del cuerpo de la niña y la longitud del cabello, Bosch había adivinado que las fotos eran de un periodo de cinco años. La niña sonreía inocentemente en algunas de las fotos. En otras, había tristeza y quizá incluso furia evidente en sus ojos. Bosch supo desde el momento en que las vio por primera vez que eran fotos de Sheila Delacroix.

Edgar se sentó pesadamente. Bosch ya no sabía si estaba enfadado por haber quedado tan atrasado en el caso o por el contenido de las fotos.

—Ayer era pan comido —dijo Portugal—. Hoy es una caja de gusanos. Supongo que va a decirme cuál es su teoría sobre esto, detective Bosch.

Bosch asintió.

—Empezamos con una familia —dijo.

Mientras hablaba, se inclinó para recoger las fotos, cuadró las esquinas y las volvió a meter en el sobre. No le gustaba que estuvieran expuestas. Se quedó con el sobre en la mano.

—Por una razón u otra, la madre es débil —dijo—. Demasiado joven para casarse, demasiado joven para tener hijos. El chico es difícil de llevar. Ve adónde va su vida y decide que no quiere terminar allí. Se larga y deja a Sheila... para que cuide del chico y para que se las apañe con el padre.

Bosch miró primero a Portugal y luego a Edgar para ver cómo estaba yendo. Ambos hombres parecían cautivados por la historia. Bosch levantó el sobre con las fotos y continuó:

—Por supuesto una vida infernal. ¿Y qué podía hacer ella? Podía culpar a la madre, al padre, al hermano. Pero ¿contra quién podía arremeter? Su madre se había ido. Su padre era más fuerte y tenía el control. Eso sólo dejaba... a Arthur.

Se fijó en una sutil sacudida de la cabeza de Edgar.

—¿Qué estás diciendo, que Sheila lo mató? Eso no tiene sentido. Fue ella quien nos llamó y nos dio la identificación.

—Ya lo sé. Pero el padre no sabe que nos llamó ella.

Edgar frunció el ceño. Portugal se inclinó hacia adelante y empezó a hacer su ejercicio con las manos.

—Creo que me he perdido, detective —dijo—. ¿Qué tiene que ver eso con si mató a su hijo o no?

Bosch también se inclinó hacia adelante y se mostró más animado. Levantó de nuevo el sobre, como si fuera la respuesta a todo.

—¿No lo ve? Los huesos. Todas las heridas. Estábamos equivocados. No era el padre el que le pegaba. Era ella. Sheila. Abusaban de ella y ella se daba la vuelta y se convertía en maltratadora. De Arthur.

Portugal dejó caer las manos en la mesa y negó con la cabeza.

—Entonces me está diciendo que mató al chico y que veinte años después llamó para dar una pista clave en la investigación. No irá a decirme que tiene amnesia y no se acuerda de haber matado al chico, ¿verdad?

Bosch no hizo caso del sarcasmo.

—No, estoy diciendo que ella no lo mató. Pero su historial de abusos llevó al padre a sospechar que lo hizo. Durante todos estos años en que Arthur ha faltado, el padre pensaba que había sido ella. Y sabía por qué. —Una vez más Bosch presentó el sobre con las fotos—. Y así ha cargado con la culpa de saber que lo que le había hecho a Sheila era la causa. Entonces aparecieron los huesos, él lo leyó en el diario y sumó dos y dos. Nos presentamos y el padre empezó a confesar antes de que entráramos un metro en su casa.

Portugal levantó las manos.

—¿Por qué?

Bosch había estado cavilando sobre eso desde que había encontrado las fotos.

—Redención.

—Venga, por favor.

—Hablo en serio. El tipo se está haciendo viejo, está agotado. Cuando tienes más para mirar atrás que lo que te queda por delante, empiezas a pensar en lo que has hecho. Tratas de arreglar las cosas. Él cree que su hija mató a su hijo por culpa de sus actos. Así que ahora quiere cargar con el castigo por ella. Después de todo, ¿qué tiene que perder? Vive en una caravana al lado de una autovía y trabaja en el campo de golf. Es un tipo que una vez tuvo ocasión de probar la fama y la fortuna. Mírelo ahora. Podría ver esto como la última oportunidad para arreglarlo todo.

—Y está equivocado respecto a ella pero no lo sabe.

—Exacto.

Portugal apartó la silla con ruedas del escritorio de una patada y dejó que golpeara la pared de detrás.

—Tengo a un tipo esperando allí abajo al que podría meter en una celda con una mano atada a los cojones y usted entra aquí y me dice que quiere que lo suelte.

Bosch asintió.

—Si estoy equivocado siempre puede acusarlo otra vez. Pero si tengo razón se va a declarar culpable allí abajo. Sin juicios, sin abogados. Nada. Quiere declararse culpable, y si el juez le deja estamos perdidos. Quien realmente mató a Arthur estará a salvo.

Bosch miró a Edgar.

—¿Qué opinas?

—Creo que tu instinto está funcionando.

Portugal sonrió, pero no porque encontrara nota alguna de humor en la situación.

—Dos contra uno. Eso no es justo.

—Hay dos cosas que podemos hacer —dijo Bosch—. Para asegurarnos. Probablemente está abajo en el calabozo ahora. Podemos bajar y decirle que fue Sheila quien nos dio la identificación y preguntarle directamente si la está protegiendo.

—¿Y la otra?

—Pedirle que acepte el polígrafo.

—No sirven para nada. No se admite en...

—No estoy hablando del juicio. Estoy hablando de engañarle. Si está mintiendo no aceptará.

Portugal volvió a acercar la silla a su escritorio. Cogió

el periódico y ojeó un instante el artículo. Sus ojos parecieron vagar por el escritorio antes de tomar una decisión.

—De acuerdo —dijo al final—. Vamos a hacerlo. No presentaré cargos. Por ahora.

44

Bosch y Edgar salieron al pasillo de los ascensores y permanecieron en silencio hasta que Edgar pulsó el botón.

Bosch miró su imagen borrosa reflejada en las puertas de acero inoxidable del ascensor. Miró el reflejo de Edgar y luego directamente a su compañero.

—Bueno —dijo—. ¿Estás muy cabreado?

—Entre mucho y no tanto.

Bosch asintió.

—Me has dejado con la cremallera bajada, Harry.

—Lo sé. Lo siento. ¿Quieres ir por las escaleras?

—Ten paciencia, Harry. ¿Qué le ha pasado a tu teléfono móvil esta noche? ¿Se te ha roto?

Bosch negó con la cabeza.

—No, sólo quería... No estaba seguro de lo que estaba pensando y por eso quería comprobar las cosas yo solo antes. Además, sabía que los jueves por la noche tienes al niño. Después, cuando me encontré a Sheila en la caravana, no venía a cuento.

—¿Y qué me dices de cuando empezaste el registro? Podías haber llamado. Entonces mi hijo ya estaba durmiendo en su casa.

—Sí, lo sé. Debería haberlo hecho, Jed.

Edgar asintió y ahí terminó todo.

—Sabes que esta teoría tuya nos devuelve al punto de partida —dijo.

—Eso es. Tendremos que volver a empezar, revisarlo todo otra vez.

—¿Vas a trabajar este fin de semana?

—Sí, probablemente.

—Entonces, llámame.

—Lo haré.

Finalmente, a Bosch lo venció la impaciencia.

—A la mierda. Me voy por la escalera. Nos vemos abajo.

Salió del pasillo y fue hacia la escalera de emergencia.

45

Una secretaria de la oficina de Sheila Delacroix les dijo a Bosch y Edgar que ella estaba trabajando en una oficina de producción provisional en el Westside, donde estaba haciendo el cásting de un episodio piloto para una serie de televisión titulada *Los liquidadores*.

Bosch y Edgar aparcaron en un estacionamiento reservado lleno de Jaguar y BMW y fue a un almacén que había sido dividido en dos niveles de oficinas. Había carteles de papel enganchados a la pared con la palabra «Cásting» y flechas que indicaban el camino. Recorrieron un largo pasillo y subieron por la escalera del fondo.

Cuando llegaron al segundo piso accedieron a otro largo pasillo en el que había una fila de hombres con trajes oscuros arrugados y pasados de moda. Algunos de los hombres llevaban gabardina y sombrero. Unos caminaban y hablaban en voz baja para sus adentros.

Bosch y Edgar siguieron las flechas y entraron en una larga sala llena de sillas en la que habían más hombres con trajes estropeados. Todos miraban mientras sus compañeros se acercaban a un escritorio situado al fondo de la sala donde había una joven sentada, estudiando los nombres que tenía escritos en un sujetapapeles. Había pilas de fotos de 20 × 25 en el escritorio y páginas con los diálogos de un guión. Bosch oyó el sonido ahogado de voces tensas procedente de detrás de una puerta cerrada situada a espaldas de la mujer.

Esperaron hasta que la mujer levantó la cabeza de su sujetapapeles.

—Hemos de ver a Sheila Delacroix —dijo Bosch.

—¿Sus nombres?

—Detectives Bosch y Edgar.

Ella se echó a reír, y Bosch sacó la placa y se la mostró.

—Sois buenos —dijo ella—. ¿Tenéis ya los *sides*?

—¿Perdón?

—Los *sides*. ¿Y dónde están vuestras fotos?

Bosch lo entendió.

—No somos actores. Somos polis de verdad. ¿Puede hacer el favor de decirle que necesitamos hablar con ella ahora mismo?

La mujer continuó sonriendo.

—¿Es de verdad ese corte en la mejilla? —dijo ella—. Parece real.

Bosch miró a Edgar e hizo una señal con la cabeza en dirección a la puerta. Simultáneamente rodearon el escritorio de la secretaria uno por cada lado y se acercaron a la puerta.

—¡Eh! ¡Está tomando una prueba! No pueden...

Bosch abrió la puerta y entró en la salita. Sheila Delacroix estaba sentada tras un escritorio, observando a un hombre sentado en una silla plegable situada en el centro de la estancia. Estaba leyendo una página de guión. En una esquina había una mujer joven tras una cámara de vídeo instalada en un trípode. En otra esquina había dos hombres sentados en sillas plegables observando la lectura.

El hombre que leía el guión no se detuvo cuando entraron Bosch y Edgar.

—¡La prueba está en el pudin, estúpido! —dijo—. Ha dejado su ADN en toda la escena del crimen. Ahora levántese y póngase contra la...

—Vale, vale —dijo Delacroix—. Alto ahí, Frank.

Sheila miró a Bosch y Edgar.

—¿Qué es esto?

La mujer del escritorio entró a trompicones tras Bosch y Edgar.

—Lo siento, Sheila, estos tipos acaban de colarse como si fueran polis de verdad.

—Hemos de hablar con usted, Sheila —dijo Bosch—. Ahora mismo.

—Estoy en medio de una prueba. ¿No se dan cuenta de que...?

—Nosotros estamos en medio de una investigación de asesinato, ¿recuerda?

Sheila dejó el bolígrafo en la mesa y levantó los brazos. Se volvió hacia la mujer que manejaba la cámara de vídeo, que estaba enfocada a Bosch y Edgar.

—Jennifer, corta —dijo—. Todo el mundo, necesito unos minutos. Frank, lo siento mucho. Lo estabas haciendo muy bien. ¿Puedes esperar unos minutos? Prometo empezar por ti, en cuanto termine.

Frank se levantó y sonrió brillantemente.

—No hay problema, Sheila. Estaré aquí fuera.

Todo el mundo salió de la sala, dejando a Bosch y Edgar solos con Sheila.

—Bueno —dijo después de que se cerró la puerta—. Con una entrada así, deberían ser actores.

Sheila trató de sonreír, pero no funcionó. Bosch se acercó al escritorio. Continuaba de pie. Edgar se apoyó en la puerta. Habían decidido que Bosch manejaría la situación.

—Estoy haciendo un cásting para una serie de dos detectives a los que llaman «Los liquidadores» —dijo ella—, porque tienen un historial impecable de cerrar casos que nadie más parece capaz de cerrar. Supongo que no hay nada parecido en la vida real, ¿no?

—Nadie es perfecto —dijo Bosch—. Ni mucho menos.

—¿Qué es tan importante para que tengan que irrumpir aquí, avergonzándome de este modo?

—Un par de cosas. Pensé que le gustaría saber que encontré lo que estaba buscando anoche...

—Le dije que no estaba...

—... y que su padre ha quedado en libertad hace una hora.

—¿Qué quiere decir en libertad? Anoche dijo que no podría pagar la fianza.

—No habría podido hacerlo, pero ya no se lo acusa de nada.

—Pero él confesó. Dijo que...

—Bueno, ha retirado la confesión esta mañana. Eso fue después de que le dijéramos que íbamos a ponerle en un polígrafo y mencionamos que fue usted quien nos llamó y nos dio la pista que condujo a la identificación de su hermano.

Ella sacudió ligeramente la cabeza.

—No lo entiendo.

—Yo creo que sí, Sheila. Su padre creía que usted había matado a Arthur. Usted era la que siempre le pegaba, la que lo hería, la que hizo que terminara en el hospital aquella vez después de pegarle con un bate. Cuando Arthur desapareció, su padre creyó que tal vez al final había recorrido todo el camino, creyó que lo había matado y había escondido el cadáver. Su padre incluso fue a la habitación de Arthur y se deshizo del pequeño bate por si había vuelto a usarlo.

Sheila puso los codos en el escritorio y ocultó la cara entre las manos. Bosch no se detuvo.

—Así que cuando nosotros nos presentamos empezó a confesar. Quería cargar con el castigo por usted para reparar lo que le había hecho. Por esto.

Bosch sacó del bolsillo el sobre que contenía las fotos. Lo dejó caer en el escritorio, entre los codos de ella. Ella lentamente bajó las manos y lo recogió. No abrió el sobre. No le hacía falta.

—¿Qué tal para una audición, Sheila?

—Ustedes... ¿Es esto lo que hacen? ¿Invadir las vidas de la gente de esta forma? Sus secretos, todo.

—Somos los liquidadores, Sheila. A veces tenemos que serlo.

Bosch vio una caja con botellas de agua en el suelo, al lado de la mesa. Se agachó y abrió una para ella. Miró a Edgar, que negó con la cabeza, Bosch se cogió otra para él, acercó la silla que había usado Frank al escritorio de Sheila y se sentó.

—Escúcheme, Sheila. Usted fue una víctima. Usted era una niña. Él era su padre, era fuerte y tenía el control. No tiene que avergonzarse por haber sido una víctima.

Ella no respondió.

—Sea cual sea el peso con el que carga, es hora de deshacerse de él. Cuéntenos lo que ocurrió. Todo. Creo que hay más de lo que nos ha dicho. Estamos de nuevo en la casilla número uno y necesitamos su ayuda. Estamos hablando de su hermano.

Bosch abrió la botella y tomó un largo trago de agua. Por primera vez se dio cuenta del calor que hacía en la sala. Sheila habló mientras él se tomaba el segundo trago.

—Ahora entiendo algo...

—¿Qué es?

Sheila tenía la mirada en sus manos. Habló como si se estuviera dirigiendo a ella misma. O a nadie.

—Después de que Arthur desapareció, mi padre no volvió a tocarme. Yo nunca... Creía que era porque ya no era deseable para él. Estaba gorda, fea. Ahora creo que a lo mejor era porque... temía lo que yo había hecho o lo que era capaz de hacer.

Ella volvió a dejar el sobre en la mesa. Bosch se inclinó de nuevo hacia adelante.

—Sheila, ¿hay algo más sobre aquella época que no nos haya contado antes? ¿Algo que pueda ayudarnos?

Ella asintió muy ligeramente y luego bajó la cabeza, ocultándola detrás de sus puños levantados.

—Yo sabía que iba a irse —dijo ella lentamente—. Y no hice nada para detenerlo.

Bosch avanzó hasta el borde de la silla y le habló en voz baja.

—¿Cómo es eso, Sheila?

Hubo una larga pausa antes de que ella respondiera.

—Cuando volví de la escuela ese día, él estaba allí. En su habitación.

—¿Entonces sí volvió a casa?

—Sí, un rato. Tenía la puerta entreabierta y yo miré. Él no me vio. Estaba poniendo cosas en su mochila. Ropa y cosas así. Yo sabía lo que estaba haciendo. Estaba preparando la mochila para marcharse. Yo sólo... Me metí en la habitación y cerré la puerta. Yo quería que se fuera. Supongo que lo odiaba. No lo sé. Pero quería que se fuera. Me quedé en la habitación hasta que se cerró la puerta de la calle.

Sheila levantó la cara y miró a Bosch. Tenía los ojos húmedos, pero Bosch había visto muchas veces antes que con la purga de la culpa y la verdad llegaba la fuerza. Bosch la vio en sus ojos.

—Podría haberlo detenido, pero no lo hice. Y ahora voy a tener que vivir con eso. Ahora que sé lo que le ocurrió...

Su ojos se posaron más allá de Bosch, en algún lugar por encima de su hombro, donde ella podía ver la ola de culpa que se le venía encima.

—Gracias, Sheila —dijo Bosch con suavidad—. ¿Sabe alguna cosa más que pueda ayudarnos?

Ella negó con la cabeza.

—Ahora la dejaremos sola.

Bosch se levantó y devolvió la silla a su lugar en el centro de la sala. Luego volvió al escritorio y cogió el sobre que contenía las *polaroids*. Se dirigió hacia la puerta del despacho y Edgar la abrió.

—¿Qué le pasará a él? —preguntó Sheila.

Los dos detectives se volvieron. Edgar cerró la puerta. Bosch sabía que se estaba refiriendo a su padre.

—Nada —dijo—. Lo que le hizo a usted hace tiempo que prescribió. Vuelve a su caravana.

Ella asintió sin mirar a Bosch.

—Sheila, puede que en un momento fuera destructivo y temible, pero el tiempo encuentra la forma de cambiar las cosas. Es un círculo. Quita el poder a unos y se lo da a aquellos que no lo tenían. Ahora mismo es su padre el que está destruido. Créame. Ya no puede hacerle daño. No es nada.

—¿Qué harán con las fotografías?

Bosch miró el sobre que tenía en la mano y luego a ella.

—Tienen que quedar en el archivo. Nadie las verá.

—Quiero quemarlas.

—Queme los recuerdos.

Sheila asintió. Bosch se estaba volviendo para salir cuando la oyó reír y se volvió a mirarla. Estaba sacudiendo la cabeza.

—¿Qué?

—Nada. Es que tengo que sentarme aquí todo el día y escuchar a gente que trata de hablar y sonar como ustedes. Y ahora sé que nadie se acercará. Nadie lo hará bien.

—Así es el negocio del espectáculo —dijo Bosch.

Cuando se dirigieron por el pasillo a la escalera, Bosch y Edgar pasaron otra vez al lado de los actores. En la escalera el que se llamaba Frank estaba diciendo su papel en voz alta. Sonrió a los verdaderos detectives cuando pasaron.

—Eh, chicos, ustedes son de verdad, ¿no? ¿Cómo creen que lo he hecho allí dentro?

Bosch no contestó.

—Has estado genial, Frank —dijo Edgar—. Eres un liquidador, tío. La prueba está en el pudin.

46

A las dos en punto del viernes por la tarde, Bosch y Edgar se abrieron paso por la sala de la brigada hasta la mesa de homicidios. Habían viajado en silencio desde el Westside a Hollywood. Era el décimo día del caso. No estaban más cerca del asesino de Arthur Delacroix de lo que habían estado durante todos los años que los huesos del chico habían yacido silenciosamente en la colina de encima de Wonderland Avenue. Lo único que podían exhibir tras diez días era una agente de policía muerta y el suicidio de un pederasta aparentemente reformado.

Como era habitual había una pila de papelitos rosas de mensajes esperando a Bosch. También había un sobre de correo interno. Cogió primero el sobre, adivinando el contenido.

—Ya era hora —dijo.

Abrió el sobre y sacó la minigrabadora. Pulsó el botón de reproducción para comprobar las pilas. Inmediatamente escuchó su propia voz. Bajó el volumen y apagó el aparato. Se lo guardó en el bolsillo de la americana y dejó el sobre en la papelera que tenía a sus pies.

Repasó los mensajes de teléfono. Casi todos eran de

periodistas. «Vivir por los medios, morir por los medios», pensó. Dejaría a la oficina de prensa que explicara al mundo cómo un hombre que había confesado y había sido acusado de homicidio un día era exonerado y puesto en libertad al día siguiente.

—¿Sabes? —le dijo Bosch a Edgar—. En Canadá los polis no han de decir ni una palabra a los periodistas hasta que termina un caso. Es como un bloqueo informativo en todos los casos.

—Además, tienen ese beicon redondo —replicó Edgar—. ¿Qué estamos haciendo aquí, Harry?

Había un mensaje del consejero familiar de la oficina del forense. Le decía a Bosch que los restos de Arthur Delacroix habían sido entregados a la familia para ser enterrados el domingo. Bosch lo apartó para poder llamar y averiguar los detalles del funeral y qué miembros de la familia habían reclamado los restos.

Volvió a los mensajes y se encontró con un papelito rosa que inmediatamente captó su atención. Se recostó en la silla y lo estudió, empezando a sentir una tensión en el cuero cabelludo que le bajaba por la nuca. El mensaje se había recibido a las tres treinta y era de un tal teniente Bollenbach de la Oficina de Operaciones, la O-2, como se la conocía popularmente entre los mandos y la tropa. La O-2 era donde se manejaban todas las asignaciones y transferencias. Una década antes, cuando Bosch fue trasladado a la División de Hollywood había recibido la orden de la O-2. Lo mismo le había pasado a Kiz Rider cuando la habían enviado a Robos y Homicidios el año anterior.

Bosch pensó en lo que Irving le había dicho en la sala de interrogatorios tres días antes. Supuso que la O-2 iba a empezar un esfuerzo para conseguir que se cumpliera el deseo del subdirector de que Bosch se retirara. Tomó el mensaje como una señal de que iba a ser trasladado de comisaría. Su nuevo puesto seguramente incluiría terapia de autopista: un lugar alejado de casa que requeriría largos trayectos para ir y volver del trabajo. Era una herramienta utilizada con frecuencia por la dirección para convencer a los polis de que podría ser mejor entregar la placa y dedicarse a otra cosa.

Bosch miró a Edgar. Su compañero estaba revisando su propia colección de mensajes telefónicos, ninguno de los cuales parecía haberle detenido como el que Bosch tenía en la mano. Decidió no devolver la llamada y no comentarlo con Edgar todavía. Dobló el mensaje y se lo guardó en el bolsillo. Echó un vistazo a la sala de la brigada, a la bulliciosa actividad de los detectives. Lo echaría de menos si su nuevo destino no era un lugar con el mismo flujo y reflujo de adrenalina. No le importaba la terapia de autopista. Podía encajar cualquier golpe sin preocuparse. Lo que importaba era el trabajo, la misión. Sabía que sin eso estaba perdido.

Volvió a los mensajes. El último de la pila, lo cual significaba que era el primero que se había recibido, era de Antoine Jesper, del laboratorio. Había llamado a las diez de la mañana.

—Mierda —dijo Bosch.

—¿Qué? —dijo Edgar.

—Voy a tener que ir al centro. Todavía tengo el *dummy* que pedí prestado ayer en el maletero. Creo que Jesper lo necesita.

Levantó el teléfono y estaba a punto de llamar a la División de Investigaciones Científicas cuando oyó que desde el otro extremo de la sala de la brigada gritaban su nombre y el de Edgar. Era la teniente Billets. Les hizo una seña para que fueran a su despacho.

—Allá vamos —dijo Edgar al levantarse—. Harry, te cedo los honores. Dile dónde estamos en el caso, o mejor dicho, dónde no estamos.

Bosch lo hizo. En cinco minutos puso a Billets al corriente del caso y de su último giro y falta de progreso.

—Entonces, ¿ahora adónde vamos? —preguntó la teniente.

—Volvemos a empezar, miraremos todo lo que tenemos para ver qué se nos ha pasado. Iremos a la escuela del chico para ver qué informes tienen, miraremos los anuarios, trataremos de contactar con compañeros de clase. Ese tipo de cosas.

Billets asintió. Si sabía algo de la llamada de O-2 no lo dejó traslucir.

—Creo que lo más importante es ese lugar en lo alto de la colina —agregó Bosch.

—¿Por qué?

—Creo que el chico estaba vivo cuando subió allí. Fue allí donde lo mataron. Tenemos que averiguar qué o quién lo llevó hasta allí. Vamos a tener que retroceder en el tiempo en toda esa calle. Hacer un perfil de todo el barrio. Llevará tiempo.

Billets negó con la cabeza.

—Bueno, no podemos trabajar a tiempo completo —dijo—. Lleváis dos semanas fuera de la rotación. Esto no es Robos y Homicidios. Es el máximo tiempo que he podido reservar a un equipo desde que estoy aquí.

—¿Entonces volvemos a entrar?

Ella asintió.

—Y ahora es vuestro turno: el próximo caso es vuestro.

Bosch dijo que sí con la cabeza. Suponía que iba a pasar eso. En los diez días que llevaban con la investigación, los otros dos equipos de homicidios de Hollywood habían asumido casos. Había llegado su turno. Era raro disponer de tanto tiempo para un caso en una división. Había sido un lujo y Bosch pensó que era una pena que no hubieran resuelto el caso.

Bosch también sabía que al ponerlos de nuevo en la rotación Billets estaba haciendo un reconocimiento tácito de que no esperaba cerrarlo. Con cada día que permanecía abierto un caso, las posibilidades de resolverlo caían en picado. Era un hecho en homicidios y le pasaba a todo el mundo. No había liquidadores.

—Bien —dijo Billets—. ¿Alguna otra cosa de la que queráis hablar?

Billets miró a Bosch enarcando una ceja. De repente, Bosch pensó que tal vez sabía algo de la llamada de O-2. Dudó un momento, pero negó con la cabeza al mismo tiempo que lo hacía Edgar.

—Gracias, chicos.

Volvieron a la mesa y Bosch llamó a Jesper.

—El *dummy* está a salvo —dijo cuando el criminalista contestó la llamada—. Te lo llevaré más tarde.

—Tranquilo, tío. Pero no te llamaba por eso. Sólo quería decirte que puedo refinar un poco el informe que te envié sobre el monopatín. Eso por si todavía importa.

Bosch dudó un momento.

—En realidad no, pero ¿qué querías refinar, Antoine?

Bosch abrió el expediente del caso y pasó las hojas hasta encontrar el informe en cuestión. Lo miró mientras Jesper hablaba.

—Bueno, en el informe decía que podía situar la manufactura del monopatín entre febrero del setenta y ocho y junio del ochenta y seis, ¿no?

—Sí, lo estoy mirando.

—Bueno, ahora puedo recortar más de la mitad de

ese periodo. Esta plancha en concreto la fabricaron entre el setenta y ocho y el ochenta. Dos años. No sé si eso significa algo para el caso o no.

Bosch revisó el informe. La corrección de Jesper no tenía importancia, puesto que habían descartado a Trent como sospechoso y el monopatín nunca se había vinculado a Arthur Delacroix. Pero Bosch sentía curiosidad de todos modos.

—¿Cómo lo has sabido? Aquí pone que el mismo modelo se fabricó hasta el ochenta y seis.

—Así fue. Pero esta plancha en particular lleva una fecha. Mil novecientos ochenta.

Bosch estaba desconcertado.

—Espera un momento. ¿Dónde? Yo no vi ninguna...

—Le quité los ejes. Tuve un rato libre aquí y quería ver si había algunas marcas de fábrica. Patentes o algún código interno. No había. Pero entonces vi que alguien había marcado la fecha en la madera. Como si lo hubiera grabado en la parte de abajo y luego hubiera quedado cubierto por el ensamblaje de las ruedas.

—¿Te refieres a cuando hicieron la plancha?

—No, no lo creo. No es un trabajo profesional. De hecho me costó leerlo. Tuve que ponerlo debajo de un cristal y con luz angulada. Creo que era la forma que eligió el propietario original para marcar su plancha en secreto por si había alguna disputa sobre la propiedad. Por si alguien se la robaba. Como decía en el informe. Las planchas Boney fueron durante un tiempo las más buscadas. Eran difíciles de conseguir: habría sido más fácil robar una que conseguirla en la tienda. Así que el chico que tenía ésta sacó el eje trasero (las ruedas originales, no éstas) y grabó la fecha. Mil novecientos ochenta A. D.

Bosch miró a Edgar. Estaba al teléfono, hablando tapando el auricular con la mano. Una llamada personal.

—¿Has dicho A. D.?

—Sí, quiere decir *Anno Domine*, es latín. Significa «año del Señor». Lo he buscado.

—No. Significa Arthur Delacroix.

—¿Qué? ¿Quién es ése?

—Es la víctima, Antoine. Arthur Delacroix, A. D.

—¡Maldita sea! No tenía aquí el nombre de la víctima, Bosch. Enviaste todas estas pruebas cuando era anónimo y nunca lo corregiste, tío. Ni siquiera sabía que lo habíais identificado.

Bosch tenía una sensación de absoluta taquicardia que le impedía escuchar.

—Antoine, no te muevas. Voy para allí.

—Aquí estaré.

47

La autovía estaba llena de gente ansiosa por empezar pronto el fin de semana. Bosch no pudo mantener la velocidad al dirigirse al centro. Tenía una sensación de urgencia. Sabía que era por el descubrimiento de Jesper y el mensaje de O-2.

Bosch giró la muñeca en el volante para ver el reloj y comprobar la fecha. Sabía que los traslados normalmente se hacían al final del periodo de paga. Había dos pagas al mes, el uno y el quince. Si el traslado que iban a imponerle era inmediato, sólo disponía de tres días para resolver el caso. No quería que se lo quitaran y lo dejaran en manos de Edgar ni de ningún otro. Quería cerrarlo.

Bosch buscó en el bolsillo y sacó el papelito con el teléfono. Lo desdobló, manteniendo las palmas de las manos en el volante. Lo examinó un momento y sacó el teléfono. Marcó el número que figuraba en el mensaje y esperó.

—Oficina de Operaciones, habla el teniente Bollenbach.

Bosch apagó el teléfono. Sintió que se ruborizaba. Se preguntó si Bollenbach tenía identificación de llamadas en su aparato. Sabía que retrasar la llamada era ridículo, porque lo hecho, hecho estaba, tanto si llamaba para conocer la noticia como si no.

Apartó el teléfono y el mensaje y trató de concentrarse en el caso, particularmente en la última información que le había proporcionado Antoine Jesper sobre el monopatín encontrado en la casa de Nicholas Trent. Bosch se dio cuenta de que después de diez días el caso estaba completamente fuera de su control. Había peleado con otros miembros del departamento para exonerar a un hombre que era en ese momento el único sospechoso con pruebas físicas que lo relacionaban con la víctima. El pensamiento que inmediatamente asomó a través de todo esto era que quizá Irving tenía razón y era hora de que Bosch se marchara.

Su teléfono sonó e inmediatamente pensó que era Bollenbach. No iba a contestar, pero entonces decidió que su destino era inevitable. Abrió el teléfono. Era Edgar.

—Harry, ¿qué estás haciendo?

—Te lo he dicho. Tengo que ir a criminalística.

No quería hablarle del último descubrimiento de Jesper hasta que lo hubiera visto con sus propios ojos.

—Podría haberte acompañado.

—Habría sido una pérdida de tiempo.

—Sí, bueno, escucha, Harry, Balas te está buscando y, eh, por aquí se rumorea que te van a trasladar.

—No sé nada de eso.

—Bueno, si pasa algo me lo vas a decir, ¿no? Llevamos mucho tiempo juntos.

—Serás el primero en saberlo, Jerry.

Cuando Bosch llegó al Parker Center, uno de los agentes de patrulla del vestíbulo lo ayudó a cargar el *dummy* hasta la División de Investigaciones Científicas.

Una vez allí, se lo devolvió a Jesper, quien lo cogió y lo llevó al armario.

Jesper condujo a Bosch hasta el laboratorio donde el monopatín estaba en una mesa de examen. El criminalista encendió una lámpara de pie situada junto a la tabla y apagó la luz cenital. Situó una lupa sobre el *skate* e invitó a Bosch a mirar. La luz angulada creaba pequeñas sombras en los bordes de la madera, permitiendo que las letras resultaran claramente legibles.

1980 A. D.

Bosch vio por qué Jesper había saltado a la conclusión a la que había llegado con las letras, especialmente teniendo en cuenta que nadie le había dicho el nombre de la víctima del caso.

—Parece que alguien lo intentó borrar —dijo Jesper, mientras Bosch seguía mirando—. Apuesto a que lo que ocurrió fue que toda la tabla se reconstruyó en un momento dado. Ruedas nuevas y esmalte nuevo.

Bosch asintió.

—De acuerdo —dijo enderezándose después de mirar por la lupa—. Voy a tener que llevármelo para enseñárselo a alguna gente.

—Yo he terminado con él —dijo Jesper—. Es todo tuyo.

Volvió a encender la luz del techo.

—¿Has mirado debajo de estas otras ruedas?

—Claro. No había nada, así que volví a montar el eje.

—¿Tienes una caja o algo?

—Ah, pensaba que ibas a salir montado en él.

Bosch no sonrió.

—Era una broma.

—Sí, ya lo sé.

Jesper salió de la sala y volvió con una caja de cartón vacía que era lo bastante grande para contener el monopatín. Puso el *skate* dentro, junto con el juego de ruedas desmontado y los tornillos, que estaban en una bolsa de plástico. Bosch le dio la gracias.

—¿Lo he hecho bien, Harry?

Bosch dudó un momento y entonces dijo:

—Sí, eso creo, Antoine.

Jesper señaló la mejilla de Bosch.

—¿Afeitándote?

—Algo así.

El camino de vuelta a Hollywood por la autovía fue aún más lento. Bosch al final optó por la salida de Alvarado y se abrió camino hasta Sunset, por donde siguió hasta el final, aunque no ganó tiempo y lo sabía.

Mientras conducía no dejaba de pensar en el monopatín y en Nicholas Trent, tratando de encontrar explicaciones que encajaran con el marco temporal y las pruebas que tenían. No podía hacerlo. Había una pieza que faltaba en la ecuación. Sabía que en algún punto y en algún lugar tenía sentido. Estaba convencido de que llegaría allí, si le daban tiempo suficiente.

A las cuatro y media Bosch irrumpió por la puerta de atrás en la comisaría, llevando la caja que contenía el monopatín. Estaba caminando rápidamente por el pasillo que llevaba a la sala de la brigada cuando Mankiewicz asomó la cabeza por el pasillo desde la oficina de guardia.

—Eh, ¿Harry?

Bosch lo miró, pero siguió caminando.

—¿Qué pasa?

—He oído la noticia. Te vamos a echar de menos.

El rumor se extendía deprisa. Bosch levantó la caja

con el brazo derecho y alzó la mano izquierda con la palma hacia abajo. Hizo un gesto de barrido por la superficie plana de un océano imaginario. Era un gesto normalmente reservado para los conductores de los coches patrulla que pasaban por la calle. Significaba: «Que encuentres el mar en calma, hermano.» Bosch siguió caminando.

Edgar tenía un gran tablero blanco que cubría su escritorio y también parte del de Bosch. Había dibujado algo semejante a un termómetro. Era Wonderland Avenue y la rotonda del final parecía la bola inferior del termómetro. Desde la calle había líneas que indicaban las distintas casas. Desde esas líneas se extendían los nombres escritos en rotulador verde, azul y negro. Había una cruz roja que señalaba el lugar donde se habían hallado los huesos.

Bosch se levantó y miró el diagrama de la calle sin formular ninguna pregunta.

—Deberíamos haber hecho esto desde el principio —dijo Edgar.

—¿Cómo funciona?

—Los nombres en verde son los residentes en mil novecientos ochenta que se mudaron después de esa fecha. Los nombres en azul son de gente que llegó después del ochenta pero que ya se ha ido. Los nombres en negro son los residentes actuales (como Guyot aquí), quiere decir que han estado en la calle todo el tiempo.

Bosch asintió. Sólo había dos nombres en negro. El doctor Guyot y alguien llamado Al Hutter, que estaba en el extremo de la calle más alejado de la escena del crimen.

—Bien —dijo Bosch, aunque no sabía qué utilidad tendría el gráfico en ese momento.

—¿Qué hay en la caja? —preguntó Edgar.

—El monopatín. Jesper encontró algo.

Bosch dejó la caja en el escritorio y levantó la tapa. Le mostró y le explicó a Edgar la fecha y las iniciales marcadas.

—Tendremos que volver a investigar a Trent. Tal vez considerar esa teoría tuya de que se mudó al barrio porque había enterrado allí al chico.

—Joder, Harry, eso casi era una broma.

—Sí, bueno, ahora no es ninguna broma. Tenemos que volver atrás y hacer un perfil de Trent al menos desde mil novecientos ochenta.

—Y mientras nos toca el próximo caso que entre. ¡Fantástico!

—He oído en la radio que lloverá este fin de semana. Si tenemos suerte todo el mundo se quedara tranquilo en su casa.

—Harry, en casa es donde se cometen la mayoría de los crímenes.

Bosch miró a través de la sala de la brigada y vio a la teniente Billets de pie en su despacho. Le estaba haciendo señas para que se acercara. Se había olvidado de que Edgar había dicho que lo estaba buscando. Bosch señaló a Edgar y luego a sí mismo, para preguntarle si quería ver a ambos. Billets negó con la cabeza y señaló sólo a Bosch. Éste supo de qué se trataba.

—Tengo que ver a Balas.

Edgar lo miró. Él también sabía de qué se trataba.

—Buena suerte, compañero.

—Sí, compañero. Si es que aún lo somos.

Bosch cruzó la sala de la brigada y llegó al despacho de la teniente. Ella ya se había sentado al escritorio. No lo miró cuando habló.

—Harry, tienes que llamar inmediatamente a O-2. Llama al teniente Bollenbach antes que nada. Es una orden.

Bosch asintió.

—¿Le ha preguntado adónde voy?

—No, Harry. Estoy demasiado cabreada por eso. Me daba miedo tomarla con él si le preguntaba, y él no tiene nada que ver en esto. Bollenbach sólo es el mensajero.

Bosch sonrió.

—¿Está cabreada?

—Eso es. No quiero perderte. Especialmente si es porque alguien de arriba tiene una rencilla de mierda contigo.

Bosch asintió y se encogió de hombros.

—Gracias, teniente. ¿Por qué no lo llama por el altavoz? Acabemos con esto.

Esta vez ella lo miró.

—¿Estás seguro? Puedo ir a tomar un café y dejarte el despacho si quieres estar solo.

—No pasa nada. Haga la llamada.

Ella pasó el teléfono al altavoz y llamó al despacho de Bollenbach. Éste contestó de inmediato.

—Teniente, soy la teniente Billets. Tengo al detective Bosch en mi despacho.

—Muy bien, teniente, déjeme un momento que busco la orden.

Hubo un sonido de papeles revueltos y Bollenbach se aclaró la garganta.

—Detective Hay... Heron... es esto...

—Hieronymus.

—Hieronymus, pues. Detective Hieronymus Bosch, tiene orden de presentarse en la División de Robos y Homicidios a las ocho de la mañana del quince de enero. Eso es todo. ¿Está clara la orden?

Bosch estaba atónito. Robos y Homicidios era un ascenso. Lo habían degradado de Robos y Homicidios a Hollywood hacía más de diez años. Miró a Billets, que también tenía una expresión de sospecha.

—¿Ha dicho Robos y Homicidios?

—Sí, detective, División de Robos y Homicidios. ¿Está clara la orden?

—¿Cuál es mi destino?

—Acabo de decírselo. Preséntese en...

—No, me refiero a qué haré en Robos y Homicidios. ¿Cuál será mi puesto?

—Eso se lo dirá su nuevo superior el día quince por la mañana. Es todo lo que tengo para usted, detective Bosch. Ya conoce la orden. Buen fin de semana.

El teniente colgó y un sonido de tono se oyó a través del altavoz.

Bosch miró a Billets.

—¿Qué le parece? ¿Es una broma?

—Si lo es, es muy buena. Felicidades.

—Pero hace tres días Irving me pidió que lo dejara. Ahora se da la vuelta y me envía al centro.

—Bueno, tal vez es porque quiere vigilarte más de cerca. Por algo llaman al Parker Center la Casa de Cristal, Harry. Será mejor que tengas cuidado.

Bosch asintió.

—Por otra parte —dijo ella—, los dos sabemos que deberías estar allí. Nunca deberían haberte sacado de Robos y Homicidios. Tal vez es el círculo que se cierra. Sea como sea, te vamos a echar de menos. Yo te echaré de menos, Harry. Trabajas bien.

Bosch dio las gracias con un asentimiento. Hizo un movimiento para salir, pero entonces miró atrás y sonrió.

—No va a creerlo, especialmente a la luz de lo que acaba de ocurrir, pero estamos investigando a Trent otra vez. Criminalística ha encontrado un vínculo con el chico en el monopatín.

Billets echó la cabeza hacia atrás y se echó a reír ruidosamente, lo bastante ruidosamente para captar la atención de todos los presentes en la sala de la brigada.

—Bueno —dijo—, cuando Irving oiga eso, definitivamente va a cambiar Robos y Homicidios por la División del Sureste.

Billets hacía referencia al distrito infestado de bandas de la periferia de la ciudad, un destino que sería el mejor ejemplo de la terapia de autopista.

—No lo dudo —dijo Bosch.

Billets dejó caer la sonrisa y se puso seria. Preguntó a Bosch por el último giro del caso y escuchó con atención mientras él esbozaba el plan para componer lo que básicamente sería un perfil de toda la vida del decorador de escenarios.

—Te diré el qué —empezó ella cuando Bosch hubo terminado—. Os sacaré de la rotación. No tiene sentido asignarte un caso nuevo si te vas a Robos y Homicidios. También te receto una terapia ocupacional de fin de semana. Así que trabaja en Trent y dale duro y házmelo saber. Tienes cuatro días, Harry. No dejes el caso en la mesa cuando te vayas.

Bosch asintió y salió del despacho. En su camino de vuelta a su lugar sabía que todas las miradas de la sala de la brigada estaban fijas en él. Bosch no ofreció nada a cambio. Se sentó en su sitio y bajó la mirada.

—¿Y? —susurró finalmente Edgar—. ¿Qué te ha tocado?

—Robos y Homicidios.

—¿Robos y Homicidios?

Edgar prácticamente lo había gritado. Ya lo sabía todo el mundo de la brigada. Bosch sintió que se ruborizaba. Sabía que todos lo estarían mirando.

—Joder —dijo Edgar—. Primero Kiz y ahora tú. ¿Yo que soy, un monigote?

48

En el equipo de música sonaba *Kind of Blue*. Bosch sostenía una botella de cerveza y se recostó en el sillón reclinable con los ojos cerrados. Había sido un día confuso. En ese momento sólo quería que la música fluyera por su cuerpo y le limpiara por dentro. Estaba seguro de que lo que estaba buscando era algo que ya tenía. Era cuestión de ordenar la información y deshacerse de las cosas poco importantes que le tapaban la visión.

Él y Edgar habían trabajado hasta las siete antes de decidir irse a acostar temprano. Edgar no podía concentrarse. La noticia del traslado de Bosch le había afectado más que al propio interesado. Edgar lo percibía como un desprecio hacia él, porque no lo habían elegido para Robos y Homicidios. Bosch trató de calmarlo asegurándole que Robos y Homicidios era un nido de víboras, pero no sirvió de nada. Bosch desenchufó y le dijo a su compañero que se fuera a casa, se tomara una copa y disfrutara de una buena noche de sueño. Pasarían el fin de semana recogiendo información sobre Trent.

En ese momento era Bosch el que se estaba tomando una copa y quedándose dormido en el sillón. Sentía que estaba a las puertas de algo. Estaba a punto de empezar una época nueva y claramente definida de su vida. Una época de mayor peligro, apuestas más altas y recompensas superiores. Sonrió, sabiendo que nadie lo estaba observando.

Sonó el teléfono y Bosch se levantó de golpe. Apagó el equipo de música y fue a la cocina. Cuando contestó, una mujer le dijo que iba a pasarle con el subdirector Irving. Al cabo de un buen rato, la voz de Irving llenó la línea.

—¿Detective Bosch?

—¿Sí?

—¿Ha recibido hoy su orden de traslado?

—Sí, señor.

—Bien. Quería que supiera que yo he tomado la decisión de que vuelva a Robos y Homicidios.

—¿Por qué, jefe?

—Porque después de nuestra última conversación he decidido darle una última oportunidad. Su destino es esa oportunidad. Estará en una posición donde yo podré observar sus movimientos de muy cerca.

—¿Qué posición es ésa?

—¿No se lo han dicho?

—Sólo me han dicho que me presente en Robos y Homicidios el próximo día de pago. Nada más.

Hubo un silencio en la línea y Bosch pensó que estaba a punto de descubrir la arena en el motor. Volvía a Robos y Homicidios, pero ¿en calidad de qué? Trató de pensar cuál era el peor destino en el mejor destino.

Irving habló por fin.

—Va a recuperar su antiguo puesto. Homicidios especiales. Ha habido una vacante hoy cuando el detective Thornton ha entregado su placa.

—Thornton.

—Eso es.

—¿Voy a trabajar con Kiz Rider?

—Eso dependerá del teniente Henriques, pero la detective Rider no tiene compañero y usted tenía una relación de trabajo con ella.

Bosch asintió. La cocina estaba oscura. Estaba eufórico, pero no quería transmitir sus sentimientos por teléfono a Irving.

Como si adivinara estos pensamientos, el detective Irving dijo:

—Detective, puede que sienta que ha caído en la cloaca y ha salido oliendo a rosas. No lo crea. No haga suposiciones. No cometa errores. Si lo hace, yo estaré allí. ¿Entendido?

—Perfectamente.

Irving colgó sin decir ni una palabra más. Bosch se quedó de pie en la oscuridad, sosteniendo el teléfono pegado a la oreja hasta que empezó a oír un sonido agudo y molesto. Colgó y volvió a la sala. Pensó en llamar a Kiz y preguntarle a ella qué sabía, pero decidió esperar. Cuando se sentó en el sillón sintió que algo duro se le clavaba en la cintura. Sabía que no era la pistola, porque siempre se la quitaba. Buscó en el bolsillo y sacó su minigrabadora.

La encendió y escuchó su conversación con Surtain, la periodista, fuera de la casa de Trent, la noche en que éste se suicidó. Al filtrarlo de la historia de lo que había ocurrido, Bosch se sintió culpable y pensó que tal vez debería haber hecho o dicho más para detener a la periodista.

Después de oír en la cinta que la puerta del coche se cerraba, pulsó el botón de rebobinado. Se dio cuenta de que todavía no había oído el interrogatorio de Trent, porque había estado registrando la casa. Decidió escuchar la entrevista. Sería un punto de partida para la investigación del fin de semana.

Mientras escuchaba, Bosch trató de analizar las palabras y frases en busca de nuevos sentidos, cosas que revelaran a un asesino. Todo el tiempo lo hizo enfrentado con sus instintos. Mientras escuchaba a Trent hablando en tono casi desesperado, seguía convencido de que el hombre no era el asesino, de que sus protestas de inocencia habían sido legítimas. Y eso por supuesto se contradecía con lo que en ese momento sabía. El monopatín encontrado en la casa de Trent llevaba grabadas las iniciales del chico muerto y el año en que adquirió la tabla y fue asesinado.

Bosch terminó con la entrevista de Trent, pero no había nada en ella; ni siquiera las partes que no había escuchado previamente le dieron ninguna idea. Rebobinó la cinta y decidió escucharla de nuevo. Estaba empezando la segunda pasada cuando algo le llamó la atención e hizo que la cara se le pusiera roja, con una sensación casi de fiebre. Rápidamente rebobinó la cinta y escuchó el intercambio verbal entre Edgar y Trent que le había llamado la atención. Se recordó de pie en el pasillo de la casa de Trent y escuchando esa parte del interrogatorio.

«¿Le gustaba ver a los niños jugando en la arboleda, señor Trent?», preguntó Edgar.

«No, no podía verlos si estaban en la arboleda. En ocasiones iba conduciendo o paseando a mi perro (cuando aún vivía) y veía a los chicos subiendo allí. La niña de enfrente. Los Fosters de la casa de al lado. Todos los chicos de por aquí. Es un sendero municipal, la única parcela sin edificar del barrio. Así que subían a jugar. Algunos vecinos pensaban que los mayores subían a fumar cigarrillos y la preocupación era que se prendiera fuego en la colina.»

Apagó la cinta y volvió al teléfono de la cocina. Edgar contestó la llamada al primer timbrazo. Todavía no se había dormido; sólo eran las nueve de la noche.

—No te has llevado a casa nada, ¿verdad?

—¿Como qué?

—Los callejeros.

—No, Harry, están en comisaría, ¿qué pasa?

—No lo sé. ¿Recuerdas de cuando hiciste el gráfico si había alguien llamado Foster en Wonderland?

—Foster. ¿Foster de apellido?

—Sí, de apellido.

Bosch aguardó. Edgar no dijo nada.

—Jerry, ¿te acuerdas?

—Tranquilo, Harry. Estoy pensando.

Más silencio.

—Eh —dijo al fin Edgar—. Ningún Foster que yo recuerde.

—¿Estás seguro?

—Vamos, Harry. No tengo el gráfico ni las listas aquí. Pero creo que me habría acordado del nombre. ¿Por qué es tan importante? ¿Qué está pasando?

—Volveré a llamarte.

Bosch se llevó el teléfono a la mesa del comedor, donde había dejado su maletín. Lo abrió y sacó el expediente del caso. Revisó rápidamente la lista de residentes actuales en Wonderland Avenue con sus direcciones y números de teléfono. No había ningún Foster en la lista. Cogió el teléfono y marcó un número. Al cabo de cuatro timbrazos contestó un hombre.

—Doctor Guyot, soy el detective Bosch. ¿Llamo muy tarde?

—Hola, detective. No, no es demasiado tarde para mí. Pasé cuarenta años de mi vida recibiendo llamadas a cualquier hora de la noche. ¿Las nueve en punto? Las nueve en punto es hora de aficionados. ¿Cómo están sus distintas heridas?

—Están bien, doctor. Tengo un poco de prisa y he de hacerle un par de preguntas sobre sus vecinos.

—Adelante.

—Pensando en mil novecientos ochenta o así, ¿hubo alguna vez una familia o una pareja llamada Foster?

Se produjo un silencio mientras Guyot meditaba la respuesta.

—No, no lo creo —dijo al final—. No recuerdo a nadie llamado Foster.

—De acuerdo. ¿Puede decirme entonces si había alguien en la calle que acogiera chicos?*

Esta vez Guyot contestó sin dudarlo.

—Ah, sí. Los Blaylock. Muy buena gente. Ayudaron a muchos niños a lo largo de los años, acogiéndolos en su casa. Yo los admiraba profundamente.

Bosch anotó el apellido en una hoja de papel delante del expediente. Luego pasó a la batida del vecindario y vio que no había nadie llamado Blaylock viviendo en ese momento en la manzana.

—¿Recuerda los nombres de pila?

—Don y Audrey.

—¿Y se acuerda de cuándo se fueron del barrio?

—Oh, eso fue hace al menos diez años. El último chico ya era mayor. Ya no necesitaban una casa tan grande. La vendieron y se mudaron.

* En inglés los niños acogidos por una familia temporalmente, sin que se produzca una adopción, se llaman *Foster kids. (N. del T.)*

—¿Tiene idea de adónde fueron? ¿Siguen en la ciudad?

Guyot no dijo nada. Bosch esperó.

—Estoy tratando de recordar. Sé que lo sé.

—Tómese su tiempo, doctor —dijo Bosch, aunque era la última cosa en el mundo que quería que hiciera Guyot.

—Ah, ¿sabe qué, detective? —dijo Guyot—. Las tarjetas de Navidad. Las guardo en una caja. Así sé a quién mandar al año siguiente. Mi mujer siempre lo hacía. Déjeme que vaya a buscar la caja. Audrey todavía me manda una tarjeta todos los años.

—Vaya a buscar esa caja, doctor. Esperaré.

Bosch oyó que colgaban el teléfono. Asintió para sus adentros. Iba a conseguirlo. Trató de pensar qué podía significar la nueva información, pero decidió esperar. Recopilaría la información y luego cavilaría al respecto.

Guyot tardó varios minutos en volver al teléfono. Durante todo ese tiempo Bosch aguardó con el bolígrafo preparado para escribir la dirección.

—De acuerdo, detective Bosch, ya lo tengo.

Guyot le dio la dirección a Bosch, y él casi suspiró en voz alta. Don y Audrey Blaylock no se habían mudado a Alaska o algún rincón del mundo. Todavía vivían a tiro de coche. Le dio las gracias a Guyot y colgó.

49

A las ocho de la mañana del sábado, Bosch estaba sentado en su coche, mirando una casita de madera situada a una manzana de la calle principal de la localidad de Lone Pine, en las colinas de Sierra Nevada, a tres horas en coche hacia el norte de Los Ángeles. Estaba tomando café frío de un vaso de plástico y tenía otro igual preparado para cuando terminara ése. Le dolían los huesos por el frío y por una noche pasada conduciendo y tratando de dormir en el coche. Había llegado a la pequeña población montañosa demasiado tarde para encontrar un motel abierto. Además, sabía por experiencia que no era aconsejable ir a Lone Pine sin reserva en fin de semana.

Cuando empezó a asomar la luz del amanecer, vio que una montaña azul grisácea se alzaba en la niebla, detrás de la ciudad y reduciéndola a lo que era: insignificante ante el tiempo y el curso de la naturaleza. Bosch miró el monte Whitney, el pico más alto de California, y supo que había estado allí mucho antes de que los ojos humanos lo hubieran visto y que seguiría allí mucho después de que el último hombre desapareciera. De algún modo hacía más fácil saber todo lo que él sabía.

Bosch tenía hambre y quería ir a uno de los restaurantes del pueblo a comer un bistec con huevos. Pero no iba a abandonar su puesto. Cuando alguien se mudaba de Los Ángeles a Lone Pine no lo hacía sólo porque detestara las multitudes, la contaminación y el ritmo de la gran ciudad. Lo hacía también porque le gustaba la montaña. Y Bosch no iba a arriesgarse a que Don y Audrey Blaylock se fueran de excursión temprano mientras él desayunaba. Esperó cinco minutos a poner en marcha el coche y encender la calefacción. Llevaba toda la noche ahorrando calefacción y gasolina de ese modo.

Bosch observó la casa y esperó a que se encendiera una luz o alguien saliera a recoger el diario que dos horas antes habían tirado en el camino de entrada desde una furgoneta en marcha. Era un periódico enrollado fino. Bosch sabía que no era el *L. A. Times*. A la gente de Lone Pine no le preocupaba Los Ángeles ni tampoco sus asesinos o sus detectives.

A las nueve, Bosch vio que empezaba a salir humo por la chimenea de la casa. Al cabo de unos minutos, un hombre de unos sesenta años salió en camiseta y recogió el periódico. Después de cogerlo miró media manzana más abajo al coche de Bosch. Entonces se metió dentro.

Bosch sabía que su coche blanco y negro destacaba en la calle. No había tratado de ocultarse. Sólo estaba esperando. Arrancó el vehículo y fue a aparcar en el sendero de entrada de la casa de los Blaylock.

Cuando Bosch llegó a la puerta el hombre al que había visto antes abrió antes de que tuviera que llamar.

—¿Señor Blaylock?

—Sí, soy yo.

Bosch mostró su placa y su identificación.

—Me gustaría hablar con usted y su esposa unos minutos. Es sobre un caso en el que estoy trabajando.

—¿Viene solo?

—Sí.

—¿Cuánto tiempo lleva ahí fuera?

Bosch sonrió.

—Desde las cuatro. Llegué demasiado tarde para conseguir habitación.

—Pase, estoy haciendo café.

—Si está caliente, no le diré que no.

Invitó a pasar a Bosch y le indicó que se sentara en una disposición de sillas y sofá situados junto a la chimenea.

—Iré a buscar a mi esposa y el café.

Bosch se acercó a la silla que estaba más próxima a la chimenea. Estaba a punto de sentarse cuando se fijó en todas las fotografías enmarcadas que había en la pared de detrás del sofá. Se acercó a examinarlas. Todas eran de niños y jóvenes. Los había de todas las razas. Dos tenían discapacidades físicas o mentales evidentes. Los niños acogidos. Se volvió, eligió el asiento más próximo al fuego y esperó.

Blaylock regresó enseguida con un tazón de café humeante. Una mujer entró en la sala tras él. Parecía algo mayor que su marido. Tenía los ojos todavía arrugados por el sueño, pero una cara bonita.

—Es mi mujer, Audrey —dijo Blaylock—. ¿Toma el café solo? Todos los policías que he conocido lo toman solo.

El marido y la esposa se sentaron juntos en el sofá.

—Solo está bien. ¿Ha conocido a muchos policías?

—Sí, cuando vivía en Los Ángeles. Trabajé de bombero treinta años. Me retiré como jefe de estación, después de los disturbios del noventa y dos. Ya había tenido bastante. Entré justo antes de Watts y me fui después del noventa y dos.

—¿De qué quiere hablar con nosotros? —preguntó Audrey, al parecer impaciente con la charla intrascendente de su marido.

Bosch asintió. Ya tenía el café y las presentaciones estaban hechas.

—Trabajo en Homicidios, en la División de Hollywood. Estoy en...

—Yo trabajé seis años en el cincuenta y ocho —dijo Blaylock, refiriéndose a la estación de bomberos que estaba detrás de la comisaría de policía.

Bosch asintió otra vez.

—Don, deja que este hombre nos diga qué lo ha traído hasta aquí —dijo Audrey.

—Disculpe, continúe.

—Estoy trabajando en un caso, un homicidio en Laurel Canyon. Su antiguo barrio, de hecho, y estamos contactando con toda la gente que vivía allí en mil novecientos ochenta.

—¿Por qué entonces?

—Porque fue entonces cuando se cometió el homicidio.

Los dos miembros del matrimonio miraron a Bosch con ojos de desconcierto.

—No recuerdo que pasara nada en el barrio entonces —dijo el señor Blaylock.

—El cadáver no se descubrió hasta hace dos semanas. Estaba enterrado en la arboleda. En la colina.

Bosch examinó sus rostros. Nada revelador, sólo sorpresa.

—Oh, Dios mío —dijo Audrey—. ¿Quiere decir que

durante todo el tiempo que vivimos en el barrio, había alguien muerto allí? Nuestros chicos jugaban allí. ¿A quién mataron?

—Era un chico. Un chico de doce años. Se llamaba Arthur Delacroix. ¿Les suena ese nombre?

Tanto el marido como la mujer buscaron primero en los archivos de sus memorias y luego se miraron y confirmaron los resultados negando con la cabeza.

—No, no conozco ese nombre —dijo Blaylock.

—¿Dónde vivía? —preguntó Audrey Blaylock—. En el barrio no, no creo.

—No, vivía en la zona de Miracle Mile.

—Es horrible —dijo Audrey—. ¿Cómo lo mataron?

—Lo mataron a golpes. Si no le importa, verá, entiendo su curiosidad, pero necesito hacer primero las preguntas.

—Oh, lo siento —dijo Audrey—. Por favor, continúe. ¿Qué más puede decirnos?

—Bueno, estamos tratando de hacer un perfil de Wonderland Avenue en ese momento. Para saber quién era quién y quién estaba allí. Es realmente rutina. —Bosch sonrió y supo al momento que la sonrisa no se vio sincera—. Y ha sido bastante duro por el momento. El barrio ha cambiado bastante desde entonces. De hecho, el doctor Guyot y un hombre que vive al final de la calle llamado Hutter son los únicos residentes que todavía viven desde mil novecientos ochenta.

Audrey sonrió con calidez.

—Oh, Paul, es tan buen hombre. Todavía recibimos tarjetas de Navidad suyas, después de que su esposa murió.

Bosch asintió.

—Por supuesto, era demasiado caro para nosotros. Llevábamos a los chicos a los hospitales, pero si había una emergencia en fin de semana o cuando Paul estaba en casa, nunca dudaba. Hoy algunos doctores tienen miedo de hacer algo porque pueden... Lo siento, me estoy desviando del tema como mi marido, y no es eso lo que usted quiere oír.

—No se preocupe, señora Blaylock. Uh, usted ha mencionado a sus chicos. He oído por algunos de los vecinos que tenían una casa de acogida, ¿es cierto?

—Oh, sí —dijo ella—. Don y yo acogimos a chicos durante veinticinco años.

—Es algo admirable. ¿Cuántos chicos tuvieron?

—Es difícil mantener la pista de todos. A algunos los tuvimos durante años, otros sólo algunas semanas. En gran parte estábamos a merced del capricho de los tribunales de menores. Me partía el corazón cuando estábamos empezando con un chico, ¿sabe?, haciéndole sentir cómodo, y entonces le ordenaban que volviera a su casa o con el otro progenitor o lo que fuera. Siempre decía que para hacer trabajo de acogida había que tener un corazón muy grande con un callo muy grande.

Audrey miró a su marido y asintió. Él le devolvió el gesto y se estiró para cogerle la mano. Miró de nuevo a Bosch.

—Una vez los contamos —dijo—. Tuvimos a un total de treinta y ocho niños en un momento u otro. Pero siendo realistas, educamos a diecisiete. Ésos fueron los chicos que estuvieron con nosotros el tiempo suficiente para que les causáramos impacto. Verá, de dos años a... un chico estuvo catorce años con nosotros.

Se volvió hacia la pared de detrás del sofá y se estiró para señalar a un chico en silla de ruedas. Era enclenque y con gafas gruesas. Tenía las muñecas dobladas en un extraño ángulo y la sonrisa torcida.

—Ése es Benny —dijo.

—Asombroso —dijo Bosch.

Sacó una libreta del bolsillo y la abrió por una hoja en blanco. Sacó un bolígrafo. Justo en ese momento sonó el móvil.

—Es el mío —dijo—. No se preocupe.

—¿No quiere contestar? —preguntó Blaylock.

—Pueden dejar un mensaje. Ni siquiera pensaba que hubiera un servicio claro tan metidos en las montañas.

—Sí, incluso tenemos televisión.

Bosch miró al señor Blaylock y cayó en la cuenta de que de algún modo lo había insultado.

—Disculpe, no quería ofenderle. Me preguntaba si podría decirme qué niños vivían con ustedes en mil novecientos ochenta.

Hubo un momento en el que todos se miraron entre sí sin decir nada.

—¿Alguno de nuestros chicos está implicado en esto? —preguntó Audrey.

—No lo sé, señora. No sé quién vivía con usted. Como he dicho, estamos tratando de elaborar un perfil de ese barrio. Necesitamos saber exactamente quién vivía allí. Ése será el punto de partida.

—Bueno, estoy seguro de que el Departamento de Menores podrá ayudarle.

Bosch asintió.

—No van a poder ayudarnos hasta el lunes, como pronto, señora Blaylock. Estamos hablando de un homicidio. Necesitamos la información ahora.

De nuevo hubo una pausa cuando todos se miraron.

—Bueno —dijo finalmente Don Blaylock—, va a ser difícil recordar exactamente quién vivía con nosotros en un momento dado. Hay algunos que son obvios. Como

Benny, Jodi y Frances. Pero como ha dicho Audrey cada año nos dejaban unos cuantos chicos y luego se los llevaban. Eran los más difíciles. Veamos, en mil novecientos ochenta...

Se levantó y se volvió para poder mirar todas las fotos de la pared. Señaló una, un chico negro de unos ocho años.

—William. Estaba en mil novecientos ochenta. Él...

—No, no estaba —dijo Audrey—. Él vino en el ochenta y cuatro. ¿No te acuerdas de los Juegos? Le hiciste aquella antorcha de papel de plata.

—Ah, sí, el ochenta y cuatro.

Bosch se inclinó hacia adelante en su asiento. Empezaba a tener calor por estar tan cerca del fuego.

—Empecemos con los tres que han mencionado. Benny y los otros dos. ¿Cuáles eran sus apellidos?

Le dieron sus apellidos y cuando preguntó cómo podía contactar con ellos, le dieron los números de dos pero no el de Benny.

—Benny murió hace seis años —dijo Audrey—. Tenía esclerosis múltiple.

—Lo siento.

—Era muy querido para nosotros.

Bosch asintió y dejó pasar un apropiado silencio.

—Eh, ¿quién más? ¿No guardan registro de los chicos que estuvieron y por cuánto tiempo?

—Sí, pero no los tenemos aquí —dijo el señor Blaylock—. Están depositados en Los Ángeles.

De pronto chascó los dedos.

—¿Sabe? Tenemos una lista de todos los chicos a los que ayudamos o tratamos de ayudar. No está por años, pero podríamos descartar a unos cuantos, ¿eso le serviría?

Bosch se fijó en que Audrey dedicaba a su marido una mirada de enfado. El marido no la captó, pero Bosch sí. Bosch sabía que el instinto de ella era proteger a sus chicos de la amenaza, real o no, que representaba Bosch.

—Sí, eso me ayudará mucho.

Blaylock salió de la sala y Bosch miró a Audrey.

—No quiere que me dé esa lista, ¿por qué señora Blaylock?

—Porque no me parece que esté siendo honrado con nosotros. Está buscando algo. Algo que encaje en sus necesidades. No ha conducido tres horas de noche desde Los Ángeles para una entrevista de rutina, como usted la ha llamado. Sabe que estos chicos venían de medios difíciles. No todos eran ángeles cuando los recibimos. Y yo no quiero que acusen a uno de ellos sólo por lo que fueron o por el lugar de donde llegaron.

Bosch esperó para estar seguro de que la mujer había terminado.

—Señora Blaylock, ¿alguna vez ha estado en el orfanato de McClaren?

—Por supuesto. Varios de nuestros chicos llegaron de allí.

—Yo también salí de allí. Y de varias casas de acogida en las que nunca estuve mucho tiempo. Así que sé cómo eran esos chicos, porque yo también fui uno de ellos, ¿de acuerdo? Y sé que muchas casas de acogida pueden estar llenas de amor y que otras pueden ser igual de malas o peores que el lugar del que te sacan. Sé que algunos padres de acogida están comprometidos con los chicos y otros lo están con los cheques de subsistencia del servicio de menores.

La mujer se quedó unos segundos en silencio antes de responder.

—Eso no importa —dijo—. Usted sigue buscando para acabar su rompecabezas con cualquier pieza que encaje.

—Está equivocada, señora Blaylock. Se equivoca en eso y se equivoca conmigo.

Don Blaylock volvió a la sala con lo que parecía una carpeta escolar verde. La dejó en la mesita de café cuadrada y la abrió. Los bolsillos estaban llenos de fotos y cartas. Audrey continuó a pesar del regreso de su marido.

—Mi marido trabajaba para el ayuntamiento igual que usted, así que no querrá escucharme decir esto, pero, detective, no me fío de usted ni de las razones por las que dice que ha venido aquí. No está siendo sincero con nosotros.

—¡Audrey! —gritó el señor Blaylock—. Este hombre sólo trata de cumplir con su trabajo.

—Y dirá cualquier cosa para hacerlo. Y le hará daño a cualquiera de nuestros chicos para hacerlo.

—Audrey, por favor.

Don Blaylock centró su atención en Bosch y le tendió una hoja de papel. Había una lista de nombres escrita a mano. Antes de que Bosch pudiera leerla, Blaylock la retiró de nuevo y la puso en la mesa. Empezó a marcar con lápiz algunos de los nombres. Habló mientras trabajaba.

—Hicimos esta lista para poder seguirles la pista. Le sorprendería, uno puede amar a alguien más que a su propia vida, pero cuando se trata de recordar veinte o treinta cumpleaños siempre se olvida de alguno. Los que estoy tachando son los que llegaron después de mil novecientos ochenta. Audrey lo comprobará cuando termine.

—No, no lo haré.

Ninguno de los dos hombres hizo caso de este comentario. Los ojos de Bosch se movían más deprisa que el lápiz de Blaylock por la lista. Antes de que llegara a dos tercios del final, Bosch se inclinó y puso su dedo en un nombre.

—Hábleme de él.

Blaylock miró a Bosch y luego a su mujer.

—¿Quién es? —preguntó ella.

—Johnny Stokes —dijo Bosch—. Lo tenían en su casa en mil novecientos ochenta, ¿verdad?

Audrey miró un momento a Bosch.

—¿Lo ves? —dijo a su marido, sin dejar de mirar a Bosch—. Ya conocía a Johnny antes de venir. Yo tenía razón. No es un hombre sincero.

50

Cuando Don Blaylock fue a la cocina a preparar otro café, Bosch ya tenía dos páginas de notas sobre Johnny Stokes. Había llegado a la casa de los Blaylock a través de una derivación del Departamento de Menores en enero de 1980 y se marchó el siguiente mes de julio, cuando fue detenido por robar un coche con el que se fue a dar una vuelta por Hollywood. Fue su segunda detención por robo de coches. Lo encarcelaron en el reformatorio de Sylmar durante seis meses y el juez lo devolvió a sus padres cuando concluyó su periodo de rehabilitación. Aunque los Blaylock habían tenido noticias suyas ocasionalmente, e incluso lo vieron en sus infrecuentes visitas al barrio, tenían que ocuparse de otros chicos y pronto perdieron el contacto con Johnny.

Cuando el señor Blaylock fue a hacer café, Bosch se preparó para lo que suponía que sería un silencio incómodo con Audrey. Pero entonces ella le habló.

—Doce de nuestros chicos se licenciaron en la universidad —dijo—. Dos siguieron la carrera militar. Uno siguió los pasos de Don en el servicio de bomberos. Trabaja en el valle de San Fernando.

Audrey hizo un gesto de orgullo con la cabeza y Bosch asintió.

—Nunca hemos creído que tuviéramos un ciento por ciento de éxito con nuestros chicos —continuó la mujer—. Lo hicimos lo mejor que pudimos con cada uno de ellos. A veces las circunstancias de los tribunales y las autoridades de menores nos impidieron ayudar a un chico. John fue uno de esos casos. Él cometió un error y fue como si la culpa fuera nuestra. Nos lo quitaron... antes de que pudiéramos ayudarle.

Bosch se limitó a decir que sí con la cabeza.

—Parece que ya lo conocía —dijo Audrey—. ¿Ya ha hablado con él?

—Sí, brevemente.

—¿Está en la cárcel?

—No.

—¿Cómo le ha ido la vida desde... que lo conocimos?

Bosch separó las manos.

—No le ha ido bien. Drogas, muchas detenciones, prisión.

Ella asintió con tristeza.

—¿Cree que mató a ese chico en nuestro barrio? ¿Mientras vivía con nosotros?

Bosch supo por la expresión de la mujer que si contestaba con sinceridad derrumbaría todo lo que ella había construido sobre la bondad de lo que habían hecho. Toda la pared de fotos, las togas de graduación y los buenos empleos no significarían nada al lado de esto.

—No lo sé. Lo que sabemos es que era amigo del chico que murió.

Ella cerró los ojos. Sin fuerza, como si estuviera descansando la vista. No volvió a decir nada hasta que su marido volvió a la sala. Don Blaylock pasó junto a Bosch y echó otro tronco a la chimenea.

—El café estará listo en un minuto.

—Gracias —dijo Bosch.

Después de que Blaylock volviera al sofá, Bosch se levantó.

—Tengo algunas cosas que me gustaría mostrarles, si no les importa. Están en mi coche.

Bosch se disculpó y fue al coche. Cogió el maletín del asiento delantero y luego fue al maletero a sacar la caja que contenía el monopatín. Pensó que valía la pena enseñárselo a los Blaylock.

Su móvil sonó cuando estaba cerrando el maletero. Esta vez contesto. Era Edgar.

—Harry, ¿dónde estás?

—En Lone Pine.

—¡Lone Pine! ¿Qué coño estás haciendo allí?

—No tengo tiempo para hablar. ¿Dónde estás tú?

—En la mesa. Como habíamos quedado. Creía que...

—Escucha, volveré a llamarte dentro de una hora. Mientras tanto, pon otra orden de detención para Stokes.

—¿Qué?

Bosch miró a la casa para asegurarse de que los Blaylock no estaban escuchando ni a la vista.

—¿Por qué?

—Porque lo hizo él. Él mató al chico.

—¿Qué coño...? Harry...

—Te llamaré dentro de una hora. Pon la orden.

Bosch colgó y esta vez desconectó el teléfono.

En el interior de la casa, Bosch dejó la caja de cartón en el suelo y abrió el maletín en su regazo. Encontró el sobre que contenía las fotos de familia que había pedido prestadas a Sheila Delacroix. Lo abrió y se las pasó. Dividió la pila en dos y dio una a cada miembro del matrimonio Blaylock.

—Miren al chico de esas fotos y díganme si lo reconocen, si alguna vez fue a su casa. Con Johnny o con algún otro chico.

Bosch observó mientras la pareja miraba las fotos y luego se intercambiaban las pilas. Cuando hubieron terminado ambos sacudieron las cabezas y le devolvieron las fotos.

—No lo reconozco —dijo Don Blaylock.

—Bien —dijo Bosch, mientras volvía a guardar las fotos en el sobre.

Bosch cerró el maletín y lo dejó en el suelo. Luego abrió la caja de cartón y sacó el monopatín.

—¿Alguno de ustedes...?

—Era de John —dijo Audrey.

—¿Está segura?

—Sí, lo reconozco. Cuando... cuando se lo llevaron lo dejó en casa. Le dije que lo teníamos. Lo llamé a su casa, pero nunca vino a buscarlo.

—¿Cómo sabe que éste era el suyo?

—Simplemente me acuerdo. No me gustaba la calavera y las tibias cruzadas. Me acuerdo de eso.

Bosch volvió a guardar el monopatín en la caja.

—¿Qué pasó con el monopatín si nunca volvió a buscarlo?

—Lo vendimos —dijo Audrey—. Cuando Don se retiró después de treinta años y decidimos mudarnos aquí, vendimos todos los trastos. Organizamos una venta de garaje gigantesca.

—Fue más bien una venta de casa —agregó el marido—. Nos deshicimos de todo.

—No de todo. No quisiste vender esa estúpida campana de bomberos que tenemos en el patio de atrás. La cuestión es que fue entonces cuando vendimos el monopatín.

—¿Recuerda quién lo compró?

—Sí, el hombre que vivía en la casa de al lado. El señor Trent.

—¿Cuándo fue eso?

—En el verano del noventa y dos. Justo después de que vendimos la casa. Me acuerdo de que aún estábamos pagando la hipoteca.

—¿Cómo es que recuerda que le vendió el monopatín al señor Trent? Han pasado muchos años desde el noventa y dos.

—Me acuerdo porque compró la mitad de lo que vendíamos. La mitad de los trastos. Lo juntó todo y nos ofreció un precio por el lote. Lo necesitaba para su trabajo. Era diseñador de escenarios.

—Decorador de escenarios —la corrigió el marido—. No es lo mismo.

—Da igual, usaba lo que nos compró en los decorados de las películas. Siempre mantuve la esperanza de ver algo de nuestra casa en una película, pero nunca lo vi.

Bosch garabateó unas notas en la libreta. Ya tenía todo lo que necesitaba de los Blaylock. Era hora de dirigirse al sur, de vuelta a la ciudad para cerrar el caso.

—¿Cómo consiguió el monopatín? —preguntó Audrey.

Bosch levantó la mirada de su libreta.

—Eh, estaba entre las pertenencias del señor Trent.

—¿Sigue en la calle? —preguntó Don Blaylock—. Era un gran vecino. Nunca tuvimos ningún problema con él.

—Estuvo hasta hace poco —dijo Bosch—. Falleció.

—Oh, Dios mío —exclamó Audrey—. Qué lástima. Y no era tan viejo.

—Sólo tengo un par de preguntas más —dijo Bosch—. ¿Alguna vez les dijo John Stokes cómo consiguió el monopatín?

—Me dijo que lo ganó en una apuesta con otros chicos de la escuela —dijo Audrey.

—¿La escuela Brethren?

—Sí, allí iba. Iba allí cuando llegó a casa, así que continuó en la misma escuela.

Bosch asintió y miró sus notas. Lo tenía todo. Cerró la libreta, la puso en el bolsillo del abrigo y se levantó para irse.

51

Bosch aparcó enfrente de Lone Pine Diner. Los reservados de al lado de las ventanas estaban ocupados y casi todos los comensales miraron al coche de la policía de Los Ángeles que estaba a trescientos kilómetros de la ciudad.

Bosch estaba famélico, pero sabía que debía hablar con Edgar sin más demora. Sacó el móvil e hizo la llamada. Edgar contestó al instante.

—Soy yo. ¿Has puesto la orden de busca y captura?

—Sí, pero es un poco difícil cuando no tienes ni puta idea de lo que está pasando, «compañero».

Dijo la última palabra como si fuera sinónimo de capullo. Era el último caso que iban a trabajar juntos y Bosch se sentía mal de que terminaran de esa forma. Sabía que era culpa suya. Había apartado a Edgar del caso por razones que se le escapaban.

—Jerry, tienes razón —dijo—. La he cagado. Sólo quería que las cosas siguieran en marcha y eso suponía conducir toda la noche.

—Habría ido contigo.

—Ya lo sé —mintió Bosch—. Es sólo que no lo pensé. Me fui. Ahora vuelvo.

—Bueno, empecemos por el principio para que sepa qué coño está pasando en nuestro caso. Me he sentido como un imbécil, poniendo una orden de busca y captura sin saber por qué.

—Te lo he dicho. Stokes es nuestro hombre.

—Sí, me dijiste eso y no me dijiste nada más.

Bosch se pasó los siguientes diez minutos observando a los comensales dar cuenta de sus comidas mientras él explicaba sus movimientos a Edgar y lo ponía al corriente.

—Díos mío, y lo tuvimos aquí —dijo Edgar cuando Bosch hubo acabado.

—Sí, bueno, es demasiado tarde para lamentarnos. Hemos de volverlo a traer.

—Entonces me estás diciendo que cuando el chico recogió sus cosas y se fue, acudió a Stokes. Y entonces Stokes subió con él a la arboleda y lo mató.

—Más o menos.

—¿Por qué?

—Eso es lo que tendremos que preguntarle. Aunque yo tengo una teoría.

—¿Qué? ¿El monopatín?

—Sí, quería el monopatín.

—¿Iba a matar a un chico por un monopatín?

—Los dos hemos visto hacerlo por menos, y no sabemos si quería matarlo o no. Era una tumba poco profunda. No había nada premeditado. A lo mejor lo empujó y se dio con una piedra. A lo mejor le pegó con una piedra. Puede que hubiera entre ellos algún asunto que no conocemos.

Edgar no dijo nada durante un buen rato y Bosch pensó que tal vez habían terminado y podía ir a comer algo.

—¿Qué opinaban los padres de acogida de esa teoría tuya?

Bosch suspiró.

—En realidad no se la expuse. Pero digamos que no se sorprendieron demasiado cuando empecé a hacerles preguntas sobre Stokes.

—¿Sabes una cosa, Harry?, hemos estado mordiéndonos la cola, eso es lo que hemos estado haciendo.

—¿Qué quieres decir?

—Todo este caso. ¿En qué acaba? Un chico de trece años que mata a uno de doce por un juguete. Stokes era un menor cuando pasó esto. Nadie va a presentar cargos ahora.

Bosch se quedó pensando un momento.

—Podrían. Depende de lo que averigüemos en el interrogatorio.

—Acabas de decir que no había ningún signo de premeditación. No van a juzgarlo, compañero. Te lo digo yo. Nos hemos mordido la cola. Cerraremos el caso, pero nadie va a pagar por el crimen.

Bosch sabía que Edgar probablemente estaba en lo cierto. Era muy poco frecuente que los adultos fueran llevados ante la ley por crímenes cometidos cuando tenían trece años. Aunque consiguieran una confesión completa de Johnny Stokes, probablemente saldría en libertad.

—Tendría que haberla dejado que disparara —susurró.

—¿Qué dices, Harry?

—Nada. Voy a buscar algo para comer y me pongo en marcha. ¿Vas a estar allí?

—Sí, me quedo aquí. Te avisaré si pasa algo.

—Muy bien.

Bosch colgó y salió del coche, pensando en la posibilidad de que el crimen de Stokes quedara impune. Cuando entró en el cálido comedor y le invadió el olor de grasa y desayunos se dio cuenta de que de repente había perdido el apetito.

52

Bosch estaba saliendo del traicionero tramo de serpenteante autovía llamado The Grapevine cuando sonó su teléfono. Era Edgar.

—Harry, te he estado llamando. ¿Dónde estás?

—Estaba en las montañas. Estoy a menos de una hora. ¿Qué pasa?

—Han localizado a Stokes. Está de *squatter* en el Usher.

Bosch pensó en eso. El Usher era un hotel de la década de 1930 situado a una manzana de Hollywood Boulevard. Durante décadas fue un albergue semanal para vagabundos y un centro de prostitución hasta que lo alcanzó la reurbanización del bulevar y convirtió el lugar en una propiedad valiosa. Había sido vendido, cerrado y preparado para una renovación y restauración profundas que permitirían que se uniera al nuevo Hollywood como una gran dama elegante. Sin embargo, el proyecto se había retrasado por los planificadores municipales que tenían que dar la aprobación definitiva. Y ese retraso era una oportunidad para los ciudadanos de la noche.

Mientras el hotel Usher aguardaba a su renacimiento, las habitaciones de sus trece plantas se convertían en casas de *squatters* que se colaban por las vallas y las barreras de conglomerado para encontrar cobijo. En los dos meses anteriores Bosch había estado dos veces en el Usher buscando sospechosos. No había electricidad ni agua, pero los *squatters* usaban los retretes de todos modos y el lugar olía como una alcantarilla descubierta. No había puertas en ninguna de las habitaciones, ni tampoco muebles. La gente usaba alfombras enrollables para dormir en el suelo. Era una pesadilla tratar de registrarlo de forma segura. Al avanzar por el pasillo, todas las puertas estaban abiertas y eran un posible escondite para un hombre armado. Si uno se concentraba en las abertura podía pisar una jeringuilla.

Bosch colocó la sirena y pisó a fondo el acelerador.

—¿Cómo sabemos que está ahí? —preguntó.

—De la semana pasada, cuando lo estábamos buscando. Algunos tipos de narcóticos estaban trabajando allí y les dieron el chivatazo de que estaba de *squatter* en la planta trece. Tienes que estar asustado por algo para subir hasta allí arriba cuando los ascensores no funcionan.

—Muy bien, ¿cuál es el plan?

—Vamos a ir a lo grande. Cuatro coches patrulla, los de narcóticos y yo. Empezamos por abajo y vamos subiendo.

—¿Cuándo saldréis?

—Vamos a ir a la reunión del turno ahora y lo hablaremos, luego saldremos. No podemos esperarte, Harry. Hemos de detener a este tipo antes de que se largue.

Bosch se planteó un momento si la prisa de Edgar era justificada o simplemente un esfuerzo de devolverle la jugada a Bosch por haberlo dejado fuera de varios de los movimientos de la investigación del caso.

—Lo sé —dijo al final—. ¿Vas a llevar radio?

—Sí, usaremos el canal dos.

—De acuerdo, te veo allí. Ponte el chaleco.

Dijo esto último no porque estuviera preocupado por Stokes, sino porque sabía que un equipo de policías fuertemente armado en el enclave de un oscuro pasillo de hotel era algo que entrañaba peligro de por sí.

Bosch cerró el teléfono y pisó aún más a fondo. No tardó en cruzar el perímetro norte de la ciudad y entrar en el valle de San Fernando. El tráfico del sábado era ligero. Cambió dos veces de autovía y media hora después de hablar con Edgar estaba recorriendo el paso de Cahuenga. Cuando salió en Highland vio el hotel Usher que se alzaba unas manzanas más al sur. Sus ventanas estaban uniformemente oscuras, con las cortinas arrancadas en preparación para el trabajo que quedaba por delante.

Bosch no llevaba radio y se había olvidado de preguntarle a Edgar dónde estaría localizado el puesto de mando para la búsqueda. No quería simplemente presentarse en el hotel en el coche blanco y negro y poner en peligro la operación. Sacó el teléfono y llamó a la oficina de guardia. Contestó Mankiewicz.

—Mank, ¿nunca te tomas un día libre?

—En enero no. Mis chicos celebran Navidad y Janukká. Necesito las horas extras. ¿Qué pasa?

—Puedes darme la localización del centro de control para el asunto del Usher.

—Sí, en el aparcamiento de la iglesia presbiteriana.

—Gracias.

Dos minutos después, Bosch estacionó en el párking de la iglesia. Había cinco coches patrulla y un coche de narcóticos. Los vehículos estaban aparcados cerca de la iglesia, de manera que quedaban fuera del campo de visión de alguien que mirara desde las ventanas del Usher, que se elevaban al cielo en el otro lado de la iglesia.

Dos agentes estaban sentados en uno de los coches patrulla. Bosch estacionó y se acercó a la ventanilla del conductor. El coche estaba en marcha. Bosch sabía que era el coche para recoger a Stokes. Cuando lo detuvieran en el Usher, llamarían a ese coche por radio y recogerían al prisionero.

—¿Dónde están?

—Planta doce —dijo el conductor—. Todavía nada.

—Déjame tu radio.

El policía le pasó la radio a Bosch por la ventanilla. Bosch llamó a Edgar por el canal 2.

—Harry, ¿estás aquí?

—Sí, voy a subir.

—Ya casi estamos.

—Voy a subir de todos modos.

Bosch devolvió la radio al agente que conducía el coche patrulla y se encaminó a la salida del aparcamiento. Cuando llegó a la valla que rodeaba la propiedad del Usher fue al extremo norte, donde sabía que encontraría el agujero en la valla por el que se colaban los *squatters*. Estaba parcialmente oculto tras un letrero de una inmobiliaria que anunciaba la pronta puesta a la venta de apartamentos de lujo. Tiró de la valla suelta y se coló.

Había dos escaleras principales, una a cada extremo del edificio. Bosch supuso que habría un equipo de agentes uniformados apostados en la parte inferior de ambas por si Stokes de algún modo eludía la batida y trataba de huir. Bosch sacó su placa y la sostuvo en alto mientras abría la puerta exterior de la escalera del lado este del edificio.

Cuando entró en la escalera se encontró con dos

agentes que sostenían las armas en el costado. Bosch los saludó con la cabeza y los policías le devolvieron el saludo. Bosch empezó a subir.

Trató de marcarse un ritmo. Cada planta tenía dos tramos de escaleras y un descansillo al girar. Tenía que subir veinticuatro tramos. El olor de los retretes desbordados era sofocante y no podía evitar pensar en lo que Edgar había dicho acerca de que el olor estaba formado por partículas. A veces el conocimiento es algo terrible.

Las puertas de los pasillos habían sido arrancadas de sus marcos. Alguien había asumido la labor de pintar números en los muros de los tramos inferiores, pero cuando Bosch llegó más arriba las marcas desaparecían y perdió la cuenta.

En el noveno o décimo piso se tomó un respiro. Se sentó en un peldaño razonablemente limpio y esperó a recuperar el aliento. A esa altura el aire era más puro. Había menos *squatters* en la parte superior del edificio.

Bosch escuchó, pero no oyó ruidos humanos. Sabía que los equipos de búsqueda ya tenían que estar en la última planta. Se preguntaba si el soplo sobre Stokes había sido equivocado o si el sospechoso se había escabullido.

Al final se levantó y empezó de nuevo. Al cabo de un minuto se dio cuenta de que había contado mal, pero a su favor. Llegó al último descansillo y a la puerta abierta del ático: la planta trece.

Expulsó el aire y casi sonrió ante la perspectiva de no tener que subir otro tramo de escaleras cuando oyó gritos en el pasillo.

—¡Alto! ¡Quieto ahí!

—Stokes, ¡no! ¡Policía! Quieto...

Dos disparos ensordecedores y brutales resonaron en el pasillo, ahogando las voces. Bosch sacó el arma y rápidamente llegó al umbral. Cuando se asomó a mirar oyó dos disparos más y retrocedió.

El eco le impidió identificar el origen de los disparos. Se asomó otra vez y miró por el pasillo. Estaba oscuro y la luz se filtraba a cuchilladas por los umbrales de las habitaciones del lado oeste. Vio a Edgar en posición de combate detrás de dos agentes uniformados. Éstos estaban de espaldas a Bosch, a unos quince metros, y apuntaban a uno de los umbrales.

—Estamos a salvo —gritó una voz.

Los hombres del pasillo levantaron sus armas al unísono y avanzaron hacia el umbral.

—¡Policía detrás! —gritó Bosch y entró en el pasillo.

Edgar miró de reojo mientras seguía a los dos agentes a la habitación.

Bosch corrió por el pasillo y estaba a punto de entrar cuando tuvo que retroceder para dejar paso a un uniformado que salía. Estaba hablando por radio.

—Central, necesitamos una ambulancia en el cuarenta y uno de Highland, piso trece. Sospechoso abatido, heridas de bala.

Bosch miró atrás al entrar en la habitación. El policía de la radio era Edgewood. Los ojos de ambos conectaron un momento y luego Edgewood desapareció entre las sombras del pasillo. Bosch centró su atención en la habitación.

Stokes estaba sentado en un armario sin puerta, apoyado contra la pared del fondo. Tenía las manos en el regazo y en una de ellas sostenía una pistola pequeña, de calibre veinticinco. Llevaba tejanos y una camiseta sin mangas que estaba empapada por su propia sangre. Presentaba orificios de entrada de bala en el pecho y justo debajo del ojo izquierdo y, aunque tenía los ojos abiertos, estaba claramente muerto.

Edgar estaba acuclillado enfrente del cadáver. No lo tocó. No tenía sentido comprobar el pulso y todos lo sabían. El olor a cordita invadió los orificios nasales de Bosch y fue un alivio al compararlo con el olor que había fuera de la habitación.

Bosch se volvió para ver toda la estancia. Había demasiada gente para un espacio tan reducido: tres uniformados, Edgar y un detective que Bosch supuso que era de narcóticos. Dos de los uniformados estaban acurrucados juntos en la pared del fondo, examinando los orificios de bala del yeso. Uno levantó un dedo y estaba a punto de tocar uno de la agujeros cuando Bosch gritó:

—No toques eso. No toquéis nada. Quiero que todo el mundo salga de aquí y espere a la UIT. ¿Quién ha disparado?

—Edge —dijo el de narcóticos—. El tipo nos estaba esperando en el armario y nosotros...

—Perdona, ¿cómo te llamas?

—Phillips.

—De acuerdo, Phillips, no quiero oír tu historia. Guárdatela para la UIT. Ve a buscar a Edgewood y esperad abajo. Cuando lleguen los médicos decidles que no hace falta. Vamos a ahorrarles subir la escalera.

Los polis fueron saliendo de la habitación a desgana, dejando solos a Bosch y Edgar. Edgar se levantó y se acercó a la ventana. Bosch fue a la esquina más alejada del armario y miró de nuevo el cadáver. Entonces se acercó al cuerpo sin vida de Stokes y lo miró desde el mismo sitio en el que había estado Edgar.

Examinó la pistola que estaba en la mano de Stokes. Supuso que cuando la cogieran los investigadores de la UIT verían que el número de serie estaba borrado con ácido.

Pensó en los disparos que había oído mientras estaba

en el descansillo de la escalera. Dos y dos. Era difícil determinarlo de memoria, especialmente considerando su posición en ese momento. Pero creía que los dos primeros disparos habían sonado más fuertes que los dos que siguieron. De ser así, significaría que Stokes había disparado su pequeña pistola después de que Edgewood hubiera descargado su arma de servicio. Eso supondría que Stokes había disparado dos veces después de haber sido alcanzado en la cara y el pecho... heridas que a juicio de Bosch parecían instantáneamente fatales.

—¿Qué te parece? —Edgar se le había acercado por detrás.

—Mi opinión no importa —dijo Bosch—. Está muerto. Ahora es un caso de la UIT.

—Lo que es, es un caso cerrado, compañero. Supongo que no tendremos que preocuparnos por si la fiscalía presenta cargos.

Bosch asintió. Sabía que habría una investigación y papeleo, pero el caso estaba cerrado. Finalmente sería clasificado como «cerrado por otros medios», lo cual significaba sin juicio y sin condena, pero contabilizado de todos modos en la columna de casos resueltos.

—Supongo que no —dijo.

Edgar le dio un manotazo en el hombro.

—Nuestro último caso juntos. Acabamos arriba.

—Sí. Dime una cosa, durante la reunión del turno de esta mañana ¿mencionaste que seguramente el fiscal no presentaría cargos tratándose de un caso de menores?

Después de un largo momento, Edgar dijo:

—Sí, puede que mencionara algo de eso.

—¿Dijiste que estábamos mordiéndonos la cola como me dijiste a mí? ¿Que probablemente el fiscal no acusaría a Stokes?

—Sí, puede que lo dijera. ¿Por qué?

Bosch no respondió. Se levantó y caminó hasta la ventana de la habitación. Veía el edificio de Capitol Records y más allá el cartel de Hollywood en la cresta de la colina. Pintado en el lateral de un edificio, a unas manzanas de distancia, había un anuncio contra el tabaco que mostraba a un *cowboy* con un cigarrillo caído entre los labios acompañado de una advertencia acerca de que los cigarrillos causaban impotencia.

Se volvió otra vez hacia Edgar.

—¿Vas a guardar la escena hasta que lleguen los de la UIT?

—Sí, claro. No va a hacerles ninguna gracia tener que subir tantos pisos.

Bosch se dirigió a la puerta.

—¿Adónde vas, Harry?

Bosch salió de la habitación sin responder. Usó la escalera del extremo del pasillo para no encontrarse con los demás en la bajada.

53

Los miembros vivos de lo que una vez había sido una familia estaban situados como puntos de un triángulo isósceles con la tumba en el centro. Se hallaban en una empinada ladera de Forest Lawn. Samuel Delacroix a un lado del ataúd y su mujer frente a él. El lugar de Sheila Delacroix estaba al extremo del ataúd opuesto al del sacerdote. Madre e hija llevaban paraguas negros abiertos porque chispeaba desde el amanecer. El padre no llevaba paraguas. Estaba allí de pie, mojándose, y ninguna de las mujeres hizo amago alguno de ir a cubrirle.

El sonido de la lluvia y el zumbido de la cercana autovía ahogaban la mayoría de las palabras que decía el cura contratado antes de que llegaran a Bosch. El detective tampoco llevaba paraguas y observaba desde la distancia y protegido por un roble. Pensó que de algún modo era apropiado que el entierro del chico fuera en una colina y bajo la lluvia.

Bosch había llamado a la oficina del forense para averiguar qué funeraria se ocupaba del servicio y lo habían dirigido a Forest Lawn. También había averiguado que había sido la madre del chico la que había reclamado los restos y encargado las honras. Bosch fue al funeral por el chico y porque quería volver a ver a la madre.

El ataúd de Arthur Delacroix parecía hecho para un adulto. Era gris pulido, con asas cromadas. Dentro de lo que son los ataúdes era bonito, como un coche recién encerado. La lluvia marcaba una cuenta en el ataúd y luego resbalaba al hoyo. De todos modos era demasiado grande para aquellos huesos y eso molestó a Bosch. Era como ver a un chico con ropa que le queda grande, obviamente heredada de un hermano. Siempre parecía decir algo del chico. Que era deficiente, que era el segundo.

Cuando la lluvia empezó a arreciar, el sacerdote abrió un paraguas y sostuvo el libro de oraciones con una mano. Algunas frases llegaron intactas a oídos de Bosch. Hablaba del reino superior que iba a recibir a Arthur. A Bosch le hizo pensar en Golliher y en su inquebrantable fe en ese reino a pesar de las atrocidades que estudiaba y documentaba cada día. En cambio para Bosch, el jurado todavía estaba deliberando en esa cuestión. Él seguía siendo un morador del reino inferior.

Bosch advirtió que los tres miembros de la familia no se miraban entre sí. Después de que bajaran el ataúd y el sacerdote hiciera la última señal de la cruz, Sheila se volvió y empezó a bajar la pendiente hacia el aparcamiento. En ningún momento había saludado a sus padres.

Samuel inmediatamente la siguió, y cuando Sheila miró atrás y lo vio tras ella apretó el paso. Al final, dejó el paraguas y echó a correr. Llegó al coche y se alejó antes de que el padre la alcanzara.

Samuel vio el coche de su hija cortando por el cementerio hasta que se perdió allende la verja. Entonces volvió atrás y recogió el paraguas que había tirado su hija. Lo llevó hasta su coche y se marchó.

Bosch miró al lugar del entierro. El sacerdote se había ido. Bosch buscó y vio que la parte superior de un paraguas negro desaparecía por encima de la cresta de la colina. Bosch no sabía adónde estaba yendo el hombre, a no ser que tuviera que oficiar otro funeral al otro lado de la colina.

Eso dejó a Christine Waters sola junto al sepulcro. Bosch la observó decir una oración en silencio y luego echar a andar hacia los dos coches que quedaban en el camino. Eligió un ángulo de intersección y siguió esa ruta. Cuando Bosch se le acercó, ella lo miró con calma.

—Detective Bosch, es una sorpresa verlo aquí.

—¿Por qué?

—¿No se supone que los detectives son distantes y no se implican emocionalmente? Presentarse en un funeral muestra un vínculo emocional, ¿no cree? Sobre todo en un día de lluvia.

Bosch se acercó y ella le prestó la mitad de la protección del paraguas.

—¿Por qué ha reclamado los restos? —preguntó Bosch—. ¿Por qué ha hecho esto? —Hizo un gesto hacia la tumba de la colina.

—Porque pensé que nadie más iba a hacerlo.

Llegaron al camino. El coche de Bosch estaba aparcado enfrente del de ella.

—Adiós, detective —dijo cuando se separó de él, caminó entre los coches y se acercó a la puerta del conductor del suyo.

—Tengo algo para usted.

Ella abrió la puerta del coche y lo miró.

—¿Qué?

Bosch abrió la puerta de su coche y destrabó el maletero. Caminó entre ambos vehículos. Ella cerró el paraguas, lo tiró en su coche y se acercó.

—Alguien me dijo una vez que la vida es la persecución de una cosa. Redención. La búsqueda de la redención.

—¿Por qué?

—Por todo, por lo que sea. Todos queremos ser perdonados.

Bosch abrió el maletero y sacó una caja de cartón. Se la tendió a ella.

—Cuide de estos niños.

Ella no cogió la caja, sino que la abrió y miró en el interior. Había pilas de sobres unidos con gomas elásticas y fotos sueltas. Encima de todo estaba la del chico de Kosovo con la mirada perdida. Ella metió la mano en la caja.

—¿De dónde son? —preguntó mientras abría un sobre de una de las organizaciones benéficas.

—Eso no importa —dijo Bosch—. Alguien tiene que cuidarlos.

La mujer asintió y volvió a tapar la caja con cuidado. Cogió la caja y caminó de nuevo hacia su coche. Puso la caja en el asiento de atrás y luego fue a abrir la puerta delantera. Miró a Bosch antes de entrar. Parecía a punto de decir algo, pero se detuvo. Entró en el coche y arrancó. Bosch cerró el maletero de su coche y observó cómo ella se alejaba.

54

El edicto del jefe de policía estaba siendo pasado por alto una vez más. Bosch encendió las luces de la sala de la brigada y se acercó a su lugar en la mesa de homicidios. Dejó en el suelo dos cajas de cartón vacías.

Era domingo, tarde, casi medianoche. Había decidido ir a vaciar su escritorio y sus archivadores cuando no hubiera nadie observando. Aún le quedaba un día en la División de Hollywood, pero no pensaba pasarlo haciendo paquetes e intercambiando despedidas poco sinceras. Su plan era tener todo recogido al principio del día y comer a las tres en Musso & Frank para acabarlo. Se despediría de aquellos que le importaban y luego saldría por la puerta de atrás antes de que nadie se diera cuenta de que se marchaba. Era la única forma de hacerlo.

Empezó con su archivador, llevándose los expedientes de los casos abiertos que todavía lo mantenían despierto algunas noches. No pensaba rendirse todavía. Su idea era trabajar en los casos en las épocas de poco movimiento en Robos y Homicidios. O trabajar en casa solo.

Con una caja llena volvió a su mesa y empezó a vaciar los cajones. Cuando cogió el frasco lleno de casquillos de bala, se detuvo. Todavía no había metido el casquillo recogido en el funeral de Julia Brasher en el frasco. Ése lo había puesto en un estante de su casa, junto a la foto del tiburón que siempre guardaría como recordatorio del peligro de abandonar la jaula de seguridad. El padre de Julia había permitido que Bosch se quedara con ella.

Bosch puso cuidadosamente el frasco en la esquina de la segunda caja y lo aseguró con el resto de objetos. Entonces abrió el cajón de en medio y empezó a recoger los bolígrafos y el resto de material de oficina.

Viejos mensajes de teléfono y tarjetas de visita de gente a la que había conocido en casos estaban esparcidas por el cajón. Bosch fue mirándolas una por una antes de guardarlas o tirarlas a la papelera. Cuando tuvo un fajo de tarjetas para llevarse las unió con una goma y las echó a la caja.

Cuando el cajón estaba casi vacío, sacó un trozo de papel doblado y lo abrió. Había un mensaje en él.

¿Dónde estás, chico duro?

Bosch lo miró durante un buen rato. Pronto le hizo pensar en todo lo que había sucedido desde que había detenido su coche en Wonderland Avenue hacia sólo trece días. Le hizo pensar en lo que estaba haciendo y en hacia adónde se dirigía. Le hizo pensar en Trent y en Stokes, y sobre todo en Arthur Delacroix y Julia Brasher. Le hizo pensar en lo que Golliher había dicho mientras estudiaba los huesos de víctimas de asesinatos de hacía milenios. Y le hizo conocer la respuesta a la pregunta del papel.

—En ninguna parte —dijo en voz alta.

Dobló el papel y lo puso en la caja. Se miró las manos,

las cicatrices de sus nudillos. Pasó los dedos de una mano por las marcas de la otra. Pensó en las cicatrices interiores dejadas por golpear muros que no podían verse.

Siempre había sabido que estaría perdido sin su trabajo, sin su placa y su misión. En ese momento se dio cuenta de que podía estar igualmente perdido con todo eso. De hecho podía estar perdido a causa de todo eso. La misma cosa que creía que era lo que más necesitaba era la mortaja de futilidad que lo envolvía.

Tomó una decisión.

Buscó en el bolsillo trasero y sacó la cartera que contenía su placa. Retiró la tarjeta de identificación de detrás del plástico y soltó la placa. Pasó el pulgar por las indentaciones de la palabra *Detective*. La sensación se parecía a la de pasar los dedos por las cicatrices de sus nudillos.

Puso la placa y la tarjeta de identificación en el cajón del escritorio. Luego sacó su pistola de la cartuchera, la miró un buen rato y la dejó también en el cajón. Cerró el cajón con llave.

Se levantó y cruzó la sala de la brigada hasta el despacho de Billets. La puerta no estaba cerrada. Dejó la llave del cajón de su escritorio y la de su coche sobre el cartapacio de la teniente. Cuando no se presentara por la mañana, estaba seguro de que ella tendría curiosidad y miraría en su escritorio. Entonces comprendería que no iba a regresar. Ni a la comisaría de Hollywood ni a Robos y Homicidios. Devolvía su placa, pasaba a Código 7. Había terminado.

Al desandar sus pasos por la sala de la brigada, Bosch miró en torno y sintió que le recorría una sensación de finalidad. Pero no dudó. En su escritorio puso una caja encima de la otra y las cargó por el pasillo de entrada. Dejó las luces encendidas tras él. Después de pasar por la oficina de guardia, abrió la pesada puerta de la calle con la espalda. Llamó al agente sentado detrás del mostrador.

—Eh, hazme un favor. Pídeme un taxi.

—Claro. Pero con este tiempo puede que tarde un poco. Es mejor que lo espere...

La puerta se cerró, sepultando la voz del policía. Bosch caminó hasta el bordillo. Era una noche fría y húmeda. No había rastro de la luna por encima del manto de nubes. Sostuvo las cajas contra el pecho y se quedó esperando el taxi bajo la lluvia.

Nota del autor

En 1914 se recuperaron en los pozos de alquitrán de La Brea, Los Ángeles, los huesos de una mujer víctima de homicidio. Los huesos tenían nueve mil años de antigüedad, lo que convertían a la mujer en la primera víctima de homicidio del lugar que hoy se conoce como Los Ángeles. Los pozos de alquitrán continúan revolviendo el pasado y trayendo huesos a la superficie para su estudio. No obstante, el descubrimiento de una segunda víctima de homicidio mencionada en este libro es algo completamente ficticio, como el resto de la novela.

MÁS OSCURO QUE LA NOCHE

Michael Connelly

Harry Bosch participa como testigo en un juicio en el que se acusa a un director de cine del asesinato de una actriz. Mientras tanto, Terry McCaleb recibe la visita de una antigua compañera de trabajo que solicita su ayuda en la resolución de un caso difícil. McCaleb, reticente en un principio a abandonar su idílico retiro en la isla de Catalina, no puede reprimir sus ganas de recuperar su vida anterior. El asesinato que ahora debe investigar es el tipo de homicidio complejo con los que trataba frecuentemente durante sus días en el FBI. Su primer examen del escenario del crimen le lleva en pos de un asesino metódico con un gusto por los rituales y la venganza: junto al cadáver de la víctima han sido halladas la figura de una lechuza y un extraño mensaje en latín.

A medida que McCaleb desentraña las claves de este escabroso asesinato, Bosch cobra mayor protagonismo en un juicio del que está pendiente toda la ciudad de Los Ángeles. Sorprendentemente, poco a poco, las piezas de uno y otro rompecabezas empiezan a solaparse.

Más oscuro que la noche es un *thriller* concebido con inteligencia en el que Connelly enfrenta a dos de sus personajes más populares, Harry Bosch y Terry McCaleb, para explorar los rincones más ocultos de la mente humana.

NO DAÑARÁS

Gregg Andrew Hurwitz

La agresión a una enfermera provoca la alarma entre los trabajadores de un hospital californiano. La joven ha sido atacada dentro de la institución por un hombre que, echándole un ácido, le ha desfigurado el rostro, además de dejarla ciega. Un segundo ataque violento sugiere lo impensable: el perturbado se esconde en el centro y su objetivo es el personal sanitario. David Spier, médico jefe de la sección de Urgencias, intenta por todos los medios que no cunda el pánico entre su equipo y que los pacientes sigan siendo atendidos con la eficacia de siempre. Sin embargo, el tema se le escapa de las manos cuando el atacante es atrapado al poco tiempo. Éste, desfigurado al intentar suicidarse, necesita cuidados médicos inmediatos, pero la policía exige a Spier que lo entregue. El doctor deberá enfrentarse entonces al dilema de mantenerse fiel al juramento hipocrático y atender al agresor o dejarlo en manos de las autoridades, a la vez que intentará descubrir las razones que se ocultan detrás de los asaltos. El caso será seguido con gran expectación no sólo por la prensa que hace guardia cerca del hospital, sino también por una conmocionada opinión pública.

Un *thriller* inquietante y sorprendente en el que se debaten muchos de los pormenores de la práctica y la política de la medicina.